Illusions mortelles

CHARLOTTE LINK

Illusions mortelles

ROMAN

Traduit de l'allemand
par Danièle Darneau

J'AI LU

Titre original :
DIE TÄUSCHUNG

Découverte macabre dans un appartement de Berlin-Zehlendorf

C'est hier, 14 septembre, qu'une retraitée, inquiète du silence de son amie, Mme Hilde R., a fait une découverte macabre après s'être fait ouvrir la porte de l'appartement de Berlin-Zehlendorf où elle résidait. Mme Hilde R., âgée de soixante-quatre ans, vivait seule et ne donnait plus signe de vie depuis plusieurs semaines. C'est son corps sans vie qui a été découvert gisant dans le salon. La vieille dame avait été étranglée avec une corde, et ses vêtements déchiquetés à l'aide d'un couteau. L'hypothèse d'un crime sexuel paraît exclue et, selon la police, le mobile ne serait pas non plus le vol. Aucune trace d'effraction n'a été cons- tatée, ce qui laisse supposer que la vieille dame avait ouvert la porte elle-même à son meurtrier.

Selon les premiers rapports d'autopsie, le cadavre pour- rait se trouver dans l'appartement depuis la fin du mois d'août. On ne dispose d'aucune piste pour retrouver l'assassin.

Berliner Morgenpost, *15 septembre 1999*

PREMIÈRE PARTIE

Prologue

Elle se demanda ce qui l'avait réveillée. Un bruit, un mauvais rêve ? Ou bien le souvenir de la soirée de la veille ? Car elle avait tendance à s'endormir en emportant avec elle ses idées noires, sa souffrance et son chagrin, et parfois c'étaient les larmes le long de ses joues qui la réveillaient.

Mais là, ce n'était pas le cas. Ses yeux étaient secs.

Elle s'était couchée vers onze heures et avait eu beaucoup de mal à s'endormir. Trop oppressée par les choses qui tournaient dans sa tête, elle avait replongé dans sa vieille angoisse, cette crainte de l'avenir qu'elle avait cru surmonter pendant un temps trop court. Elle se sentait acculée, guettée par un danger invisible. D'ordinaire, sa maison du bord de mer la libérait, allégeait sa respiration. Et elle n'était pas pressée de rentrer à Paris, dans son appartement élégant mais plus triste. Or, pour la première fois, elle était contente que l'été soit fini.

On était le 28 septembre, un vendredi. Le lendemain, elle prendrait la route de Paris avec Manon.

Manon ! Elle se redressa dans son lit. Et si c'était elle qui l'avait appelée ou qui avait parlé dans son sommeil ? Elle rêvait beaucoup, cette petite, et elle se réveillait souvent en appelant sa maman… Ce n'était sans doute pas normal pour une enfant de quatre ans. Peut-être l'éternelle tristesse de sa mère la perturbait-elle. Évidemment, elle, sa mère, était rongée de culpa-

9

bilité à ce sujet, mais elle n'avait pas encore réussi à progresser. Ses efforts pour se sortir du marasme se limitaient à des tentatives sporadiques invariablement vouées à l'échec.

Sauf l'année dernière... l'été dernier...

La jeune femme consulta le réveil électronique aux chiffres d'un vert fluorescent qui trouaient l'obscurité à côté de son lit. Il n'était pas tout à fait minuit, elle n'avait dormi que très peu de temps. À nouveau, elle tendit l'oreille. Rien. Quand Manon l'appelait, elle criait sans s'interrompre... Mais tout de même, mieux valait aller voir.

Elle se leva.

Comme toujours depuis la mort de Jacques, elle ne portait qu'un slip de coton usé et un tee-shirt délavé. Autrefois, surtout dans la chaleur des nuits de Provence, elle privilégiait les négligés de soie profondément échancrés, le plus souvent de couleur ivoire, parce qu'ils mettaient en valeur sa peau perpétuellement bronzée et ses cheveux d'un noir de jais. Elle avait cessé quand il était entré à l'hôpital, pour mourir par étapes. Ils l'avaient laissé sortir en le déclarant guéri, puis la rechute était arrivée très vite, et cette fois il n'avait plus quitté l'hôpital. Il était mort en mai. En juin, Manon venait au monde.

Il faisait chaud dans la pièce. Les deux battants de la fenêtre étaient ouverts, elle n'avait fermé que les volets de bois. Par les fentes, on apercevait la nuit brillante d'étoiles, on respirait le déclin de la nature après la chaleur torride de l'été.

Le mois de septembre avait été magnifique. D'ailleurs, l'automne était sa saison préférée, ici. Parfois, elle se demandait pourquoi elle s'en tenait aussi scrupuleusement à la tradition qui voulait qu'elle regagne Paris au début du mois d'octobre alors que rien ne l'y obligeait. Peut-être lui fallait-il le corset d'un rythme bien établi pour éviter de perdre le contact avec la réalité. Tout le monde rentrait en ville en octobre au plus tard. Peut-être voulait-elle faire comme tout le monde, même si, dans les moments de détresse, elle se reprochait cette manière fallacieuse de donner un sens à sa vie.

La jeune femme sortit dans le couloir en se gardant d'allumer, de peur de réveiller Manon si elle dormait. La porte de la chambre d'enfant était entrebâillée. Elle passa prudemment la tête et tendit l'oreille. La respiration de la petite fille était profonde, régulière.

En tout cas, ce n'est pas elle qui m'a réveillée, se dit-elle.

Elle s'arrêta dans le couloir, indécise. Quelle pouvait être la raison de cette sourde inquiétude ? Son sommeil était si souvent interrompu, la nuit, que le contraire était plutôt une exception. Et en général, elle ne savait pas ce qui la réveillait en sursaut. Pourquoi était-elle si nerveuse cette nuit ?

Oui, une peur l'étreignait, tapie au plus profond d'elle-même. Une terreur qui lui donnait la chair de poule et aiguisait étrangement ses sens. Dans l'obscurité, elle sentait rôder une menace, un danger palpable dont elle reniflait la présence, pareille à l'animal qui sent s'approcher un prédateur.

Arrête, tu ne vas pas devenir hystérique ! s'ordonna-t-elle.

La maison était plongée dans le silence.

Et pourtant, la jeune femme savait que quelqu'un était là, qu'elle n'était pas seule avec son enfant et que ce quelqu'un était son pire ennemi. Elle eut soudain conscience de l'isolement de cette maison, mesura l'ampleur de leur solitude à toutes deux : personne ne les entendrait crier, personne ne saurait qu'il se passait quelque chose d'anormal chez elle.

Mais non, on ne peut pas entrer, se dit-elle pour se rassurer, les volets sont fermés partout. En sciant les crochets de métal, on provoquerait un vacarme épouvantable. Les serrures sont solides. On ne peut pas les ouvrir non plus sans faire de bruit.

Mais peut-être y a-t-il quelqu'un dehors.

Une seule personne était capable de tourner autour de sa maison en pleine nuit. À cette idée, elle se sentit au bord de la nausée.

Non, il ne ferait pas ça. Il est collant, oui, mais ce n'est pas un malade.

Et pourtant si, au contraire, c'était bien cela : un malade. Sa maladie l'avait incitée à s'éloigner de lui. Sa maladie l'avait dérangée. Elle s'était mise à éprouver pour lui une répulsion instinctive, grandissante, sans pouvoir s'en expliquer la raison, parce qu'il était si gentil, si attentionné...

Il n'y avait rien à lui reprocher. Elle était folle de le rejeter...

Non ! Si elle l'avait repoussé, c'était par instinct de survie.

Bon, d'accord, se dit-elle en essayant de respirer à fond, comme elle l'avait appris à son cours de relaxation durant la période terrible qui avait suivi la mort de Jacques. D'accord, peut-être qu'il est dehors, mais en tout cas il ne peut pas entrer. Je n'ai qu'à retourner tranquillement me coucher et à me rendormir. Si demain je vois qu'il est venu rôder par ici, je lui mets la police aux trousses. Je lui fais signifier en référé qu'il lui est interdit de pénétrer dans ma propriété. Je rentre à Paris. Quand je reviendrai à Noël, si je viens, il aura compris.

D'un pas décidé, elle retourna dans sa chambre.

Une fois couchée, elle sentit que son angoisse allait croissant. Elle était parcourue de frissons, la chair de poule lui hérissait la peau. Il pouvait bien faire vingt degrés dans sa chambre mais elle avait froid. Elle remonta la couverture jusqu'à son menton et, aussitôt, une bouffée de chaleur lui coupa le souffle. La jeune femme connaissait bien, depuis la mort de Jacques, cette alternance de chaud et de froid qui était chez elle annonciatrice d'une attaque de panique. Les symptômes revenaient.

Elle reprit les exercices de respiration qu'elle avait entamés dans le couloir et retrouva un calme superficiel. Mais, tout au fond d'elle, un signal rouge restait allumé et maintenait tous ses sens en éveil. Non, elle n'était pas en train de faire une crise d'hystérie : son subconscient réagissait à la menace d'un danger imminent et lui criait de rester sur ses gardes.

Jacques affirmait que toutes ces histoires de pressentiments et de voix intérieures étaient des bêtises.

« Je ne crois que ce que je vois, disait-il souvent, et je ne suis convaincu que par ce qui a été prouvé. »

Il avait raison, et moi, je suis en train de perdre les pédales, songea-t-elle.

Au même moment, elle entendit un bruit. Elle était sûre de ne pas se tromper. Un bruit qu'elle connaissait bien : le léger grincement qu'émettait la porte de verre qui séparait les pièces à vivre des chambres à coucher. Ce bruissement, elle l'entendait une centaine de fois par jour, soit parce qu'elle franchissait la porte elle-même, soit parce que Manon faisait le va-et-vient.

Cela signifiait non pas que quelqu'un rôdait autour de la maison, mais que quelqu'un se trouvait à l'intérieur.

Il était dans la maison.

D'un bond, elle jaillit hors du lit.

Jacques, tu te trompes ! s'écria-t-elle intérieurement, sans s'apercevoir de l'incongruité de sa réaction – c'était la première fois qu'elle adressait une critique à son mari disparu. Je savais que quelqu'un était entré. Si seulement je m'étais fiée à mon instinct !

En verrouillant sa porte, elle se protégerait contre l'intrus, mais Manon dormait à côté et elle ne pouvait pas s'enfermer sans son enfant ! La jeune femme poussa un gémissement. Un instinct, aussi sûr que celui d'un chien de garde, l'avait réveillée et amenée à sortir dans le couloir. Si elle l'avait écouté, elle aurait eu la possibilité d'attraper Manon et de se réfugier dans sa chambre avec elle. Elle avait laissé passer sa chance. S'il avait déjà franchi la porte de verre, il se tenait désormais à quelques pas.

Elle garda les yeux fixés sur la porte, hypnotisée. À présent, trouant le silence pétrifié de la chambre, elle entendait des pas légers s'approcher dans le couloir.

La poignée s'abaissa lentement.

Elle sentait l'odeur de sa peur. Elle ignorait que la peur sentait si fort.

Elle avait froid, et l'impression de ne plus respirer.

Lorsque la porte s'ouvrit et que l'ombre d'un homme de haute taille parut sur le seuil, la jeune femme sut qu'elle allait mourir. Elle le sut avec certitude, comme tout à l'heure, lorsqu'elle avait su qu'elle n'était pas seule dans la maison.

Ils se firent face quelques secondes, immobiles. S'attendait-il à la trouver endormie dans son lit, était-il surpris de la voir debout, au milieu de la pièce ?

Affolée, elle se rua vers la fenêtre. Ses doigts s'acharnèrent sur les crochets des volets. Ses ongles se cassèrent, elle s'entailla la main mais elle ne s'en aperçut pas. Elle vomit de terreur sur le rebord de la fenêtre lorsqu'il bondit derrière elle et l'attrapa par les cheveux. Il lui tira la tête si loin en arrière qu'elle dut le regarder dans les yeux. Elle y vit une froideur mortelle. Sa gorge était offerte. La corde qu'il lui passa autour du cou lui cisailla la peau.

Elle mourut en priant pour son enfant.

Samedi 6 octobre 2001

1

Juste avant Notre-Dame-de-Beauregard, il vit un chien courir au beau milieu de l'autoroute : un petit chien tacheté de brun et de blanc, à la tête ronde, dont les oreilles pendantes volaient de façon comique. Il se demanda depuis combien de temps il avait fait la course avec les voitures sur le bord de la route avant d'être pris de l'idée folle de traverser.

Mon Dieu, se dit-il, il va y passer.

À cet endroit, les bolides filaient à cent trente sur trois voies. Le petit chien n'avait pratiquement aucune chance de s'en tirer, même en slalomant au milieu.

Je n'ai pas envie de voir ça, songea l'homme avec un frisson de terreur.

Autour de lui, les voitures freinèrent, essayèrent de changer de voie. Quelques-unes klaxonnèrent.

Mais le téméraire animal poursuivait sa course, la tête dressée très haut. Par un miracle inouï, il arriva intact au terre-plein central.

Ouf, il a réussi. Jusqu'ici, en tout cas.

L'homme s'aperçut qu'il s'était mis à transpirer, que le tee-shirt qu'il portait sous son pull de laine collait à sa peau. Il se sentit faible, tout à coup. Il se rangea sur la voie de droite, puis s'arrêta sur la bande d'arrêt d'urgence. Devant lui s'élevait le rocher sombre où

Notre-Dame-de-Beauregard dressait son fin clocher pointu vers le ciel gris. Le ciel refusait toujours de se mettre au bleu. On venait de dépasser la sortie de Saint-Rémy et la côte méditerranéenne n'était plus très loin. Qu'attendaient donc les nuages pour disparaître et donner à cette journée d'octobre des couleurs plus conformes à la région ?

Il sortit de sa voiture, scruta l'autoroute à la recherche du petit chien mais ne le vit nulle part, ni sur le terre-plein central, ni réduit en bouillie sur la chaussée. S'était-il sorti sans dommage de son entreprise suicidaire ?

Il a sans doute un ange gardien, se dit l'homme. Et quand on a un ange gardien, un miracle n'en est pas un, ce n'est qu'une conséquence logique. Sans doute l'imprudent est-il en train de trottiner joyeusement à travers champs. Il ne saura jamais qu'il devrait être mort à l'heure actuelle.

Les véhicules passaient en trombe. Mieux valait ne pas rester là, c'était trop risqué. Il remonta dans sa voiture, alluma une cigarette, prit son portable et réfléchit un instant. Devait-il appeler Laura dès à présent ? Ils s'étaient mis d'accord pour qu'il téléphone depuis « leur » aire de repos, depuis l'endroit où on avait vue sur la Méditerranée pour la première fois.

Il décida de commencer par sa mère. Il composa son numéro et patienta. Il fallait toujours un certain temps à la vieille dame pour arriver jusqu'à l'appareil. Enfin, il entendit une voix un peu éraillée :

— Oui ?

— C'est moi, maman. C'est juste pour te donner de mes nouvelles.

— Très bien. Il y a longtemps que je ne t'ai pas entendu.

Impossible de ne pas discerner la nuance de reproche contenue dans sa phrase.

— Tu m'appelles d'où ? poursuivit-elle.

— D'une station-service dans le sud de la France.

Il n'allait pas l'inquiéter en lui racontant qu'il s'était arrêté sur la bande d'arrêt d'urgence d'une autoroute parce qu'il avait les jambes tremblantes à cause d'un petit chien qui venait d'échapper à la mort.

— Laura est avec toi ?

— Non. Je suis seul. Je vais retrouver Christopher, on va faire une petite virée en voilier. Je rentre dans une semaine.

— Ce n'est pas dangereux en cette saison ? La voile, je veux dire.

— Pas du tout. Tu sais bien que c'est la tradition chaque automne. Il ne nous est jamais rien arrivé.

Le ton faussement léger de cette réponse n'aurait pas trompé Laura. Celle-ci n'aurait pas manqué de demander aussitôt : « Qu'est-ce qui se passe ? Tu as une drôle de voix. »

Mais il aurait pu être à l'agonie que sa mère ne s'en serait pas aperçue. C'était bien elle. Elle faisait semblant de s'inquiéter mais il craignait que ce ne soit par pure habitude. Elle n'écoutait pas la réponse à sa question…

— Britta m'a appelée, lui apprit-elle.

Il soupira. Cela ne présageait rien de bon quand son ex-femme entrait en contact avec sa mère.

— Qu'est-ce qu'elle voulait ?

— Se plaindre. Il paraît qu'une fois de plus tu n'as pas payé je ne sais quoi et qu'elle n'a pas de quoi joindre les deux bouts.

— Elle n'a qu'à m'en parler elle-même, elle n'a pas à te mêler à ça.

— Elle dit que tu lui fais répondre que tu n'es pas là quand elle t'appelle au bureau. Et à la maison… elle dit qu'elle n'a pas envie de tomber sur Laura.

Maintenant, il regrettait d'avoir appelé sa mère. Chaque fois, la conversation prenait un tour désagréable.

— Il faut que je te laisse, maman, dit-il hâtivement, ça va couper, je n'ai plus de batterie. Je te serre dans mes bras.

Qu'est-ce qui m'a pris de lui dire ça ? se reprocha-t-il aussitôt. C'est vraiment idiot. « Je te serre dans mes bras. » On ne s'est jamais parlé comme ça !

Il réussit non sans mal à s'insérer dans la circulation et choisit de rouler sans dépasser les cent vingt.

Il rumina sa dernière phrase. Sa mère était-elle en train d'y réfléchir, elle aussi ? Ses paroles avaient dû lui paraître étranges ! Non, finalement, sûrement pas. Elles avaient dû glisser sur elle comme le reste, comme tout ce qui ne concernait pas sa propre personne.

Il trouva une station de radio et mit la musique à fond. Avec la musique, il arrivait à oublier, comme les autres avec l'alcool. Ce qu'il entendait n'avait aucune importance. L'essentiel était que le bruit lui remplisse les oreilles.

Vers six heures du soir, il atteignit l'aire de repos d'où il allait appeler Laura. Quand ils descendaient ensemble dans le sud de la France, ils s'arrêtaient toujours au même endroit : ils sortaient de la voiture pour s'offrir la vue sur la baie de Cassis, les vignes en demi-lune qui montaient en pente douce et les rochers escarpés qui s'élevaient au-dessus de la mer. C'était de là qu'il appelait Laura quand il partait seul pour rejoindre Christopher avant leur croisière annuelle en voilier. Cela faisait partie de leurs conventions tacites, qui étaient nombreuses. Laura aimait les rituels, les traditions instaurées entre eux. De son côté, il n'y tenait pas particulièrement, mais ces petites habitudes ne le dérangeaient pas.

Il s'engagea dans le long virage en pente qui menait au parking. Cet endroit ne ressemblait pas aux aires d'autoroute conventionnelles : il s'agissait plutôt d'un lieu de promenade, une sorte de grande terrasse idéale pour le pique-nique, agrémentée de tables et de bancs de pierre, de sentiers gravillonnés, d'arbres qui dispensaient une ombre bienfaisante. La vue était d'une beauté à couper le souffle. D'ordinaire, le bleu du ciel rivalisait avec le bleu de la mer, mais aujourd'hui il ne fallait pas espérer voir les nuages se dissiper. Le ciel surplombait la mer, gris et bas. Le silence était lourd, épais. L'air sentait la pluie.

Non loin de lui, un autre solitaire restait assis dans sa Mégane blanche sans rien faire. Un couple de personnes âgées était installé à une table hexagonale sur laquelle ils avaient posé une bouteille Thermos dont ils se servaient alternativement. Un minibus laissa échapper une cargaison de parents, de grands-parents et d'enfants de tous âges. Les aînés des enfants étaient encombrés de cartons de pizzas, les adultes charriaient des paniers de boissons.

Idyllique ! songea-t-il avec ironie. Le temps n'est pas trop mauvais, la vue est magnifique et ils ont deux heures pour pique-niquer. Ensuite, à la tombée de la nuit, quand il fera froid, ils retourneront s'engouffrer dans leur minibus, rentreront à la maison et se coucheront heureux, le ventre plein.

Pour sa part, il n'avait jamais souhaité avoir d'enfants. Son fils né de son premier mariage et la fille qu'il avait eue de Laura, âgée de deux ans à présent, étaient tous deux des « accidents ». Mais, parfois, il imaginait la vie dans une famille nombreuse. Pour lui, le tableau n'avait rien de réjouissant : cela impliquait de faire la queue devant la salle de bains et de courir après ses affaires parce que quelqu'un les avait empruntées sans demander la permission. Cela signifiait aussi beaucoup de bruit, de désordre, de saleté : le chaos, en somme. Mais cela voulait dire la chaleur, le bien-être, la force qui se dégageaient du cocon familial. Cela laissait peu de place à la solitude et au vide.

Il composa un nouveau numéro sur son portable. Il n'eut pas longtemps à attendre : Laura décrocha tout de suite. Visiblement, elle s'attendait à son appel, à

l'heure convenue, et ne s'était pas éloignée du téléphone.

— Allô ! lança-t-elle joyeusement. Tu es au Pas-
d'Ouilliers ?

— Exact ! répondit-il en s'efforçant de prendre un ton
léger. J'ai la Méditerranée à mes pieds.

— Et elle miroite au soleil couchant ?

— Non, pas vraiment. Il y a beaucoup de nuages. Je
pense qu'il va pleuvoir ce soir.

— Oh… Mais le temps peut changer très vite.

— Bien sûr. Je ne me fais pas de souci pour ça. Il est
certain que le soleil et le vent, c'est quand même mieux
pour sortir en mer.

Impossible de lui cacher sa nervosité.

— Qu'est-ce qui se passe ? s'inquiéta Laura. Tu es
bizarre.

— Je suis épuisé. Neuf heures d'autoroute, c'est une
belle trotte.

— Il faut que tu te reposes. Tu n'as pas rendez-vous
avec Christopher, ce soir ?

— Non. J'irai me coucher de bonne heure.

— Tu diras bonjour pour moi à notre petite maison !

— Bien sûr. Elle sera vide sans toi.

— Tu seras trop fatigué pour t'en rendre compte.

Elle rit. Il aimait son rire. Frais et spontané, il semblait venir du fond du cœur. Comme sa souffrance,
quand elle avait du chagrin. Chez Laura, les sentiments
n'étaient jamais feints ou éprouvés à moitié. Elle était
la sincérité même.

— Peut-être. Je vais dormir comme un loir.

Il posa son regard sur la mer gris ardoise. Le désespoir recommençait à sourdre, menaçant.

Il faut que je parte d'ici, pensa-t-il. Il faut que je
m'éloigne des souvenirs. Et de cette famille nombreuse,
avec ses cartons de pizzas, ses rires, son insouciance.

— Avant de me coucher, j'irai manger un petit truc
quelque part, ajouta-t-il.

— Quelque part ? Tu iras chez Nadine et Henri ?

— Bonne idée. Une bonne petite pizza chez Henri, voilà exactement ce qu'il me faut.

— Tu me rappelles plus tard ?

— Oui, quand je serai arrivé à la maison, promit-il. Je t'appelle avant de me coucher, d'accord ?

— D'accord. Je t'attends avec impatience.

À travers le téléphone, et à plus de mille kilomètres, il sentait son sourire.

— Je t'aime, dit-elle à voix basse.

— Moi aussi, répondit-il.

Il raccrocha et posa l'appareil sur le siège à côté de lui. La famille aux pizzas s'ébattait en s'en donnant à cœur joie. Des bribes de conversations et des rires traversaient les vitres fermées de sa voiture. Il remit le moteur en route et s'éloigna lentement.

Le crépuscule n'allait plus tarder, maintenant, mais il lui sembla inutile d'attendre ; il n'y aurait pas de coucher de soleil sur la mer.

2

Peter n'avait toujours pas rappelé à dix heures et quart. Après quelques hésitations, Laura composa son numéro de portable. Il lui arrivait de réagir avec emportement quand elle ne s'en tenait pas à leurs accords – et, selon leur accord, c'était à lui de la rappeler. Mais elle était un peu inquiète, car elle n'imaginait pas qu'il pût s'attarder autant à table. Quatre heures auparavant, il lui avait paru fatigué, épuisé comme elle l'avait rarement vu…

Il ne répondit pas, et, au bout de six sonneries, son répondeur se mit en route. « Veuillez me laisser un message, je vous rappellerai plus tard… »

La jeune femme mourait d'envie de lui dire quelque chose, n'importe quoi, de lui faire partager un peu de son inquiétude, de son amour, de son manque, mais elle préféra y renoncer pour éviter de lui donner l'impression de le harceler. Peut-être avait-il oublié l'heure chez Nadine et Henri. Ils étaient en pleine conversation, il n'entendait pas son portable, il n'avait pas envie de s'interrompre pour répondre. Ou alors il avait tout bonnement oublié son téléphone dans la voiture.

Si j'appelle chez Henri, se dit-elle, Peter va se sentir espionné, et si j'appelle chez nous et qu'il dort déjà, je risque de le réveiller.

Peter lui avait conseillé à maintes reprises :

« Parfois, tu ferais mieux de laisser les choses suivre leur cours. Elles se résoudraient toutes seules d'une manière ou d'une autre, sans que tu aies besoin d'ameuter tout ton entourage. »

Ces réflexions ne l'empêchèrent pas de rester près du téléphone et de se demander si elle ne devait pas appeler Christopher. Peter avait affirmé qu'il n'avait pas l'intention d'aller le voir le soir même, mais peut-être avait-il changé d'avis.

Après tout, j'ai bien le droit d'appeler ! décida-t-elle, bravache.

Christopher comprendrait son inquiétude. Il n'y trouverait rien à redire. Naturellement, Peter prétendrait ensuite qu'elle lui avait fait honte devant lui. Un jour, il avait éclaté :

« Je suis sûr que Christopher me prend pour un petit caniche qu'on tient en laisse ! Tu ne sais pas ce que c'est, toi, l'amitié entre hommes. Figure-toi que cela implique un minimum de liberté !

— Je ne crois pas que Christopher y voie un problème.

— Bien sûr, il ne va rien dire, parce qu'il ne se mêle pas des affaires des autres et qu'il est de bonne composition. Mais il n'en pense pas moins, crois-moi. »

Et toi, tu prêtes à ton ami tes propres pensées et tes propres sentiments, lui avait-elle répondu *in petto*.

Elle monta à l'étage pour aller jeter un coup d'œil dans la chambre de Sophie. La petite dormait à poings fermés, avec une respiration calme, régulière.

J'aurais dû insister pour descendre avec lui, songea Laura. Je serais restée tranquillement à la maison, j'aurais profité du soleil. Ça m'aurait évité de me sentir seule comme ici.

Jamais elle n'avait accompagné son époux dans le Sud quand il partait pour sa semaine de voile, chaque automne. Évidemment, avant l'acquisition à La Cadière d'Azur, quatre ans auparavant, il lui aurait fallu s'installer à l'hôtel, et elle n'aimait pas y aller seule. Une fois, pourtant – voilà cinq ans –, elle avait envisagé de loger chez Nadine et Henri, dans l'une des chambres d'amis sous les toits, dénuées de tout confort, qu'ils louaient de temps à autre.

« Au moins, j'aurais des contacts pendant que tu serais en mer avec Christopher », avait-elle dit.

Car, une fois de plus, Laura avait cru ne pas pouvoir supporter une séparation d'une semaine.

Peter s'y était opposé :

« Je trouve que ce ne serait pas très délicat d'aller loger chez eux juste une fois en passant, alors que nous allons ailleurs d'habitude. Ils penseraient que nous ne les jugeons pas assez chics pour nous en temps normal et que nous sommes bien contents de les trouver pour nous dépanner. »

Depuis qu'ils étaient propriétaires de leur maison, le problème ne se posait plus, mais son mari restait sourd à ses subtiles allusions en ce sens. Et elle n'insistait pas, de peur d'essuyer un nouveau refus. Ces huit jours appartenaient à Christopher.

La jeune femme se rendit dans sa chambre, se déshabilla, suspendit ses vêtements dans son armoire et mit le tee-shirt délavé qu'elle portait toujours la nuit. Peter le lui avait offert pendant leurs premières vacances ensemble dans le sud de la France, huit ans auparavant. À l'époque, le tee-shirt était éclatant de couleurs, mais il avait subi tant de lessives que Laura ne voulait plus se montrer dans cette tenue. Peter ne lui avait pas permis de s'en débarrasser.

« Mets-le la nuit, au moins, lui avait-il demandé. J'y tiens, je ne sais pas pourquoi. Il est lié à de très bons souvenirs. »

C'était au tout début de leur amour. Laura avait vingt-sept ans, Peter, trente-deux. Il venait de divorcer, et elle, de se séparer. Ils étaient tous deux marqués, méfiants, et craignaient de s'engager à nouveau. Sitôt le divorce prononcé, l'ex-femme de Peter était partie s'installer à l'autre bout de l'Allemagne avec leur fils, au mépris du droit de visite, précipitant Peter dans une profonde solitude. Il lui avait fallu plus de temps qu'à Laura pour envisager une nouvelle vie à deux.

Vêtue de son vieux tee-shirt, elle se rendit à la salle de bains. Dans la glace, elle remarqua sa pâleur et le pli soucieux de sa bouche. Elle pensa aux photos prises huit ans plus tôt, pendant une promenade dans les rues de Cannes. Elle portait le même tee-shirt, elle était bronzée, épanouie, ses yeux brillaient. Elle était éperdument amoureuse. Elle nageait dans le bonheur.

— Et ça n'a pas changé, dit-elle à son reflet dans la glace, je nage toujours dans le bonheur... Mais j'ai vieilli, voilà tout. Trente-cinq ans, ce n'est plus vingt-sept.

À la manière brusque dont elle passait le peigne dans ses cheveux, elle prit conscience de sa nervosité.

Pour une fois que mon mari ne m'appelle pas, me voilà sens dessus dessous.

Comparé aux maris de ses amies, le sien était un modèle de rigueur. Les autres soit ne respectaient pas l'heure convenue pour appeler, soit n'appelaient pas du tout ; ils oubliaient les rendez-vous, ils changeaient d'avis... Élisabeth, la mère de Laura, ne cessait de lui répéter qu'elle avait tiré le gros lot.

« On peut compter sur lui et il est à tes pieds. Surtout, ne le lâche pas. Jamais tu n'en trouveras un autre comme lui. »

Oui, elle le savait bien. Et elle n'allait pas commencer à lui chercher noise. Mais c'était justement parce que Peter était si fiable qu'elle n'arrivait pas à se débarrasser d'un sentiment d'inquiétude.

Certes, elle était beaucoup trop centrée sur lui – c'était ce que lui répétait son amie Anne – mais finalement...

Le téléphone sonna, interrompant les affres de l'attente.

— Enfin ! s'écria-t-elle en se précipitant dans la chambre, où un appareil était posé à son chevet. Je m'imaginais déjà que tu t'étais endormi et que tu m'avais oubliée, dit-elle en guise de salut.

Un silence consterné accueillit ses paroles.

— Je ne crois pas que ce soit à moi que vous vous adressiez, prononça ensuite Britta, l'ex-femme de Peter.

La joie de Laura laissa la place à un profond embarras.

— Excusez-moi. Je croyais que c'était Peter, répondit-elle.

La voix de Britta, comme toujours, était légèrement plaintive.

— Si je comprends bien, Peter n'est pas là ? Il faut absolument que je lui parle, c'est très urgent.

Un samedi à dix heures et demie du soir, se dit Laura avec emportement, on ne peut pas dire que l'heure soit particulièrement bien choisie, même pour les ex-épouses.

— Peter est parti pour La Cadière. Il ne rentrera que samedi prochain.

Britta soupira.

— C'est encore Christopher et cette satanée semaine de voile ! Ça n'arrêtera donc jamais ! Quand je pense qu'il y a bien quinze ans que ça dure !

Britta aimait montrer qu'elle était parfaitement au courant des goûts et des habitudes de Peter, et que, de plus, elle le connaissait depuis beaucoup plus long-temps que Laura.

— Enfin, Dieu merci, ajouta-t-elle, tout ça, ce n'est plus mon affaire.

— Dois-je demander à Peter de vous rappeler quand je l'aurai au téléphone ? s'enquit Laura sans relever sa dernière remarque.

— Oui, sans faute. La pension d'Oliver n'a toujours pas été créditée, et nous sommes déjà le 6 octobre !

— Écoutez, il ne faut pas…

— Je parle évidemment de la pension de *septembre*. Celle que j'aurais dû recevoir le *1er septembre*. Je ne crois pas que je me manifeste trop tôt. Le paiement d'octobre n'est pas arrivé non plus, d'ailleurs.

— À ma connaissance, Peter a fait établir un virement automatique. C'est peut-être une erreur de la banque.

— Il y a déjà un an que le virement automatique a été annulé, répliqua Britta sans pouvoir dissimuler sa satisfaction de damer le pion à sa rivale. C'est Peter qui effectue les virements et je dois dire qu'il est toujours en retard. Parfois, il me fait attendre longtemps, et j'avoue que c'est contrariant. Ce n'est pas bon non plus pour Oliver. Il continue à avoir confiance en son père, mais cela va finir par l'ébranler, si, chaque fois qu'il a envie de quelque chose, je suis obligée de lui expliquer que ce n'est pas possible parce que Peter est encore en retard pour payer sa pension.

Laura eut du mal à retenir une riposte cinglante. Britta dirigeait une agence bancaire, elle gagnait très bien sa vie, et il y avait peu de risques pour qu'elle se retrouve dans une telle situation vis-à-vis de son fils. Si elle invoquait le prétexte du retard dans le versement de la pension, ce ne pouvait être que dans un seul but, celui de ternir l'image de son père auprès d'Oliver.

— J'en parlerai à Peter dès que je l'aurai, et il vous rappellera. Je suis sûre qu'il y a une explication très simple, se contenta-t-elle de répondre.

— Peut-être qu'il va quand même appeler ce soir, susurra Britta, faussement bienveillante.

À la façon dont Laura l'avait accueillie au téléphone, elle en avait déduit que celle-ci attendait un appel de son mari en trépignant d'impatience.

— En tout cas, c'est ce que je vous souhaite, ajouta-t-elle. Il pourra me joindre demain chez moi. Bonne nuit.

Elle raccrocha sans laisser à son interlocutrice le temps de placer un mot.

— Sale vipère ! lança Laura en reposant l'appareil.

Peter aurait pu me dire qu'il avait annulé le virement automatique, pensa-t-elle, furieuse, ça m'aurait évité de passer pour une idiote.

Mais l'annulation de ce virement était-elle une affaire assez importante pour que Peter lui communique cette information ?

Une fois de plus, elle était victime de cette hypersensibilité qui lui donnait le sentiment de ne pas avoir été traitée avec tous les égards. Il n'y avait qu'elle pour dramatiser ainsi. Toute autre femme aurait su relativiser : d'un côté, un mari négligent, et, de l'autre, une ex-femme qui distille son venin parce qu'elle n'arrive pas à accepter que son ex soit heureux avec sa nouvelle épouse alors qu'elle sait très bien qu'elle-même restera sur le carreau.

Ça suffit, arrête de faire des complexes vis-à-vis de cette bonne femme. Elle est beaucoup plus vieille que toi, elle est frustrée, insatisfaite de sa vie.

Laura alla jeter un dernier coup d'œil dans la chambre de Sophie. Tout allait bien : l'enfant dormait paisiblement, profondément, comme le prouvaient ses petites joues rouges et chaudes.

Dans sa chambre, Laura contempla la photo de Peter, encadrée sur sa table de nuit. Il était à bord du *Vivace*, le bateau qui lui appartenait pour moitié avec Christopher. À l'origine, ce dernier figurait lui aussi sur la photo, mais Laura avait découpé le cliché et on ne voyait plus qu'un bout de son bras et sa main. Peter portait une chemise bleue et un pull de grosse laine blanche négligemment noué autour du cou. Il riait. Sa peau était bronzée, il avait l'air en forme, heureux ; en accord avec lui-même, naturel et authentique. Il avait sa tête du *Vivace*. La tête qu'il avait dès qu'il mettait le pied sur son bateau. Comme s'il y devenait quelqu'un d'autre.

« Il ne me faut pas grand-chose pour être heureux, avait-il coutume de dire. Tout ce qu'il me faut, c'est sentir les planches d'un bateau sous mes pieds, voir une voile claquer au vent et entendre les cris des mouettes. »

À chaque fois, elle était peinée de ne pas figurer dans cette énumération. Un jour, elle avait fini par demander :

« Et moi ? Tu n'as pas besoin de moi pour être heureux ? »

Il avait ouvert de grands yeux.

« Mais c'est autre chose, tu le sais bien ! » avait-il rétorqué.

Elle se coucha en remontant la couverture jusqu'à son menton. Dehors, il tombait des trombes d'eau. Il faisait froid dans sa chambre, car elle avait laissé la fenêtre ouverte toute la journée et le chauffage n'avait pas encore été mis en route. Mais avec l'air frais, elle dormirait bien. Elle soupira, regarda l'heure indiquée par les chiffres lumineux du réveil. Onze heures moins dix.

Dimanche 7 octobre

1

Laura ne dormit presque pas cette nuit-là. Les heures s'écoulaient sous ses yeux, qui suivaient inlassablement le mouvement du réveil. Les chiffres indiquèrent minuit et demi, puis une heure. Une heure dix. Une heure vingt. Une heure et demie.

À deux heures moins le quart, Laura se leva et descendit à la cuisine pour boire un verre d'eau. Elle grelottait dans son tee-shirt mais elle n'avait pu mettre la main sur son peignoir. Le carrelage de la cuisine était glacial sous ses pieds nus. La jeune femme but son eau à petites gorgées, le regard tourné vers la fenêtre. Elle savait que son comportement était anormal. Que s'était-il passé, en somme ? Son mari était parti, il avait oublié de l'appeler avant de s'endormir. Dès le matin, il réparerait cette lacune, il expliquerait qu'il s'était couché, qu'il avait un peu lu et s'était endormi brutalement, mort de fatigue. Elle avait été frappée par cette fatigue inhabituelle. C'était la première fois qu'il lui paraissait épuisé à ce point. Pas étonnant qu'après une journée pareille, certaines choses lui aient échappé. Qu'il ait oublié d'appeler. Qu'il...

Elle avait beau faire appel à la raison pour tenter de juguler son inquiétude, elle n'y parvenait pas. Déjà, l'angoisse – une conscience aiguë de sa solitude – se levait, vive comme une flamme. Cette peur, elle la connaissait bien. C'était sa compagne de toujours. Laura n'avait jamais appris à la maîtriser. La peur lui tombait dessus sans crier gare et elle n'était pas armée pour se défendre. Comme maintenant. Envolées, la fierté, les bonnes résolutions qu'elle avait conservées au cours de la soirée. La jeune femme posa son verre d'eau, se précipita dans le salon, attrapa le téléphone et composa le numéro du portable de Peter. Et tomba à nouveau sur son répondeur. Cette fois, elle laissa un message.

— Allô, Peter, c'est moi, Laura. Il est presque deux heures du matin, et je m'inquiète parce que tu ne m'as pas appelée. Pourquoi ne décroches-tu pas ? Je sais, c'est idiot, mais... (elle remarqua que sa voix devenait plaintive comme celle d'un enfant)... je me sens tellement seule. Le lit est grand et vide sans toi. S'il te plaît, rappelle-moi !

Elle raccrocha. Le fait de lui avoir parlé l'avait un peu soulagée. De plus, elle avait entendu sa voix sur l'annonce, et c'était comme des retrouvailles – fût-ce à sens unique.

Elle buvait très peu d'alcool, mais, cette fois, elle prit quelques gouttes de marc dans la bouteille posée sur la desserte argentée. L'unique éclairage provenait de la lampe allumée dans le couloir, qui plongeait la pièce dans une lumière tamisée mettant en valeur le beau décor. Elle avait particulièrement réussi le salon, ce dont elle était très fière. Elle s'était occupée de l'aménagement de la maison, quatre ans auparavant, lorsqu'ils étaient venus s'installer dans la banlieue chic de Francfort. Peter avait beaucoup de travail à l'époque, aussi l'avait-il laissée se débrouiller seule.

« Ne t'occupe pas de l'argent, lui avait-il dit en lui donnant sa carte de crédit, achète ce qui te plaira. Tu as très bon goût. Quoi que tu choisisses, je sais que ça me plaira. »

Elle avait été heureuse d'avoir une responsabilité. D'ordinaire, les jours lui paraissaient un peu trop longs. Il lui arrivait d'aider la secrétaire de Peter de-ci, de-là, en s'occupant de la comptabilité, mais cette activité ne parvenait pas à combler ses aspirations. Laura était une artiste. Elle n'éprouvait aucun plaisir à classer des papiers, à trier des quittances et à additionner des colonnes de chiffres. Elle le faisait pour rendre service à Peter, tout en ruminant sa frustration et en se disant que, si elle pouvait…

Non. Comme chaque fois qu'elle en arrivait à ce point, elle interrompit le cours de ses pensées. À quoi bon poursuivre des rêves chimériques ? Sa vie était merveilleuse, elle avait beaucoup de chance. Elle avait aménagé cette superbe maison, elle améliorait la décoration presque quotidiennement, elle avait tout le loisir d'aller flâner dans les petites boutiques d'antiquités ou les galeries d'art, de découvrir de beaux objets, de les rapporter à la maison pour consolider le nid qu'ils s'étaient construit tous les deux.

Cette pièce est vraiment jolie, se dit-elle, vraiment agréable. Les nouveaux rideaux sont superbes.

Elle les avait achetés dans une boutique italienne la veille du départ de Peter. Ils étaient horriblement chers, mais ils valaient bien ce prix. Elle les avait accrochés à grand-peine, impatiente de voir la réaction de son mari lorsqu'il rentrerait le soir, mais il ne les avait même pas remarqués. Il était arrivé à huit heures et était resté plongé dans ses pensées, visiblement très préoccupé. Sans doute en raison de son voyage… À présent qu'elle était là, au salon, à boire son petit verre, à contrecœur, car elle n'aimait décidément pas l'alcool, elle revoyait la scène, pratiquement à la même place.

« Tu ne remarques rien ? » avait-elle demandé.

Peter avait jeté un coup d'œil autour de la pièce. Son visage était fatigué, il paraissait ailleurs.

« Non. Je devrais ? »

Bien sûr, elle avait été un peu déçue, mais elle s'était dit qu'il était déjà sur son bateau en pensée et qu'il avait bien le droit de se réjouir de ses vacances.

« On avait bien dit que les rideaux bleus n'allaient pas très bien avec le tapis », avait-elle précisé pour le mettre sur la voie.

Enfin, son regard s'était posé sur les fenêtres.

« Oh, s'était-il exclamé, tu as acheté de nouveaux rideaux.

— Ils te plaisent ?

— Ils sont superbes. On dirait qu'ils sont faits pour cette pièce. »

Ses paroles sonnaient faux, comme s'il avait feint d'être content. Mais peut-être se l'était-elle simplement imaginé.

« Je les ai achetés dans cette boutique de déco italienne, tu te souviens ? Je t'en ai parlé.

— Oui, exact. Ils sont très classe, vraiment.

— J'ai posé la facture sur ton bureau.

— Très bien, avait-il acquiescé en hochant distraitement la tête. Bon, allez, il faut que j'aille préparer mes affaires. Ce soir, je dois me coucher tôt.

— Tu pourrais t'occuper de la facture avant ? Autrement, ça risque de faire un peu tard, si tu attends ton retour.

— Pas de souci. Je n'oublierai pas. »

Il était sorti d'un pas lent.

Elle repensa soudain à cette facture. Paradoxalement, l'alcool lui éclaircissait les idées. Son accès de panique était terminé. Elle était de nouveau capable de raisonner. Cette histoire de facture n'était pas réellement importante, mais autant aller vérifier tout de suite si c'était réglé.

Le bureau se situait entre la cuisine et le séjour, entièrement vitré côté jardin et prévu à l'origine pour servir de jardin d'hiver. Laura y avait installé un beau secrétaire ancien qu'elle avait découvert des années auparavant dans le midi de la France, ainsi qu'une bibliothèque en bois et un confortable fauteuil. Elle partageait cette pièce avec Peter. C'était là qu'elle faisait la comptabilité, là que travaillait Peter le week-end ou le soir.

Laura alluma la lumière et la facture lui sauta aussitôt aux yeux : toujours sur le bureau, à l'endroit où elle l'avait posée. Sans doute Peter ne l'avait-il même pas regardée, et encore moins payée.

Il était vrai que le jour était mal choisi, la veille de son départ... Il avait autre chose en tête.

Lentement, elle gravit les marches de l'escalier. Peut-être l'alcool l'aiderait-il à se rendormir.

Son souhait ne se réalisa pas. Elle resta éveillée jusqu'à l'aube. À six heures, elle se leva, s'assura que Sophie dormait encore et partit faire son jogging. Il pleuvait toujours et le vent paraissait s'être rafraîchi depuis la veille.

2

Il pleuvait aussi sur la Côte d'Azur en ce dimanche matin. Après la longue période de sécheresse estivale, cette première quinzaine du mois d'octobre s'accompagnait d'un changement de temps. La nature avait besoin de pluie.

Les lourds nuages qui s'accumulaient sur les montagnes de l'arrière-pays restaient suspendus sur leurs flancs. Les vignes aux couleurs vives ne scintillaient pas comme d'ordinaire sous le soleil automnal mais apparaissaient par intermittence, tristes, entre les trombes d'eau. Les routes et les chemins étaient parsemés de flaques d'eau. Le vent venait de l'est, ce qui signifiait que le mauvais temps allait durer.

Catherine s'était levée de bonne heure, comme à l'accoutumée. Lorsqu'elle restait trop longtemps au lit après son réveil, elle se mettait à ruminer et c'était très mauvais. Elle finissait par fondre en larmes, ou alors le sentiment latent de haine mêlée d'amertume qui l'habitait en permanence prenait le dessus et elle était submergée par l'intensité de son émotion.

Les doigts crispés sur la tasse de café qu'elle venait de se préparer, elle arpentait son appartement, passant de la cuisine au séjour, puis à la chambre, pour retourner à la cuisine. La salle de bains, elle l'avait évitée. Catherine détestait la salle de bains, un vrai tunnel sombre et étroit, éclairé uniquement par un faible rayon de lumière qui tombait de haut et se frayait péniblement un chemin. Le sol était constitué de dalles de pierre grise et froide dans laquelle la crasse de générations entières s'était incrustée. Le carrelage d'un jaune sale qui ornait les murs sur un mètre de hauteur à peine était ébréché aux angles, et sur l'un des carreaux, juste à côté du lavabo, un prédécesseur de Catherine avait gravé un « merde » agressif. La jeune femme avait essayé d'accrocher une serviette par-dessus l'inscription, mais le crochet s'était cassé au bout de deux jours et le trou béant qui marquait son emplacement n'améliorait pas la situation.

La fenêtre était perchée si haut qu'il fallait grimper sur le siège des W.-C. pour l'ouvrir. Lorsqu'on se regardait dans la glace du lavabo, la lumière qui tombait de là-haut éclairait le visage d'une manière si peu flatteuse que le teint blême dont elle vous gratifiait vous vieillissait de plusieurs années.

C'est aussi à cause de la glace que Catherine évita la salle de bains ce matin-là. Plus que l'incroyable laideur de la pièce, l'idée de voir son propre visage la retenait – une fois de plus. La semaine précédente avait été à peu près potable, mais, pendant la nuit, elle avait été réveillée par la brûlure, la sensation de son visage en feu. Elle avait étouffé un gémissement dans son oreiller et s'était maîtrisée à grand-peine pour éviter d'enfoncer les ongles de ses mains dans sa figure et de se lacérer la peau. Et voilà, c'était reparti ! Pourquoi, dans les phases de repos, s'imaginait-elle que sa maladie avait définitivement disparu, qu'elle la laisserait tranquille, estimant que sa victime avait payé son dû ? Que le bon Dieu – ou celui qui tirait les ficelles – en aurait assez de la plaisanterie, qu'il serait enfin satisfait de son œuvre de destruction et qu'il se tournerait vers une nouvelle proie ? Or l'espoir s'était toujours révélé trompeur. Régulièrement, par phases séparées de quelques semaines – au mieux, deux ou trois mois –, l'acné se déclenchait pendant la nuit. Sournoisement, il épargnait le dos, le ventre et les jambes, pour se concentrer sur le visage et le cou, en s'épanouissant justement là où Catherine ne disposait d'aucun moyen pour cacher les horribles pustules qu'il lui infligeait. L'éruption se développait quelques jours, puis refluait lentement en laissant des cicatrices, des cratères, des monticules, des rougeurs et des taches indéfinissables. Catherine souffrait de cette maladie depuis sa treizième année, et aujourd'hui, à trente-deux ans, elle avait l'air d'avoir subi un grave accident. Elle était défigurée, y compris dans les phases de rémission.

À l'aide d'épaisses couches de fond de teint et de poudre, elle parvenait malgré tout à masquer un peu les dégâts. Toutefois, pendant les crises, c'était non seulement inutile, mais pire.

Les démangeaisons de son visage et les murs étroits de son vieux logement décrépi lui devinrent bientôt si insupportables qu'elle décida de sortir et d'aller prendre son petit déjeuner dans un café, sur la promenade du port. Son appartement, situé dans une ruelle de La Ciotat, dégageait une atmosphère si étouffante que, souvent, elle n'y tenait plus. En été, quand la région était écrasée de chaleur, l'ombre et la fraîcheur s'y révélaient cependant agréables. Mais en automne et en hiver, c'était la dépression assurée.

Elle mit un manteau léger et s'emmitoufla dans un châle qu'elle remonta un peu pour cacher tant bien que mal son menton et sa bouche. Dehors, la ruelle était humide et sombre. Les maisons paraissaient s'incliner les unes vers les autres. Catherine parcourut les rues d'un pas vif, la tête baissée. Par bonheur, grâce au mauvais temps et à l'heure matinale, elle ne rencontra presque personne. Un vieux monsieur, néanmoins, la dévisagea d'un œil intrigué quand il la croisa. Elle s'aperçut que son châle avait glissé. Avec sa peau repoussante, elle ne pouvait en vouloir aux gens d'être dégoûtés.

Sa respiration se fit plus légère lorsque, s'étant extraite de la dernière rangée de maisons, elle aperçut la mer. Les vagues venaient clapoter nonchalamment contre le mur du quai, grises et ternes comme le ciel. Les énormes grues du port se détachaient sur le Bec-de-l'Aigle ; c'étaient des reliques de la guerre, installées par les nazis, si solidement ancrées que les démonter eût coûté une fortune. Elles restaient donc en l'état, et la laideur de cet amas de ferraille privait La Ciotat de tout espoir de devenir une jolie station balnéaire des bords de la Méditerranée, la condamnant à rester une ville ouvrière, morne et grise, pour l'éternité.

Une ville moche, pensa Catherine, faite pour une fille moche.

Elle se rendit au Bellevue, en face du port, le seul café ouvert le dimanche à pareille heure. Elle connaissait le patron depuis des années. Il ne serait pas affolé par sa tête d'épouvantail. La jeune femme s'assit dans un coin au fond de la salle et enleva son châle.

— Un crème et un croissant, commanda-t-elle.

Philippe, le patron, la considéra avec apitoiement.

— Ma pauvre, c'est pas la forme aujourd'hui, hein ?

Elle hocha la tête et s'efforça de prendre un ton léger.

— Qu'est-ce que vous voulez, il n'y a rien à faire. Ça va, ça vient, ce genre de truc. Et aujourd'hui, ça vient.

— C'est parti ! Un bon crème et un bon croissant tout chaud, promit Philippe avec empressement.

Il était plein de bonnes intentions, mais sa pitié trop visible la blessait. Les gens avaient deux façons de se comporter avec elle : soit ils avaient pitié, soit ils la fuyaient.

Parfois, elle ne savait pas ce qui était le plus difficile à supporter.

Le Bellevue disposait d'une terrasse couverte, protégée des intempéries pendant la saison froide par une paroi synthétique et transparente. De là, Catherine pouvait observer la rue, qui peu à peu s'animait. Deux courageuses faisaient leur jogging, flanquées d'un petit chien qui courait joyeusement à leurs côtés ; de temps à autre, on voyait une voiture ; un passant mettait le cap sur la vieille ville, une baguette de pain sous le bras. Il avait sans doute une femme et des enfants qui l'attendaient à la maison avec impatience. Peut-être même avait-il une famille nombreuse. Non, il vivait plutôt avec sa copine, une nana jeune et jolie, bien sûr. Elle dormait encore et il s'était levé pour aller lui acheter du pain frais pour son petit déjeuner. Ils avaient fait l'amour pendant la nuit, ils étaient heureux, ils ne remarquaient même pas qu'il pleuvait. La nana avait sans doute un teint de pêche et il la couvait des yeux, éperdu d'amour et d'admiration.

Vraiment, elle avait horreur de ce genre de pétasses !

— Et voilà, un café et un croissant ! annonça Philippe.

D'un geste preste, il posa le tout sur la table et jeta un coup d'œil inquiet au-dehors.

— Aujourd'hui, on ne va avoir la pluie qu'une seule fois, de ce matin à ce soir ! prédit-il.

Elle remua son sucre. Un sucre solitaire dans une tasse solitaire… Elle sentit que Philippe s'apprêtait à ajouter quelque chose, et espéra qu'il y renoncerait, parce que cela ne ferait que la blesser davantage.

— Pour votre figure, risqua-t-il avec embarras en détournant le regard, enfin... qu'est-ce qu'ils disent, les docteurs ? Parce que vous en avez bien vu, des docteurs ?

Catherine faillit lui envoyer une réplique cinglante mais se ravisa. Philippe n'était pas responsable de ses problèmes ; et elle n'avait pas envie de se le mettre à dos. Si elle ne pouvait plus venir dans son café, elle resterait cloîtrée chez elle.

— Évidemment ! confirma-t-elle. J'en ai vu des tas. Ils ont tout essayé, ils ont cherché toutes les solutions. Mais... (Elle haussa les épaules.) Je suis un cas désespéré.

— Ce n'est pas possible ! s'échauffa Philippe. Laisser une femme se balader comme ça... Enfin je veux dire, ils sont capables d'aller sur la Lune et de faire des transplantations cardiaques... et ils sont incapables de guérir un petit problème de peau !

— Eh oui, qu'est-ce que vous voulez ! Il ne me reste plus qu'à espérer que quelqu'un finira par trouver un traitement qui marche.

— Et ça vient d'où ?

Philippe, très à l'aise à présent, la dévisageait sans aucune retenue et s'accrochait à son sujet.

— Ils ont sûrement des idées là-dessus ! insista-t-il.

— Ils en ont beaucoup, des idées, ils en ont des tonnes !

Une femme franchit le seuil, accompagnée de deux enfants, et Catherine vit s'approcher la fin de son supplice.

— Un jour, on trouvera ! lança-t-elle d'un ton qui mettait un terme à la conversation.

Découragée, elle se retint de fondre en larmes. Son visage martyrisé était en feu.

— Surtout, il faut garder le moral ! lui recommanda Philippe avant de s'éloigner enfin.

Elle respira à fond. Oui, en fait, la pitié était pire que le dégoût.

Les enfants la dévoraient des yeux : deux jolies petites filles qui pouvaient avoir huit et neuf ans. Leur visage à l'expression un peu renfrognée était encadré de boucles brunes.

— Qu'est-ce qu'elle a, la dame ? s'enquit la plus jeune en tirant sa mère par la manche. Maman, pourquoi elle est comme ça, sa figure ?

Visiblement embarrassée par cette curiosité de mauvais aloi, sa mère lui chuchota de se taire.

— Et arrête de la regarder tout le temps, la dame. Ça ne se fait pas. C'est une pauvre dame, elle est à plaindre. Il ne faut pas être aussi mal élevée, ça lui fait de la peine.

Catherine, les joues de plus en plus brûlantes, garda le nez baissé sur sa tasse. Elle n'avait plus envie de son croissant. Et elle n'avait plus envie de pleurer. À présent, c'était la haine qui avait pris le relais, cette compagne de tous les jours, avec la tristesse. La haine vis-à-vis de tous ceux qui étaient en bonne santé, qui étaient beaux, aimés, désirés, qui pouvaient profiter de la vie.

Pourquoi, murmura-t-elle intérieurement, pourquoi ?

— Je peux m'asseoir ? interrogea une voix masculine.

Elle releva la tête. C'était Henri. Il la connaissait mieux que personne, mais il ne put dissimuler le choc que lui causait l'aspect de sa peau.

— Oh, Catherine ! souffla-t-il.

— Assieds-toi ! dit-elle en désignant une chaise en face d'elle.

Plus qu'elle ne la voyait, elle sentait que la mère des deux petites curieuses regardait dans sa direction. Ah, elle devait être surprise de la voir avec un si beau mec ! Ce n'était pas le genre de type avec lequel on s'attendait à la voir ! Il était son cousin, mais ça, ce n'était pas écrit sur son front.

— J'ai sonné chez toi, lui apprit Henri, et, comme tu n'y étais pas, j'ai pensé te trouver ici.

— C'est vrai qu'il n'y a pas trente-six possibilités.

Elle lui indiqua son croissant.

— Tiens, mange-le. Je n'ai pas faim.

— Mais tu devrais…

— Non, je n'en ai pas envie. Tu fais ce que tu veux, moi, je n'en veux pas.

Il se jeta sur la viennoiserie comme un loup affamé.

— Qu'est-ce que tu fais dehors à cette heure-ci ? s'enquit-elle.

— Devine. Je n'ai pas dormi de la nuit.

— Henri, je…

— Non, laisse tomber, dit-il en l'arrêtant d'un geste de la main. Je n'ai pas envie de parler.

— Et elle est où, Nadine ?

— Hier soir, elle est partie assez tôt dans la soirée, et puis ce matin je l'ai trouvée couchée à côté de moi. Ensuite, elle est repartie chez sa mère.

— Est-ce que tu lui as…

Le visage fatigué d'Henri se figea.

— Je n'ai pas envie d'en parler !

— Bon, bon.

Inutile d'insister. Il arriverait un moment où Henri aurait envie de parler, et alors, il viendrait la trouver.

— Tu as l'air si malheureux, se contenta-t-elle de dire à voix basse.

— J'ai besoin que tu me donnes un coup de main. Tu peux venir m'aider aujourd'hui en cuisine ? Comme je te l'ai dit, Nadine est chez sa mère et j'ai peur d'être débordé, avec ce temps… Je n'y arriverai pas tout seul. Je sais que tu m'as déjà aidé vendredi, mais…

— Pas de problème. Je t'aurais aidé hier soir aussi, si tu me l'avais demandé. Je ne sais pas comment tu as fait pour te débrouiller tout seul. Tu aurais dû m'appeler !

— Je n'avais pas envie. Tu aurais voulu… m'en parler. Et moi, je ne voulais pas.

— Tu m'attends pour quelle heure ?

— À partir de dix heures et demie, ça ira ?

Elle eut un sourire amer.

— Oui, ça ira. Tu sais bien que je ne fais que ça, moi, attendre qu'on ait besoin de moi.

Il soupira. Son visage trahissait un réel chagrin.

— Je t'ai déçue, je le sais. J'ai été trop faible. Tu ne peux pas savoir à quel point j'aurais voulu…

— Quoi ? Avoir agi autrement ?

— Non. Avec mon caractère, je n'aurais pas pu agir autrement. La faiblesse, rien à faire, elle est en moi. Ce que j'aurais voulu, c'est carrément être quelqu'un d'autre. Ne pas être Henri Joly, de La Ciotat, mais… je ne sais pas… Jean Dupont, de Paris !

— Ah oui ? Qui est-ce ?

— Je viens de l'inventer. Jean Dupont est directeur d'une grande entreprise. Il est ambitieux, il n'a pas beaucoup de scrupules, il est dur en affaires, il n'est pas très aimé, on le craint plutôt, mais tout le monde essaie de se placer auprès de lui. Il fait partie du conseil d'administration et il a de bonnes chances de devenir un jour P.-D.G. Alors, comment tu le trouves, Jean ?

Catherine sourit et, cette fois, son sourire était doux. Il donnait à son visage une expression qui révélait ce qu'il aurait pu être sans la maladie et sans l'amertume de ses traits : celui d'une femme au charme particulier, dont, peut-être, les gens auraient remarqué les beaux yeux.

— Il ne me plaît pas du tout, ce Jean, répondit-elle. Au contraire, je crois même qu'il m'est très antipathique. Peut-être parce que je tiens énormément à Henri et que je ne voudrais pas qu'il soit différent.

Henri eut son café sans avoir besoin de le commander. Comme toujours, il le buvait noir et sans sucre. Catherine savait comment il l'aimait : très fort et très amer. Parfois, elle rêvait. C'était elle qui lui préparait son café le matin, elle qui le lui servait dans sa tasse, elle qui prenait son petit déjeuner avec lui. Elle lui coupait son pain, lui faisait ses tartines de beurre et de miel. Il adorait les tartines de miel. Oui, elle connaissait ses goûts.

Il saisit au vol la dernière phrase qu'elle avait prononcée.

— Tu ne voudrais pas qu'Henri soit différent... Pourtant... il t'a énormément déçue.

Elle l'arrêta aussitôt, utilisant involontairement les mêmes mots que lui.

— Je n'ai pas envie d'en parler. Non, s'il te plaît.

— Très bien.

Il but son café en trois gorgées, puis repoussa la tasse, posa quelques pièces sur la table et se leva.

— On se voit tout à l'heure ? Merci, Catherine.

Fugitivement, il lui caressa les cheveux avant de sortir. À l'autre bout de la salle, la mère de famille le suivit des yeux. Comme toutes les femmes, depuis toujours.

Et moi, pensa Catherine le cœur gros, j'ai vraiment cru un jour qu'il m'épouserait.

3

Au bout de dix minutes à peine, Nadine regretta d'être venue chez sa mère. Comme d'habitude, au lieu d'aller mieux, elle déprimait encore plus. Pourquoi donc s'entêtait-elle à commettre toujours la même erreur ?

Si elle était venue tout droit ici, c'est qu'elle n'était pas vraiment en état de réfléchir avant d'agir. Elle aurait même pu commettre une bêtise bien plus grave.

Combien de fois n'avait-elle pas cherché à convaincre sa mère de quitter cette lugubre baraque des environs du Beausset ! Elle ne cessait de se demander ce qui pouvait la retenir dans cette cabane délabrée, envahie peu à peu par les herbes folles d'un jardin trop grand. Située dans une sorte de gorge, la maison était tournée vers des rochers escarpés qui grimpaient à l'assaut du ciel. De plus, cette gorge était très boisée, et donc affreusement sombre, y compris au plus fort de l'été. Et lorsqu'il pleuvait comme aujourd'hui, la sensation d'oppression dégagée par ces ténèbres était à son comble.

Dans la cuisine, il faisait froid, et il régnait une odeur nauséabonde d'aliments tournés. Nadine conserva sa veste et s'y pelotonna encore un peu plus, sans réussir à se réchauffer. Les vieux murs de pierre repoussaient la chaleur du soleil en assurant si bien leur fonction que l'intérieur de la maison restait humide et sombre en permanence. La grande cheminée de pierre que l'on allumait à la saison froide ne réussissait pas à procurer un relatif confort, car on avait toujours laissé mourir le feu la nuit, y compris pendant l'enfance de Nadine. À l'époque, son père, que ses innombrables aventures amoureuses tenaient loin du foyer, était presque toujours absent, et sa mère restait trop occupée à gémir sur son sort pour s'intéresser à des détails aussi matériels que le chauffage.

Dès l'âge de douze ans, Nadine avait décidé de quitter sa famille le plus tôt possible. Et, une fois de plus, devant ce décor, elle pensa avec amertume qu'il était criminel d'élever un enfant dans cet univers.

Marie vint la rejoindre, en robe de chambre – Nadine l'avait trouvée au lit – et munie de la cafetière.

— Tiens, voilà, ça te fera du bien.

Elle dévisagea sa fille et ajouta :

— Tu es très pâle. Tu as dormi la nuit dernière ?

— Non, très mal. C'est sans doute le temps. En général, je ne suis pas bien à cette époque. La fin de l'été, le début de l'hiver… ça ne me réussit pas.

— Aujourd'hui, le temps est vraiment vilain, renchérit Marie. Et avec Henri, tout va bien ?

— Je m'ennuie, comme toujours.

— Tu sais, au bout de quinze ans... ce n'est plus très palpitant.

Marie servit le café. Ni lavée ni peignée, elle paraissait au moins soixante-cinq ans. Ses yeux étaient bouffis mais Nadine savait que sa mère ne touchait jamais à l'alcool et que ce n'était pas là qu'il fallait chercher l'origine de ses paupières relâchées et des grosses poches sous ses yeux. Sans doute avait-elle encore pleuré pendant des heures.

— Maman, reprit Nadine, je me demande pourquoi tu t'accroches à cette maison.

— Écoute, on en a souvent parlé. Il y a plus de trente ans que je vis ici, pourquoi veux-tu que je parte ?

— Parce que, à cinquante ans, tu n'es pas vieille. Tu n'as pas à vivre comme une recluse. Tu pourrais encore profiter de la vie.

Marie passa ses doigts écartés dans ses cheveux. Ses boucles courtes, presque noires, se dressèrent sur sa tête comme un plumeau.

— Regarde-moi donc ! Comment veux-tu que je profite encore de la vie ?

En réalité, en dépit de son aspect négligé et de ses yeux gonflés, elle demeurait très belle. Nadine savait que sa mère, fille d'un viticulteur de Cassis, était considérée autrefois comme l'une des plus jolies filles de la région, et cette réputation était justifiée, ainsi que le démontraient les photos. Sensuelle, respirant la joie de vivre, le dynamisme, elle était superbe. Elle tourna la tête au non moins sensuel Michel Tassetti, qui s'empressa de lui faire un enfant alors qu'elle avait à peine dix-sept ans. Sur la demande pressante du père de Marie, ils se marièrent et se virent dans l'obligation de chercher un toit pour eux et pour leur bébé.

Jamais Nadine ne pardonna à son père l'idée farfelue qu'il avait eue de dénicher une vieille bicoque à l'écart de la civilisation. Ainsi que Marie le lui avait raconté, il s'était soudain mis à rêver d'un grand terrain, de chèvres, de poules, d'une maison qui respirerait le charme des temps anciens...

Ainsi avaient-ils atterri dans le taudis du Beausset. Michel avait décrété qu'il entreprendrait lui-même la rénovation de l'intérieur. Les travaux en restèrent au stade de la déclaration d'intention. Car Michel n'était pas un manuel. Il continua à s'occuper exclusivement de son petit magasin d'antiquités de Toulon, passant toutes ses journées à l'extérieur, puis bientôt la moitié de ses nuits. Au bout de plusieurs années, Nadine sut pourquoi il ne rentrait pas le soir : il consacrait ses soirées aux jeunes touristes qu'il accompagnait dans les bars, les discothèques et au lit. Marie commença alors à tremper de larmes ses oreillers et, dans une certaine mesure, elle n'arrêta plus. C'était à elle que revenait le soin de s'occuper du trop grand jardin, des poules et des chèvres que Michel avait si ardemment souhaités, ainsi que de la petite fille à cause de laquelle, à vingt ans à peine, elle se retrouvait empêtrée dans un mariage malheureux.

La maison ne possédait pas l'eau courante, ni l'électricité. Ses fenêtres ne fermaient pas hermétiquement. Michel avait commencé à installer une salle de bains, puis les travaux avaient été abandonnés à mi-chemin. Seuls quelques carreaux étaient collés aux murs ; le sol d'argile n'était recouvert de dalles que sur la moitié. Un jour – Nadine était âgée de six ans – il rentra au logis en rapportant un miroir, une antiquité au joli cadre doré.

« C'est pour toi, annonça-t-il, tout fier, à Marie, qui l'avait attendu deux nuits durant en ignorant où il se trouvait, c'est pour ta salle de bains. »

Pour la première et la dernière fois, Nadine avait vu sa mère se transformer en furie. Elle avait dévisagé son mari d'un air égaré, comme incapable de comprendre ses paroles ou la raison de son sourire resplendissant.

Puis elle avait attrapé le miroir à deux mains et l'avait lancé de toutes ses forces sur le sol de pierre. Le verre et le cadre s'étaient brisés en mille morceaux.

« Ne recommence jamais une chose pareille ! avait-elle hurlé, les veines du front saillantes, la voix stridente. Ne t'avise plus jamais de m'humilier comme ça ! Tes saloperies, tu peux te les garder ! Je ne veux pas de cadeaux, je ne veux rien ! Je ne veux rien de ta part ! Tes sourires de faux cul et ta pommade, et tout ton baratin, tu te les gardes ! »

Nadine s'était réfugiée dans sa chambre en se bouchant les oreilles. Plus tard, alors que le silence s'était installé depuis longtemps, elle s'était risquée au-dehors et s'était glissée dans la cuisine. Marie était assise à la table, la tête enfouie dans les mains, et pleurait. Les débris du miroir gisaient par terre. Michel avait disparu.

« Maman, avait-elle murmuré, qu'est-ce qui se passe ? Le cadeau de papa, il ne t'a pas fait plaisir ? »

Marie avait levé la tête. Nadine s'était alors demandé pour la première fois à quoi ressemblait sa mère quand elle n'avait pas les yeux rougis de larmes.

« Tu ne peux pas comprendre, avait répondu Marie, tu es encore trop petite. Un jour, tu comprendras. »

Et, effectivement, Nadine avait compris un jour. Elle avait compris que les femmes se succédaient dans la vie de son père, que c'était un être superficiel qui se laissait guider par ses envies, qu'il vivait sa vie au jour le jour sans jamais se préoccuper des autres. Il s'était marié avec la plus jolie fille de la région et considérait que celle-ci lui gâchait l'existence avec ses lamentations incessantes, ses reproches, ses exigences.

Un beau jour, Michel s'amouracha d'une commerçante de Nice. Du jour au lendemain, proclamant qu'il avait trouvé la femme de sa vie, il s'installa chez elle et mit son magasin d'antiquités en gérance. Nadine avait quatorze ans. Au début, il vint quelquefois l'attendre à la sortie du collège. Il l'emmenait déjeuner et en profitait pour lui faire la description détaillée de son nouveau bonheur. Peu à peu, ses visites s'espacèrent et finirent par cesser.

Elle, de son côté, harcelait sa mère pour la convaincre de divorcer et de prendre un appartement confortable en bord de mer.

« Il faut qu'on s'en aille de cette baraque ! C'est l'horreur, ici ! Je ne comprends pas pourquoi tu t'entêtes à rester enchaînée à quelqu'un qui a passé sa vie à te tromper ! »

Mais toutes ces années de frustration et de larmes ininterrompues avaient vidé Marie. Changer de vie requérait de l'énergie, une énergie qu'elle ne possédait plus. Et cette maison, et la solitude, et les promesses non tenues faisaient partie d'un quotidien trop difficile à bousculer. Cela ne signifiait nullement que ses larmes étaient taries. Marie semblait pleurer comme d'autres fumaient, buvaient. Ses activités quotidiennes étaient régulièrement interrompues par de petites séances de pleurs qui paraissaient la rasséréner.

À dix-huit ans, Nadine avait interrompu ses études. Elle en avait assez. Elle allait prendre son destin en main, tourner le dos au taudis qui tombait en ruine, où le provisoire était définitif, au manque d'argent chronique, car Marie ne gagnait pas sa vie et elles étaient tributaires des versements épisodiques de Michel et du complément arraché au père de Marie.

Henri avait été sa planche de salut. Aujourd'hui, elle savait que c'était pour cette unique raison qu'elle l'avait épousé.

— Tu n'arrêtes pas de me donner des conseils, dit Marie. Mais moi, ma vie, elle est derrière moi, alors que toi, tu as la tienne devant toi.

— J'ai trente-trois ans !

— À cet âge, tout est encore possible. Simplement, il te faut faire mieux que moi. À trente-trois ans, j'avais

47

déjà une fille presque adulte et j'avais été plaquée par mon mari après avoir vécu une vie d'enfer avec lui. Mais...

— Tu as raison, l'interrompit Nadine, ta fille était presque adulte. Tu étais libre. Mais tu n'as pas bougé le petit doigt.

Marie reposa à grand bruit la tasse de café qu'elle s'apprêtait à porter à sa bouche.

— Ton père, s'écria-t-elle, a pompé peu à peu toute ma force, toute mon énergie, toute ma joie de vivre ! Il m'a détruite ! Moi, à trente-trois ans, j'étais amère, découragée, et, quelques années plus tard, j'étais déjà vieille. Mais toi, ce n'est pas pareil ! Tu es heureuse avec Henri. C'est un homme formidable. Il t'adore. Tu n'as aucune raison pour...

— Oui ? Qu'est-ce que tu as voulu dire ?

— Si tu veux le savoir, je te trouve très mauvaise mine. Ça m'a déjà sauté aux yeux la dernière fois que tu es venue, il y a deux mois. Et là, il faisait très beau, ce n'était pas encore la mauvaise saison, le passage à l'hiver. N'empêche que tu étais à faire peur... Qu'est-ce qui se passe ? Tu commences déjà à avoir des rides autour de la bouche, c'est beaucoup trop tôt !

Effectivement, Nadine avait beaucoup maigri au cours des dernières semaines, et elle savait qu'elle paraissait fragile. La nuit passée avait fini de l'épuiser. Elle était au bout du rouleau.

— Je t'en prie, maman, n'insiste pas. Tu n'as jamais rien voulu savoir, qu'est-ce qui te prend, tout à coup ?

— Comment ça, je n'ai jamais rien voulu savoir ? Je me suis toujours inquiétée. Je me suis toujours intéressée à toi. Je ne crois pas que tu puisses me reprocher...

Nadine sentit la migraine la gagner. Sa mère n'était pas stupide, elle comprenait les choses, mais elle n'avait pas conscience de l'impact de son propre échec sur la vie de sa fille.

— Maman, je ne te reproche rien. Mais quand tu t'inquiétais de moi, c'était uniquement pour me demander : ça va ? Et comme, de mon côté, je répondais oui, tu n'as jamais cherché plus loin.

Marie parut un peu perplexe.

— Tu paraissais heureuse !

Nadine eut un sourire amer.

— Heureuse ! Tu sais bien que, depuis le jour de ma naissance, mon plus cher désir a toujours été de quitter Le Beausset, cette prison dans laquelle tu t'es laissé enfermer et que tu m'as imposée. Et voilà où j'ai atterri : au Liouquet, à La Ciotat ! Ah, quel chemin, hein ? Je me retrouve en train de faire la bonniche dans une pizzeria minable, tu parles d'une réussite ! Tu crois vraiment que c'était ça, mon rêve, pendant toutes les années que j'ai passées ici, dans ce trou infâme ?

— Mais Henri… risqua Marie d'une voix faible.

— Fiche-moi la paix avec Henri, s'il te plaît, fiche-moi la paix avec Henri !

Nadine fit alors ce que faisait sa mère depuis qu'elle la connaissait : elle enfouit sa tête dans ses mains et se mit à pleurer.

Elle pleura à gros sanglots, donnant libre cours à une douleur qui semblait la dévorer tout entière, en ne laissant subsister d'elle qu'un océan infini de larmes.

4

Laura rentra de son jogging un peu après sept heures. Elle se prépara du thé et emporta sa tasse dans la salle de bains, où elle se doucha abondamment, se sécha les cheveux, se maquilla avec soin et mit une touche finale en appliquant du vernis sur les ongles de ses orteils. Elle ne s'expliquait pas pourquoi elle prenait tant de soin de sa personne en ce dimanche matin ; normalement, le dimanche signifiait la décontraction ; elle passait souvent toute la journée en tenue de jogging. Cette fois, pourtant, elle avait l'impression de vivre une situation particulière. Elle se sentait faible, d'une faiblesse inexplicable, et sans doute cherchait-elle à se raccrocher à quelque chose. À défaut du reste, du moins son apparence devait-elle être correcte. Son univers vacillait sur ses bases : pour la première fois, elle s'était couchée sans avoir parlé à Peter.

Et elle n'avait pas fermé l'œil de la nuit.

Elle avait compris à quel point elle était dépendante de certains rituels, à quel point elle dépendait de lui, de leur couple. Son humeur était fonction de l'harmonie qui régnait entre elle et Peter. Il lui était impossible de s'en écarter, de faire jouer d'autres priorités et d'établir un équilibre. Il n'y avait que Peter. Lui seul décidait de sa sérénité, il avait tout pouvoir sur elle.

Douchée, les cheveux séchés, maquillée et à peu près satisfaite de son apparence, elle s'était préparé un œuf au plat puis l'avait jeté à la poubelle car la simple perspective de manger lui donnait la nausée. À neuf heures et demie, Peter n'avait toujours pas appelé.

— Ce n'est pas normal, prononça-t-elle à mi-voix.

En haut, Sophie commençait à s'agiter dans sa chambre. En entrant, sa mère la trouva qui lui tendait les bras, debout dans son lit à barreaux. Sophie ressemblait tellement à son père que c'en était comique. Elle avait hérité de ses yeux gris-vert très écartés, de son nez droit et de son large sourire rayonnant. Laura ne reconnaissait rien d'elle-même chez son enfant.

« Si je n'étais pas aussi sûre d'être la mère… », disait-elle parfois en plaisantant.

Elle n'avait jamais été jalouse d'avoir mis au monde la copie conforme de Peter. Mais, ce jour-là, et pour la première fois, elle en ressentit une légère piqûre. Une piqûre qu'elle ne put s'expliquer.

Elle descendit Sophie et lui donna sa bouillie. La petite était d'excellente humeur, riant et babillant sans répit.

Il était dix heures moins cinq, et Laura était encore en train de lui donner la becquée lorsque le téléphone sonna.

Son soulagement était indescriptible, si intense qu'elle en fut bouleversée. Elle guettait si ardemment cette sonnerie qu'en l'entendant enfin elle fut à deux doigts de fondre en larmes. Portant Sophie sur un bras, elle courut décrocher.

— Mon Dieu, Peter, qu'est-ce qui s'est passé ? demanda-t-elle.

Pour la deuxième fois en l'espace de douze heures, ce fut un silence consterné qui lui répondit. Par bonheur, ce n'était pas Britta. C'était Anne.

— J'avoue que de mon côté, je ne saisis pas bien le tragique de la situation, commenta son amie, mais si le fait que Peter n'appelle pas est si grave pour toi, à ta place, je ne me gênerais pas pour le relancer. Il te connaît depuis assez longtemps pour savoir que tu prends ce genre de chose très à cœur. Alors ce n'est pas la peine de prendre des gants. Fais son numéro en boucle. Il va bien réagir à un moment ou à un autre.

— J'ai déjà essayé ! Je suppose qu'il n'entend pas, pour une raison que j'ignore. Et c'est ça qui m'inquiète.

— Ou alors il entend mais ne veut pas entendre, rétorqua Anne.

Au moment où elle formula sa remarque, Laura comprit qu'elle avait envisagé cette possibilité depuis le début, et que là résidait la véritable raison de sa profonde inquiétude.

— Non, il ne ferait pas une chose pareille, s'insurgea-t-elle, et d'ailleurs, je ne vois pas pourquoi !

— Tu sais bien que je n'ai jamais réussi à le comprendre, ton mec, lui rappela Anne, qui n'avait jamais fait mystère de son antipathie pour Peter. Peut-être qu'il considère cette balade en mer comme un moment privé. Il ne veut personne entre lui, son copain et le bateau. Il veut se sentir complètement libre.

— Parce que, avec moi, il ne se sent pas libre ? protesta Laura, piquée au vif.

Anne soupira.

— Je crois que tu comprends ce que je veux dire. Parfois, on a envie de faire des choses sans sa femme ou son mari, c'est tout. Avec un ami ou une amie.

— Oui, mais moi…

— Oui, toi, non, je sais bien.

La voix d'Anne ne contenait aucun reproche, ce dont Laura lui sut gré. Pourtant, son amie aurait eu toutes les raisons de lui retirer son amitié. Elles avaient fait leurs études ensemble, étaient entrées dans la vie active ensemble et avaient eu le projet de s'associer pour créer ensemble un studio de photographie. Tout s'était arrêté brutalement à l'arrivée de Peter dans la vie de Laura. Celle-ci était reconnaissante à Anne de la fidélité qu'elle continuait de lui témoigner.

— Toi, tu fais une fixation sur Peter, il n'y a rien d'autre qui compte, poursuivait son amie, mais comment peux-tu être sûre qu'il éprouve la même chose ? Peut-être bien que ce n'est pas le cas et que ta… ta façon de l'enfermer finit par être pesante.

— Je ne l'enferme pas ! Je lui laisse faire tout ce qu'il veut. Il vit pour son travail et je ne m'en suis jamais mêlée !

— Tu l'attends avec trop d'impatience. Tu l'appelles beaucoup trop souvent au bureau. Dès le mardi, tu veux savoir comment et où vous passerez le week-end suivant. Tu lui demandes de te consacrer chaque seconde de son temps. Tu ne crois pas qu'il lui arrive de trouver que tu lui mets trop la pression ?

Laura ne répondit pas, frappée par ces paroles. Enfin, elle avoua à mi-voix :

— C'est que je m'ennuie tellement, parfois...

— Jamais tu n'aurais dû arrêter de travailler !

— Peter le voulait.

— Peut-être, mais c'était une erreur. Tu aurais dû te battre. Il fallait garder quelque chose pour toi. Un domaine réservé, quelque chose qui compte à tes yeux, en dehors de Peter. Crois-moi, tu prendrais ta vie de couple avec plus de calme, et ce ne serait pas un mal.

— Qu'est-ce que tu veux que je fasse, maintenant ?

Anne resta coite un instant, interloquée. Puis elle devina que Laura était revenue au point de départ de leur conversation.

— Tu n'as qu'à le harceler au téléphone. Il t'avait promis de t'appeler, il ne tient pas sa promesse, alors tu n'as aucune raison de te gêner. Appelle-le, appelle son copain. Appelle ces gens que vous connaissez, ceux chez qui il avait l'intention de s'arrêter pour aller dîner. Il faut l'encercler. Et tu lui diras ce que tu penses de son comportement. Tu lui raccrocheras au nez et tu seras injoignable pour le reste de la semaine.

Anne reprit son souffle, ajouta :

— Voilà, ça, c'est pour Peter. Et en ce qui te concerne, toi, la seule chose que j'ai à te dire, c'est : recommence à travailler. Ton Peter, ça ne va pas lui plaire, il va ruer dans les brancards, mais il va finir par craquer. Je les connais, les hommes, ils finissent par plier devant l'inévitable. Et mon offre est toujours valable. J'aurais besoin d'une bonne collaboratrice.

— Anne, je...

— On a toujours bien bossé ensemble. Pense à tous les projets qu'on avait. Il n'est pas trop tard.

— Je te rappelle, promit Laura.

Puis elle raccrocha.

Christopher se réveilla à dix heures et demie, ce dimanche-là, après avoir dormi d'un sommeil de plomb. Aussitôt, le mal de tête l'assaillit comme un ennemi aux aguets près de son lit. Près de son lit ?

Compte tenu de la lenteur avec laquelle travaillait son cerveau, Christopher mit un certain temps à noter qu'il n'était pas dans son lit : ses doigts étaient en contact avec du bois... il avait froid... et lorsqu'il chercha la couverture à tâtons, il ne la trouva pas.

Ses épouvantables maux de tête dominaient tout le reste, mais, peu à peu, d'autres sensations se libérèrent et il s'aperçut que tous ses os, jusqu'au dernier, lui faisaient mal.

Peu à peu, quelques images se formèrent devant ses yeux. Il reconnut des marches, celles qui menaient à l'étage ; les pieds d'une petite table ancienne ; un porte-parapluie en laiton dans lequel était fiché un parapluie bleu. Le début d'une rampe d'escalier peinte en blanc...

Le couloir de sa propre maison. L'entrée. Il était couché par terre, sur le ventre, juste derrière la porte, avec un marteau piqueur dans le crâne, il sentait des os dont il avait ignoré l'existence jusqu'alors et se rendait compte qu'il était au bord de la nausée.

Le téléphone sonna. Il supposa que l'appareil sonnait déjà depuis un certain temps et que ce bruit l'avait réveillé. Le téléphone était posé près de la cheminée, dans la petite pièce, juste à côté du couloir, mais Christopher ne savait pas s'il pourrait arriver jusque-là. Il était paralysé par la douleur.

À grand-peine, il essaya de reconstituer la soirée de la veille. Il avait bu. Jusqu'à rouler sous la table. Dans un bar du port des Lecques. Lequel ? Ses efforts pour se souvenir augmentèrent ses maux de tête. Et il y avait aussi la sonnerie ininterrompue à côté. La personne qui appelait était d'une persévérance à toute épreuve.

Quelques bribes de souvenirs lui revinrent. Le port. Le bar. La mer. Il pleuvait la veille au soir, il faisait froid. Christopher avait bu du whisky. Il buvait toujours du whisky quand il essayait d'oublier. À un moment, quelqu'un, le garçon peut-être, avait voulu l'arrêter. Il se rappelait avoir répondu agressivement. Il n'avait pas arrêté. Il avait exigé qu'on le serve, comme il en avait le droit.

Après, le film se déchirait. À partir d'un certain moment, tout disparaissait dans le noir. Impossible de se remémorer ce qui s'était passé. Or, s'il était étendu ici, c'était qu'il était rentré, tant bien que mal. Avait-il conduit dans cet état ? Il n'avait pas pu rentrer à pied jusqu'à La Cadière. S'il avait effectivement pris le volant et qu'il était encore en vie, cela tenait du miracle.

Le téléphone s'était tu un moment, mais voilà qu'il recommençait. Christopher résolut d'aller arracher le câble pour éviter que la sonnerie ne le rende fou. Il essaierait de parvenir jusque-là en roulant sur lui-même. Il se redressa, s'appuya sur les bras et, au même moment, fut pris de nausée. Il vomit, souillant le couloir, puis il rampa jusqu'à la petite pièce. Juste avant d'atteindre l'appareil, il fut pris d'une nouvelle nausée et vomit encore. Confusément, le souvenir d'un autre épisode lui revint.

Christopher était encore tout petit, et sa mère venait d'annoncer son départ à la famille réunie. Elle allait partir pour toujours. Il s'était mis à hurler et à vomir, mais rien n'avait pu la fléchir. D'un pas décidé, elle avait quitté la maison sans se retourner.

Finalement, il renonça à arracher le câble.

Il se hissa en s'aidant de la table, décrocha et s'assit par terre en se laissant glisser le long du mur.

— Oui ? fit-il.

Il se pensait incapable d'émettre le moindre son, mais, à son propre étonnement, sa voix était sortie, un peu grinçante mais distincte. Plutôt une voix enrhumée que celle de quelqu'un qui avait la gueule de bois.

Il vivait en France depuis si longtemps qu'il fut surpris d'entendre parler allemand au téléphone. Au bout de quelques secondes, il reconnut la voix de Laura. La femme de Peter. Il avait toujours su qu'elle appellerait et, s'il s'était bourré la gueule, la veille, cela avait un rapport.

— Christopher ? C'est moi, Laura Simon.

Elle indiquait son nom complet, ce qui prouvait qu'elle n'était pas dans son assiette.

— Ouf, tu es là ! s'exclama-t-elle. Ça fait une demi-heure que j'essaie de t'avoir !

— Laura ! Comment ça va ?

— Tu es enrhumé ? Tu as une voix bizarre.

Il se racla la gorge.

— Un peu. Il fait un temps de chien ici.

— C'est pour ça que vous n'êtes pas sortis en mer, alors ? Peter a dit que vous aviez l'intention de partir de bonne heure.

— Il pleut des cordes.

— Est-ce que Peter est avec toi ? J'essaie de le joindre depuis des heures. Je n'arrive pas à mettre la main sur lui, ni à la maison, ni sur son portable...

Le fait de vomir lui avait un peu éclairci les idées. Il arrivait à suivre ses paroles.

Bon sang, se dit-il, qu'est-ce que je lui réponds ?

— Il n'est pas ici, grogna-t-il, je ne sais pas où il est.

Un silence de plomb accueillit ces paroles, puis Laura s'écria, la voix chargée d'angoisse :

— Ce n'est pas possible ! Comment ça, tu ne sais pas où il est ?

— Non, je ne sais pas où il est. Qu'est-ce que tu veux que je te dise de plus ?

— Christopher, vous aviez rendez-vous ! Vous deviez vous retrouver hier soir ou ce matin au plus tard. Comment peux-tu me déclarer avec autant de calme que tu ne sais pas où il est ?

— Je ne l'ai pas vu, c'est tout, ni hier soir ni ce matin.

Il l'entendait respirer avec difficulté. Bientôt, elle allait se mettre à glapir d'une voix stridente, comme toutes les bonnes femmes quand elles s'énervaient.

— Et tu ne fais rien ? demanda-t-elle avec stupeur. Tu attends ton meilleur ami, il ne vient pas comme convenu, et tu t'en fiches, tu ne te poses pas de questions ?

Si elle avait su comme il avait mal à la tête ! Si seulement il n'avait pas décroché !

— Qu'est-ce que tu veux que je fasse ? demanda-t-il d'un ton bourru. Si Peter n'a pas envie de partir en bateau avec moi, s'il a changé d'avis, c'est son problème. Il est libre, il fait ce qu'il veut.

— Christopher, c'est pour partir en bateau avec toi qu'il est descendu ! Hier à dix-huit heures, il m'a téléphoné. Il m'a dit qu'il irait manger chez Nadine et Henri, et qu'ensuite il irait se coucher pour être en forme aujourd'hui. Il ne m'a absolument pas parlé de changer d'avis.

— Il a peut-être besoin de prendre du recul, par rapport à tout, à toi...

— Christopher, rends-moi un service. J'ai vraiment peur qu'il se soit passé quelque chose. Je t'en prie, va faire un tour chez nous, tu as la clé. Va voir s'il y est. Peut-être qu'il a eu un malaise ou qu'il est tombé... Je t'en prie, Christopher, aide-moi. Aide-le !

— Je ne peux pas. J'ai tellement d'alcool dans le sang que je devrais être mort. Je me vautre dans mon vomi. Désolé, Laura, mais ce n'est pas possible. Je ne suis même pas arrivé jusqu'à mon lit !

La liaison s'interrompit avec un claquement. Surpris, il regarda fixement le téléphone. La petite garce, elle avait raccroché. Ou, plus exactement, elle avait jeté le combiné si violemment qu'elle avait peut-être tout cassé. Il ne la connaissait pas sous ce jour-là. Normalement, elle se préoccupait beaucoup trop d'être gentille et bien vue par tout le monde.

La pauvre petite, se dit-il, la pauvre, pauvre petite…

Il se laissa glisser plus bas et s'allongea par terre. Ses vêtements puaient atrocement. Mais tant pis, il prendrait une douche plus tard. Avant, il avait besoin de dormir un peu…

6

La pizzeria Chez Nadine était bourrée à craquer. Même si les touristes n'étaient plus très nombreux sur la côte en cette saison, ceux qui étaient présents cherchaient refuge dans les cafés et les restaurants, où ils passaient plus de temps que d'habitude.

Catherine et Henri travaillaient seuls, car Nadine n'était pas revenue, et l'extra qu'employait parfois Henri ne venait plus à partir du 1er octobre.

Pourtant, en ce dimanche, ils regrettaient leur absence. Toutes les tables étaient occupées, à croire que les gens se vengeaient de la pluie en compensant par la nourriture. Henri avait beau la ménager, Catherine savait où résidait le vrai problème : c'était au service qu'il fallait une personne de plus. Et elle, on ne pouvait la mettre au service.

Impossible d'apporter leurs plats aux clients avec une tête pareille, ils n'y toucheraient pas. Et elle ne pouvait même pas leur en tenir rigueur, tellement ses pustules étaient repoussantes. Sans compter que les gens trembleraient à l'idée d'être contaminés. Elle n'allait pas se mettre à expliquer à tout le monde que cette éruption était sa malédiction personnelle, qu'elle la gardait pour elle sans en faire profiter son prochain.

Henri se voyait donc obligé de jongler entre le service, le four à pizza et la table de cuisson. Normalement, sa place était à la cuisine, tandis que le service était assuré par Nadine. Aujourd'hui, il se partageait en deux. Catherine l'aidait en lavant la vaisselle et en coupant des montagnes de tomates, d'oignons et de fromage, en remuant de temps à autre le contenu des casseroles sur ses indications et en veillant à ce que rien ne brûle.

— Henri, vraiment, ça me fait de la peine, lui dit-elle. Je ne te sers pas à grand-chose. C'est toi qui fais presque tout et…

D'un bond, il fut à côté d'elle et lui posa un doigt sur la bouche :

— Chut ! Ne dis plus rien. Arrête de te rabaisser comme ça. Je remercie le ciel que tu sois là. Sinon, je ne tiendrais pas. Tu vois bien…

Déjà, il se tournait vers la table de cuisson, poussait une casserole sur le côté avec un juron, tendait la main vers l'étagère à épices, saupoudrait des plats, mélangeait… Henri était un cuisinier doué, capable d'affronter n'importe quelle situation d'urgence. Les gens venaient de loin pour déguster ses pizzas.

Au simple contact de son doigt, elle sentit ses genoux se dérober sous elle. Tremblant de tous ses membres, elle se remit à émincer les oignons. Eh non, ce n'était pas fini… Au bout de tant d'années, elle était encore atteinte au plus profond d'elle-même dès qu'il l'effleurait. Ses yeux se remplirent de larmes. Elle leva la tête et Henri la regarda une seconde :

— Un problème ?

— Non, répondit-elle en ravalant ses larmes, c'est les oignons.

Il quitta la cuisine, chargé d'un plateau de verres. Les deux battants de la porte s'ouvrirent et se refermèrent. Catherine repensa à Nadine. Une fois de plus, cette garce le laissait tomber.

Espèce de pute, l'insulta-t-elle intérieurement, sale pute !

Au même moment, le téléphone sonna.

Un appareil était installé dans la cuisine, et un autre posé sur le bar, dans la salle. Peut-être Henri était-il trop occupé pour prendre la communication. Catherine hésita : ce pouvait être Nadine, et Henri préférait cacher à sa femme qu'il l'employait à la cuisine. Cela contrariait Madame. Parfois, elle se fâchait quand elle l'apprenait.

Le téléphone continuait à sonner avec insistance. Catherine décrocha d'un geste décidé. Après tout, il n'y avait aucune raison pour qu'elle se cache ! En définitive, elle se tapait le boulot quand Nadine faisait faux bond !

Afin de parer aussitôt à l'attaque, elle s'annonça d'une voix rogue :

— Catherine Michaud.

Ce ne fut qu'après avoir parlé qu'elle s'aperçut de l'incongruité de ses paroles. Elle ajouta alors :

— Restaurant Chez Nadine.

À son grand soulagement, ce n'était pas Nadine, mais Laura Simon, qui appelait d'Allemagne. Avec une voix très bizarre. Elle paraissait extrêmement inquiète.

À la fin de la conversation, Catherine s'assit quelques instants sur une chaise et alluma une cigarette. Henri n'aimait pas qu'elle fume dans la cuisine, sans compter que les médecins lui avaient conseillé de ne pas toucher à la nicotine, car cela risquait d'aggraver sa maladie. Mais parfois, elle avait besoin de se détendre, et sa maladie, de toute façon, ne guérissait pas.

Laura Simon. Elle les avait vus quelquefois à la pizzeria, elle et son mari, quand Nadine n'était pas là et qu'une fois de plus elle servait de bouche-trou. Elle les avait rencontrés un jour à La Ciotat, dans la vieille ville, et ils l'avaient invitée à prendre un café avec eux. Catherine les trouvait sympathiques, mais – comme d'habitude – elle ne pouvait s'empêcher d'éprouver un fort sentiment de jalousie envers Laura, parce que celle-ci était heureuse en ménage, qu'elle avait un joli visage et une peau lisse.

Henri entra dans la cuisine, fronça les sourcils devant la cigarette mais ne dit rien. Catherine se leva, écrasa son mégot dans l'évier. Il essuya la sueur qui coulait sur son front.

— C'était qui, au téléphone ? Nadine ?

Comme il tremble devant elle ! songea Catherine avec pitié.

— Non, c'est Laura, annonça-t-elle. Laura Simon, elle appelait d'Allemagne.

Elle l'examina. Son visage se contracta légèrement, et il parut encore un peu plus pâle.

— Laura ? Qu'est-ce qu'elle voulait ?

— Elle court après son mari. Elle n'arrive pas à le joindre. Il paraît que, la dernière fois qu'elle l'a eu au téléphone, il lui a dit qu'il viendrait manger ici. Hier soir.

— Oui, oui, il est venu.

Elle le connaissait bien, elle voyait qu'il jouait un peu trop les indifférents.

— Il a pris une pizza et il est parti assez tôt, ajouta-t-il.

— Il faudrait la rappeler. Elle se fait du souci.

— Je veux bien la rappeler, mais ça ne va pas l'avancer beaucoup ! lança-t-il en disposant deux gigantesques pizzas sur des assiettes de céramique. Je ne sais pas ce qu'ils ont à bouffer comme ça aujourd'hui. Je n'arrive pas à fournir. O.K., je la rappelle, mais pas tout de suite. Ce n'est pas le moment.

7

Laura n'avait pas réussi à mettre la main sur la clé du bureau avant le début de l'après-midi. La pluie avait enfin cessé. Elle avait cherché d'une manière machinale, un peu comme un robot qui avait reçu un ordre et l'exécutait sans se poser de questions. Sa conversation téléphonique avec Christopher l'avait perturbée. Son appel chez Henri et Nadine ne l'avait pas aidée à progresser d'un pouce. Les jambes flageolantes, les mains tremblantes, elle s'était assise en s'ordonnant d'une voix sévère de ne pas perdre son sang-froid.

« Il faut que je réfléchisse à ce que je vais décider », avait-elle dit à voix haute.

Elle s'était retenue de monter séance tenante dans sa voiture et de partir pour le Sud, mais il était trop tard pour arriver à La Cadière avant la nuit. De plus, mieux valait éviter d'emmener Sophie. Il lui fallait donc trouver quelqu'un pour s'en occuper.

« Et donc je ne peux pas partir avant demain, avait-elle conclu, toujours à voix haute. Qu'est-ce que je vais pouvoir faire du reste de cette journée ? »

Quelque chose qui la rapprocherait de Peter, quelque chose en rapport avec lui. Quelque chose qui lui donnerait un indice, même le plus minime, sur les raisons de sa soudaine absence – elle pensait « absence », car le mot « disparition » eût été trop menaçant, de trop mauvais augure.

La jeune femme avait inspecté ses armoires et ses tiroirs sans remarquer de transformation par rapport à leur aspect habituel. Elle avait fouillé dans le secrétaire du bureau, mais il ne l'utilisait pratiquement pas, et elle n'y avait découvert que des objets qui dataient du temps où elle assurait la comptabilité de son agence : de vieilles notes, des classeurs à anneaux, des cahiers. Des certificats et des diplômes établis par sa propre école de photo lui étaient également tombés entre les mains, et elle s'était hâtée de les remettre dans le tiroir.

Puis l'idée lui était venue d'aller faire un tour jusqu'aux locaux de Peter, car il y passait le plus clair de son temps, et, s'il y avait quelque chose à trouver, c'était là qu'elle le trouverait.

Naturellement, Peter avait emporté avec lui le gros trousseau de clés. Laura s'était mise à chercher fébrilement la deuxième clé, qu'elle avait fini par dénicher dans un bocal vide, à la cuisine. Elle avait habillé Sophie, pris son manteau, son sac et était sortie.

Dans ce faubourg chic de Francfort, la rue respirait la qualité, la classe et surtout l'argent. Les demeures nichées au cœur de propriétés entourées d'un parc et fermées par de hautes grilles de fer forgé restaient souvent invisibles de l'extérieur. De luxueuses limousines étaient garées dans les allées majestueuses. Leurs propriétaires étaient surtout des industriels et des banquiers.

Anne fronçait le nez lorsqu'elle venait rendre visite à Laura.

« Ne le prends pas mal, avait-elle déclaré un jour à son amie, mais moi, j'étoufferais ici. Tout cet étalage de richesses...

— Mais non, justement, il n'y a rien de clinquant ici, je trouve que dans ce quartier, il n'y a que du bon goût ! avait protesté Laura.

— Il n'y a aucune vie ! Toutes ces baraques, on dirait des châteaux forts ! Avec des murs hauts comme des murailles, des portails, des alarmes, des caméras de surveillance... Parce qu'il faut bien montrer qu'on n'est pas n'importe qui ! Et il n'y a rien qui bouge. Rien qui dépasse. Pas d'enfants dans la rue. Que des bagnoles qu'on n'entend pas arriver. Pas un bruit. Tu n'as pas l'impression, parfois, d'être enterrée vivante ?

— Je ne pourrais pas installer un homme comme Peter dans un quartier populaire. »

Anne l'avait dévisagée avec insistance :

« Et toi ? Tu es vraiment là où tu le voudrais ? »

Elle tenta de se rappeler sa réponse. Sans doute avait-elle été atteinte par la question d'Anne. Celle-ci avait touché quelque chose en elle, un sujet auquel elle ne voulait pas réfléchir. Car oui, leur vie à tous deux, dans l'ensemble, était organisée de manière à satisfaire les désirs de Peter et non les siens. Elle réussissait à se convaincre que, de toute façon, cela revenait au même. Ils étaient d'accord sur presque tout, il était donc inutile de réfléchir à cette question. Et pourtant, c'était effectivement lui qui, à l'époque, avait choisi ce quartier, et elle n'avait pas été enchantée. Laura aimait l'idée d'une maison avec un jardin, mais dans un endroit plus animé, moins cher. À l'époque, Sophie n'était pas encore née. Aujourd'hui, Peter lui faisait remarquer régulièrement combien son choix avait été judicieux.

« C'est un coin fabuleux pour élever un enfant. Au grand air, avec de grands jardins et presque pas de circulation. Je pense que nous avons pris la bonne décision. »

Le centre-ville de Francfort était assez morne en ce dimanche. Peu de voitures, peu de promeneurs. Le ciel promettait de nouvelles pluies, on était mieux chez soi.

Le bureau se situait au huitième étage d'une tour. Laura alla garer sa voiture à la place de Peter dans le parking souterrain. Sophie, installée à l'arrière dans son petit siège, tendit le cou.

— Papa ! s'écria-t-elle, ravie.

— Non, papa n'est pas là, lui expliqua Laura, nous allons à son bureau parce qu'il faut que j'aille voir quelque chose dans ses affaires.

Elles empruntèrent l'ascenseur pour monter à l'étage. Normalement, l'immeuble grouillait de monde, mais, aujourd'hui, il paraissait mort. Les longs couloirs s'étiraient, silencieux et déserts. L'air sentait les produits d'entretien et la moquette, posée à peine quelques semaines auparavant. Laura ne voyait aucune différence avec la précédente : un gris clair, sans aucune originalité.

Peter partageait le huitième étage avec un cabinet d'avocats. Ils utilisaient la même entrée, juste en face de l'ascenseur, mais le couloir était doté d'une autre porte qui s'ouvrait sur les bureaux des juristes.

Peter utilisait la plus petite partie de l'étage. Il n'employait que deux collaboratrices et une secrétaire. Sa société était une agence de presse, « petite, mais chic », avait-il coutume de dire. Laura gardait pour elle ce qu'elle en pensait, à savoir que l'agence était petite, mais pas chic du tout.

Depuis son bureau, Peter jouissait d'une vue superbe sur Francfort et, au loin, sur les contours indistincts, gris-bleu, du Taunus. Aujourd'hui, la chaîne de montagnes se cachait derrière des rideaux de pluie. De toute façon, Laura n'était pas d'humeur à regarder dehors.

Elle assit Sophie par terre et déballa quelques cubes et jouets de plastique en espérant qu'ils occuperaient l'enfant pour un moment. Puis elle s'assit au bureau et, soudain découragée, regarda les papiers qui s'amoncelaient devant elle. Un tout petit coin du cadre d'argent qu'elle avait offert à Peter pour Noël, garni d'une photo d'elle et de Sophie, dépassait, pratiquement recouvert de dossiers et de courrier entassés. Il eût suffi à Peter de le déplacer un peu... Mais, à l'évidence, il n'en avait pas eu l'idée. Ou alors il n'en avait pas ressenti le besoin.

Au bout d'une heure de recherches intensives dans tous les tiroirs, entre les amoncellements de documents et de classeurs, Laura n'était pas plus avancée. Elle n'avait toujours pas la moindre idée de l'endroit où pouvait se cacher son mari. Une chose, pourtant, lui semblait étrange : elle avait trouvé un nombre incroyable de relances se rapportant à toute une série de factures impayées. Il y avait beaucoup de « première relance » au ton aimable, des « deuxième relance » plus pressantes, et une série de courriers menaçants annonçant que l'on allait engager des poursuites judiciaires. Peter paraissait toujours attendre l'extrême limite, alors qu'il s'agissait le plus souvent de montants raisonnables, dont le paiement, en principe, n'était pas censé présenter de difficultés.

Depuis que je ne m'occupe plus de la comptabilité, se dit-elle avec une certaine satisfaction, ça ne marche plus.

Peter s'était toujours montré négligent quand il s'agissait de payer, que ce soient des travaux, des caisses de vin ou les impôts. Ou la pension de son fils. Son problème était moins de débourser le montant réclamé que de remplir des formulaires. Les virements bancaires représentaient pour lui une épreuve. Il les repoussait jusqu'au moment où il finissait par les oublier. Seule la fureur de ses créanciers le rappelait à la réalité.

Laura avait trié toutes les relances dans un coin du bureau, car quelqu'un finirait bien par devoir s'en charger, certaines ne souffrant pas d'attendre le retour de Peter. Ses yeux firent le tour de la pièce, comme si elle espérait découvrir des traces ou des indices sur les murs. Mais il n'y avait rien. Un calendrier d'art était suspendu entre les deux fenêtres ; rien n'y était noté qui eût donné une indication sur les intentions de son mari.

Quelques mois auparavant, elle lui avait offert une photo, la couverture d'un grand magazine allemand dans un cadre d'argent. L'agence de Peter avait fourni les photos et le texte – un grand succès, l'un de ses plus grands, ces derniers temps. Tout naturellement, elle avait pensé qu'il l'accrocherait. Mais non, elle l'avait retrouvé dans un tiroir, profondément enfoui sous d'autres papiers. Pourquoi ? Elle se sentait déçue, un peu vexée.

Peter avait créé cette agence six ans auparavant. À l'époque, employé dans un journal régional, il s'était querellé avec le rédacteur en chef, si violemment qu'il n'était plus possible d'espérer de l'avancement. D'un seul coup, il avait ressenti le besoin de se mettre à son compte.

« J'ai envie d'agir comme je l'entends, d'appliquer mes propres décisions, avait-il déclaré. Je suis assez mûr maintenant pour être mon propre patron. »

Son agence fournissait photos et articles à des quotidiens et à des revues, parfois sur commande, mais, la plupart du temps, à sa propre initiative. Peter travaillait principalement avec la presse à sensation et proposait des portraits d'acteurs et de chanteurs de variétés. Il était soumis à un nombre d'impératifs qui dépassaient ce qu'il avait imaginé au départ, et les rédacteurs de la presse people modifiaient fortement ses textes.

« Ils abrutissent les gens, disait-il souvent. On se demande si les lecteurs sont vraiment des débiles, ou si on les prend pour des débiles. »

La pluie avait recommencé. C'était une journée bien triste, et le ciel ne s'éclaircirait plus. Il était quatre heures et demie. Comme, selon toute probabilité, elle partirait pour la Provence le lendemain, il était urgent de trouver quelqu'un pour garder Sophie.

Laura était en train de rassembler les jouets éparpillés lorsqu'elle entendit du bruit à la porte. Quelqu'un mit une clé dans la serrure et la tourna. L'espace d'un instant, elle fut en proie à l'espoir insensé que ce pouvait être Peter, rentré pour terminer un travail urgent, mais, l'instant suivant, elle chassa cette idée absurde.

Elle se leva.

— Oui ? cria-t-elle d'un ton interrogateur.

Le visiteur inopiné était Mélanie, la secrétaire de Peter. Elle eut si peur que son visage pâlit affreusement.

— Mon Dieu ! Laura !

— Excusez-moi.

Laura se sentit stupide, surprise au milieu du bureau de son mari avec des cubes dans chaque main, pareille à un cambrioleur pris en flagrant délit. Mais à peine s'était-elle excusée qu'elle s'en voulut. Pourquoi s'excusait-elle ? Elle était la femme du patron. Elle avait autant le droit que Mélanie de se trouver là.

— Je suis venue chercher des documents, expliqua-t-elle tout en réfléchissant rapidement pour savoir s'il était judicieux de se confier à Mélanie.

Reconnaître que son propre époux avait disparu sans laisser d'adresse, c'était tout de même embarrassant, et elle n'avait pas envie d'être l'objet des cancans de bureau. D'un autre côté, Mélanie travaillait en étroite collaboration avec Peter. Peut-être – et cette pensée était effrayante – en savait-elle plus long sur lui.

— Est-ce que je peux vous être utile ? s'enquit Mélanie. À moins que vous n'ayez trouvé ce que vous cherchez ?

Laura se jeta à l'eau.

— En fait, je ne sais même pas ce que je cherche. Il s'agit d'une information... qui pourrait m'aider, mais... (elle haussa les épaules)... je n'ai rien trouvé.

Mélanie détourna un regard étrangement vide.

— Votre fille a drôlement grandi, dit-elle sans conviction.

Loin de paraître s'intéresser particulièrement à Sophie, elle semblait plutôt vouloir changer de sujet.

— La dernière fois que je l'ai vue, c'était juste après sa naissance, ajouta-t-elle.

— Ma pauvre, s'apitoya Laura, vous travaillez même le dimanche ?

— Par un temps pareil, c'est peut-être ce qu'il y a de mieux à faire.

Laura savait que son mari l'avait quittée pour une autre, trois ans auparavant, qu'elle ne s'en remettait pas et qu'elle était très seule. Comment passait-elle les dimanches pluvieux comme celui-ci ?

Jugeant que Mélanie ne lui serait d'aucun secours, elle se décida à partir.

— Bon, annonça-t-elle en prenant Sophie dans ses bras, on va rentrer chez nous. Il faut que j'aille coucher cette petite.

Avant de sortir, elle eut un mouvement de tête vers le bureau :

— J'ai trouvé toute une montagne de factures impayées. Est-ce que vous pourriez vous en occuper ? Sinon, j'ai bien peur que vous ne voyiez arriver l'huissier sous peu.

Laura ne savait pas exactement ce qu'elle attendait. Une approbation, une remarque sur la négligence de Peter, la promesse de régler cette affaire, sans doute.

À sa grande surprise, le regard de Mélanie cessa brutalement d'être vide. Elle dévisagea Laura avec des yeux soudain noirs de colère.

— Et avec quoi vous voulez que je paie ? s'écria-t-elle. Vous pouvez me dire avec quoi ?

Laura en resta bouche bée. Mélanie se tut. Sophie cessa de babiller. On n'entendit plus rien d'autre que le ruissellement de la pluie de l'autre côté des vitres.

— Quoi ? finit par lancer Laura.

Une partie d'elle-même comprenait le sens des mots de la secrétaire, tandis qu'une autre partie s'y refusait.

— Quoi ? répéta-t-elle.

Le visage de Mélanie se referma, et elle eut l'air de vouloir retirer ses paroles. Puis elle parut comprendre qu'il était trop tard.

— Après tout, dit-elle, qu'est-ce que ça peut faire maintenant ? Tôt ou tard, vous serez mise au courant. Je ne suis pas venue pour travailler. Je suis venue chercher mes affaires personnelles. Il va falloir que je trouve du boulot ailleurs, mais je voulais partir le plus discrètement possible, parce que les deux autres employées ne savent encore rien. Je n'avais pas envie d'être celle qui le leur dirait. C'est au patron de s'en charger.

— Qui leur dirait quoi ?

— Que nous sommes en rupture de paiement, répondit d'un ton neutre Mélanie, dont les yeux révélaient à quel point elle était bouleversée. L'agence est au bout du rouleau. Les relances que vous avez trouvées ne sont

pas un signe de négligence, mais d'incapacité de paiement. Je n'ai pas touché de salaire depuis deux mois et
je sais que les deux autres ne toucheront rien à la fin
de ce mois-ci. Je voulais rester fidèle à Peter, mais... il
faut bien que je vive. J'ai du retard dans le paiement de
mon loyer. Je n'ai pas le choix.

— Mon Dieu ! murmura Laura.

Elle reposa Sophie par terre et s'appuya contre le
bord du bureau.

— C'est à ce point ? C'est aussi grave que ça ?

— C'est plus grave que vous ne pouvez l'imaginer. Il
a tout hypothéqué. Tous ses biens. Les banques le har-
cèlent depuis des semaines.

— Tous ses biens ? Est-ce que... notre maison aussi ?

— Les deux maisons, celle d'ici et celle de France...
Il n'aurait pas dû les acheter. Il n'arrive pas à rembourser les crédits bancaires, il a dû faire de nouveaux
emprunts pour rembourser les intérêts... Je crois que
vous n'avez pas une tuile de toit, pas un carreau de fenêtre qui ne soit hypothéqué. Et par-dessus le marché, il
y a encore...

Sophie poussait de petits gloussements joyeux. Laura
s'agrippa au bureau à deux mains.

— Quoi donc, par-dessus le marché ?

— Il a acheté des actions, pour la plupart des investissements malheureux. Dans l'immobilier, à l'Est, pour
des programmes qui n'ont pas trouvé preneur, que personne n'a voulu lui racheter, des surfaces restées vides
et qui ne sont pas encore payées. Il s'est laissé refiler
des « investissements de première classe » par le premier baratineur venu, parce qu'il se prenait pour un
homme d'affaires plus avisé que les autres. Mais...
enfin bon...

— Vous savez ce que vous êtes en train de dire ?

Mélanie hocha lentement la tête.

— Désolée. Ce n'est pas de cette façon que vous
auriez dû l'apprendre. Et encore moins par moi. J'étais

la seule à être au courant, parce que, bien sûr, il ne pouvait pas me le cacher, à moi, sa secrétaire. Il m'a demandé de lui jurer de ne rien dire à personne. Surtout pas à vous. J'ai rompu ma promesse, mais je crois que, vu les circonstances, ça n'a plus d'importance.

Laura fronça les sourcils. Mélanie voulait arrêter de travailler avec Peter, et sans doute était-ce pour cela que la situation n'avait plus d'importance à ses yeux. Mais ses paroles ne cachaient-elles pas autre chose ?

— Vu les circonstances… ?

Mélanie la dévisagea.

— Qu'est-ce que vous vous imaginez ? Qu'on le reverra, vous ou moi ? Il est parti se cacher quelque part, c'est évident ! Je ne crois pas qu'il se trouve encore en Europe. C'est fini, on n'entendra plus parler de lui.

Ainsi, c'était ce qu'on ressentait quand le monde s'écroulait. Cela se passait de manière étrangement silencieuse, sans coups de tonnerre. Et pourtant, Laura avait toujours pensé que la fin du monde serait accompagnée d'un vacarme d'enfer, d'un craquement assourdissant.

Or c'était un séisme silencieux. La terre bougeait, et, partout, des fentes s'ouvraient, s'élargissaient, mais sans bruit, comme si elle était en train de regarder un film catastrophe à la télé. Sans le son, pour rendre les images plus supportables. Parce que, sinon, le fracas serait trop fort. Trop fort pour le subir ne serait-ce qu'une seconde.

— Vous devriez vous asseoir, conseilla Mélanie d'une voix qui paraissait venue de loin. On dirait que vous allez tomber.

Sa propre voix lui parvint assourdie à son tour lorsqu'elle s'écria :

— Non, jamais il ne ferait ça ! Il ne me ferait pas ça, à moi. Et encore moins à sa fille ! Une enfant de deux ans ! Même s'il me laissait tomber, jamais il ne laisserait tomber Sophie. Jamais !

— Peut-être que vous ne le connaissez pas vraiment, avança Mélanie.

Ça lui fait plaisir ! se dit Laura. Ça lui fait plaisir de me balancer la vérité.

— Toutes les femmes ne sont pas obligées de subir le même sort que vous, Mélanie, lâcha-t-elle. Tous les maris ne se volatilisent pas du jour au lendemain. Il y en a même quelques-uns qui sont fidèles. Je suis sûre que Peter est parti pour essayer d'arranger les choses et qu'il va revenir. Nous avons toujours été très unis, sachez-le !

Mélanie eut un petit sourire de pitié.

— La preuve, c'est que vous étiez au courant de la catastrophe qui lui est tombée dessus, n'est-ce pas ? Peut-être que, demain, vous allez vous retrouver à la rue avec votre enfant, sans aucun recours. En tout cas, moi, si mon mari m'avait fait une chose pareille, je ne dirais pas que « nous avons toujours été très unis ».

— Votre mari…

— Mon mari ? Il m'a trompée et il m'a plaquée. C'est un salaud. Je ne me suis jamais raconté d'histoires.

Laura sentit une bouffée de rage lui couper le souffle. Mais pas contre cette femme qui lui faisait face et qui n'était en rien responsable. Non, la rage contre Peter, qui lui avait dissimulé l'effondrement de leur existence à tous deux. Contre celui qui l'avait mise dans cette situation. Contre cet homme grâce auquel elle se retrouvait dans ce bureau pour apprendre qu'elle vivait dans le mensonge depuis longtemps et que, peut-être, elle n'avait plus de quoi vivre. C'était donc pour ça qu'ils s'étaient mariés. Pour partager les bons moments et se séparer aux mauvais.

Non, elle n'allait pas flancher, elle n'allait pas s'évanouir, même pour faire plaisir à Mélanie. L'énergie reflua en elle.

— Même si je dois rester dans ce bureau jusqu'à demain matin, je vais étudier tous les papiers, jusqu'au moindre détail, décréta-t-elle. Je veux tout savoir. Si j'ai bien compris, c'est le désastre total qui m'attend. Eh bien, je veux connaître avec précision l'étendue de ce désastre. Vous voulez bien m'aider ? Ce bureau, c'est votre domaine. C'est vous qui connaissez tout.

Mélanie hésita un instant, puis hocha la tête.

— D'accord. Personne ne m'attend à la maison. Faire ça ou autre chose...

— Bien. Merci. J'ai quelques coups de fil à passer. Il faut que je demande à ma mère ou à une amie de garder Sophie. Je la conduis et je reviens. Vous m'attendrez ?

— Bien sûr.

Puis la secrétaire s'assit sur le siège de son patron et se mit à pleurer.

Sophie regarda sa mère d'un air interrogateur.

— Papa ? fit-elle.

Ce n'est sans doute que le début du cauchemar, songea Laura.

8

Nadine et Catherine tombèrent nez à nez devant la porte de service. Nadine rentrait et Catherine s'apprêtait à partir.

Toutes deux s'arrêtèrent net et se toisèrent.

Après de nombreuses heures de travail intense, Catherine se savait encore plus horrible à voir que le matin. Parce que, oui, c'était du domaine du possible ! Ses cheveux étaient tire-bouchonnés par la vapeur de l'eau de vaisselle. Son visage parsemé de boutons arborait une vilaine couleur rougeaude. Des taches de sueur ornaient ses vêtements, qui, de plus, dégageaient une odeur de transpiration. Le moment idéal pour rencontrer Nadine, qui, même si elle était pâle et défaite – elle avait visiblement pleuré –, restait très belle.

Chaque fois qu'elle voyait la femme d'Henri, Catherine, au désespoir, se demandait pourquoi la vie était aussi injuste. Pourquoi certaines avaient tout, et d'autres rien. Pourquoi Dieu, s'il était miséricordieux comme on le prétendait, avait dispensé ses bienfaits de manière si peu équitable.

Dans ses rêves les plus fous, Catherine rêvait de devenir par magie l'exacte copie de Nadine, jusque dans les moindres détails. Naturellement, son vœu le plus cher était d'être la femme d'Henri, mais la réalisation de ce vœu eût coulé de source s'il lui avait été donné de ressembler à Nadine. Comment pouvait-on être aussi parfaitement dessinée par la nature ? Nadine était grande, gracieuse, son teint ambré ne présentait pas l'ombre d'une imperfection. Ses yeux étaient d'un velours brun profond, traversé de quelques éclats dorés. Ses cheveux étaient du même ton que ses yeux. Ils retombaient sur ses épaules, lourds, épais, brillants. Évidemment, Henri était tombé amoureux ! Et il avait tout fait pour la conquérir. Forcément, elle lui avait tourné la tête.

— Catherine, dit Nadine, rompant le silence qui s'était installé entre elles, tu es venue travailler ?

— Oui, il y avait un monde fou, jamais Henri ne s'en serait sorti tout seul.

— Le mauvais temps, expliqua Nadine. C'est pour ça que les gens vont tous au restaurant.

Incroyable, lui répondit mentalement Catherine, t'as trouvé ça toute seule ?

— En tout cas, poursuivit son interlocutrice, c'est gentil à toi d'être venue lui donner un coup de main. Moi, j'ai été obligée d'aller voir ma mère. Tu comprends, elle est tout le temps seule.

Elle détailla le visage de Catherine avec un dégoût non dissimulé, mais en se gardant de tout commentaire.

— Allez, rentre bien chez toi.

Catherine se dirigea à pas lents vers sa voiture garée dans la rue, en face du restaurant.

Tu parles ! se dit-elle. Elle n'en pense pas un mot. Qu'est-ce que ça peut lui faire, que la cousine de son mari rentre bien ? Au contraire, ce qu'elle voudrait, c'est que je m'encastre dans un platane !

Je me demande comment il va l'accueillir, Henri. Moi, à sa place, je lui flanquerais une de ces raclées… ! C'est tout ce qu'elle mérite, après tout ce qu'elle s'est permis pendant des années, après tout ce qu'elle lui a fait. Mais ça, il en est incapable. Bon sang, quand est-ce qu'il va comprendre que c'est comme ça qu'il faut les traiter, les garces dans son genre ?

Henri était en train de préparer les légumes pour le soir. Enfin, il pouvait souffler un peu. Le coup de feu de midi était passé, celui du soir n'avait pas encore commencé. Une dernière table était toujours occupée par un couple tellement plongé dans une dispute que les deux belligérants avaient oublié l'heure. Assis devant leur verre, ils poursuivaient leurs invectives sans songer à lever le camp. Pendant ce temps, il était tranquille.

À l'arrivée de sa femme, il leva la tête.

— Ah, te voilà. Aujourd'hui, ça a été terrible. Tu m'as bien manqué, j'aurais eu besoin de toi.

— Tu avais Catherine !

— Que voulais-tu que je fasse d'autre ? Je n'avais pas le choix.

Nadine jeta la clé de sa voiture sur la table.

— Il fallait absolument que ce soit elle et personne d'autre, bien sûr ! Tu as vu sa tête, encore ? Tu n'as pas peur qu'elle fasse fuir les clients ?

— Elle est restée à la cuisine. Évidemment, je ne l'aurais pas laissée assurer le service ! Mais si tu avais pu être…

Ses reproches prudents lui tapaient sur les nerfs.

— Figure-toi que j'ai encore une mère, et ma mère, il faut bien que je m'en occupe de temps en temps.

— Le lundi, nous sommes fermés. Tu aurais pu aller la voir demain.

— Tu me permettras de prendre mes décisions moi-même.

— Oui, sauf que tes décisions, tu les prends sans te préoccuper des autres.

Elle attrapa ses clés de voiture.

— Moi, je repars. Inutile que je m'attarde ici, si tout ce que tu cherches, c'est la bagarre.

Il posa son couteau et parut très fatigué, tout à coup.

— Reste, lui demanda-t-il, suppliant, je ne pourrai pas faire à la fois la cuisine et le service, ce soir.

— Je n'ai pas envie de supporter tes éternels reproches.

— Très bien. N'en parlons plus.

— Je me lave les mains et je me change.

Elle s'apprêta à sortir de la pièce, mais il l'arrêta de la voix.

— Nadine !

— Oui ?

Il la regarda. Dans ses yeux, elle lut à quel point il l'aimait, combien elle l'avait blessé en lui retirant son amour pour toujours.

— Rien, dit-il, excuse-moi, rien.

Le téléphone sonna. Nadine regarda Henri ; celui-ci leva d'un geste éloquent ses mains pleines de légumes, et elle décrocha. C'était Laura. Elle était à la recherche de son mari.

Nadine découvrit la voiture de Peter à cent mètres de la pizzeria, garée sur un petit parking improvisé à côté d'un transformateur. Il faisait déjà presque nuit mais la pluie avait cessé, le ciel s'était déchiré et une lueur rouge teintait la mer et la cime des arbres.

Elle reconnut aussitôt la voiture et se demanda pourquoi elle ne l'avait pas vue le matin. La rue où se trouvait le restaurant était à sens unique ; donc elle avait dû passer à cet endroit en se rendant chez sa mère, le matin même. Mais elle était sans doute trop perturbée pour avoir conscience du décor.

Ce soir, il y avait encore beaucoup de monde au restaurant, mais cela ne l'avait pas empêchée de s'éclipser un moment. Henri était à la cuisine, il n'avait rien remarqué.

Elle n'avait pas pu renseigner Laura et s'était contentée de lui déclarer qu'elle s'était absentée la veille au soir, avant de passer l'appareil à Henri. Celui-ci s'était lancé dans de grandes explications pour s'excuser de ne pas l'avoir rappelée : le restaurant était plein, il n'avait personne pour assurer le service...

Nadine suivait la conversation, les yeux posés sur le couteau qu'il avait utilisé pour les légumes. Elle éprouvait pour lui une telle répulsion qu'elle en était malade – elle ne supportait pas ses jérémiades, sa mollesse, sa manière de s'apitoyer sur lui-même.

Puis elle l'avait entendu annoncer à Laura que Peter était venu à la pizzeria la veille.

« Il est arrivé vers six heures et demie. Il n'y avait pas encore trop de monde mais je n'avais pas le temps de parler, parce que Nadine n'était pas là, et qu'il fallait que je m'avance le plus possible pour préparer les plats... J'ai simplement dit que j'avais peur qu'il pleuve pendant toute la semaine, mais ça n'a pas eu l'air de l'inquiéter. Il a pris une table près de la fenêtre, il a commandé un quart de vin blanc et une petite pizza. Comment ? Eh bien, il avait l'air... un peu préoccupé, pas très bavard. Il était peut-être simplement fatigué après son voyage. »

Laura avait posé une autre question et Henri avait réfléchi un instant.

« Je pense qu'il a dû repartir entre sept heures et demie et huit heures. On n'a plus parlé après, il a payé en mettant l'argent à côté de son assiette. Ah oui, je me souviens qu'il n'a mangé que la moitié de son plat, même pas la moitié, et pourtant il n'avait pris qu'une petite pizza. »

Après un silence, il avait ajouté, surpris :

« Sa voiture ? Non, elle n'est pas devant chez nous, je l'aurais vue. Non, je ne crois pas qu'elle soit plus loin, je l'aurais remarquée dans la rue. Il n'est tout de même pas rentré d'ici à pied ! »

Il avait soupiré.

« Pour l'instant, je ne peux rien faire, Laura, je le regrette. Demain peut-être, c'est mon jour de repos. Bien sûr, je te tiens au courant. Au revoir, Laura. »

Il avait reposé le combiné et s'était tourné vers Nadine.

« Elle demande qu'on vérifie si sa voiture est encore dans les environs. Elle n'a pas l'air de tourner très rond. Mais il n'y a peut-être pas de quoi s'étonner.

— Ah bon ? Pourquoi ? »

Il l'avait scrutée fixement sans répondre.

« Pour rien, finit-il par lâcher. Bon, bref, tout ça, ça ne nous regarde pas. »

Nadine s'était à peine changée et lavé les mains que déjà les premiers clients arrivaient. Les pensées s'entrechoquaient dans sa tête, mais il lui était impossible de s'isoler pour apaiser la tempête qui faisait rage derrière son front.

Et à présent, elle avait la voiture de Peter devant elle. Que s'était-il passé ?

Elle risqua un œil dans l'habitacle. Sur le siège arrière s'étalaient des bagages et une veste imperméable. Un classeur était posé sur le siège du passager. La voiture donnait l'impression d'avoir été délaissée par son conducteur pour quelques instants, comme s'il n'allait pas tarder à revenir. Nadine s'assit sur une souche d'arbre, tournée vers la mer. Maintenant, la nuit était presque là.

Et elle se sentait perdue.

Lundi 8 octobre

1

Laura avait vu l'abîme et elle en avait eu le vertige. Et pourtant, elle n'avait pas encore touché le fond.

Un peu avant deux heures du matin, Mélanie lui avait annoncé :

« Je n'en peux plus. Excusez-moi, Laura, je suis au bout du rouleau. »

Elle avait eu conscience de sa propre fatigue, de sa propre faiblesse, car elle n'avait pas mangé depuis des heures.

« Je crois que nous savons le principal, déclara-t-elle. Je me suis fait une idée des dégâts. Je ne possède pratiquement plus rien. Il ne me reste plus que ce que j'ai sur le dos. »

Mélanie la considéra avec commisération.

« J'aimerais pouvoir faire quelque chose pour vous, dit-elle. C'est une situation atroce, et...

— Une situation atroce ? répéta Laura avec un petit rire. Je dirais plutôt le désastre total. Un désastre d'une telle ampleur que je me demande comment j'ai fait pour ne me douter de rien, absolument rien, pendant si longtemps.

— Il s'occupait de ses affaires ici, au bureau, et il vous tenait à l'écart. Il vous a réduite à votre maison et à votre enfant, en vous empêchant de prendre part à quoi que ce soit. Comment auriez-vous pu vous imaginer... ?

— Et moi, je me suis laissé emprisonner volontairement. »

La jeune femme songea à une conversation qu'ils avaient eue deux ans auparavant, un soir de début juin, un peu avant la naissance de Sophie. Alors qu'ils prenaient le frais au jardin, Peter lui avait annoncé tout à trac :

« Quand le bébé sera là, tu n'auras plus besoin de te charger de la comptabilité de l'agence. Mélanie pourra la reprendre. J'augmenterai un peu son salaire et on se débrouillera très bien.

— Pourquoi ? Je n'ai pas à me déplacer, puisque je fais la comptabilité à la maison, et encore, pas tous les jours. Je peux très bien continuer, même avec un bébé.

— Oh, non, je ne suis pas d'accord. J'aimerais bien que tu te consacres complètement au bébé. Tu seras assez stressée comme ça.

— Je ne crois pas que...

— N'oublie pas que j'ai déjà un enfant. Contrairement à toi, je sais très bien ce qui t'attend. Ce ne sera pas toujours drôle. Avec les nuits blanches, les pleurs, l'allaitement... c'est tout juste si tu auras assez de temps pour toi, alors ne parlons pas de la comptabilité de l'agence. »

Elle avait eu le sentiment qu'on la coupait de quelque chose : une chose d'une importance vitale, la seule qui la rattachait encore à la vie. Un froid étrange et paralysant s'était propagé en elle.

Pourtant, elle avait fait une dernière tentative.

« J'ai besoin d'exercer une activité qui ait du sens. Besoin d'avoir un peu d'argent à moi. Ce n'est pas comme si je devais mettre le bébé en nourrice, mais... »

Il avait sorti un dernier argument de son chapeau, le sachant imparable :

« Je ne peux pas me permettre de prendre le risque que tu commettes des erreurs. Tu seras tellement fatiguée et tu auras tellement l'esprit ailleurs que tu en feras, des erreurs, inévitablement. Tu comprends ? Tu ne seras plus une aide, mais un fardeau. »

Elle n'avait rien répliqué.

Aujourd'hui, elle comprenait : Sophie tombait à pic ! Il avait trouvé un prétexte idéal pour envoyer sa femme sur une voie de garage.

— Vous savez, dit Mélanie, vous ne devriez peut-être pas trop lui en vouloir. Ce n'était pas par hypocrisie qu'il a agi de cette manière. Il voulait vous préserver. Il a espéré jusqu'à la fin pouvoir reprendre le dessus. Il n'avait pas envie non plus de passer pour un perdant à vos yeux. Les hommes ont énormément de mal à reconnaître leurs échecs.

— Et donc il vaut mieux disparaître de la circulation ?

— Les hommes sont lâches, poursuivit Mélanie, impitoyable.

— En tout cas, il a réussi. Il a vraiment réussi à me cacher tout ça, là (elle eut un geste en direction du bureau), pendant deux ans, ou même plus. On se demande dans quel monde j'ai vécu.

— Dans le monde qu'il a construit pour vous.

— Que je lui ai permis de construire pour moi. Parce qu'il faut être deux pour jouer à ce jeu-là. Il me prenait pour qui ? Qu'est-ce qui lui faisait croire qu'il pouvait agir de cette façon avec moi ?

— Je ne sais pas, répondit Mélanie, mal à l'aise.

Elle le sait parfaitement, pensa Laura. Sans doute qu'on parlait de moi au bureau. J'étais la petite poupée naïve et innocente, ignorante des choses du monde. Oui, elle imaginait très bien comment on la traitait. Elle savait ce qu'Anne pensait.

Ses doigts se refermèrent sur un document : une facture qu'elle avait retrouvée dans un tiroir, une facture qui – comme c'était bizarre ! – avait été réglée. Le document venait d'un hôtel de Pérouges, endroit dont elle n'avait jamais entendu parler. Les dates lui avaient sauté aux yeux, et elle avait pris le papier pour creuser un peu la question. Car ces quelques jours, du 23 au 27 mai de cette année, elle n'était pas près de les oublier. Ils avaient été l'objet d'une dispute entre elle et Peter. Ce n'était pas la première fois qu'ils se querellaient, parfois violemment. Mais jamais Peter n'avait montré une telle froideur, jamais il ne s'était éloigné d'elle à ce point.

Le 24 mai était un jeudi, celui de l'Ascension. C'était parfait pour s'accorder un week-end prolongé, comme beaucoup de gens, car on pouvait faire le pont et bénéficier de quatre jours de congé.

Peter lui avait annoncé qu'il avait un rendez-vous le vendredi à Genève, pour rencontrer un chanteur de variétés allemand qui vivait en Suisse et s'apprêtait à fêter son cinquantième anniversaire en août. À cette occasion, il voulait sortir une série de photos accompagnées d'un article. Peter avait expliqué à Laura que son agence avait obtenu la commande et que c'était fantastique.

« Une super-affaire. Nous allons vendre le reportage à pratiquement toutes les revues allemandes et ça va rapporter gros. C'est pour ça que je ne veux pas envoyer l'une des deux filles. Je vais écrire l'article, et je tiens aussi à donner les consignes au photographe. Je sais exactement ce que je veux. »

Laura s'était réjouie pour lui. Il parlait peu de son travail depuis quelque temps et il paraissait souvent préoccupé.

« Tu vas partir le jeudi soir, pour pouvoir commencer tôt le vendredi ?

— Non, je pars le mercredi après-midi, à dix-sept heures. Et je rentre dimanche soir.

— Qu'est-ce que tu vas faire là-bas pendant tout ce temps ?

— Il me faut le jeudi pour repérer les lieux, les paysages qui serviront de décor, la lumière... enfin, tu connais tout ça. Nous n'aurons pas de temps à perdre avec ces détails le vendredi. Je veux me garder le samedi pour le cas où nous n'aurions pas fini et où on nous accorderait une deuxième journée. Et le dimanche, si tu permets, j'aimerais bien me reposer un peu quelque part au bord du lac Léman. »

Dans sa voix, elle sentait une pointe d'irritation qui la surprit.

Puis une idée lui était venue.

« Je peux t'accompagner ?

— Et Sophie ? Qu'est-ce que tu en fais ?

— On pourrait l'emmener. Ou alors la confier à ma mère. Ce n'est pas un problème.

— Écoute, ce ne sont pas des vacances. C'est du boulot. Je n'aurais pas un instant à te consacrer.

— On pourrait travailler ensemble ! Je pourrais me charger des photos !

— Mon Dieu, ma pauvre Laura ! Tu n'imagines quand même pas que…

— Les photos, je sais faire. N'oublie pas que j'ai été reçue dans les premiers quand j'ai passé mon diplôme. J'ai un matériel très cher. Je pourrais… »

Toute à sa joie anticipée, elle n'avait pas remarqué la mine assombrie de son mari, jusqu'au moment où il l'avait interrompue :

« Pas question ! Excuse-moi de te le dire si brutalement, mais tu es complètement à côté de la plaque. Tu sais depuis combien de temps tu es hors circuit ? Depuis qu'on est ensemble, ou presque, c'est-à-dire bientôt huit ans ! Tu sais à quel point les choses ont changé ? Tu sais comment travaillent les pros aujourd'hui ?

— Mais je…

— Et ne me raconte pas que ta copine Anne te tient au courant ! Parce que, même si ça doit te faire du mal, je te le dis : personne ne la connaît. C'est une photographe de troisième catégorie. Jamais je ne travaillerai avec elle. »

Il l'avait effectivement blessée. Elle tenait à Anne, beaucoup plus qu'il ne le croyait.

« Tu n'as jamais pu la supporter. Voilà pourquoi tu ne travailles pas avec elle ! »

Cette dernière phrase avait déclenché sa fureur :

« Tu me prends pour un gamin ? Si je devais choisir les gens avec qui je travaille en fonction des sentiments qu'ils m'inspirent, selon que je les aime ou pas, je pourrais fermer boutique ! Si Anne était bonne, si elle se pliait, ne serait-ce qu'un tout petit peu, aux attentes du marché, au lieu de jouer les artistes, les exaltées qui se moquent du reste, je l'engagerais de temps en temps. Mais dans ces conditions, je n'y pense pas une seconde ! »

Il y avait un soupçon de vérité dans ses paroles... l'entêtement d'Anne rendait toute collaboration difficile. Trop souvent, elle ignorait les conventions et les attentes des autres. Elle était inadaptée au genre de travail qu'exigeait Peter. Et de son côté, il n'était pas question qu'elle collabore avec lui. Car les revues qu'il fournissait, elle ne les ouvrait même pas.

« Je ne suis pas Anne, répondit Laura. Tu sais parfaitement que je suis capable de m'adapter à la demande.

— N'insiste pas. Ça ne sert à rien. Il faut reconnaître ses limites. Cette commande est vraiment importante. Il me faut le meilleur photographe disponible. Et ce n'est pas toi. »

Ses paroles l'avaient blessée, même si – et c'était là le plus étrange – elle savait qu'il avait raison. Elle n'était plus dans la course. Elle n'avait plus d'entraînement, ne connaissait pas le marché. Peter n'avait pas les moyens de prendre le moindre risque pour une affaire aussi intéressante.

Ce qui l'avait blessée à ce point – et cela, elle ne le comprit que plus tard –, c'était la manière dont il s'était exprimé. Il était contrarié, mais cela ne justifiait pas cette froideur ni ce mépris. C'était la première fois qu'il la traitait ainsi. Elle ne s'en expliquait pas la raison. Aucun événement particulier ne s'était produit. C'était comme si elle s'était retrouvée séparée de lui par une onde glaciale.

Laura s'était recroquevillée sur elle-même, frissonnante, sans insister. Lui non plus n'avait rien dit.

La soirée s'était achevée dans le silence.

La jeune femme examina la facture de l'hôtel de Pérouges, datée du 23 au 27 mai. Pérouges ? Où était-ce ? À côté de Genève ?

Quelque chose clochait.

2

Toujours en proie à un violent mal de tête, Christopher gara sa voiture sur le parking des Lecques et traversa la place pour rejoindre le bar de Jacques. Entre-temps, il avait retrouvé la mémoire et savait que c'était là qu'il avait passé la soirée de la veille. Jacques, le patron, l'aimait bien. Il sentait quand Christopher avait envie de parler et possédait assez d'intuition pour se taire quand il le sentait en pleine déprime.

Il ne pleuvait pas, mais de lourds nuages bas restaient suspendus, immobiles, au-dessus de la mer.

Il suffirait d'un bon vent d'ouest pour faire venir le soleil, se dit Christopher.

Sans doute était-ce trop demander. Le temps resterait gris et triste.

Quelques clients à une table ronde jouaient aux cartes en buvant l'indispensable pastis en dépit de l'heure matinale. Ils ne levèrent que brièvement la tête sur le nouvel arrivant, marmonnèrent un bonjour et retournèrent vite à leur jeu.

Christopher s'assit à sa place habituelle, près de la vitrine, d'où il avait une belle vue sur les bateaux du port et sur le bâtiment au toit plat de l'école de voile. Jacques, qui, avec sa petite moustache et ses cheveux perpétuellement gras, était l'incarnation du truand marseillais des films de gangsters, se dirigea aussitôt vers lui.

— Et alors, tu es encore entier ? Ça me fait bien plaisir, tiens ! Je te voyais déjà aplati sur un arbre ou noyé au fond de la mer. Je ne comprends pas comment tu as pu conduire samedi soir.

— Et toi, tu ne m'en as pas empêché ? Pourquoi ?

Jacques leva les bras. Il soulignait toujours ses paroles de grands gestes.

— Mieux vaut entendre ça que d'être sourd ! On s'y est tous mis pour essayer de t'en empêcher ! Mais c'est que tu es devenu méchant, tu t'es mis à gueuler que c'était pas nos oignons, que, si tu avais envie de te planter, ça ne nous regardait pas. J'ai voulu te piquer ta clé, mais tu m'as foutu un pain ! (Jacques montra sa joue gauche d'un air accusateur.) Qu'est-ce que tu voulais que je fasse ? Après, on a tous été d'accord pour te laisser partir.

De vagues souvenirs commençaient à poindre dans la mémoire de Christopher.

— Quoi, dit-il, contrit, je t'ai frappé ? Excuse-moi, alors.

— C'est bon, répondit Jacques, magnanime, y a pas d'embrouille, on est des vieux potes, pas vrai ?

— Je me demande par quel miracle j'ai réussi à rentrer chez moi.

— Oui, tu peux dire que c'est un miracle. Tu devrais remercier ton ange gardien.

— Tu crois ? Je n'en suis pas sûr. Tu sais que je ne tiens pas particulièrement à la vie.

— On tient tous à la vie, rétorqua Jacques, c'est automatique. Seulement, on ne le sait pas toujours. Je voudrais bien t'y voir, si on te menaçait. Tu te défendrais comme tout le monde.

— Non, je dirais à mon assassin de faire ça vite et sans douleur, mais de ne pas flancher.

Jacques soupira silencieusement. Il connaissait Christopher et ses idées noires. Dans ses moments de déprime, il répétait qu'il en avait marre, qu'il ne supportait plus le vide de son existence et qu'il allait se suicider. Souvent, il quittait le bar en annonçant qu'on ne le reverrait plus. Personne ne le prenait véritablement au sérieux, mais Jacques prédisait qu'un jour il finirait par passer à l'acte, justement parce que personne n'y croyait. Qu'il le ferait uniquement pour prouver à tout le monde qu'il en était capable.

La dépression de Christopher avait commencé un jour de septembre, six ans auparavant. Rentrant d'une sortie en voilier, un dimanche soir, il avait trouvé sa maison de La Cadière déserte. Sur la table de la cuisine, une note de sa femme lui indiquait qu'elle retournait en Allemagne pour toujours avec les enfants et qu'elle allait demander le divorce. Leur couple battait de l'aile, rongé par l'insatisfaction et l'agressivité : cela, Christopher en avait conscience. Mais il ne pensait pas sérieusement que sa femme mettrait sa menace à exécution.

Sa famille était toute sa vie : elle lui donnait son contenu, son sens et son avenir.

Quand il rentrait chez lui, il retrouvait une maison vide où plus personne ne l'attendait avec un bon repas, où plus personne ne réchauffait son lit le soir. Les parties de baignade avec les enfants sur la plage appartenaient désormais au passé, ainsi que les séances de skate-board sur la promenade du bord de mer. Plus de pique-niques dans les montagnes les soirs de printemps, plus de repas chez McDonald's, plus de balades dans les champs de lavande de l'arrière-pays et les vallées boisées. Plus de petits déjeuners bruyants le dimanche matin, plus de rires joyeux.

Seuls l'attendaient le silence, le vide et la solitude. Une solitude qui, bien souvent, rendait attirante l'idée de la mort.

Jacques éprouvait une grande pitié pour cet homme qu'il considérait comme un ami et qui n'avait toujours pas surmonté cette épreuve.

— Je vais t'apporter un café, proposa-t-il, tu en as bien besoin.

— Et un pastis.

— Pas d'alcool ce matin, répliqua Jacques d'un ton ferme. Tu viens à peine d'échapper au coma éthylique. Tu devrais y aller mollo pendant quelque temps.

— Eh, je suis un client, Jacques. Apporte-moi un pastis !

Jacques soupira.

— D'accord, mais s'il t'arrive quelque chose, je ne veux rien savoir. Ton foie, il ne va pas aimer, mais tu fais ce que tu veux.

Il disparut à la cuisine tandis que Christopher contemplait les murs en s'efforçant de connecter entre elles les bribes d'images de la soirée de samedi. Ses efforts n'aboutirent pas. À partir d'un certain moment, la soirée se perdait dans un brouillard qui refusait de se lever.

Jacques revint avec le café au lait et le pastis, et Christopher lui demanda :

— Qu'est-ce qui s'est passé, samedi ?

— Tu veux dire quand...

— Oui. Quand je me suis mis à picoler. Tu sais ce qui s'était passé ?

— Rien. Tu avais ta déprime habituelle. Tu es arrivé ici vers dix heures en disant que ta vie n'avait plus de sens.

— Et après ?

Jacques haussa les épaules.

— Après, tu as demandé du schnaps, comme tu disais, de l'eau-de-vie. Tu as bu comme un trou, un coup de schnaps, un coup de whisky. Tu as parlé de tes enfants et de ta femme. Comme tous les samedis soir, quoi. Le samedi et le dimanche, tu sais bien, pour toi, c'est toujours...

— Pas seulement le samedi et le dimanche, ça non !

La tête baissée sur le verre qu'il agitait en faisant tourner le liquide laiteux, il décréta :

— La vie, c'est une pourriture.

3

— On a peut-être des choses à se dire, proposa Henri d'une voix douce.

Il était huit heures du matin et il n'avait pas l'habitude de se lever si tôt quand il était de repos. Les fins de semaine étaient dures, et il profitait du lundi pour dormir tout son soûl. Mais ce jour-là, il était sorti faire un tour dès six heures. Pourtant, sa promenade paraissait ne lui avoir fait aucun bien.

Il a tout d'un pizzaiolo vieillissant, pensa méchamment Nadine devant sa mine pâle et soucieuse.

Il vieillirait vite, cela se voyait déjà. Sans doute la pression, le travail... Quand elle l'avait rencontré, il était gai, insouciant. Très beau, excellent au surf et au ski nautique, il conduisait trop vite, dansait des nuits entières, connaissait toutes les discothèques de la côte. Il l'arracherait à la triste existence qu'elle menait auprès de sa mère. Du moins l'avait-elle cru.

Ils étaient tous deux jeunes, beaux, avides de vivre. Pendant quelque temps, ils ne firent que se distraire, ce qui n'empêchait pas Henri, qui travaillait dans un hôtel, de rêver à la petite pizzeria qu'il achèterait un jour. Sa mère était italienne et il avait appris le métier de cuisinier en Italie. Avec l'assurance qui lui était propre, il se proclamait le meilleur pizzaiolo des environs.

« Tu vas voir, les clients vont se bousculer dans notre restaurant. On viendra de loin pour goûter mes pizzas. Nous serons célèbres, les gens seront contents quand ils auront réussi à avoir une table chez nous. »

Pour lui, il fut établi dès le début qu'ils se marie-raient, ce qui allait dans le sens de Nadine. L'idée d'avoir un foyer, d'être la propriétaire d'un petit restau-rant bien coté, de rencontrer des clients intéressants et d'être connue et reconnue à la ronde lui plaisait beau-coup. Ils passèrent un merveilleux été à forger des plans d'avenir. Ce fut le meilleur moment de leur amour.

À la fin de l'été, aux premiers jours d'un bel automne chaud et doré, Henri demanda à Nadine si elle voulait l'épouser. Cette question n'était que de pure forme, mais son amoureux la lui posa dans le plus pur style romantique, avec des roses rouges et une petite bague de brillants. Nadine accepta, et il lui dit en hésitant :

« Nadine, je voudrais que tu fasses la connaissance de Catherine, ma cousine. »

Il avait déjà mentionné plusieurs fois sa cousine Catherine, mais Nadine n'avait jamais vraiment écouté. Très bien, Henri avait une cousine qui vivait dans le quartier du port, à La Ciotat, et qui visiblement était pour lui comme une sœur. Pourquoi pas ?

« Bien sûr, répondit-elle. Elle va sans doute venir à notre mariage ?

— Je n'en suis pas sûr. Il faut que tu saches... Catherine aurait voulu se marier avec moi. J'ai peur que ça ne lui ait pas passé.

— Je croyais qu'elle était ta cousine ?

— Oh, ça arrive souvent. Nous n'aurions pas été les premiers à nous marier entre cousins. »

À dater de ce moment, Nadine avait éprouvé de l'aver-sion envers cette cousine. Car elle n'était plus seule-ment une parente, mais une rivale.

« Et toi, c'était pareil pour toi ? Toi aussi, tu as voulu l'épouser, à un moment ?

— Je ne sais plus. Peut-être qu'on en parlait quand on était petits. On passait beaucoup de temps ensem-ble. Elle était comme ma sœur.

— Et puis tu as arrêté de la considérer comme ta future femme ?

— Bien sûr. Je n'ai jamais pris ça au sérieux, de toute façon, et d'ailleurs... enfin, tu vas voir. Elle est gentille, mais... non, jamais je n'aurais eu une idée pareille. »

Ils avaient alors passé une horrible soirée chez Bérard à La Cadière, soirée qui avait coûté si cher qu'Henri, des semaines après, pleurait encore après son argent. L'ambiance et la nervosité de son fiancé étaient telles que Nadine croyait subir le test de la première visite chez les futurs beaux-parents, alors qu'elle faisait simplement la connaissance d'une quelconque cousine.

En tout cas, elle comprit immédiatement que Catherine ne représentait pas une concurrente sérieuse pour elle. Mesurant plus d'un mètre quatre-vingts, grande, large d'épaules et de hanches, elle était lourde, pataude. Nadine la trouvait tout bonnement immonde : pas seulement quelconque, sans intérêt ou sans grâce, non, vraiment immonde. Et pourtant, Catherine, ce soir-là, se trouvait dans une phase où sa maladie de peau lui laissait un peu de répit. À l'aide d'un maquillage spécial et à la lueur des bougies, elle était parvenue à masquer plus ou moins les dégâts. Nadine avait bien remarqué que cette pauvre fille, par-dessus le marché, avait une vilaine peau, mais l'ampleur du désastre lui avait échappé.

L'atmosphère fut tendue dès la première minute. Catherine arborait l'expression d'une héroïne de tragédie grecque. Henri bavardait sans interruption en affichant une décontraction qu'il n'éprouvait pas et en disant surtout des bêtises. Pour la première fois, Nadine eut l'impression qu'une barrière intellectuelle les séparait, et cette idée la contraria. Le lendemain, pourtant, elle songea que, si Henri avait débité un tel ramassis de banalités, c'était dû à l'énervement. Ce n'est que beaucoup plus tard qu'elle reconnut que son intuition de ce soir-là, chez Bérard, ne l'avait pas trompée :

intellectuellement, Henri lui était inférieur, et c'était là le point faible de leur relation.

Catherine la détesta dès l'instant où elle la vit, et Nadine lui rendit la pareille. Pourtant, cette laissée-pour-compte qui n'éveillerait jamais l'intérêt d'aucun homme ne méritait que de la pitié, mais, constatant que Catherine ne lui témoignait d'autre sentiment qu'un mépris non dissimulé, Nadine réagit par le dégoût. Cette fille affreuse avait-elle cru pouvoir épouser un beau garçon comme Henri ? Elle rêvait, ou quoi ?

Catherine ne parut pas au mariage, de sorte qu'aucun membre de la famille d'Henri n'y assista. Il avait perdu son père quelques années auparavant, et sa mère, l'Italienne, retournée dans son pays natal, n'avait pas osé entreprendre le voyage qui l'aurait conduite de Naples jusqu'à la Côte d'Azur.

« Donc, tu n'as plus personne au monde, en dehors de Catherine et de ta mère ? » s'enquit Nadine lorsqu'ils furent rentrés dans l'appartement d'Henri à Saint-Cyr, après un repas de noces arrosé de champagne.

Henri répondit en bâillant :

« J'ai encore une vieille tante. Une cousine au deuxième degré de mon père, ou quelque chose comme ça. Elle habite en Normandie. Il y a longtemps que je ne suis plus en contact avec elle. Catherine y va de temps en temps. »

La vieille tante dont Henri se souvenait à peine joua un rôle décisif dans leur vie. Un an après leur mariage, elle décéda en léguant une somme d'argent rondelette qui, selon ses dernières volontés, était à partager à égalité entre ses deux derniers parents vivants, Catherine et Henri. C'était évidemment injuste, Catherine s'étant occupée d'elle régulièrement tandis qu'Henri ne lui avait jamais rendu la moindre visite. Mais il n'y avait rien à contester. Chacun reçut sa part. Catherine quitta son emploi chez un notaire, où elle était en butte aux bavardages de ses collègues, qui ricanaient derrière son dos. Elle acheta l'horrible petit appartement de La Ciotat et fit quelques bons placements avec ce qui lui restait, de manière à pouvoir vivre quelques années en économisant. De plus, elle avait des idées précises sur le moyen d'améliorer son niveau de vie.

Henri utilisa son argent pour acheter un petit café délabré au Liouquet, un quartier de La Ciotat en périphérie de la ville. La petite maison, séparée de la mer par une rue étroite, disposait au rez-de-chaussée d'une cuisine insuffisamment équipée, d'une grande salle comprenant un bar, et de minuscules toilettes. Au premier, on trouvait trois petites chambres et une salle de bains ; une sorte d'échelle de poulailler conduisait à une mansarde si mal isolée qu'elle eût pu servir de four pendant l'été.

À l'extérieur s'étendait un jardin pavé, planté de vieux oliviers magnifiques. Henri était enchanté.

« C'est une mine d'or, s'enthousiasma-t-il, une vraie mine d'or. »

Nadine demeurait sceptique.

« D'accord, mais une mine d'or abandonnée, alors ! On ne peut pas dire qu'elle respire l'argent, ta mine d'or.

— Le propriétaire était archi-vieux. Ça fait des années qu'il n'a plus rien fait dedans. Avec nous, ça va changer, tu vas voir ! »

L'héritage suffit pour l'achat, mais il leur fallut prendre un crédit assez important pour remettre les lieux en état et faire installer une cuisine conforme aux exigences d'Henri. Le remboursement s'étalait sur des années.

Le petit restaurant, qu'Henri baptisa Chez Nadine, ne ressemblait en rien à l'établissement dont avait rêvé sa femme. Elle avait imaginé un décor plus luxueux, plus chic. Elle trouvait dégradant de devoir se terrer au-dessus de la cuisine et de la salle, dans quelques petites pièces surmontées de la mansarde étouffante, qu'ils louaient de temps à autre. Mais un logement séparé eût coûté trop cher, et la location des chambres leur rapportait quelques revenus nécessaires. Henri, qui savait que tout cela ne satisfaisait pas Nadine, lui répétait que ce n'était qu'un début.

« On commence toujours au bas de l'échelle. Je te le promets, un jour, on achètera un restaurant de luxe à Saint-Tropez. »

Avec le temps, Nadine comprit que ce ne serait jamais le cas. La pizzeria avait une bonne clientèle, mais l'argent leur permettait tout juste de vivre à peu près sans souci – à condition, bien sûr, que leur train de vie reste modeste – et de maintenir le restaurant à flot. Jamais ils ne réussirent à épargner. La perspective du restaurant gastronomique de Saint-Tropez s'éloignait de plus en plus, et Nadine finit par deviner que, si elle s'en remettait à Henri, elle passerait le restant de ses jours au Liouquet, à trimballer de la pizza et des pâtes entre la cuisine et la salle. Car lui, il l'aimait, sa pizzeria. Il y tenait comme à la prunelle de ses yeux. Jamais il ne partirait.

Quant à Catherine, elle s'était assuré sa petite place. Elle s'était entendue avec Henri pour travailler quotidiennement. Elle serait employée à la plonge et au ménage et – suivant l'état de sa maladie – au service. Lorsqu'elle découvrit le pot aux roses, Nadine s'y opposa de toutes ses forces.

« Je ne veux pas la voir ici ! Cette bonne femme me hait ! Je ne veux pas me trouver sous le même toit que quelqu'un qui me veut du mal. Et qui veut te mettre le grappin dessus, par-dessus le marché !

— Mais je le lui ai promis, risqua Henri, embarrassé. Sinon, elle n'aurait pas quitté son boulot.

— Je m'en fiche. Personne ne m'a rien demandé. Sinon, je vous aurais dit dès le départ que je n'étais pas d'accord.

— Il faut quelqu'un pour nous aider.

— Des gens pour t'aider, tu en trouveras à la pelle. Nous ne sommes pas obligés de prendre Catherine.

94

— Pour Catherine, ce n'est pas seulement une question d'argent. Elle est très seule, tu sais. Et elle n'a pas beaucoup de chances de trouver quelqu'un qui veuille d'elle. Allez, sois un peu généreuse, accorde-lui une petite place !

— Au départ, c'est elle qui m'a repoussée, et non l'inverse. Je ne veux pas la voir ici, un point c'est tout.

— Tu as tellement plus de choses qu'elle ! Tu pourrais quand même...

— Qu'est-ce j'ai, tu peux me le dire ? J'ai une pizzeria miteuse sur le dos. Voilà ce que j'ai ! »

En fin de compte, Henri s'arrangea pour demander l'aide de sa cousine lorsque Nadine était absente et engagea des extras le reste du temps. Cet arrangement ne correspondait pas aux espoirs de Catherine, mais elle l'accepta, ne pouvant obtenir davantage. Toutefois, sa haine envers Nadine grandissait de jour en jour, et celle-ci le savait.

Nadine voulut ignorer le fait que cette cousine abhorrée venait de plus en plus souvent, tout comme elle préférait ne pas voir qu'Henri partageait plus volontiers ses problèmes professionnels avec elle.

Il pense sans doute qu'il aurait beaucoup mieux valu pour lui épouser Catherine, songeait Nadine. Ils se seraient voués corps et âme à ce boui-boui. Et ils l'auraient appelé Chez Catherine.

Interrompant le cours de ses réflexions, elle interrogea :

— Tu veux me parler de quoi ?

Elle venait de se préparer une tasse de thé à la cuisine et tenait la tasse brûlante à deux mains pour se réchauffer, mais elle ne savait pas si les frissons qui la parcouraient provenaient de la fraîcheur de l'air matinal qui s'engouffrait par la porte du jardin ou s'ils étaient dus à un froid qui venait de son âme.

— Je croyais que tu le savais, dit Henri. Que tu savais de quoi nous devrions parler.

— Je n'éprouve pas le besoin de parler, moi, rétorqua Nadine en crispant ses doigts un peu plus autour de la tasse. Si tu veux parler, il faudrait au moins me dire de quoi.

Il la dévisagea. À nouveau, elle se fit la réflexion qu'il avait l'air fatigué et âgé. Ou, peut-être, pas vraiment âgé, à trente-six ans, mais usé. Fatigué et usé. Et fragile.

— Non, dit-il d'un ton las, il faudrait que ça vienne de toi. Moi, je ne peux pas entamer la discussion, c'est au-dessus de mes forces. C'est… trop affreux.

Elle haussa les épaules. Intérieurement, elle était tendue à craquer, elle tremblait, mais il lui fallait paraître froide à l'extérieur. C'était son caractère. Plus elle était bouleversée, plus ses traits prenaient l'aspect d'un masque. Dans ses yeux, toute lumière s'éteignait, ses traits réguliers se figeaient, comme sculptés dans la pierre. Cette rigidité était destinée à impressionner.

Il la connaissait depuis longtemps, mais il n'avait jamais compris cet aspect de son être. Il se contenta de regarder cette physionomie de pierre et se dit : un jour, cette femme finira par me faire mourir de froid.

Tout en sachant que c'était déjà fait.

Et que jamais elle ne viendrait vers lui d'elle-même pour lui parler.

Ni aujourd'hui, en cette froide matinée d'octobre, ni plus tard.

4

Le lundi matin, dès dix heures, la mère de Laura sonnait chez sa fille pour lui ramener la petite Sophie et savoir de quoi il retournait. Laura avait conduit inopinément l'enfant chez elle la veille au soir, en évoquant vaguement une « urgence ». Elle avait ajouté qu'elle devrait peut-être se rendre au plus vite dans le sud de la France, et demandé à sa mère de garder l'enfant éventuellement pendant une semaine. Élisabeth, n'y comprenant goutte, était décidée à apprendre la raison de cette attitude.

Laura ouvrit la porte, le téléphone à l'oreille. Elle venait de composer le numéro de l'hôtel de Pérouges et attendait qu'on lui passe la personne responsable. Peu avant, elle avait localisé la ville sur une carte : près de Lyon. La distance qui la séparait de Genève lui paraissait trop grande pour que Peter l'ait couverte quotidiennement pendant trois jours lors de sa mission en Suisse.

— Je me demande ce qui t'oblige à partir pour la France du jour au lendemain, déclara Élisabeth en guise de bonjour. Je croyais que Peter était parti en mer avec son ami. Qu'est-ce que tu vas faire là-bas ?

— Attends, maman. On a des problèmes avec la maison.

Elle fit signe à sa mère d'entrer au salon avec Sophie. Elle-même resta dans le couloir. Élisabeth ne connaissait pas le français, elle ne pourrait suivre la conversation.

Laura l'entendait bavarder avec Sophie. La petite poussait des petits cris et riait. Elle adorait sa grand-mère.

À l'autre bout du fil, la réceptionniste de l'hôtel s'annonça. Laura avala sa salive. Elle fut tentée de mettre un terme à la conversation avant de commencer, d'éviter tout ce qui allait peut-être lui tomber dessus. Souvent, il valait mieux ne rien savoir. Mais quelque chose lui disait qu'elle ne pourrait échapper plus longtemps à la vérité. La pierre avait commencé à rouler. Il n'était plus en son pouvoir de l'arrêter.

— Ici le bureau de Peter Simon à Francfort, annonça-t-elle. Je fais la comptabilité et j'ai un montant que je n'arrive pas à imputer. M. Simon est descendu à votre hôtel au mois de mai. Pouvez-vous me dire à combien s'élevait la facture ?

— M. Simon... Un instant, s'il vous plaît... (La réceptionniste parut feuilleter un registre.) En mai, dites-vous ? Ah, voilà... M. et Mme Simon, venant d'Allemagne...

Brutalement, les oreilles de Laura se mirent à bourdonner. La voix lointaine de la femme, à Pérouges, lui indiqua un chiffre qu'elle entendit à travers un mur de coton et ne saisit pas.

Elle se laissa tomber sur la dernière marche de l'escalier. Bientôt, ses dents allaient se mettre à s'entrechoquer...

— Allô ? Vous êtes toujours là ? C'est le renseignement que vous cherchiez ?

La voix lointaine de la réceptionniste se fraya un chemin jusqu'à elle. Il fallait répondre quelque chose.

— Oui, merci beaucoup. C'est ce que je voulais savoir. Au revoir.

Elle appuya sur la touche qui mettait fin à la communication. Du salon, la voix d'Élisabeth lui parvint.

— Dis donc, hier soir, quand tu m'as amené la petite, elle n'était pas assez couverte ! On est en octobre, je te le rappelle !

Encore quelqu'un qui attendait une réponse.

— Oui, maman.

Laura ne savait pas si elle réussirait à se relever. Elle craignait que ses jambes ne se dérobent sous elle. Pourquoi n'avait-elle pas attendu d'être seule pour appeler ? Elle était dans un tel état qu'elle serait incapable de cacher la terreur qui s'était emparée d'elle. Sans doute était-elle blanche comme un linge.

M. et Mme Simon.

Restait à savoir qui était celle-ci.

Mais ça n'avait peut-être plus d'importance, maintenant.

Sans doute une banale histoire de sexe, un truc sans lendemain. Il a une maîtresse, qu'il baise dans des hôtels chics et qu'il fait passer pour sa femme, parce qu'il est trop coincé pour prendre une chambre avec une femme qui porte un autre nom.

Soudain, son estomac se souleva et elle laissa tomber le téléphone. Elle se précipita à la cuisine, où elle vomit dans l'évier. Sa peau se recouvrit instantanément d'une pellicule de sueur. Prise de tremblements et de hoquets, elle vomit jusqu'à ce que son estomac ne restitue plus qu'un mucus jaunâtre.

Elle entendit les pas de sa mère se rapprocher.

— Qu'est-ce que tu fabriques ? Tu téléphones toujours ?

Élisabeth s'arrêta sur le seuil de la pièce et ouvrit de grands yeux.

— Tu ne te sens pas bien ?

À ton avis ? pensa Laura avec agressivité, tout en essayant en même temps de calmer sa colère envers sa mère. Élisabeth n'était pas responsable de la catastrophe qui venait de briser sa vie.

Laura se releva, prit une feuille d'essuie-tout et s'essuya la bouche. Élisabeth se pencha sur l'évier.

— Tu as une tête à faire pitié. On dirait que tu vas t'écrouler.

Elle remplit un verre et le posa devant sa fille.

— Tiens, bois ça. Tu sais, il faut toujours se rincer la gorge.

Puis elle ouvrit la fenêtre et vaporisa un désodorisant dans la pièce. Comme toujours, elle se montra efficace et consciencieuse. Comme toujours, Laura redevenait une petite fille.

— Maman, Peter a une liaison, lâcha-t-elle.

Élisabeth marqua un temps d'arrêt, puis recommença à s'activer de plus belle.

— Comment le sais-tu ? demanda-t-elle.

— En mai, il a passé plusieurs nuits dans un hôtel près de Lyon, en compagnie d'une femme qu'il a fait passer pour son épouse. Je pense que c'est assez clair.

Le simple fait de décrire la situation déclencha une nouvelle nausée. Mais elle se sentait mieux armée, cette fois, et elle put réprimer son haut-le-coeur.

— Ah, c'est donc pour ça que tu veux tout quitter pour aller dans le sud de la France. Ce n'est pas parce qu'il y a un problème ici... Tu sais où il est ? Parce qu'il n'est sans doute pas parti en bateau avec son ami ?

— Non, il n'est pas parti en bateau, ça, je le sais. Mais quant à savoir ce qu'il fabrique... aucune idée. Je ne sais même pas qui est cette femme avec qui il me trompe. La dernière fois qu'on l'a vu, c'était à Saint-Cyr.

— Tu es sûre ?

— J'ai eu le patron d'une pizzeria, là-bas, au téléphone. Peter y a dîné samedi soir. Après, on perd sa trace.

— Tu crois qu'il est avec cette... personne ?

Ces révélations représentaient une catastrophe pour Élisabeth. Elle ne se résignerait pas facilement à avoir une fille divorcée. Sitôt remise du choc, elle s'efforcerait de chercher une solution, avec une indomptable énergie.

— Il a des ennuis financiers, indiqua simplement Laura. Je ne serais pas étonnée s'il... tu sais, s'il avait disjoncté, comme on dit... peut-être qu'il est parti se cacher quelque part.

Élisabeth, qui n'était pas du genre à prendre des gants, réagit vivement :

— Tu veux dire qu'il s'est probablement enfui à l'étranger avec cette... inconnue, et qu'il vous laisse tomber, toi et la petite, sans se préoccuper de ce que vous allez devenir ?

Laura sentit monter une nouvelle nausée.

— Je l'ignore, maman.

— Et ses ennuis financiers, ils sont vraiment sérieux ?

— Je ne sais pas encore avec exactitude. C'est seulement hier que j'ai découvert tout ça. Sa... liaison, je viens de l'apprendre.

— En tout cas, si tu veux mon avis, moi, à ta place, je ne partirais pas pour la France. Je commencerais par régler les affaires ici. Ton avenir financier est en jeu. C'est par là que tu devrais commencer.

— Eh bien, pour moi, c'est autre chose qui est en jeu, répliqua Laura. Si c'est ce que je crois, l'argent est la dernière chose qui m'intéresse.

Elle se leva d'un bond. Cette fois, elle parvint à atteindre les toilettes du bas. Le visage qu'elle découvrit ensuite dans la glace lui parut étranger.

C'était celui de quelqu'un d'autre.

5

Depuis une semaine, Monique avait mauvaise conscience. Aussi avait-elle décidé de faire abstraction de sa fièvre et de son mal de tête lancinant. Elle n'était pas du genre à s'écouter et à se laisser arrêter par de petits bobos, mais cette grippe qui l'avait frappée avec une virulence inhabituelle l'avait terrassée. Monique ne consultait jamais de médecin – en trente-sept années d'existence, elle n'en avait jamais eu besoin – mais cette fois elle n'avait pas le choix. Il lui avait prescrit quelques médicaments et un strict repos au lit.

Cette grippe tenace l'avait empêchée de se rendre chez Mme Raymond le 29 septembre, comme convenu, pour aller faire le ménage. Et maintenant, elle s'y traînait tant bien que mal en ce lundi, une semaine après, avec un sentiment de culpabilité.

En réalité, cela lui était sûrement égal, à Mme Raymond : elle était rentrée à Paris et sans doute ne reviendrait-elle à Saint-Cyr que pour Noël. Mais il avait été convenu que Monique viendrait faire le ménage à fond le jour de son départ ou le lendemain. Ensuite, elle viendrait tous les quinze jours au cours de l'automne et elle préparerait la maison avant Noël pour le retour de Mme Raymond.

Le samedi 29, elle avait essayé d'appeler cette dernière à la première heure, mais elle était tombée sur le répondeur. Malgré son état, elle tenait à prévenir sa patronne qu'elle était trop malade pour faire le ménage et qu'elle se rattraperait dès qu'elle serait guérie. Mme Raymond n'avait pas rappelé, ce qui voulait dire qu'elle était sans doute partie tôt le matin. Monique avait essayé de la joindre le lendemain à Paris, mais, là encore, elle avait eu le répondeur. Sans nouvelles, elle en avait déduit que sa patronne était d'accord, ce qui ne l'empêchait pas d'être un peu vexée à l'idée que celle-ci, après toutes ces années, n'ait pas jugé nécessaire de lui souhaiter un prompt rétablissement.

Il était presque midi lorsqu'elle s'était sentie assez d'aplomb pour se mettre en route. Monique avait pris trois cachets d'aspirine et le mal de tête s'était un peu atténué. Sa légère fièvre refusait de tomber, mais elle avait résolu de la combattre par le mépris.

La petite maison de Mme Raymond se situait au milieu des champs entre le centre de Saint-Cyr et les contreforts des montagnes. Les routes étaient étroites et cahoteuses, souvent bordées de murets et de fleurs sauvages. De petits mas et des maisons de contes de fées apparaissaient çà et là entre les vignes, à l'ombre de vieux oliviers. En été, la chaleur était écrasante et une poussière sèche tourbillonnait, soulevée par les voitures qui passaient à trop grande vitesse sur les petites routes en lacet. Mais aujourd'hui, après la pluie de la veille, les prés dégageaient de l'humidité. Le ciel était nuageux. Monique observa les fines colonnes de fumée qui s'élevaient de quelques cheminées isolées : le vent venait de l'est. Il n'y avait pas d'amélioration importante en vue.

Elle était partie à vélo. Elle ne tarda pas à s'apercevoir qu'elle avait eu tort d'entreprendre cette équipée. Déjà, au bout d'un kilomètre, elle se sentit faiblir, et, lorsqu'elle s'engagea dans l'étroit chemin de terre qui menait à la maison, ses maux de tête reprirent de plus belle. La fièvre, également, paraissait avoir grimpé. Sans doute couvait-elle une rechute. Non, elle ne pourrait pas reprendre son travail.

Employée comme secrétaire dans une agence immobilière, Monique arrondissait ses fins de mois en faisant du ménage et du gardiennage dans les résidences secondaires ; l'unique plaisir qui venait égayer la solitude de sa vie de célibataire était le grand voyage qu'elle s'octroyait tous les ans. C'était très cher, et Monique travaillait comme une folle, le week-end ou même, comme aujourd'hui, pendant qu'elle était encore en congé maladie. Cette année, elle était allée au Canada. L'année prochaine, elle visiterait sans doute la Nouvelle-Zélande.

Arrivée dans la cour plantée d'oliviers, elle sauta de sa bicyclette. J'espère que personne n'est entré, pensa-t-elle.

La maison se détachait, calme et silencieuse, sur le ciel de plus en plus gris. Aucun signe d'effraction.

Bien que la journée ne fût pas froide, Monique fut soudain prise de frissons. Sans doute la fièvre.

Lorsqu'elle ouvrit la porte, elle recula d'un bond, agressée par une puanteur qui lui coupa le souffle.

Sa patronne – qui avait sans doute compté sur elle pour s'occuper de tout – avait dû laisser des aliments périssables dans la cuisine. La chaleur de la semaine écoulée avait été redoutable. Monique imagina un morceau de viande grouillant de mouches et d'asticots. Ah, elle n'était pas toujours à la noce, avec ce boulot !

Ce qui était clair, c'était que Mme Raymond, pour une raison ou une autre, n'avait pas reçu ses messages. Si elle ne lui avait pas demandé de nouvelles de sa santé, ce n'était pas parce qu'elle s'en moquait, mais parce qu'il y avait eu un raté quelque part.

Monique s'engagea dans le couloir. À mesure qu'elle se rapprochait de la cuisine, la puanteur devenait telle qu'elle en eut l'estomac retourné. Sans doute la poubelle qui débordait. Jamais elle n'avait senti une odeur aussi épouvantable. Une sueur froide l'inonda et, cette fois, elle ne fut pas sûre que c'était à cause de la grippe. Cette puanteur avait un côté angoissant, menaçant.

Un étrange picotement se propagea sur la peau de son crâne, symptôme de la terreur irrationnelle, instinctive, qui s'était levée en elle.

Je suis malade, c'est tout, se rassura-t-elle sans pouvoir y croire.

Dans la cuisine, la pendule faisait tic-tac, une mouche bourdonnait, mais Monique n'aperçut pas l'ombre d'une montagne de viande en putréfaction. Sur l'évier, un peu de vaisselle était proprement rangé sur l'égouttoir ; la poubelle semblait bien fermée. Sur le rebord de la fenêtre, des fruits pourrissaient dans une coupe, mais Monique abandonna très vite l'espoir que c'était la source de cette puanteur étrangement douceâtre. Les fruits ne répandaient qu'une légère odeur, et il fallait s'en approcher pour la sentir. Cette puanteur ne venait pas de la cuisine ! Elle venait de la partie arrière de la maison, où se trouvaient les chambres.

Son estomac se serra. D'un seul coup, elle comprit d'où venait sa réaction instinctive. C'était le cri des animaux quand ils sentaient l'abattoir.

Monique respirait l'odeur de la mort.

Sa raison s'insurgea aussitôt contre cette idée. C'était absurde. En plein jour, dans une jolie maison de Provence, on ne sentait pas l'odeur de la mort. Et d'ailleurs, la mort, que sentait-elle ? Il y avait bien une explication à cette odeur pestilentielle, une explication très simple, et elle allait la trouver.

Elle avança dans le couloir d'un pas décidé, ouvrit la porte de verre et entra dans la chambre de Mme Raymond.

Celle-ci gisait par terre sous la fenêtre, vêtue des lambeaux de sa chemise de nuit. Une cordelette était passée autour de son cou, ses yeux sortaient de leurs orbites et sa langue, noire et raide, pendait hors de sa bouche. Sur le rebord de la fenêtre s'étalait quelque chose qui ressemblait à du vomi. Monique écarquilla des yeux incrédules et, de façon absurde, continua désespérément à chercher une explication rationnelle au spectacle qui lui était offert.

Puis un nom lui traversa l'esprit : Manon ! Elle se rua dans la chambre voisine pour aller voir ce qu'était devenue la fillette de quatre ans. L'enfant était couchée dans son petit lit. On lui avait fait subir le même sort qu'à sa mère mais, visiblement, elle dormait quand l'assassin l'avait surprise. Elle ne s'était pas réveillée – du moins Monique l'espérait-elle – quand on avait commencé à lui trancher la gorge.

— Il faut que je réfléchisse à ce que je vais faire maintenant, prononça Monique à haute voix.

Le choc élevait une barrière entre elle et l'épouvantable vision qu'elle avait sous les yeux, l'empêchant de hurler ou de s'évanouir.

Elle quitta la pièce, se rendit d'un pas incertain à la cuisine et se laissa tomber sur une chaise. La pendule était encore plus bruyante que tout à l'heure, le tic-tac résonnait, se répercutait en écho, le bourdonnement de la mouche s'amplifiait lui aussi, enflait de seconde en seconde. Monique regarda fixement les fruits qui pourrissaient, des pommes et des bananes en train de ramollir, on voyait leur chair brunâtre et pourrissante. De la chair brunâtre et pourrissante...

Le tic-tac de la pendule et le bourdonnement de la mouche réunirent leurs forces pour se transformer en un grondement assourdissant. Ce son lui transperça les oreilles. Il devint insupportable, s'enfonça dans la tête de Monique et menaça de la faire éclater. Elle s'étonna, parce que les vitres n'explosaient pas, que les murs n'oscillaient pas, que le monde ne s'écroulait pas, alors que le pire était arrivé.

Elle se mit à hurler.

6

Laura ne s'était pas arrêtée une seule fois. À côté d'elle, sur le siège, elle avait placé une bouteille d'eau minérale dont elle but régulièrement une gorgée jusqu'à ce qu'elle fût vide. Elle ne descendit pas de voiture avant le Pas-d'Ouilliers, et alors seulement elle remarqua à quel point ses membres étaient raides. Elle se déplaçait comme une vieille femme.

Laura s'approcha d'une table de pique-nique et contempla, en contrebas, les milliers de lumières qui brillaient dans la baie de Cassis.

Il était près de dix heures et demie, la nuit était froide et nuageuse, et, là-haut, il soufflait un vent frais qui la fit frissonner. Elle n'avait pas mis de veste, car elle n'allait pas s'attarder à cet endroit. C'était d'ici que Peter l'avait appelée pour la dernière fois, ici que se rompait le fil, ici que, deux jours auparavant – était-ce possible, deux jours seulement ? –, il était descendu de voiture et avait vu cette même mer. Si c'était vrai. S'il était vraiment venu ici. Depuis que son univers avait basculé, elle n'était plus sûre de rien... Mais c'était probable, puisque Henri Joly lui avait confirmé qu'il l'avait vu. Peter devait bien s'être arrêté quelque part pour téléphoner – il ne téléphonait jamais en conduisant – et, dans ce cas, pourquoi pas à cet endroit ? Peut-être avait-il pris cette sortie presque automatiquement. Ils s'arrêtaient toujours là quand ils voulaient admirer la mer pour la première fois. Mais, après tout ce qui s'était passé, elle doutait que ce rituel partagé eût la même importance pour lui que pour elle.

S'il m'avait aimée, pensa-t-elle en inspirant à pleins poumons l'air si doux, il n'aurait pas passé de week-end avec une autre.

Sans doute y avait-il eu plus d'un week-end. Ou alors, des déjeuners clandestins, si cette fille habitait Francfort ou y venait souvent. Ou des voyages d'affaires. Depuis combien de temps durait ce manège ? Pourquoi n'avait-elle rien remarqué ? Cela dit, le reste, ses investissements aventureux, lui avait également échappé.

La jeune femme repensa à l'insouciance avec laquelle elle dépensait l'argent : les grosses factures, elle les donnait toujours à Peter, et sans doute ne les avait-il pas réglées, pour la plupart. Pour ses besoins propres, elle disposait d'un petit compte en banque que son mari approvisionnait à intervalles irréguliers. Depuis un bon bout de temps, il n'avait plus effectué de virement et son pécule avait diminué, mais cela ne l'avait nullement préoccupée, car elle était toujours partie du principe qu'un simple mot suffisait pour réamorcer la pompe. Autrement, elle avait une carte de crédit sur l'un des comptes de Peter, mais il y avait longtemps qu'elle ne l'utilisait plus. Si on l'avait supprimée, elle ne s'en était pas aperçue.

Une vraie Belle au Bois dormant. Entourée de roses, elle dormait d'un sommeil de cent ans.

Laura n'avait pas encore pleuré et elle n'en ressentait pas le besoin. C'était étonnant pour une personne qui avait la larme à l'œil pour des motifs infiniment moins graves. Alors qu'elle retrouvait un endroit chargé de souvenirs, ses yeux restaient secs. Tout près, dans une voiture, deux hommes se bécotaient avec ardeur, mais elle n'y prêtait pas attention. Toutes ses pensées allaient à Peter, à cet homme qu'elle avait cru connaître.

C'est d'ici, de cette même place, que tu m'as appelée. Tu as dit que tu étais fatigué. J'ai pensé que ce n'était pas étonnant après un si long trajet. Aujourd'hui, je sais qu'en réalité ce que j'avais senti dans ta voix n'était pas de la fatigue. D'ailleurs, c'est peut-être pour cette raison que je me suis sentie si mal, après. Tu paraissais plutôt tendu, nerveux. Partir avec Christopher, c'était quelque chose qui, au contraire, te rendait heureux et serein, d'habitude. Mais tu respirais tout sauf la joie. Tu n'étais pas bien. Tu avais rendez-vous avec ta maîtresse et tu prévoyais de prendre le large avec elle, de te débarrasser purement et simplement de tes dettes et de ton épouse, cette pauvre innocente qui ne se doutait de rien. Tu étais ici, sachant ce que tu t'apprêtais à faire, et tu te traitais de monstre et de raté. Ce que tu es.

Oui, elle le condamnait. Mais entre la froideur des mots qu'elle lui assénait en pensée et ce qu'elle ressentait au plus profond d'elle, il y avait un gouffre. Il lui faudrait beaucoup de temps pour pouvoir faire le deuil. Ensuite seulement, après une phase de haine et de mépris, elle parviendrait peut-être à penser à lui avec détachement.

À mi-chemin entre cet avenir et le présent, se trouvait l'enfer.

Une demi-heure plus tard, elle ouvrit la porte de leur résidence secondaire, une petite maison du quartier La Colette, nichée au creux d'une colline qui s'élevait doucement, plantée de vignes en terrasses, à l'extérieur du village de La Cadière. De là, on avait vue sur la colline où était perché le village lui-même ; pour s'y rendre à pied, il fallait compter vingt bonnes minutes. Les terrains étaient grands, entourés de hautes clôtures ; la plupart des habitants avaient des chiens. Le nombre des cambriolages avait diminué sur la côte, mais les gens continuaient à veiller avec attention à la protection de leurs biens.

Laura s'était retenue de filer tout droit au restaurant d'Henri et de Nadine, où Peter avait fait étape après le Pas-d'Ouilliers. Elle s'était rappelé en cours de route que le lundi était leur jour de fermeture et préférait éviter de passer chez eux à titre privé. Il lui faudrait patienter jusqu'au lendemain.

Sitôt entrée, elle sut que personne n'avait pénétré dans la maison depuis l'été précédent : le silence, la poussière et l'immobilité révélaient que rien n'avait été touché. Malgré tout, elle passa de pièce en pièce afin de s'en assurer, mais ce qu'elle vit confirma sa première impression. Le lit n'avait pas été fait, les couvertures et les oreillers soigneusement empilés étaient lisses. Ils n'avaient pas servi. Il était fort peu probable que quelqu'un eût passé la nuit ici. Dans la cuisine, elle ne vit traîner ni tasse sale, ni assiette, ni couverts. Dans la salle de bains, nulle serviette n'avait été sortie du placard. La poussière recouvrait les tables, les chaises, les étagères. Peter n'avait pas séjourné dans cette maison.

Pour cette nuit, inutile d'ouvrir les lourds volets. La jeune femme resta donc cloîtrée à l'intérieur des pièces barricadées, qui dégageaient une odeur de renfermé.

Elle s'efforça de mettre de l'ordre dans ses idées.

Pourquoi était-il venu jusqu'ici ? Son voyage avait-il un rapport avec cette fille ? Était-ce une Française ? Il pouvait fort bien s'agir d'une banale liaison entretenue à Francfort, avec des rendez-vous dans les hôtels de passe de la vallée du Rhin et du Main. Sauf quand il lui offrait des week-ends à Pérouges. Était-ce à cause de Pérouges qu'elle pensait à une Française ? Mais peut-être Peter avait-il choisi cette ville uniquement parce que c'était un francophile invétéré. Ou alors, parce qu'il avait vraiment quelque chose à faire à Genève, une chose qui ne lui prenait pas trop de temps et lui laissait le loisir de passer un week-end en amoureux. Ils peuvent très bien être partis ensemble de Francfort.

Mais alors, pourquoi la Provence, maintenant ?

Peut-être n'était-ce qu'une aventure sans lendemain. Peut-être n'a-t-elle plus aucune importance. Peut-être n'est-il revenu ici que pour revoir une dernière fois le pays qu'il aimait tant.

Peut-être – et cette pensée l'électrisa tout à coup – n'avait-il pas l'intention de partir. Peut-être voulait-il simplement se cacher. Ce n'était pas elle qui l'avait soupçonné de vouloir s'enfuir à l'étranger, c'était Mélanie. Bien sûr, cette éventualité semblait plausible. Mais ce n'était pas obligatoirement le cas !

J'ai beaucoup trop dramatisé cette affaire, se reprocha-t-elle en notant qu'à cette simple idée sa souffrance se trouvait un peu allégée. En réalité, Peter a tout bonnement été pris de panique à cause de ses dettes. Il s'est terré quelque part, il cherche le calme et la distance, il veut réfléchir. Il faut qu'il trouve la meilleure façon de m'annoncer que nous n'avons plus un sou, que nous allons devoir vendre nos deux maisons, recommencer de zéro.

D'un seul coup, elle eut la certitude qu'il se trouvait à proximité. Évidemment, il avait évité de se réfugier dans cette maison où il était facile de le retrouver. Sans doute se cachait-il dans un hôtel ou un appartement. Et il lui faudrait bien finir par en sortir. Laura connaissait ses itinéraires de promenade, elle connaissait ses endroits préférés. Leurs chemins finiraient par se croiser à un moment ou à un autre. Et alors, elle lui parlerait.

Je pourrais recommencer à travailler, se dit-elle, et son cœur se mit à battre presque joyeusement. Comme dit le proverbe, à quelque chose malheur est bon. Peter et moi, nous ne serons plus les mêmes, après cela.

Dès le lendemain, elle se mettrait à sa recherche.

Mardi 9 octobre

1

Nadine s'apprêtait à sortir lorsque la voix d'Henri l'arrêta.

— Tu vas où ?

Le ton était anxieux, ce n'était pas le ton de quelqu'un qui cherchait à imposer son autorité. Elle se retourna. À l'instant, elle l'avait entendu remuer dans la salle de bains, où il se rasait. Elle qui avait cru réussir une sortie en douce, c'était raté. Il avait surgi sans crier gare dans le petit couloir qui menait à la porte de derrière, avec du savon à barbe plein les joues et un blaireau à la main, en slip et en tee-shirt, ses cheveux noirs encore emmêlés.

Qu'il est beau, se dit-elle, et elle le pensa avec la même conviction qu'elle avait pensé la veille : comme il est vieux ! Qu'il est beau, et qu'il est faible !

— Parce qu'il faut que je rende des comptes, maintenant, quand je sors ? répliqua-t-elle.

— Tu pourrais m'avertir avant, c'est la moindre des politesses.

— Je vais faire un tour. Un tour, c'est tout. Ça te va ?

Henri l'examina de la tête aux pieds. Mais lui ne devait pas la trouver belle. Pas ce matin. Nadine s'était vue dans la glace et s'était trouvée laide pour la première fois. Même lorsqu'elle était malade – événement rare, car elle était d'une santé robuste –, elle n'avait pas une tête pareille.

Oui, je suis détruite, avait-elle pensé alors, j'ai l'air d'une vieille.

Elle avait mis son jogging, attaché sans soin ses cheveux qui pendaient par mèches, renoncé au mascara et au rouge à lèvres. C'était inhabituel chez elle.

« Nadine se maquille toujours, même pour aller vider la poubelle », se moquaient gentiment ses amis.

Ce côté légèrement artificiel faisait partie de son personnage. À présent, tout cela lui paraissait superflu, inutile.

— Évidemment, tu peux aller te balader quand tu veux, dit Henri d'une voix douce.

— Merci.

— Je peux compter sur toi à midi ? Tu vas m'aider ?

— Pourquoi ne demandes-tu pas à ta chère Catherine ?

— C'est à toi que je le demande.

— Je suis de retour au plus tard à onze heures. Ça ira ?

— Bien sûr.

Cette fois, il ajouta :

— Merci.

Elle sortit sans mot dire.

2

Catherine se regardait dans la glace d'un œil critique. Le plus fort de la crise d'acné était passé, les pustules commençaient à sécher. Elle était affreuse, mais quand même un peu moins. Avec une bonne quantité de maquillage et en se donnant beaucoup de mal, elle pouvait…

Cette pensée réveilla en elle un souvenir désagréable. Trois ans auparavant, alors que, moralement, elle était arrivée au fond du trou et qu'elle avait cru ne plus pouvoir supporter sa solitude de chaque instant, et encore moins la perspective d'une solitude définitive, elle avait répondu à une petite annonce parue dans le journal. Le texte lui avait plu. Le candidat au mariage prévenait que, son physique n'étant pas particulièrement attrayant, il recherchait non pas une beauté, mais une femme romantique, ayant du cœur. Ayant déjà vécu plusieurs expériences malheureuses, il appréciait particulièrement les femmes franches et fidèles.

Catherine avait estimé qu'elle répondait à tous ces critères : elle n'était pas une beauté, certes, mais en revanche elle avait du cœur et – même si son exaltation était tempérée par la clairvoyance et l'amertume – elle était romantique. Quant à sa franchise et à sa fidélité, il n'y avait pas grand risque pour qu'une fille comme elle fût en butte à l'ardeur des mâles.

Elle lui avait répondu au numéro indiqué, sans joindre de photo, sous prétexte qu'elle n'en possédait pas de récente et qu'elle ne désirait pas se faire passer pour plus jeune qu'elle n'était. Elle jugeait ce coup de bluff très adroit, car il soulignait sa franchise.

Deux soirs plus tard, on l'appelait.

Or, dans la journée, après une longue – trop longue – période de tranquillité, une nouvelle crise s'était déclenchée. L'acné s'était développé avec une intensité exceptionnelle, jusque sur le cou et sur le ventre, en passant par le dos. Elle avait l'air d'un monstre.

« J'habite à Toulon, avait dit son interlocuteur, qui s'était présenté sous le nom de Stéphane Matthieu, ce n'est pas loin de chez vous. On pourrait se rencontrer demain soir. »

Impossible, bien sûr. Il était indispensable de reporter de quelques jours.

« Je pars demain matin voir une vieille tante en Normandie, avait-elle prétendu. Elle est malade, et je suis la seule parente qui lui reste.

— Ah, ce n'est pas drôle, mais c'est gentil à vous de vous occuper d'elle.

— Oh non, c'est normal, avait répondu Catherine, qui, le visage bouillant, faisait appel à toute sa volonté pour ne pas se gratter.

— C'est beau, avait commenté Stéphane, parce que de nos jours les femmes ne pensent qu'à s'amuser. Les boîtes, les fringues, les bagnoles... Et les mecs, il faut qu'ils soient beaux et bourrés de fric, c'est tout ce qui les intéresse.

— Vous savez, avait-elle averti en rassemblant tout son courage, je ne suis pas particulièrement jolie. Mais je sais ce qui est important dans la vie. Enfin... je sais ce qui a de la valeur et ce qui n'en a pas.

— Ah, je crois qu'on va bien s'entendre, s'était réjoui Stéphane. Vous m'appelez sitôt que vous êtes rentrée ? »

Catherine l'avait rappelé au bout de trois jours. Le pire de la crise était passé. Le mieux eût été d'attendre encore un peu, mais, s'il avait reçu plusieurs réponses, il avait peut-être d'autres rendez-vous et risquait de lui faire faux bond.

Elle avait commencé dès midi à se préparer au rendez-vous du soir. Par bonheur, on était en novembre et la nuit tombait tôt. Elle avait choisi un restaurant de poisson à Cassis, dont elle savait qu'il était éclairé aux chandelles. La lueur des bougies, c'était parfait pour elle. La jeune femme avait appliqué une épaisse couche de fond de teint et de poudre sur son visage. Avec un bon éclairage, sa peau pouvait être à peu près regardable.

Son soupirant potentiel n'avait pas eu l'air favorablement impressionné à sa vue, elle l'avait remarqué tout de suite. Bien sûr, elle était trop grosse, et la robe ample qu'elle avait choisie ne parvenait pas à cacher l'évidence. Malgré sa haute taille, elle s'était risquée à mettre des petits talons, car Stéphane avait indiqué dans l'annonce qu'il mesurait un mètre quatre-vingt-cinq, mais sans doute avait-il triché : il était plus petit qu'elle, et le resterait même si elle ne portait pas de talons. Il l'avait étudiée avec attention au cours du repas – Catherine remerciait le ciel pour le brouillard sombre à l'extérieur et la lumière tamisée à l'intérieur – et s'était enquis sans façon :

« Vous avez une allergie ? »

Elle avait failli s'étrangler.

« Je n'ai pas été sérieuse, avait-elle répondu d'un ton léger, je ne supporte pas le chocolat aux noisettes, mais j'ai du mal à résister.

— C'est pas bon non plus pour la ligne », lui avait-il rappelé.

En fait, il ne lui plaisait pas du tout, ce Stéphane. Il affichait une arrogance que rien ne justifiait, chipotait pour le repas ; il avait renvoyé le vin deux fois avant de l'accepter. À plusieurs reprises, il avait laissé entendre qu'il la trouvait trop grosse (« les kilos, on peut les perdre quand on veut... ») et qu'elle ferait aussi bien de renoncer au dessert (« eh ben, ils s'embêtent pas avec les prix, ici ! »). Lui-même portait sa ceinture sous son ventre et avait un fessier très mou pour un homme. Il mesurait tout juste un mètre soixante-quinze au lieu du mètre quatre-vingt-cinq annoncé (« ils ont commis une erreur dans le journal ») et sa cravate était immonde.

Passer ma vie avec ce type-là, ça non ! s'était révoltée Catherine en sentant un frisson lui parcourir l'échine. Puis elle avait revu son appartement triste et vide, pensé à la solitude qui était son lot quotidien, et songé que supporter Stéphane n'était pas pire. Et même, ce serait peut-être mieux au fil du temps.

Elle avait réussi à ne lui donner rendez-vous que le soir, pendant toute la semaine, et à profiter ainsi de l'obscurité, mais, le week-end – il était employé de banque –, ce ne fut plus possible. Le samedi, elle avait prétendu travailler au restaurant, mais, pour le dimanche, il s'était révélé intraitable. Il avait prévu de l'emmener à Toulon le matin, à une foire à la brocante.

« Après, on ira bouffer un petit truc, avait-il décrété, et on discutera. Parce que ça urge, il faut absolument que tu fasses du sport. On va étudier la question. »

La jeune femme s'était mise à le haïr encore plus, à haïr le destin qui lui envoyait un macho pareil, que, comble d'ironie, elle tremblait de perdre.

C'était un superbe matin d'hiver, éclatant de soleil. Avec cette lumière vive, elle ressemblait à Quasimodo.

« Oh là là ! s'était-il écrié en la voyant sur le seuil de sa porte. Qu'est-ce qui t'arrive ? Cette fois, t'es carrément tombée dans le chocolat aux noisettes ? »

Puis il l'avait observée plus attentivement, en fronçant les sourcils.

« Mais… tu as des cicatrices partout ! C'est pas possible, ne me dis pas que c'est une allergie, ça ! À mon avis, c'est de l'acné, et il n'y a pas que des cicatrices !

— Je l'ai dit, que je n'étais pas jolie, répondit-elle à voix basse, mais…

— Pas jolie ! Tu es grosse, tu as les cheveux gras et raides comme des passe-lacets, tu te fagotes comme l'as de pique… »

Ses paroles la frappaient en pleine figure.

« … et en plus, tu as une vraie maladie, et ça, tu n'aurais pas dû tricher avec ! Une allergie ! Tu rigoles !

— Écoute, avait supplié Catherine, prête à s'humilier encore davantage, je vais vraiment faire des efforts. Je vais maigrir. Je vais me faire faire une permanente. Je vais…

— On y va, l'avait-il interrompue avec impatience. Tu as déjà pensé à aller voir un médecin ? »

Pendant qu'ils marchaient côte à côte, elle avait tenté de lui expliquer qu'elle avait couru d'un médecin à l'autre pendant des années, et que par périodes son existence se déroulait presque entièrement dans les salles d'attente et les cabinets de consultation, mais il n'avait pas semblé l'écouter. Ils avaient parcouru la brocante au pas de charge, Stéphane s'arrêtant à peine devant les stands. Il n'avait pas prononcé un mot ; la seule chose qu'elle voyait, c'était son visage figé de colère. Le midi, quand ils avaient déjeuné dans un petit restaurant du port, il n'avait pas été plus bavard. Catherine avait picoré dans son assiette, s'était excusée et enfuie dans les toilettes. Là, elle avait appuyé son visage contre le carrelage glacé du mur et lancé à voix basse : « Je vous hais, mon Dieu, je vous hais pour votre cruauté et pour votre injustice, et je vous hais de me récompenser comme ça de tout le courage qu'il m'a fallu. »

Au bout d'un moment, elle était retournée dans la salle. Stéphane avait disparu, et un serveur débarrassait déjà la table. Il lui expliqua que le monsieur avait payé et qu'il était parti.

Elle avait cru ne jamais le revoir, et d'ailleurs elle n'en avait nulle envie. Se retrouver dans cette situation devant le personnel du restaurant avait été le moment le plus humiliant de sa vie ; tout ce qu'elle espérait, c'était pouvoir l'oublier. Naturellement, c'était impossible. Régulièrement elle revivait cette scène, régulièrement une honte brûlante enflammait ses joues. À la suite de cela, un changement s'était opéré en elle : en même temps que l'espoir d'une once de bonheur, elle avait perdu à jamais celui de se réconcilier un jour avec le destin. À dater de ce jour, son moteur fut la haine et l'amertume.

Et puis, cela faisait six mois environ, elle avait revu Stéphane. Cela s'était passé à Saint-Cyr, à la banque où elle apportait un chèque pour Henri. Stéphane avait été muté dans cette agence et elle s'était retrouvée face à lui au guichet.

Il était devenu encore plus gras et encore plus content de lui. Il avait sursauté en la voyant mais s'était vite repris.

« Catherine ! C'est sympa de te voir ! Tu vas bien ?

— Oui. Très bien. »

Elle n'avait pu résister à la tentation d'ajouter :

« Je me suis mariée. On est très heureux.

— Oh, c'est bien, ça ! »

Sur son visage, on pouvait lire qu'il se demandait quel pouvait bien être le pauvre crétin qui s'était laissé avoir.

« Figure-toi que moi aussi, je suis marié, lui annonça-t-il. On habite à La Cadière. Comme quoi chacun finit par trouver sa chacune, pas vrai ? »

Elle avait fait sa petite enquête et appris qu'il n'avait pas menti, lui. Il y avait bel et bien une Mme Stéphane Matthieu chez lui, une fille terne, mais qui, même si elle avait tout d'une souris, présentait infiniment mieux qu'elle-même.

Catherine s'était mise à la haïr, pas autant que Nadine, mais avec une violence qui la surprenait elle-même, car Stéphane n'avait rien de l'homme idéal et sa femme était plutôt à plaindre.

En plus de ces deux-là, elle haïssait les couples heureux, et particulièrement les femmes heureuses, avec leur expression béate.

Aujourd'hui, en ce matin d'octobre, cette colère aveugle et sans cesse réalimentée l'étouffait plus que jamais. Les yeux rivés sur son reflet dans la glace, elle pensa à Stéphane et à sa Mme Matthieu, à Henri et à sa Mme Joly, et s'interrogea à voix basse :

— Mais il n'en a toujours pas marre, Henri ? Qu'est-ce qu'il faut qu'elle lui fasse encore pour qu'il arrête de l'aimer ?

3

Christopher marchait sur la plage de Saint-Cyr, par cette journée froide. Le vent avait tourné au nord-ouest, la mer était houleuse, des crêtes d'écume blanche dansaient sur les vagues. Vêtu d'une veste chaude, il avait cependant enlevé ses chaussures et ses chaussettes pour venir s'enfoncer dans le sable lourd et humide de la grève. Les quelques personnes qu'il croisait étaient pour la plupart des gens âgés qui pouvaient séjourner sur la côte en dehors de la période des vacances. Beaucoup étaient accompagnés de chiens de toutes tailles qui s'en donnaient à cœur joie, sautaient dans les vagues et s'enfuyaient ensuite à grand renfort d'aboiements. Au mépris de la fraîcheur automnale, une famille s'était installée sur la plage en étalant une couverture sur le sable à l'abri du petit muret qui bordait la promenade. La mère, qui paraissait un peu fatiguée, adossée au mur, fermait les yeux. Deux très jeunes enfants jouaient à ses pieds avec des voitures en plastique. Le père était entré dans l'eau avec les deux aînés. Pieds nus et jambes de pantalon retroussées très haut, ils pataugeaient dans l'eau blanche d'écume. Les enfants paraissaient suivre des yeux un événement qui se produisait dans le sable mouillé en écoutant les explications de leur père.

Christopher s'arrêta, le sourire aux lèvres. Ce spectacle éveillait en lui des souvenirs heureux, quand il se trouvait sur cette même plage avec Caroline et leurs deux enfants. Suzanne, sa petite fille, ouvrait la marche, le nez au vent, poussée par l'esprit d'aventure, en partant si loin parfois que Caroline s'affolait et courait derrière elle pour la rattraper. Tommi, son fils, rêveur et sensible, les suivait loin derrière. Au contraire de sa sœur, il fallait toujours l'attendre : il découvrait des choses que personne d'autre ne voyait ou s'arrêtait soudain pour regarder les nuages, et il oubliait le temps.

Christopher aimait observer les différences de caractère chez ses enfants. Il aimait les promenades sur la plage, les repas en commun, le rituel du bain du soir et les soirées d'hiver au coin du feu, tous blottis devant la cheminée.

Il s'y était cramponné de toutes ses forces, s'était joué la comédie de la famille idéale longtemps après la fin de l'histoire. Au fond, il n'avait jamais bien compris pourquoi Caroline s'était éloignée de lui. Certes, il lui avait imposé de venir s'installer en France. Quand il lui avait soumis son idée, elle l'avait considérée comme un beau rêve qui ne se réaliserait jamais. À l'unisson, ils se repaissaient de photos en anticipant leur future vie au soleil. Elle n'avait pas compris qu'il était sérieux, et lui, de son côté, n'avait pas vu qu'elle avait simplement envie de rêver un peu. Puis arriva le moment où il put se permettre de pratiquer depuis l'étranger son activité de consultant. D'un seul coup, le rêve pouvait se concrétiser. Et Caroline s'était trop engagée pour pouvoir faire marche arrière.

Longtemps, elle avait souffert du mal du pays. Christopher l'avait remarqué aux factures de téléphone astronomiques qui sanctionnaient ses interminables conversations avec sa famille et ses amis en Allemagne. Enfin, à force de subir ses lamentations, Christopher lui avait proposé de retourner en Allemagne ; il avait alors découvert que le problème de leur lieu de résidence n'était plus qu'un prétexte.

« Ce n'est pas possible, je ne peux pas continuer à vivre comme ça, lui avait-elle déclaré au cours de l'une de leurs innombrables discussions, à voix basse pour éviter que les enfants ne les entendent.

— Que veux-tu dire ?

— C'est si… étroit. Je n'arrive plus à respirer. Ta conception de la vie de famille m'étouffe. Il n'y a pas de place pour l'intimité. Il n'y a pas de place pour nous deux. Sans enfants. Rien que nous !

— Nous étions d'accord. Cette vie, nous l'avons voulue tous les deux. Nous avons toujours dit que notre famille passerait avant tout. Nous avions rêvé d'entreprendre des choses ensemble. D'être ensemble autant que possible. De…

— Mais nous sommes quand même des individus ! »

Cette phrase paraissait sortie tout droit d'un livre de vulgarisation psychologique où l'on prônait la « réalisation de soi », mais il savait qu'elle ne lisait que très rarement cette sorte de littérature.

Puis elle s'était mise à échafauder des théories fumeuses : selon elle, Tommi était écrasé par l'activité démesurée de son père et, pour cette raison, se réfugiait dans son monde irréel. Suzanne, en revanche, ne trouvait pas le repos dans « ce genre de vie de famille » et était donc devenue une enfant hyperactive. Elle-même, Caroline, était la proie d'allergies diverses et variées parce que « mon corps proteste ».

De plus en plus, Christopher s'était vu enfermer dans le rôle du bouc émissaire. Il avait tenté de se reprendre, partant seul en montagne le week-end ou s'isolant en bateau dans une crique écartée pour laisser aux siens le loisir de se « trouver eux-mêmes ».

Trop tard. Caroline s'était déjà détachée de lui. Il l'avait suppliée d'essayer encore une fois, en Allemagne ou dans n'importe quel endroit de son choix.

« Ne détruis pas la famille ! ne cessait-il de l'implorer. Si ce n'est pour moi, pense au moins aux enfants !

— Justement, c'est à eux que je pense. Il ne faut pas que les enfants grandissent dans une famille en miettes. Entre nous, il y a trop de choses cassées, Christopher.

— Mais quoi donc ? »

Il avait beau essayer, il ne la comprenait pas. Que voulait-elle dire ? Il y avait eu des désaccords entre eux, mais quel était le couple où les désaccords n'existaient pas ? Il avait mis trop de temps à s'apercevoir à quel point la vie en France lui déplaisait, à admettre à quel point elle était malheureuse. Même s'il était établi depuis longtemps que les raisons de leur échec résidaient ailleurs, il s'en tenait avec obstination au problème de leur lieu de résidence. Sans doute parce qu'il existait une possibilité d'y remédier. En revanche, il lui était impossible de changer, de se défaire de son amour obsessionnel de la vie familiale.

Caroline était partie en emmenant avec elle les enfants et Baguette, la chienne. Le divorce s'était déroulé sans heurts. Il n'avait pas eu la force de se défendre, sachant que c'était en pure perte.

Chez cette famille installée sur le sable, sous ses yeux, pouvait-on déjà déceler les premiers signes d'une faille ? Ces signaux précis, il les connaissait, il ne les connaissait que trop bien.

Non, cette famille paraissait intacte. L'homme appela la femme, celle-ci ouvrit les yeux et lui sourit. Le sourire ne paraissait pas feint, c'était un sourire serein, chaleureux. Les enfants s'étaient attelés à la construction d'un château de sable avec des systèmes de canaux compliqués, et, s'il l'avait appelée, c'était pour le lui montrer. Elle leur fit signe, puis referma les yeux et chercha une position plus confortable contre le muret.

Tout allait bien. Ce spectacle faisait chaud au cœur. Christopher ignorait l'envie, mais il était en proie au manque, un très fort, très profond sentiment de manque, presque aussi vieux que lui. Apparu le jour où sa mère était partie.

Vite, il reprit sa promenade.

4

Laura s'arrêta devant Chez Nadine à dix heures et descendit de voiture. Pour la première fois depuis le samedi précédent, elle avait réussi à dormir. Toutes sortes de pensées s'étaient agitées dans sa tête, mais, à un moment donné, elle avait fini par s'assoupir et ne s'était pas réveillée avant huit heures du matin.

N'ayant aucune provision chez elle, elle était descendue jusqu'à Saint-Cyr pour s'asseoir à la terrasse du Café de Paris, emmitouflée dans sa veste d'hiver. Elle avait commandé un crème et du pain avec de la confiture. Prendre son petit déjeuner au Café de Paris appartenait aussi à leurs vieilles habitudes. Souvent, bien calés dans les fauteuils d'osier aux coussins verts délavés, plissant les yeux à cause du soleil, Peter et elle passaient de longs moments à observer le spectacle de la rue, les chiens qui traversaient la place du marché, les clients qui sortaient de la boutique du coiffeur, voisin du café. Elle avait entretenu le vague espoir de le retrouver là, déjà, mais cet espoir fut déçu. Peut-être lui fallait-il tempérer sa hâte.

La jeune femme se sentait confiante, elle retrouverait Peter, et même si des choses désagréables avaient besoin d'être tirées au clair, elle n'avait aucune raison de croire que tout était fini.

La salle du restaurant était encore vide. Entendant du bruit dans la cuisine, elle appela :

— Nadine ? Henri ?

Quelques instants plus tard, Henri fit son apparition. Devant sa mauvaise mine, elle eut un léger sursaut. Il était bronzé, beau comme toujours, mais des ombres marquaient ses yeux, ses mouvements avaient quelque chose d'incontrôlé, de nerveux, et son visage exprimait une douleur, un profond chagrin. C'était la première fois qu'elle le voyait ainsi. Henri, le beau garçon lumineux, toujours souriant, paraissait triste à mourir.

— Laura ! s'écria-t-il, étonné.

Il portait un grand tablier de couleur vive sur lequel il essuya ses mains pleines de tomate.

— Mais... tu viens d'où ?

Elle sourit, d'un sourire léger qui était loin de traduire son humeur.

— Comme Peter ne vient pas à moi, je me suis décidée à venir à lui. Ou, plus exactement, à le chercher. Tu l'as revu ?

— Non. Simplement, dimanche, nous sommes tombés sur sa voiture. Elle est garée à deux cents mètres d'ici, au transformateur.

— Comment ?

— Eh bien, visiblement, s'il est parti en voiture, ce n'est pas d'ici.

— Mais... La Cadière, ce n'est pas à côté ! Il ne lui viendrait pas à l'idée de partir d'ici à pied !

Henri haussa les épaules.

— Sa voiture est là.

— Mais alors, il devrait être dans les environs !

— Il n'est pas ici, en tout cas.

— Peut-être à l'hôtel, au bout de la rue ?

Henri secoua la tête.

— Ils sont fermés depuis le 1er octobre. Peter ne peut pas être descendu là. (Une nouvelle fois, il s'essuya nerveusement les mains sur son tablier.) Écoute, Laura, excuse-moi, mais il faut que je retourne à la cuisine. Il est déjà dix heures, et à partir de midi c'est le coup de feu. Il faut que je m'avance le plus possible. Je suis tout seul, et j'espère que Nadine sera là à onze heures.

Laura avait l'impression que la question du destin de Peter le laissait relativement froid, et cela la contraria. Peter et elle étaient des clients et des amis de longue date. Henri pouvait s'impliquer un peu plus, tout de même !

— Tu ne te souviens de rien d'autre ? Rien ne t'a frappé chez Peter ? Quelque chose de spécial, d'inhabituel ?

— Non, pas vraiment. Tout au plus...

— Oui ?

— Il transportait une mallette avec lui. Ça m'a frappé. J'ai trouvé curieux qu'il trimbale une mallette au restaurant. Mais d'un autre côté... peut-être que ça ne veut rien dire. C'étaient peut-être des papiers qu'il n'avait pas envie de laisser dans la voiture.

— Une mallette...

— Laura, il faut vraiment...

Elle lui jeta un regard froid.

— Je vais aller voir la voiture, annonça-t-elle d'un ton bref.

Puis elle tourna les talons et le planta là, avec son tablier criard et ses mains nerveuses.

La voiture était fermée à clé et donnait l'impression que son propriétaire allait revenir d'un moment à l'autre. Sur le siège côté passager, un classeur ; au bas du siège la Thermos rouge qu'elle lui avait remplie de thé le matin de son départ. Sur le siège arrière, sa veste imperméable et deux sacs. En dessous, ses baskets. C'était son équipement ou, plus exactement, une partie de son équipement pour la croisière en voilier. Cette croisière qu'il n'avait jamais prévu de faire. Qui n'était qu'une partie de son jeu de cache-cache.

Il faut que je voie Christopher, se dit-elle. Sans doute s'est-il étonné que Peter ne l'appelle pas comme d'habitude pour préparer leur voyage annuel. À moins qu'ils ne se soient parlé. Est-ce qu'il a dit à Christopher pourquoi la croisière n'aurait pas lieu cette année ?

Christopher avait la gueule de bois, le samedi matin, il était incapable de donner un renseignement précis. Laura referait une tentative plus tard, quand il serait en meilleure forme. Elle savait qu'il lui arrivait de boire un peu trop depuis que sa famille l'avait laissé tomber, mais il n'était pas alcoolique. Simplement, de temps en temps, il cherchait l'oubli.

Cette voiture qui n'avait sans doute pas bougé depuis samedi soir l'intriguait. Si Peter ne se trouvait plus à proximité immédiate – et tout semblait l'indiquer –, il était quand même parti de cet endroit, d'une manière ou d'une autre. Il n'avait aucune raison de prendre le bus. Et d'abord, existait-il un bus, et si oui, quand et où ? Si elle ne le savait pas, Peter non plus ; il n'utilisait pratiquement jamais les transports en commun. Un taxi ? Mais pourquoi, pourquoi, pourquoi ?

Restait une possibilité, et cette perspective l'inquiétait. Quelqu'un pouvait être venu le chercher en voiture. Et cela, de nouveau, impliquait l'entrée en scène d'une femme – celle avec laquelle il avait passé le week-end à Pérouges et ailleurs, sans doute.

Dans ce cas, Chez Nadine aurait été le lieu de rendez-vous, et la fille serait venue le prendre dans la rue devant le restaurant.

Non, elle n'irait pas plus loin dans cette voie. Ces suppositions lui faisaient trop mal. Il devait y avoir une autre explication. D'abord, elle demanderait à Henri de l'aider à ouvrir le coffre de la voiture. Il fallait qu'elle regarde s'il avait emporté des bagages. Peut-être pourrait-elle en tirer d'autres conclusions.

5

Nadine avait passé un moment aux Deux-Sœurs, un café qui, contrairement à son nom, était tenu par trois sœurs, anciennes prostituées toutes les trois.

La cuisinière faisait des crêpes fantastiques, mais Nadine s'en était tenue à un café. Elle avait l'estomac trop noué pour pouvoir manger.

Quand elle se leva enfin pour payer, il était près de onze heures et demie. Elle avait passé une heure assise sur sa chaise à regarder dans le vide. La jeune femme avait promis à Henri d'être de retour à onze heures. Il était donc grand temps de rentrer, mais à la simple évocation du restaurant elle se sentait encore plus mal. Elle craignait de piquer une crise en se retrouvant dans la cuisine à couper les légumes, ou dans la salle, à mettre la table.

« Notre petit monde », avait dit un jour Henri à propos du restaurant. Il avait prononcé ces mots avec amour et fierté, mais elle, elle avait été au bord du malaise. Elle, ce qu'elle voulait, c'était le grand monde, celui dans lequel évoluaient des gens intéressants, où les jours se suivaient sans se ressembler. Si Henri se satisfaisait d'un petit monde, tant mieux pour lui. Mais il ne fallait plus compter sur elle pour le suivre.

Comment faire ? Nadine ne possédait pas d'argent en propre, n'avait pas de métier. Elle ne pouvait tabler que sur les hommes, et les hommes, eh bien, le plus souvent, on ne pouvait pas leur faire confiance.

Elle marcha le long de la promenade. Régulièrement, d'un geste nerveux, elle ramenait en arrière les cheveux que le vent lui rabattait dans la figure. Elle fouilla dans la poche de sa veste mais n'y trouva rien pour les attacher. Tant pis. Ou tant mieux. Car voilà que les larmes faisaient leur apparition, et tant mieux si ses cheveux les recouvraient. Elle renifla à grand bruit : elle n'avait pas de mouchoir sur elle. Elle avait envie de pleurer un bon coup, comme chez sa mère. Lorsqu'elle avait les yeux humides, comme maintenant, c'étaient surtout de larmes de colère, de fureur. Ce qui lui faisait mal demeurait enfoui en elle, comme un grand et lourd pavé, inamovible et indestructible. Elle n'y avait pas accès, il ne sortait pas.

Nadine se cogna dans une femme qui venait en sens inverse et marmonna, perdue dans ses pensées :

— Excusez-moi.

— Alors, comme ça, tu ne reconnais plus ta propre mère ? s'écria Marie. Moi qui te fais des signes depuis tout à l'heure, tu ne vois rien !.... Dis-moi, à chaque fois que je te vois, tu as de plus en plus mauvaise mine. Qu'est-ce qui se passe ?

— Et toi, qu'est-ce que tu fabriques ici ?

Sa mère sortait si rarement de sa solitude qu'il devait s'être produit un événement extraordinaire pour qu'elle se risque au-dehors.

Marie désigna son sac à main et lui avoua sur le ton de la confidence :

— Tu vois, là-dedans, j'ai un vaporisateur de gaz lacrymogène pour me défendre.

— Ah bon ? Tu veux te défendre ? Qu'est-ce que c'est que ces histoires ?

Marie dévisagea sa fille en ouvrant de grands yeux.

— Ne me dis pas que tu n'es pas au courant ! Même moi qui vis en recluse...

— Quoi ? Qu'est-ce qu'il y a ?

— Là-bas, au chemin de la Clare, on a trouvé une femme assassinée, avec sa petite fille de quatre ans ! Il paraît qu'elles ont été tuées pendant qu'elles dormaient. La femme a voulu essayer d'ouvrir la fenêtre de sa chambre, mais il l'a prise de vitesse. (Marie baissa d'un ton.) Il l'a étranglée avec une corde. Et il a déchiqueté sa chemise de nuit avec un couteau. Ils vont faire une autopsie pour voir si elle a été violée.

— Mon Dieu ! C'est horrible ! Au chemin de la Clare, tu dis ?

Voilà qui reléguait ses propres problèmes au second plan.

Ce chemin, situé à l'extérieur de la ville, appartenait à la commune de Saint-Cyr. Les maisons se trouvaient à grande distance les unes des autres, elles étaient séparées par les champs, on ne pouvait les atteindre que par un long sentier cahoteux. C'était un coin enchanteur, une vallée large et claire, dans laquelle on ne se sentait pas à l'écart comme chez elle, au Beausset. Et c'était là, dans ce paysage charmant, que l'horreur s'était introduite ?

— On sait qui est l'assassin ? demanda Nadine.

— Non. Il n'a pas laissé de trace. Sa voisine la plus proche m'a appelée, Isabelle, tu sais, celle qui me fait mes courses parfois. (Marie disposait d'un réseau de personnes qui exécutaient pour elle toutes les tâches qu'elle ne se sentait pas capable d'accomplir par elle-même.) Isabelle est bien renseignée.

Nadine n'en était pas autrement étonnée. Isabelle était une commère de premier ordre. Mystérieusement, elle avait toujours la primeur de toutes les nouvelles.

— Alors, apparemment, il ne manque rien dans la maison. Le sac à main de la pauvre femme était au beau milieu du séjour, avec l'argent, les cartes de crédit et tout. L'assassin ne l'a même pas ouvert. Pareil pour les armoires et les tiroirs. L'assassin... ou les assassins... ils ne sont venus que pour tuer. (Elle fut prise d'un frisson devant sa propre formulation.) Que pour tuer.

— Et la victime, qui était-ce ? Quelqu'un de la région ?

Compte tenu du nombre de résidences secondaires, cette question se justifiait.

— Non. Une Parisienne. Veuve, avec une petite fille de quatre ans. Son mari est mort d'une leucémie pendant qu'elle était enceinte. (Visiblement, Isabelle avait réussi à soutirer à ses informateurs les moindres détails de cette histoire.) C'est... c'était quelqu'un qui avait de l'argent. Elle n'avait pas besoin de travailler. Elle ne voyait personne, elle était dépressive, d'après Isabelle. Elle vivait tellement dans son coin que personne à Paris n'a remarqué qu'elle n'était pas revenue fin septembre comme prévu. Parce qu'elle était sur le point de rentrer. Tu te rends compte ? Elle est restée dans sa maison comme ça, étranglée, pendant dix jours, et personne ne s'en est inquiété !

Marie eut un nouveau frisson, puis ajouta, la mine sombre :

— Bon, c'est vrai que, pour moi, ça serait pareil. Je pourrais mourir qu'on mettrait un bon bout de temps à s'en rendre compte !

— Maman ! protesta Nadine, qui se sentait coupable parce que Marie ne disait que la vérité. Je suis là, moi !

— Souvent tu n'appelles pas pendant quinze jours d'affilée. Et tu viens me voir encore moins souvent. Non, non ! continua-t-elle en levant les mains, voyant sa fille ouvrir la bouche pour se justifier. Je ne te fais pas de reproche. Tu as ta vie, bien sûr, tu ne vas pas t'encombrer d'une vieille mère.

— Je ne m'occupe pas assez de toi, reconnut Nadine. Je vais venir plus souvent.

Cette pensée l'amena à une déduction peu réjouissante. S'occuper de Marie signifiait rester. Continuer sa vie comme avant. Être vouée au four à pizza. À la salle et aux clients. À Henri et à son petit monde.

De nouveau, ses yeux se remplirent de larmes de colère, et elle ferma les poings dans les poches de sa veste de jogging.

Marie poursuivit :

— C'est sa femme de ménage, celle qui jette un coup d'œil sur sa maison pendant qu'elle n'est pas là, qui l'a trouvée. Monique Lafond, tu la connais ? Elle habite à La Madrague. Elle fait aussi le ménage chez Isabelle, c'est pour ça qu'Isabelle est au courant. Monique a subi un choc, elle est en congé maladie pour un bon bout de temps. Isabelle dit qu'elle revoit sans arrêt les images et qu'elle ne dort pas la nuit. Ça a dû être abominable.

— Et donc, tu as peur, toi aussi. Mais, maman, peut-être qu'il a choisi cette femme pour une raison particulière. S'il n'a rien volé, c'est parce que ce n'est pas un cambrioleur.

— La police mène son enquête. C'est peut-être un de ses anciens amants, ou une ancienne relation d'affaires de son mari qui a voulu se venger de quelque chose. Mais c'est peut-être aussi un pervers qui s'en prend aux femmes seules, un maniaque à qui le fait de tuer procure un genre… d'excitation. En tout cas, il a tué la petite fille aussi, et, avec la petite fille, il n'avait pas de compte à régler.

— Tu veux venir habiter chez nous pendant quelque temps ? proposa Nadine.

Elle ne croyait pas que sa mère était en danger, mais elle n'avait pas envie de la savoir en proie à l'insomnie pendant les prochaines semaines.

— Non, répondit Marie, tu sais bien que je ne dors bien que dans mon lit. Je vais mettre le gaz lacrymogène sur ma table de nuit. Toutes mes portes sont verrouillées, j'entendrai si on essaie d'en fracturer une. Ça me laissera le temps de me défendre.

Cette remarque amena Nadine à poser une autre question :

— Comment a-t-il fait pour entrer ? L'assassin, je veux dire.

— C'est justement ça qui étonne tout le monde. Parce qu'il n'y a aucune trace d'effraction. Pas de carreau cassé, pas de porte fracturée. Rien.

— Apparemment, ce n'est pas elle qui lui a ouvert ?

— Non, puisqu'elle a été surprise dans son sommeil.

— Il avait sans doute une clé, et cela signifierait qu'elle le connaissait.

Elle embrassa sa mère.

— Je ne crois pas que tu sois en danger, déclara-t-elle d'un ton rassurant. C'était une affaire entre deux personnes.

— Qu'est-ce que tu fabriques ici, au fait ? s'enquit Marie, changeant brutalement de sujet. Tu ne travailles pas au restaurant, aujourd'hui ? On n'est pas lundi, pourtant.

— Henri devra se débrouiller sans moi, pour une fois. J'ai besoin de rester seule quelques heures.

— Ne le laisse pas tomber trop souvent, ma puce. Henri est un bon mari.

— Je t'appelle demain, maman.

Nadine poursuivit son chemin sans attendre de réponse. Sa mère avait toujours trouvé Henri extraordinaire.

Non, elle n'était pas d'humeur à subir un sermon sur les qualités de son mari.

Laura venait de fouiller dans le dernier des trois sacs de voyage et ce qu'elle avait découvert la troublait. Perplexe, elle resta quelques instants immobile à côté de la voiture qu'elle avait ouverte avec l'aide d'Henri : si son mari se cachait quelque part, c'était sans avoir rien emporté, car il avait laissé dans le coffre pratiquement tout ce qu'il avait préparé. Ses sous-vêtements, ses chemises, ses chaussettes, ses pulls, sa brosse à dents, ses comprimés contre les maux de tête, ses pyjamas, ses vêtements de pluie, ses livres, ses revues, et même les vitamines sans lesquelles il ne quittait jamais la maison, parce qu'il pensait devoir se protéger en permanence contre des virus susceptibles de l'attaquer. Tout y était.

Tout, sauf la mallette dont avait parlé Henri.

Il est parti sans rien, pensa-t-elle, et, soudain, elle eut froid, alors que, l'instant précédent, elle avait chaud. Il n'a pris que son portefeuille, la fameuse mallette et son téléphone portable. Et ce portable restait obstinément éteint.

Henri avait ouvert la portière côté conducteur pour qu'elle puisse avoir accès à la touche qui ouvrait le coffre.

« Tu es sûre qu'on a raison de faire ça ? l'avait-il interrogée.

— Qu'est-ce que tu veux que je fasse d'autre ? Mon mari a disparu sans laisser de traces, peut-être trouverai-je une indication dans cette voiture ! »

Avec une dextérité et une rapidité peu communes, il avait ouvert, puis s'était éclipsé aussitôt en prétextant devoir retourner au travail. Pour la deuxième fois de la matinée, elle s'irrita contre lui, contre son insensibilité. Ce n'était pourtant pas son genre, au gentil, au serviable Henri. Aujourd'hui, il lui faisait sentir qu'elle l'agaçait.

Une subite inspiration la poussa à fouiller les poches de la veste, sur le siège arrière, mais elle n'y trouva qu'un paquet de mouchoirs en papier. Elle examina la boîte à gants et les vide-poches des portières. Des cartes, des modes d'emploi, un gant solitaire, un grattoir à glace, un étui à lunettes vide... Une enveloppe attira son attention : ouverte, et dont la blancheur révélait qu'elle ne gisait que depuis peu au milieu du fatras qui encombrait les vide-poches. Laura en sortit deux billets d'avion et les regarda fixement, hypnotisée.

Les billets d'avion étaient établis au nom de Peter et Laura Simon, et le vol partait le samedi précédent de Nice vers Buenos Aires. Comme Peter n'envisageait pas de partir avec elle, la jeune femme comprit aussitôt qu'il s'était servi de son nom. Pour la fille avec laquelle il était descendu à l'hôtel de Pérouges. Pour la fille avec laquelle il avait une liaison. Une liaison à laquelle il n'avait jamais mis un terme.

Pour une raison quelconque, il n'avait pas pris cet avion. Mais cela n'avait plus aucune importance.

Ses jambes se dérobèrent sous elle. Elle se laissa tomber sur le siège en considérant ses jambes flageolantes avec étonnement. Levant les yeux, elle vit les arbres qui bougeaient au vent ; entre leurs branches, on distinguait la mer, de la même couleur grise que le ciel.

Elle tenait les ruines de son couple entre les mains.

Laura s'examina, jugea son attitude des dernières heures : c'était celle d'une petite fille qui croyait aux contes de fées, qui se cramponnait à des rêves innocents, qui corrigeait la réalité pour la rendre supportable, tant et si bien qu'à la fin on nageait en pleine irréalité. Comme elle était facile à berner ! Et quand elle n'était pas bernée par quelqu'un d'extérieur, elle prenait le relais en se trompant elle-même. La veille au soir, euphorique, elle s'était raconté des histoires, avait transformé Peter en un agneau innocent parce qu'elle ne supportait pas qu'il soit coupable.

C'était pourtant simple : son mari l'avait quittée. Le plus insupportable s'était produit. Il avait choisi une autre femme, envisagé de partir avec elle pour l'Argentine et sans doute de commencer une nouvelle vie. Comme à l'hôtel de Pérouges, il l'avait fait passer pour sa femme. Quelque chose, quelqu'un avait contrecarré ses plans au dernier moment, mais cela n'avait pas à la préoccuper. Peu importait la suite, peu importait l'explication : c'était la fin du couple qu'elle formait avec Peter. Ils n'avaient plus aucune chance.

Pour la première fois depuis ce samedi fatidique, Laura se mit à pleurer. Elle s'affaissa sur le volant et s'abandonna aux violents, aux douloureux sanglots qu'elle attendait depuis plusieurs jours, afin qu'ils viennent la libérer de sa tension. Elle laissa éclater son désespoir, non seulement celui dû aux horribles événements récents, mais aussi celui qu'elle avait enfoui en elle depuis des années, dont elle n'avait jamais constaté l'existence, qu'elle avait toujours refoulé : le chagrin qu'elle éprouvait d'avoir perdu son métier, perdu son autonomie ; son sentiment d'infériorité aux yeux de son mari ; le mépris croissant avec lequel il l'avait traitée et qu'elle s'autorisait enfin à reconnaître ; la solitude des longues journées d'ennui, de dépression, accompagnées d'un sentiment de culpabilité parce qu'elle ne se sentait pas comblée par la compagnie de sa petite fille. Elle pleurait un mariage qui l'avait rendue malheureuse et trop dépendante pour reconnaître son malheur. Elle pleurait les années perdues et son aveuglement volontaire. Elle pleurait parce que son mari avait fait plus que la tromper physiquement : il lui avait volé une part importante de sa vie et personne ne la lui rendrait.

Couchée sur le volant, elle pleurait pour avoir été aussi stupide. Puis, lorsque – au bout d'un temps très long – le flux de ses larmes se tarit, elle releva la tête et ce fut comme si elle venait de subir un douloureux changement de peau.

Non, elle n'allait pas mieux, et les larmes ne lui avaient pas apporté le soulagement espéré, mais quelque chose en elle avait changé : elle s'était regardée en face sans rien embellir. Peut-être avait-elle perdu un peu de son innocence. Cela valait mieux que de continuer à perdre sa vie.

La jeune femme descendit de voiture, claqua la portière et abandonna la voiture et les bagages de son mari à leur sort.

7

— Salut, Henri, je suis là ! cria Catherine.

Elle était entrée par la porte de la cuisine. Comme il ne l'avait pas entendue, sa voix le fit sursauter. Une fois de plus, sa vue déclencha en lui une chaleur, mais non pas celle qu'éveillaient les femmes en lui, faite d'une certaine tension et parfois d'excitation. Non, la vue de Catherine le ramenait à son enfance.

Son père étant mort de bonne heure, sa mère avait dû travailler pour s'en sortir. Souvent, elle rentrait très tard le soir et, lorsqu'il était seul, il souffrait d'un sentiment d'insécurité, d'abandon. Immanquablement, lorsqu'il entendait la clé tourner dans la serrure et ses pas légers, lorsqu'il sentait l'odeur de fumée et de graillon qu'elle rapportait du café où elle travaillait, une bienfaisante chaleur montait en lui. Il n'était plus seul. Quelqu'un était là, qui lui apportait la sécurité et le soutien.

Henri avait toujours pu compter sur sa mère. Il n'avait jamais cessé d'avoir besoin de compter sur les gens qui l'entouraient. À l'époque où, sa planche de surf sous le bras, bronzé et avec un essaim de jolies filles autour de lui, il parcourait la côte en roulant à tombeau ouvert, les autres étaient loin de l'imaginer, et lui-même ne le savait pas réellement. Catherine, sa cousine si laide mais si fiable, comblait ce besoin. Plus il avançait en âge, plus il comprenait que, chaque fois qu'on lui faisait faux bond et qu'il était saisi par la peur d'être abandonné comme pendant son enfance, c'était encore et toujours Catherine qui l'en protégeait.

La voyant déployer devant lui toute sa laideur et toute sa masse pataude, il en prit conscience une fois de plus. Elle était son rocher dans les brisants. Elle était d'une fidélité à toute épreuve, forte et inébranlable. Oui, ils auraient formé un tandem fantastique. Mais il lui avait toujours été impossible de la voir en tant que femme et d'imaginer des rapports sexuels avec elle. Cette partie de lui était – toujours – entièrement prise par Nadine. En dépit de tout.

— Catherine !

Il sourit et vit combien elle s'épanouissait devant ce sourire.

— Ah, comme je suis content que tu sois venue ! Qu'est-ce que je ferais sans toi ! Une fois de plus, tu me sauves la vie !

Il parlait d'un ton léger, joyeux, mais ils savaient tous deux que, derrière les mots, se cachait une amère vérité : Catherine venait parce que Nadine se défilait à la première occasion. Une fois de plus, malgré sa promesse, Nadine n'était pas rentrée à onze heures et, lorsque le restaurant avait commencé à se remplir, à midi, en voyant que sa femme n'arrivait toujours pas, Henri avait appelé sa cousine à la rescousse. Un quart d'heure plus tard, elle était là, beaucoup plus présentable que le samedi précédent. L'inflammation était moins visible. La malheureuse était laide comme les sept péchés capitaux, mais on ne pensait plus immédiatement à la peste bubonique en l'apercevant. Henri pouvait même la placer au service. D'ailleurs, il n'avait pas le choix : il y avait trop à faire en cuisine.

C'est dur, se dit-il, déprimé, la vie est dure. Je me demande si j'arriverai un jour à m'en sortir.

— Tu sais que je suis à ta disposition quand tu as besoin de moi, lui rappela Catherine.

Elle ne formula pas la suite, qu'il comprit parfaitement : même si tu ne me donnes rien en échange, même
si tu ne me donnes pas ce que je voudrais...

— Bon, fit-il, soudain mal à l'aise, tu as peut-être vu
que c'est bourré à craquer aujourd'hui. Alors, au boulot.

Elle le regarda, et ce fut comme si elle franchissait
tout à coup une frontière établie entre eux depuis toujours et qu'elle avait jusque-là respectée. Il le lut dans
ses yeux, à la seconde même où elle décida de ne plus
s'en tenir à l'accord tacite qui voulait qu'ils ne parlent
de Nadine qu'en observant la plus stricte neutralité.
Catherine avait brisé une seule fois cette convention,
pour lui transmettre une information qu'elle estimait
ne pas devoir garder pour elle. Elle l'avait informé, le
visage impassible et la voix égale. Mais, cette fois, elle
adopta une stratégie différente. La pâleur de cire de son
visage et la lueur de ses yeux trahissaient qu'elle était à
deux doigts de perdre le contrôle d'elle-même.

— Combien de temps encore vas-tu accepter ça ?
demanda-t-elle d'une voix rauque. Combien de temps
vas-tu encore rester là à attendre pour rien que cette
salope... ?

— Catherine ! S'il te plaît !

— Toi qui es si beau ! Toi qui ne penses qu'à ton travail ! Toi qui veux vraiment tout partager avec ta
femme ! Toi qui aurais pu avoir toutes les filles que tu
voulais, tu te laisses ridiculiser par...

— Catherine ! Ça suffit !

Elle recula d'un pas. Son vilain visage défiguré de
manière grotesque, elle cracha ces mots :

— C'est une pute ! Et tu le sais ! Je suis sûre qu'elle a
couché avec toute la côte avant de te mettre le grappin
dessus, tout ça parce qu'elle a cru que tu étais le mieux
placé pour arriver à satisfaire ses goûts de luxe ! Mais
le pire, c'est qu'elle n'a jamais arrêté ! Elle continue à
se faire sauter par le premier venu et...

— Je te demande de te taire, ordonna-t-il en espérant qu'elle comprendrait à quel point il luttait pour se dominer.

L'entendre traîner Nadine dans la boue, voir ces lèvres fines qui n'avaient jamais embrassé un homme, déformées par la jalousie et la méchanceté, accuser sa rivale de tout ce qui lui était inaccessible, lui était insupportable...

— Ferme-la, bon Dieu !

Impossible de l'arrêter. La haine accumulée pendant des années se déversait à flots, justement parce qu'elle avait été si difficile à juguler. Nadine avait détruit sa vie, et elle était en train de détruire celle d'Henri.

— Nadine n'est pas une femme qu'on épouse, Henri, c'est ça ta grosse erreur. C'est une femme qu'on baise une nuit, et même là on risque d'attraper une saloperie. Elle est toujours prête à écarter les jambes pour n'importe qui...

Elle s'interrompit net et regarda Henri, les yeux agrandis d'effroi. La main qu'il avait abattue sur elle était tombée sur sa joue avec tant de force qu'une personne moins corpulente eût perdu l'équilibre. La gifle retentit dans la cuisine, se fondit avec l'écho des mots qu'elle avait sifflés entre ses dents et avec le bourdonnement mêlé du tintement des couverts qui provenait de la salle.

— Mon Dieu ! balbutia-t-elle, brutalement calmée et retrouvant d'un seul coup le monde où de tels éclats lui étaient interdits. Excuse-moi.

Sans doute était-ce à son tour de s'excuser, mais Henri n'y parvint pas, encore sous l'empire de la colère.

— Ne recommence jamais, lâcha-t-il, ne dis plus jamais de mal de Nadine en ma présence. C'est ma femme. Ce qui se passe entre nous ne regarde qu'elle et moi. Tu n'as rien à voir là-dedans.

Elle hocha la tête humblement, tandis que sa joue gauche se teintait d'un rouge brûlant. En dépit de l'épaisse couche de maquillage, on voyait se dessiner les contours d'une main.

— Tu peux travailler ? s'enquit-il.

Toute autre qu'elle l'eût planté là dans sa cuisine en lui signifiant de se débrouiller seul, mais il savait que Catherine resterait, même rouée de coups. Elle n'avait pas le choix, car la solitude était pour elle plus douloureuse qu'une gifle.

— Par quoi je commence ? demanda-t-elle.

8

— Évidemment, pas la peine que je te rappelle que je t'ai toujours prévenue contre ce type, lança Anne, mais tu te souviens peut-être que je t'ai souvent dit que tu ne me paraissais pas nager dans le bonheur. Ce n'étaient pas des paroles en l'air. Tu n'étais pas heureuse avec Peter, et un jour tu seras contente qu'une autre ait pris le relais.

Pendant toute la journée, Laura avait tenté de joindre son amie mais n'y était pas parvenue, ni sur son poste fixe ni sur son portable. Anne n'avait décroché qu'en fin d'après-midi, en s'excusant : elle travaillait et ne voulait pas être interrompue.

Elles ne s'étaient pas téléphoné depuis le dimanche matin – depuis l'avant-veille, ce qui semblait à Laura une éternité. Anne avait été surprise d'apprendre que son amie l'appelait du sud de la France.

« Quoi, tu lui as couru après ? Tu es donc incapable de vivre une journée sans l'avoir au téléphone ?

— Attends d'être au courant ! »

D'une voix qu'elle avait du mal à maîtriser, Laura lui avait tout raconté : sa conversation avec la secrétaire de Peter, la découverte de sa faillite et de son infidélité, son voyage en Provence, sa voiture encore chargée de ses bagages. Et enfin, les billets d'avion pour Buenos

Aires, dont l'un était établi à son nom, visiblement utilisé de manière systématique.

Anne l'avait écoutée, tout ouïe, en exprimant son ébahissement à intervalles réguliers. Puis elle avait déclaré :

« Eh bien, tu en as vu, des choses, en deux jours, mon pauvre chou. Il se trouve qu'exceptionnellement j'ai quelques commandes intéressantes et que j'ai absolument besoin d'argent. Sinon, je me précipiterais à tes côtés.

— Merci, mais je crois que je vais rentrer demain, de toute façon. »

Enveloppée dans un gros pull, elle était assise sur le balcon de sa maison, qui avait vue sur la vallée et sur la mer. Le vent était tombé, faisant place à un étrange silence. C'était un calme pesant, lourd, qui se mariait parfaitement avec l'hébétude, le sentiment d'irréalité qu'éprouvait Laura.

— Il faut que je m'occupe de tous les problèmes qui m'attendent à la maison, ajouta-t-elle. Les créanciers vont enfoncer ma porte et...

— Ce sont les créanciers de Peter. Il n'y a aucune raison pour que tu trinques à sa place.

— Le problème, c'est qu'il est introuvable. J'aimerais lui demander des comptes, mais je ne vois pas comment.

— Sa voiture est devant ce resto, avec ses bagages et les billets. C'est bizarre, tu ne trouves pas ?

— Je crois...

— Donc il n'est pas parti pour Buenos Aires. Et la bonne femme qu'il s'est dégotée non plus. Ça signifie qu'il est encore quelque part dans le sud de la France.

— Peut-être qu'ils ont changé d'avis et qu'ils sont partis ailleurs.

— Je ne pense pas. Ce genre de chose, on le décide avant, on ne change pas d'avis du jour au lendemain. Sans compter que ça n'expliquerait pas pourquoi il a laissé ses bagages. La voiture, les valises, les billets...

Quelque chose d'important est venu contrecarrer ses projets.

Laura se sentit gagnée par une extrême lassitude.

— Moi, ça m'est égal, Anne. D'une façon ou d'une autre, c'est fini pour moi, je n'ai plus rien à faire avec lui. Si ses projets ont été contrecarrés, comme tu dis, je m'en fiche.

— Et s'il était mort ?

Un oiseau lança un cri aigu. Laura sentit l'odeur âcre d'un feu de feuilles mortes.

— Quoi ?

— Il est sorti de ce restaurant. Il se dirigeait vers sa voiture. Mais sa voiture est toujours là, avec toutes ses affaires à l'intérieur. Ce qui signifie qu'il n'est peut-être jamais arrivé jusqu'à sa voiture. Sur le trajet… c'est à combien, au fait ? Le parking est juste devant le restaurant ?

— Non, il y a…

Laura réfléchit, sans réussir à concentrer ses pensées sur la question qu'avait posée Anne. « Et s'il était mort ? » Ces mots résonnaient à ses oreilles.

— Un peu plus de deux cents mètres, finit-elle par indiquer.

— On ne peut pas se garer plus près du resto ?

— Non, il n'y a pas de parking. Le plus souvent, on se gare en face, le long d'un mur qui entoure le parc d'un hôtel. Mais quand tout est plein, il faut aller plus loin, et l'endroit le plus proche est la petite place où se trouve le transformateur.

— S'il n'a pas pu se garer devant parce qu'il y avait trop de voitures, observa Anne, c'est qu'il y avait pas mal de monde samedi soir dans ce restaurant.

— C'est possible. Oui, sûrement, même. Mais je ne comprends pas…

— J'imagine qu'il s'est passé quelque chose sur les deux cents mètres entre le restaurant et la voiture. Une chose qui a empêché Peter de mettre ses projets à exécution. Et peut-être que quelqu'un a vu quelque chose. Là où il y a beaucoup de monde, il y a presque toujours un témoin.

— J'ai pensé que sa... maîtresse était venue le prendre...

— Alors ils auraient emporté les billets et les bagages. Tout ça ne colle pas.

— Tu veux dire...

— Je veux dire qu'il pourrait lui être arrivé quelque chose. Et si c'est le cas, il faudrait que tu le saches le plus vite possible.

— Pourquoi ?

Laura avait l'impression qu'elle énervait passablement son amie avec sa lenteur d'esprit. Les rouages de son cerveau tournaient moins vite que d'habitude. Sans doute le choc.

— Écoute, il t'a laissée dans un sacré pétrin. Tu vas avoir besoin d'argent, et il a sans doute une assurance vie. S'il lui est arrivé quelque chose, il faut que ce soit constaté, sinon tu ne toucheras pas l'argent. Pense à ton avenir et à celui de ta fille. Retrouve ton mari, et, si possible, retrouve-le mort !

Mercredi 10 octobre

1

Ils se querellaient depuis le matin.

Carla ne savait plus ce qui avait déclenché leur dispute. Peut-être le mauvais temps. En se réveillant dans ce lit d'hôtel défoncé, elle avait reconnu dehors, derrière les volets fermés, le ruissellement régulier qu'elle avait déjà entendu le dimanche. Donc c'était encore une journée pourrie qui s'annonçait. Dans la pénombre, elle avait regardé Rudi, qui, étendu à côté d'elle, ronflait doucement. Soudain, elle lui en avait voulu. Il avait insisté pour qu'ils fassent leur voyage de noces en Provence, alors qu'elle rêvait d'un village de vacances en Tunisie. Elle avait cédé parce que la discussion menaçait de tourner à l'aigre, et commencer leur vie commune par une bagarre, c'était de mauvais augure.

Au petit déjeuner, Rudi avait décrété que le temps s'améliorerait, parce qu'ils l'avaient annoncé à la radio, mais il ne comprenait pas la moitié de ce qu'on disait en français. Quand il traduisait, c'était toujours faux. Il avait pu comprendre de travers.

« Moi, je crois plutôt qu'il va pleuvoir, et même s'il ne pleut pas, le temps restera couvert », avait prédit Carla, la mine sombre.

Rudi s'était mis en rogne et avait rétorqué qu'il en avait marre, qu'elle n'était jamais contente.

« Ce n'est pas moi qui ai voulu venir dans ce bled », avait marmonné Carla.

Puis elle avait posé la question qui le mettait en difficulté à la fin de chacun de leurs petits déjeuners :

« Qu'est-ce qu'on fait aujourd'hui ?

— On pourrait aller faire un tour dans la montagne. »

Jetant un coup d'œil sur le gris humide de l'horizon, Carla lui avait répondu qu'elle en avait autant envie que de se pendre, qu'elle aurait bien passé la journée au lit si le sommier n'était pas aussi déglingué et qu'elle avait déjà assez mal au dos comme ça après la nuit qu'elle avait passée dans ce plumard.

Là, Rudi avait vu rouge. Il s'était mis à hurler qu'elle pouvait faire ce qu'elle voulait, que lui, il irait se balader dans la montagne, et que si elle ne voulait pas venir, tant mieux. Bien sûr, elle avait fini par venir, mais ils avaient roulé sans desserrer les dents.

Ils avaient pris la route des Crêtes, une route très raide, pleine de lacets, qui courait au pied des rochers et surplombait la mer. Plus ils avançaient, plus le paysage devenait rocheux, et plus la végétation s'appauvrissait. Dans ce sol pierreux, il ne poussait plus que des conifères. Des nappes de brouillard flottaient au-dessus de la route.

Carla fut prise d'un frisson.

— Jamais on ne se croirait au bord de la Méditerranée, dit-elle, c'est moche !

— Tu recommences à râler ? Je t'ai bien dit que ce n'était pas la peine de venir, mais il a fallu...

— Excuse-moi, mais j'estime que j'ai le droit de faire un commentaire ! Mais peut-être qu'il ne me reste plus qu'à la fermer pendant le reste de ces vacances géniales ?

Rudi renonça à répondre. Il paraissait chercher quelque chose des yeux. Soudain, il tourna, s'engagea dans un grand parking au sol recouvert de sable et s'arrêta.

— Ça doit être ici, murmura-t-il en descendant de voiture.

Carla attendit quelques instants, mais, comme Rudi ne faisait pas mine de lui demander de le rejoindre, elle finit par sortir et lui emboîta le pas. Elle était au bord des larmes, mais elle n'avait pas envie de lui offrir le triomphe de la voir pleurer.

Les rochers descendaient à pic dans la mer. À droite, à leurs pieds, Cassis et ses vignes en terrasses s'étendaient jusqu'à la baie. Au loin, on distinguait les deux îles qui précédaient la baie de Marseille. La mer, si grise jusqu'alors, avait de là-haut des reflets turquoise qui paraissaient issus de ses profondeurs, mais qui, en réalité, devaient être le résultat d'un effet de miroir. Carla se rapprocha du précipice et frémit devant l'abîme qu'elle aperçut.

— C'est... drôlement haut, par ici, remarqua-t-elle, mal à l'aise.

— On est bien à deux cent cinquante ou trois cents mètres, indiqua Rudi. Quand on saute de là, on est sûr de se tuer. Par là, il y a un endroit d'où les amoureux viennent se jeter quand ils sont désespérés. Souvent, ils gravent leur nom sur un rocher avant de sauter.

Carla eut un nouveau frisson, à cause du vent qui soufflait là-haut et à la pensée de ces gens assez désespérés pour sauter dans ce gouffre effrayant.

Il lui vint une idée, et, en même temps qu'elle l'exprimait, elle savait que c'était une erreur de poser cette question maintenant.

— Et toi, si notre amour avait été désespéré, tu aurais sauté avec moi ?

Normalement, la réponse était censée les réconcilier. Si Rudi la prenait dans ses bras en lui déclarant que sa vie sans elle n'avait aucun sens, la suite de cette journée pouvait encore être rattrapée par la magie de l'amour.

Mais Rudi la regarda d'un air froid et répliqua :

— Je me demande pourquoi j'aurais sauté. Il y a assez de filles sur terre pour que j'en trouve une autre, moins chiante.

Ah bon, c'était comme ça qu'il voyait les choses ?

Carla traversa la route et se mit à courir vers l'intérieur des terres. Des chemins sablonneux sillonnaient les flancs des collines en tous sens au milieu des conifères. Une pluie fine lui frappait le visage, mais elle ne sentait ni l'humidité, ni le froid, ni le vent. Elle courait loin des yeux clairs de Rudi, loin de cet être qui ne l'aimait pas et qu'elle avait commis l'erreur d'épouser.

Dans un premier temps, elle espéra qu'il la suivrait. Elle l'avait regardé, sidérée, puis était partie en courant. Il avait essayé de l'arrêter en lui criant :

— Eh, ça va pas ? Qu'est-ce que t'as ? Arrête-toi, bon sang !

Mais il ne l'avait pas suivie, et elle se demanda brièvement s'il l'attendrait au parking ou s'il ficherait le camp, purement et simplement. Comment pourrait-elle rejoindre l'hôtel, dans ce cas ?

Carla ne tarda pas à avoir un point de côté et à s'essouffler. Elle savait bien qu'elle n'était pas résistante. Elle avait suivi le labyrinthe des petits chemins et des sentiers sans faire attention à la direction qu'elle prenait et, lorsqu'elle se retourna, ce fut pour constater qu'elle s'était perdue. La route avait disparu derrière les collines. La jeune femme était encerclée par le brouillard. Ses yeux brûlaient. Elle emprunta un chemin au petit bonheur la chance. D'une minute à l'autre, elle allait se mettre à pleurer. Quel salaud, ce Rudi ! Sa mère l'avait détesté dès qu'elle l'avait vu.

Rudi s'était assis dans sa voiture et avait allumé une cigarette. Il fumait en pensant aux femmes. Toutes des emmerdeuses. Et Carla, c'était la reine. C'était bien la plus pénible de toutes les filles qu'il avait connues. Elle passait ses journées à se plaindre. Quand ce n'était pas le temps (qu'est-ce qu'il y pouvait, au temps ?), c'était autre chose. Jamais contente, toujours de mauvais poil. Et la cerise sur le gâteau : sa question devant le rocher aux amoureux. Lui demander s'il aurait sauté... ! Le genre de question piège qu'elles aimaient poser, pour savoir si on les aimait assez, si on les désirait assez, et tout le tintouin. Carla n'arrêtait pas. Toujours en train de vouloir s'assurer qu'il n'y avait qu'elle qui comptait. Ah, elle était lourde ! En général, il lui répondait ce qu'il fallait pour la calmer, ce n'était pas très compliqué à deviner, et elle lui fichait la paix. Mais aujourd'hui il avait craqué. Aujourd'hui, il avait fait exprès de lui faire mal, il avait bien le droit de se défouler de temps en temps ! Et naturellement, tout de suite, les larmes aux yeux, et que je te joue les martyres, et que je pars en courant... Évidemment, elle croyait que j'allais lui courir après. Mais alors là, elle s'est fourré le doigt dans l'œil.

Il avait été tenté de retourner directement à l'hôtel en la laissant rentrer à pied, mais ça voulait dire qu'elle ne serait pas revenue avant le soir. Elle risquait aussi d'avoir la bonne idée de faire du stop et on ne savait jamais ce qui pouvait se passer. Ils étaient mariés, maintenant, et d'une certaine façon il était responsable d'elle.

Il descendit la vitre et jeta son mégot dehors, contrarié. Carla ne s'était tout de même pas perdue ? Elle était bête, mais quand même pas à ce point-là ! Si elle ne revenait pas, c'était par pure provocation. Avec cette petite pluie fine qui n'arrêtait pas, elle devait être trempée.

Mais vraiment, quelle gourde ! pensa-t-il en se demandant pourquoi il s'était laissé convaincre de l'épouser.

C'est alors qu'il la distingua dans le rétroviseur.

Elle traversa la route, puis s'engagea dans le parking. Quelque chose d'anormal dans son aspect attira l'attention de Rudi. Elle avait les cheveux collés, sans doute à cause de la pluie. Son visage lui parut comme déformé par l'effort. Elle avait couru longtemps, et elle n'avait pas d'entraînement. Pas de chance, se dit-il, réjoui, elle a cru que j'irais la chercher, et maintenant elle est obligée de revenir d'elle-même. On va voir ce qu'elle va trouver comme justification.

Il s'adossa confortablement, sans toutefois quitter le rétroviseur des yeux. Elle avançait en titubant. On dirait qu'elle a du mal à se tenir sur ses jambes. Je savais que ce n'était pas une sportive, mais je ne pensais pas que c'était à ce point !

Elle se dirigeait vers la voiture en trébuchant, comme si elle allait tomber d'un instant à l'autre. Elle était maintenant assez près pour qu'il puisse mieux voir son visage, et il constata qu'il ne s'était pas trompé. Ses traits étaient déformés, beaucoup plus qu'il ne l'avait cru, et maintenant, il comprenait ce qui lui avait paru si curieux. Ce n'était pas l'effort qui lui marquait le visage. C'était l'épouvante, la panique. Ses yeux étaient écarquillés d'horreur.

Comme quelqu'un qui vient de voir la mort en face. Cette idée lui traversa l'esprit en un éclair, et, alors qu'il n'envisageait pas une seconde d'aller à sa rencontre, il jaillit de la voiture et se précipita vers elle.

Elle s'effondra littéralement dans ses bras. Elle bafouilla quelque chose, mais il ne la comprit pas. Il la secoua doucement.

— Calme-toi ! Qu'est-ce qui s'est passé ? Allez, je suis là !

Enfin, elle parvint à prononcer quelques mots cohérents.

— Un homme...

Il eut soudain une trouille bleue. Elle était peut-être tombée sur un maniaque sexuel, quelque part dans le brouillard...

— Il est mort ! Il est là-bas, dans les collines. Il est...
plein de sang... je crois qu'il a été poignardé...

2

Laura se sentait lourde et lasse, comme si elle se forçait à agir. Elle suivait les conseils d'Anne, parce que,
dans un coin de son cerveau, elle savait que son amie
avait raison, mais au fond d'elle-même elle ne ressentait
qu'une indifférence quasi paralysante. La jeune femme
se sentait si épuisée qu'elle n'avait d'autre aspiration
que le repos. Elle avait envie de se coucher, de dormir
et de ne plus penser à rien.

Il pleuvait depuis les premières heures du matin. Elle
avait essayé de joindre Christopher, mais il n'était pas
chez lui. Elle referait donc une tentative dans l'après-
midi. Vers onze heures et demie, elle s'était rendue
Chez Nadine, où elle avait trouvé la salle vide de clients.
Nadine, accoudée au bar, buvait un thé ; sa tenue semblait négligée, elle n'était pas maquillée. Laura la trouva
vieillie de plusieurs années par rapport à l'été précédent. La frustration et l'amertume dessinaient des
lignes creuses sur son visage. Pour la première fois,
Laura comprit à quel point elle détestait son sort.

Longtemps, Laura n'avait pas su que Nadine était
malheureuse. Elle avait toujours imaginé qu'elle et
Henri formaient un couple idéal, totalement investi
dans son restaurant. Elle se rappela avoir appris la vérité
deux ans auparavant, peu après la naissance de Sophie ;
ils passaient leurs premières vacances en Provence à
trois. Laura savait désormais qu'elle n'avait aucune
chance de reprendre une activité professionnelle, car
Peter, qui l'avait déjà éloignée de l'agence, prenait prétexte du bébé pour l'inciter à se consacrer entièrement
à son foyer. Un jour, elle s'était confiée à Nadine en
ajoutant :

« Tu as de la chance. Tu as un travail qui te comble. Tu secondes ton mari, vous avez une passion commune qui vous... »

Nadine lui avait coupé la parole avec une violence que Laura ne lui connaissait pas.

« Une passion ! Un travail qui me comble ! Comment peux-tu être aussi naïve ! Tu crois que c'est ça, la vie dont j'ai rêvé ? Passer tous les jours de l'année dans une taule pareille pour servir des touristes débiles, avec un mari qui a pour seule aspiration de savoir si la mozzarella est le fromage qui convient le mieux à la garniture de la pizza ? Tu crois vraiment que c'est ça, la vie que je veux mener ? »

La scène lui était revenue à la mémoire.

Nadine est désespérée, se dit-elle.

Laura mangea une pizza qu'Henri, non moins pâle et non moins malheureux, ne voulut pas lui faire payer, et que, étant invitée, elle avala jusqu'à la dernière miette, alors qu'au bout de deux bouchées l'appétit l'avait abandonnée. Elle était montée le matin sur la balance et avait constaté qu'elle avait déjà perdu deux kilos et demi. Depuis la naissance de Sophie, à force d'ennui et de frustration, elle avait grossi. Au moins, cette histoire a du bon, elle va me permettre de retrouver mon poids idéal.

La jeune femme expliqua à ses amis qu'elle était très inquiète parce que Peter avait laissé non seulement sa voiture mais également toutes ses affaires. Elle n'évoqua pas les billets d'avion, pas plus que sa déconfiture financière et l'existence d'une maîtresse.

— J'ai peur qu'il ne lui soit arrivé quelque chose, conclut-elle, et une amie m'a conseillé de recueillir des renseignements auprès des gens qui sont venus dîner ici samedi soir. Peut-être que quelqu'un a remarqué quelque chose.

— Je n'étais pas là samedi, objecta Nadine.

— Comme d'habitude, grinça Henri.

— Je t'avais prévenu... s'échauffa Nadine.

Laura, n'ayant nulle envie d'assister à une scène de ménage, les interrompit.

— Toi, tu étais là, Henri. Est-ce qu'il y avait un client, au moins, que tu connaissais par son nom ? Ou peut-être dont tu connais l'adresse ou le numéro de téléphone ?

— Là, j'ai bien peur que non. Tu sais, mes clients, ce sont surtout des touristes. Même quand on les voit plusieurs fois, on ne sait pas d'où ils viennent ni comment ils s'appellent.

— Tu n'as sans doute pas travaillé seul, tu as bien quelqu'un qui t'a aidé ?

— Non, j'étais vraiment seul.

— Ah bon, jeta Nadine, elle n'était pas là, ta fidèle Catherine ?

Henri ne tint pas compte de son persiflage et promit à Laura :

— Je vais réfléchir. Peut-être que le nom d'un client me reviendra.

Laura en doutait. Personne ne semblait croire au sérieux de cette affaire. Sans doute supposaient-ils que Peter était en train de s'amuser avec une fille et que sa femme en était devenue folle.

Vous ne pouvez pas vous rendre compte, leur dit-elle mentalement, découragée.

Elle quitta le restaurant après avoir demandé une dernière fois à Henri de l'appeler au cas où un nom lui reviendrait. En partant, elle repassa devant la voiture de Peter. Un nouvel accès de tristesse l'étreignit, sa lassitude s'accrut. Son enfant lui manquait.

Je devrais retourner à Francfort sans plus m'occuper de ce qui se passe ici, pensa-t-elle.

Le mieux à faire, pour le moment, était de rentrer chez elle et de se coucher. Mais pas tout de suite. Laura avait besoin d'être entourée, elle ne pouvait pas rester seule.

La jeune femme se rendit à Saint-Cyr, au port des Lecques, et s'assit dans un café. La pluie paraissait s'atténuer, le ciel semblait s'éclaircir au-dessus de la mer. Si le temps s'arrangeait, tout serait plus facile.

Elle commanda un café et un cognac, et but les deux à petites gorgées en observant les nuages. Poussés par le vent qui venait de se lever, ils filaient, se déchiraient, se désagrégeaient. La pluie tarit et le bleu prit possession du ciel, se propageant comme un incendie. Tout à coup, le soleil perça, radieux et comme libéré au bout d'une longue attente. Il se déversa sur la mer, sur la plage, sur les pierres de la promenade, sur les maisons, les buissons et les fleurs d'automne, faisant étinceler des myriades de gouttes de pluie.

Éblouie par tant de beauté, Laura aspira par tous les pores de sa peau la magie de l'instant.

— Je peux m'asseoir ? demanda quelqu'un.

C'était Christopher. Il lui souriait.

Elle savait que le dialogue qui se déroula entre eux dans le petit café resterait gravé dans sa mémoire jusqu'à la fin de sa vie.

Après quelques échanges convenus, Christopher lui avoua :

— Je t'observais depuis cinq minutes, sans oser t'aborder. Tu avais l'air ailleurs. Tu paraissais plongée dans une espèce de monde féerique.

— C'est vrai, lui répondit Laura. Tout à coup, le monde est devenu un conte de fées. Le soleil, ce scintillement...

Suivirent quelques banalités, et, soudain, sans s'expliquer ce qui l'y poussait, elle lui confia ce qu'elle venait d'éprouver quelques instants auparavant. C'était étonnant, car d'ordinaire Anne était la seule personne avec laquelle elle partageait ses pensées intimes.

— Je viens de ressentir quelque chose qui m'a bouleversée. Une bouffée de bonheur et de légèreté. Il y a longtemps que je n'avais plus éprouvé une chose pareille, ça m'a rappelé ma jeunesse, l'époque où j'étais insouciante et sûre de moi, l'époque d'avant...

Elle s'interrompit en se mordant les lèvres, mais, bien sûr, Christopher avait compris.

— L'époque d'avant Peter, compléta-t-il.

Elle ne le contredit pas.

Plus tard, elle évoqua leur projet de croisière.

— C'est vrai, tu n'as pas été surpris de ne pas voir arriver Peter ?

— Nous n'avions pas rendez-vous.

— Comment ? Mais... dimanche... tu m'as dit...

— Dimanche, j'ai été pris au dépourvu. Je ne savais pas comment réagir.

— Tu n'as pas été étonné qu'il ne t'appelle pas ? Parce que cette semaine était devenue une habitude immuable, après toutes ces années.

— Non.

— Pourquoi ?

— Parce que j'étais au courant.

Elle ressentit un bourdonnement dans les oreilles. Un léger battement à la base de sa gorge.

— Depuis quand ?

— Depuis quand je le sais ? Depuis trois ans. Peter me l'a dit il y a trois ans.

— Ce que je voulais demander, c'est : depuis quand dure cette... histoire ? Tu le sais ?

— Depuis quatre ans.

Le bourdonnement s'intensifia. C'était désagréable. Un jour, pendant une forte grippe, elle avait connu la même sensation, celle d'être éloignée de tout ce qui était accessible, à cause d'un bourdonnement dû à la fièvre.

— Et qui est-ce ?

— Nadine Joly, dit-il.

Elle crut que le monde se dérobait sous ses pieds, que le ciel lui tombait sur la tête.

3

Nadine avait toujours été convaincue de l'existence du grand amour. Selon elle, chaque homme et chaque femme avait son alter ego, son âme sœur, son double, sa moitié. La difficulté résidait dans le moment de la rencontre, dans la capacité à reconnaître l'être qui vous était destiné.

Dès le premier regard, elle reconnut Peter. C'était lui. Six ans plus tôt, âgée de vingt-sept ans et déjà rongée par la certitude de se trouver dans une impasse, elle l'avait vu entrer dans le jardin du restaurant. En juillet, la chaleur était brûlante. Adossée à un arbre, elle s'accordait quelques instants de repos. Leurs regards s'étaient croisés, et plus tard, ils se confirmèrent mutuellement que tout avait commencé à ce moment-là. La suite s'était jouée à cette seconde. Ils avaient été stupides de résister pendant deux longues années, qu'ils avaient passées à rêver l'un à l'autre avant de capituler devant l'intensité de leurs sentiments – ou, comme ils le savaient tous deux, devant l'intensité de leur désir.

« Tu étais là, appuyée contre cet arbre, tu semblais faire partie de ce paysage méditerranéen, du soleil, des oliviers, des champs de lavande et de la mer, lui confia-t-il par la suite. Tu étais très bronzée, mais sous le bronzage, on devinait quelque chose de pâle, de blanc, et c'était ce qui te rendait si sensuelle. Tu avais l'air fatiguée. Tu portais une robe bleue sans manches qui t'arrivait aux chevilles, tu avais relevé tes cheveux noirs, et c'est seulement plus tard que j'ai découvert qu'ils t'arrivaient presque à la taille. Sous tes seins, il y avait des taches humides sur le tissu de ta robe. Il faisait une chaleur torride. »

Elle, elle avait vu un homme aux yeux d'un gris-vert sortant de l'ordinaire, avec beaucoup de fils d'argent dans ses cheveux bruns. Nadine l'avait cru plus âgé qu'il ne l'était, et elle avait appris avec stupeur qu'il fêtait ce jour-là ses trente-quatre ans. Elle sut immédiatement qu'il était celui qu'elle attendait, en raison non pas de son physique, car il n'était pas d'une beauté renversante, mais du contact immédiat qui s'était établi entre eux. Elle s'était redressée pour le regarder, grave et sans une once de coquetterie, sachant qu'il ressentait la même chose et qu'ils n'avaient pas besoin de se jouer la comédie. Et elle l'avait attendu si longtemps qu'elle estimait ne pas avoir de temps à perdre en détours et en jeux de cache-cache infantiles. D'un regard, ils s'étaient tout dit.

Elle avait alors entrevu une jeune femme aux longs cheveux bruns et aux superbes yeux de topaze, et elle avait compris.

Ils vinrent déjeuner presque tous les jours, puis dîner, et durant ces quelques semaines Nadine se sentit fiévreuse, tendue, sachant qu'un événement déterminant l'attendait et que les forces lui manqueraient peut-être. Jamais elle ne servit leur table, laissant ce soin à Henri ou à l'une des serveuses en extra. Henri lui demanda un jour ce qu'elle avait contre ce couple.

« Ils sont très gentils. Et comme clients, drôlement fidèles !

— Je ne les aime pas trop, c'est tout, avait-elle rétorqué. Surtout elle. Elle fait la timide, mais je trouve qu'elle a un côté peste. »

Puis, un jour, Laura lui avait adressé la parole, et Nadine avait très vite deviné qu'il n'était pas possible que cette femme se transforme en peste, qu'elle était tout simplement gentille, aimable. Sans ces yeux fantastiques, elle eût pu paraître fade.

« Mon mari et moi cherchons une maison dans la région. Une maison pour les vacances. Vous pensez pouvoir nous aider dans nos recherches ? »

Elle avait posé la même question à Henri, et celui-ci s'était démené avec une efficacité étonnante pour leur rendre ce service. Nadine s'aperçut que ces Simon lui plaisaient beaucoup. Henri recherchait leur amitié, et Laura lui répondit de manière spontanée et ouverte. Peter freinait, tout comme Nadine, mais il ne pouvait se résoudre à déserter le restaurant. Il évitait de lui parler, mais il avait besoin de la voir tous les jours. Alors qu'ils étaient tous deux en proie à une torture quotidienne, Laura et Henri n'y voyaient que du feu.

Il fallut près de deux ans pour trouver la maison de leurs rêves. Ce fut Henri qui la découvrit. La digue se rompit alors. Laura les invita à la pendaison de crémaillère, Henri les convia à son anniversaire. Les invitations devinrent régulières, sans que personne remarque que l'initiative ne venait ni de Peter ni de Nadine, qui, cependant, ne mettaient aucun obstacle à ces rencontres. Henri appréciait de plus en plus la compagnie de ses nouveaux amis.

Peter et Laura venaient pour Noël, Pâques et les vacances d'été. Peter faisait un séjour de plus en octobre : il passait la semaine en mer avec son ami et on ne le voyait pas au restaurant. Entre ses visites, Nadine sentait s'apaiser un peu son tourment. Peter était loin, et elle s'efforçait de laisser pâlir son souvenir, de lui consacrer moins souvent ses pensées. En même temps, son désespoir latent croissait, car elle attendait celui qui la délivrerait de la pizzeria et de la vie aux côtés d'Henri ; mais Peter lui occupait trop l'esprit pour qu'elle soit capable d'accorder la moindre attention à un autre. Peter, qui ne partirait jamais avec elle. Parfois, elle se sentait enfermée.

Deux ans après leur première rencontre et quelques mois après l'achat de la maison, Laura l'appela pour lui annoncer que Peter viendrait à Saint-Cyr rejoindre son ami Christopher. Cette fois, il passerait deux nuits dans la maison avant d'embarquer. Leur femme de ménage étant malade, Laura demandait à Nadine d'avoir l'amabilité de lui rendre service en s'occupant de quelques menues choses : aérer, épousseter un peu, acheter du café et du lait...

Nadine accepta. Elle se rendit à La Cadière, tout en sentant monter en elle une fièvre impossible à contenir, à la perspective de revoir Peter.

Pour la première fois, il venait sans Laura.

Après avoir préparé la maison, elle rentra chez elle. Mais elle avait toujours la clé, et, le soir, elle n'y tint plus.

On était le 1er octobre. La nuit tomba vite, mais la journée avait été chaude et la soirée restait douce et embaumée par les fleurs d'automne. Tremblant de tous ses membres, Nadine s'éclipsa – ce devait être l'une de ces soirées où Henri, en désespoir de cause, téléphona à Catherine – pour se rendre dans le quartier La Colette. Là, elle se gara devant la maison et entra.

Elle n'alluma qu'une lampe au salon, s'assit sur le canapé devant la cheminée et attendit. Chose exceptionnelle, elle ne s'était pas apprêtée et portait un vieux jean et un sweat-shirt appartenant à Henri. Pour se calmer, Nadine fuma un paquet entier de cigarettes, et, à onze heures, elle entendit sa voiture. Elle se demanda s'il remarquerait la sienne, s'il s'attendait à la trouver chez lui. Elle ne bougea pas. La porte s'ouvrit, des pas résonnèrent dans le couloir. Il entra dans la pièce à peine éclairée où elle se blottissait. Plus tard, il lui apprit qu'il n'avait pas aperçu sa voiture et que, inexplicablement, il avait estimé tout naturel de la voir installée sur son canapé.

« Oh, Nadine », fit-il simplement.

Dans sa voix, un soupir révélait que, comme elle, il savait que la situation leur échapperait dorénavant.

Elle se leva, il posa son sac de voyage, ils s'avancèrent l'un vers l'autre en hésitant, puis leur timidité s'envola dès l'instant où leurs doigts s'effleurèrent. Ils s'étaient aimés mille fois en imagination, et ce qu'ils étaient en train de faire leur sembla familier. Il se laissa déshabiller par elle.

Avec des gestes rapides et sûrs, elle lui enleva ses vêtements les uns après les autres. Lorsqu'elle s'agenouilla devant lui, il gémit doucement.

Ensuite, il la releva et voulut la prendre dans ses bras, la déshabiller. Mais elle recula et secoua la tête.

« Non, pas comme ça, dit-elle. Je ne veux pas que tu me prennes comme ça, par hasard, simplement parce que je suis ici, que l'occasion est bonne. »

Elle attrapa la clé de sa voiture et se tourna vers la porte.

« Je voudrais que ce soit toi qui viennes à moi. Et que tu te décides pour moi seule. »

4

Ils étaient installés dans un petit restaurant de La Cadière, à une table recouverte d'une nappe à carreaux rouges et blancs. Laura n'avait pas touché à son assiette, mais en était à son quatrième café. Ses violents battements de cœur lui promettaient une nuit sans sommeil. De toute façon, même sans café, c'était garanti.

Nadine.

La liaison de Peter avait maintenant un nom et un visage. Un nom qu'elle connaissait ; un visage qu'elle connaissait. Elle n'avait plus affaire à la maîtresse anonyme qui faisait travailler son imagination, et qu'elle avait naturellement intégrée dans le plus classique des schémas : jolie, bébête et très jeune, sans doute à peine vingt ans.

En réalité, elle se trouvait face à une femme qui avait été magnifiquement belle, mais à qui son mariage malheureux et des années de frustration avaient dessiné des plis amers et éteint les yeux. Nadine n'était pas bébête, n'était plus si jeune. Elle avait deux ans de moins que Laura, la différence d'âge ne comptait donc pas.

— Qu'est-ce qu'il pouvait bien lui trouver ? Qu'est-ce qui a pu le lier à elle à ce point ? Quatre ans, Christopher !

Quatre ans, ce n'est pas une simple aventure. Quatre ans, c'est du sérieux. Et il voulait même partir avec elle pour Buenos Aires.

Christopher était surpris.

— Il voulait partir ?

Laura lui parla des billets d'avion. Du désastre financier.

Elle découvrit que Christopher était au courant de ses problèmes d'argent, sans toutefois en connaître l'ampleur. Mais Peter n'avait pas évoqué son projet de départ pour l'Argentine.

— Je croyais qu'il... qu'il voulait simplement passer une semaine ici avec elle.

Il se passa les doigts dans les cheveux, malheureux, furieux.

— Tout ça, ça doit être terrible à entendre pour toi !

Elle osa à peine poser la question qui s'imposait :

— Il y a deux ans et l'année d'avant... quand il venait te rejoindre chaque automne... est-ce que tu le couvrais ? Est-ce qu'en réalité, il était aussi avec... (Elle ne réussit pas à prononcer son nom). Est-ce qu'il était aussi avec... elle ?

Christopher répondit en arborant l'expression d'un enfant poussé dans ses retranchements :

— L'année dernière et l'année d'avant... oui. Je te demande de me croire, cette situation m'était très pénible. Je ne voulais pas marcher dans la combine. Il en a appelé à notre vieille amitié, à tout ce qu'il avait fait pour moi... mais qu'importe, ce n'était pas très joli de ma part, je le savais. L'année dernière, j'ai refusé de continuer. Je lui ai expliqué qu'il me plaçait dans une situation qui me dépassait, pour laquelle je n'étais pas de taille. Je pense qu'il l'a compris. Il a passé deux jours et demi avec moi sur le bateau, et après... eh bien, si tu avais appelé pendant cette période, je t'aurais dit qu'il n'était pas avec moi. Je lui avais expliqué que je ne mentirais plus pour lui. Il a pris le risque, et toi, tu n'as pas appelé.

— Je savais qu'il avait horreur de ça quand il partait avec toi. Mais il m'appelait tous les soirs en me disant que tout allait bien... et...

Elle appuya sa main contre sa bouche. Elle se sentait mal. Il l'appelait et lui racontait qu'il était dans un port quelconque avec Christopher, qu'ils s'apprêtaient à aller boire un verre quelque part, que la journée avait été magnifique... Alors qu'en réalité il était avec Nadine, il lui avait fait l'amour juste avant, il était sur le point de recommencer ; entre-temps, il fallait qu'il se dépêche d'appeler son épouse pour la tranquilliser, pour qu'elle dorme bien et qu'il ne lui prenne pas l'idée de passer des coups de fil intempestifs.

— Excuse-moi !

Laura se leva d'un bond et courut aux toilettes, où elle vomit le café et la pizza du déjeuner. Elle reprit difficilement son souffle puis se rinça la bouche. Elle contempla son visage anguleux, jaunâtre, dans la glace.

Ça fait deux fois que tu vomis à cause de Nadine Joly, se dit-elle.

Christopher l'accueillit en l'examinant d'un air inquiet.

— Ça va mieux ? s'enquit-il en lui avançant sa chaise.

Elle hocha la tête.

— Oui. Je crois que j'ai bu trop de café.

— Il t'a fallu endurer beaucoup de choses, aujourd'hui et tous ces derniers jours. Si ton estomac se rebelle, ce n'est pas étonnant.

Elle s'assit. Ses mains tremblaient autour de la tasse à café.

— Tu ne crois pas que tu devrais manger un petit quelque chose ? demanda Christopher. La faim t'affaiblit encore plus.

Laura secoua la tête. La simple idée de manger lui soulevait dangereusement l'estomac.

— Est-ce que... demanda-t-elle avec difficulté, enfin... est-ce qu'il t'a dit pourquoi il a fait ça ? Il t'a dit ce qui l'a éloigné de moi et l'a poussé vers elle ?

Son interlocuteur eut une grimace embarrassée.

— Qu'est-ce que ça peut faire ? À quoi sert de se tourmenter ?

— Je voudrais savoir. Il t'en a parlé. Tu es son meilleur ami. Il s'est confié à toi.

— Laura...

— Je dois savoir.

Il était visible que cette situation lui était très pénible. Il cherchait ses mots, il sentait que Laura ne s'en laisserait pas conter, qu'elle saurait s'il disait la vérité ou non. Il ne pouvait que s'efforcer de ne pas la blesser plus que nécessaire.

— Au début, leur liaison reposait sur une forte attirance sexuelle. Peter se prouvait à lui-même qu'il était un amant formidable, et Nadine se dédommageait de ses années de frustration. Parce que, apparemment, entre elle et son mari, il ne se passait plus rien depuis longtemps.

Laura blêmit, et il tendit la main pour effleurer brièvement la sienne.

— Ce que je veux dire, c'est que ce n'était pas très profond. À mon avis, il s'agissait surtout pour lui de se prouver qu'il était irrésistible. Ça n'avait strictement aucun rapport avec toi. Il n'avait rien à te reprocher. Il y a beaucoup d'hommes qui passent par ce genre de crise. Ils cherchent à se rassurer à leurs propres yeux, et cette assurance à laquelle ils aspirent, ils ne croient pouvoir la trouver qu'auprès d'une autre femme.

— Et elle ?

Christopher réfléchit.

— Je crois qu'elle en attendait davantage. Peter m'a dit qu'elle était très malheureuse avec son mari. Ce problème a d'ailleurs pris de plus en plus d'importance. Elle faisait le forcing pour qu'il prenne une décision.

Laura avala sa salive.

— Prendre une décision, cela signifiait se séparer de moi et refaire sa vie officiellement avec elle ?

— Oui, je suppose. Mais Peter renâclait. Ils ont eu des disputes assez violentes. De toute façon, ils se voyaient peu, et toute cette affaire commençait à perdre de son attrait pour Peter, parce qu'il ne voyait pas l'intérêt de consacrer le peu de temps qu'ils passaient ensemble à se disputer.

— Malgré tout, il a voulu partir avec elle à l'étranger...

— C'est nouveau pour moi, et j'avoue que j'ai du mal à comprendre. Dernièrement, au téléphone, il m'a dit que cette histoire commençait à lui prendre la tête. J'ai eu l'impression qu'il cherchait un moyen d'y mettre un terme. Ça m'a tranquillisé.

— Alors, c'était à cause de l'argent, répondit-elle tout en notant que cette pensée ne lui apportait aucun réconfort. Il était obligé de partir à cause de ses dettes, et sans doute trouvait-il plus agréable de recommencer de zéro à l'étranger, avec quelqu'un d'autre. Sa faillite a été sa chance à elle.

— Je ne comprends pas. Je suis conseiller d'entreprises ! De grosses sociétés me font confiance, et mon meilleur ami ne me demande pas mon avis avant de se précipiter dans des affaires pourries. J'aurais pu l'aider, moi !

— C'est ça, les hommes, remarqua Laura. Même avec leurs meilleurs amis ou, mieux, justement avec leurs meilleurs amis, il faut qu'ils jouent les gros bras, qu'ils montrent qu'ils sont capables de régler leurs problèmes tout seuls.

Elle se leva.

— Je vais voir si je peux avoir une chambre à l'hostellerie Bérard. Je n'ai pas envie de dormir à la maison, cette nuit.

Christopher fit signe au serveur.

— Je paie et je t'accompagne.

Jeudi 11 octobre

1

Longtemps après minuit, Laura resta encore réveillée. Chez Bérard, elle ne dormirait pas mieux que chez elle, mais elle mettait une certaine distance entre elle et ses problèmes, ce qui lui paraissait important. Sa chambre était une suite beaucoup trop grande et beaucoup trop chère, mais c'était la seule libre. Elle donnait sur la rue et non pas sur la vallée, mais cela était égal à Laura. De toute façon, il faisait nuit et elle n'était pas réceptive à l'atmosphère.

Couchée dans un large lit à baldaquin, elle croyait entendre battre son propre cœur. Le café la maintenait éveillée comme en plein jour. Son corps tout entier était agité de tremblements. À deux reprises, elle fut prise de nausées. Mais, lorsqu'elle se retrouva dans la salle de bains, son envie de vomir disparut. Les yeux fixés sur le visage blafard qui la regardait dans la glace, elle se demanda comment elle allait pouvoir survivre.

La jeune femme ne cessait de se répéter qu'Anne avait raison : il fallait découvrir ce qu'il était advenu de Peter. Mais elle remarqua qu'en fait la clé de cette énigme ne l'intéressait pas réellement. D'autres questions se bousculaient en elle : la question du pourquoi, la question de Nadine, la question de l'aveuglement qui l'avait conduite à ne rien voir de ce qui se jouait sous ses yeux.

Elle se leva à six heures, plus épuisée que la veille au soir. Sous la douche, elle sentait ses genoux trembler et son estomac se contracter douloureusement. Dans la salle du petit déjeuner, où elle était la première cliente, elle commanda une tisane à la menthe au lieu d'un café et s'efforça de manger un croissant par minuscules bouchées. De sa table, par la longue baie vitrée, elle avait une superbe vue sur la vallée. Les collines étaient encore plongées dans la pénombre de l'aube automnale, mais le ciel était clair, sans nuages, et, à l'est, une aurore rose éclairait l'horizon. La journée s'annonçait magnifique, chaude, ensoleillée et emplie de couleurs flamboyantes.

Laura n'éprouva rien à cette idée.

Elle demanda la note. C'était une belle somme, et, en tendant la carte de crédit de Peter, elle retint son souffle. Effectivement, l'employée secoua la tête :

— Votre carte n'est pas valable, madame.

Apparemment, les comptes étaient tous bloqués. Elle ne disposait que du peu d'argent qu'elle avait prélevé sur son compte personnel avant son départ.

J'ai des soucis beaucoup plus importants que l'infidélité de mon mari, songea-t-elle. Bientôt, je ne vais plus avoir d'argent !

Elle régla en liquide, ce qui réduisit notablement la réserve dont elle disposait, puis elle quitta l'hôtel en hâte. Elle n'avait rien emporté et elle brûlait d'envie de changer de sous-vêtements, de pull, de se brosser les cheveux... Sans savoir ce qu'elle ferait ensuite.

Aller chez Nadine et lui faire subir un interrogatoire ?

Laura ne pensait pas être en mesure de supporter de la voir.

En s'engageant dans l'allée de sa maison, la jeune femme entendit le téléphone sonner à l'intérieur. Elle avait laissé les fenêtres ouvertes, ce qui n'était pas sans danger, avec tous les cambriolages qui continuaient à sévir dans les environs. La sonnerie stoppa au moment où elle fouillait dans son sac pour retrouver la clé de la porte d'entrée, puis elle reprit aussitôt. Quelqu'un paraissait pressé de l'avoir au bout du fil.

Peter, se dit-elle, soudain électrisée. Elle débloqua la serrure d'une main tremblante et se rua dans le séjour. Visiblement, personne n'avait remarqué les fenêtres ouvertes, car tout était en place et baignait dans la lumière matinale.

— Allô ? s'écria-t-elle, hors d'haleine.

À l'autre bout de la ligne, elle entendit sa mère.

— Ouf ! fit Élisabeth. J'ai essayé de te joindre toute la nuit. Où étais-tu ?

— Qu'est-ce qui se passe ? C'est Sophie ?

— Je suis allée chez vous chercher des affaires pour Sophie. La police a laissé un message sur ton répondeur en demandant que tu rappelles. J'ai téléphoné. Ils m'ont dit que la police française voulait prendre contact avec toi. On a trouvé un homme...

Laura se glaça soudain, puis, aussitôt après, la sueur inonda tout son corps.

— Un homme ? répéta-t-elle d'une voix qui lui parut étrangère. Où ?

— Là-bas, chez vous, en France. Quelque part dans les montagnes. Il était... il est mort, et il... il avait les papiers de Peter sur lui, c'est pour ça qu'ils ont appelé ici, tu comprends ?

— Mais...

— J'ai un numéro de téléphone pour toi. Ils te demandent de les appeler. Ils veulent...

— Quoi donc, maman ?

— Ils veulent que tu ailles voir l'homme... le mort. Parce qu'il est possible que... enfin, ça pourrait être Peter.

Henri éprouvait indiscutablement un plaisir sadique à observer son visage. La jolie fille qu'il avait rencontrée douze ans auparavant s'était transformée en une femme froide et perpétuellement maîtresse d'elle-même, si bien qu'il avait oublié l'aspect de son visage lorsque ses traits étaient détendus.

D'abord, elle pâlit affreusement, mais, l'instant suivant, le sang lui monta à la tête et teinta son visage d'un rouge des plus laids. Elle se passa la langue sur les lèvres et avala sa salive. Une lueur d'affolement apparut dans ses yeux. Il la vit pendant le bref instant où elle le regarda, implorant son aide, suppliante, avant d'abaisser son regard sur le journal en s'efforçant vainement de reprendre contenance.

Comme de coutume, Henri s'était levé avant elle. Il était descendu et avait bu un café debout dans la cuisine en feuilletant le journal. Dans les pages locales, une photo lui avait sauté aux yeux. Celle de Peter. Une photo d'identité, à en juger par son attitude et son sourire crispé. Peter paraissait beaucoup plus jeune qu'aujourd'hui, mais c'était lui, indiscutablement.

« Un homme sauvagement assassiné dans les montagnes », annonçait le titre au-dessus de la photo. Un petit texte l'accompagnait, relatant qu'un homme portant sur lui un passeport allemand établi au nom de Peter Simon avait été découvert assassiné. La police lançait un appel à témoins.

Henri avait siroté son café à petites gorgées en contemplant la photo, puis il avait entendu les pieds nus de Nadine dans l'escalier et posé sur la table le journal ouvert à la page de la photo.

Nadine était descendue en robe de chambre, avec une mine affreuse, un teint bizarrement jaunâtre ; ses cheveux n'étaient pas en broussaille comme d'habitude, mais collés par mèches. Sans lui accorder le moindre regard, elle avait sorti sa tasse, s'était servi son café et s'était avancée vers la table. Ses yeux survolèrent le journal – plus exactement, elle le regarda du coin de l'œil – puis elle eut un sursaut et le regarda de plus près. Elle fut incapable de cacher la décomposition totale de ses traits avant même d'avoir compris de quoi il s'agissait. Voir la photo de Peter dans le journal avait suffi à la bouleverser.

Elle se laissa tomber sur la chaise – sans doute ses jambes s'étaient-elles dérobées sous elle – et regarda fixement la photo. Finalement, Henri n'y tint plus. Il s'avança vers la table et s'assit en face d'elle.

— Il est mort, dit-il.

— Oui, répondit Nadine à voix basse.

La rougeur de son visage s'effaça pour laisser place à une pâleur de cire. Ses lèvres elles-mêmes prirent une teinte grise et semblèrent étrangement fines.

— Il va falloir que j'aille me présenter à la police, poursuivit Henri, et que je déclare qu'il est venu ici samedi. Et que sa voiture est en face.

Nadine se passa les deux mains sur le visage. Il vit qu'une pellicule de sueur recouvrait sa peau.

— Mon Dieu, murmura-t-elle.

C'était un appel au secours, à peine audible.

— Tu étais où, toi, samedi soir ? demanda Henri.

— Quoi ?

— Tu étais où, samedi soir ?

— Chez ma mère. Je te l'ai déjà dit.

— Je suppose qu'il va falloir que tu l'expliques aussi à la police.

— À la police ?

— Il faut que je signale qu'il était ici. Comme sa voiture est encore dehors sur le parking, la police – tout comme Laura – va en déduire qu'il lui est arrivé quelque chose entre ici et le parking. On va donc commencer à s'intéresser à nous. Ils vont vouloir savoir ce que tu as fait samedi soir et ils vont vérifier ta déclaration.

— On n'est pas obligés de se présenter.

— Sa voiture est garée juste à côté de chez nous. Et Laura va dire de toute façon qu'il est venu ici. Ça va leur sembler bizarre si on ne se présente pas. Donc il faudrait qu'on leur indique rapidement ce qu'on sait.

Nadine hocha la tête, mais il n'était pas sûr qu'elle ait vraiment compris. Elle continuait à regarder la photo. Il regrettait de ne pas avoir un aperçu du film qui se déroulait dans sa tête.

Il lui accorda encore une minute avant de lancer l'attaque suivante :

— Tu es sûre que ton alibi va tenir quand ils vérifieront ?

Cette fois, elle comprit. Elle leva les yeux, et un pli vertical se dessina entre ses yeux.

— Comment ? demanda-t-elle en guise de réponse.

Quelle curieuse conversation ! se dit-il. Tout son vocabulaire se limite à des « Quoi ? », « Comment ? »...

— Eh bien, je voudrais simplement te faire remarquer que mentir à la police, ce n'est pas comme de me mentir à moi.

Il s'attendit à un nouveau « Quoi ? » mais, à sa grande surprise, elle n'essaya pas de jouer les étonnées.

— Depuis quand sais-tu que je n'étais pas chez ma mère ?

— Je le sais depuis que tu m'as annoncé que tu voulais aller chez elle.

— Tu n'as rien dit.

Il sentit que son sentiment de supériorité commençait à s'effriter. Le triomphe que lui avait procuré le spectacle de sa détresse n'avait été que de courte durée. La tristesse et la fatigue s'installèrent à sa place.

— Qu'est-ce que j'aurais dû dire pour que tu me répondes franchement ? soupira-t-il.

— Je ne sais pas. Mais quand on est franc, ça déclenche souvent la franchise chez l'autre.

Il enfouit sa tête dans ses mains. La franchise... Combien de fois ce terrible samedi était-il revenu hanter sa mémoire ? Combien de fois s'était-il dit qu'un autre aurait su gérer la situation bien mieux que lui ? Pourquoi n'avait-il pas forcé Nadine à lui répondre ? Pourquoi n'avait-il pas tapé du poing sur la table ? Et non seulement samedi, mais avant, pendant toutes ces années où il avait senti qu'il la perdait de plus en plus, où ce silence s'était établi entre eux, ce silence bien pire que les disputes qui l'avaient précédé. Pourquoi n'avaient-ils jamais parlé pour s'expliquer ?

J'aurais dû déclencher les explications, songea-t-il, elle, elle m'avait tout dit. Qu'elle détestait la pizzeria. Qu'elle ne menait pas la vie qu'elle désirait. Qu'elle était déçue, malheureuse. Et qu'elle saisirait la moindre occasion pour tourner le dos à cette vie.

— Tu avais rendez-vous avec Peter, samedi soir, reprit-il.

Elle hocha la tête. Ses yeux noirs, qui avaient jusque-là conservé leur expression incrédule, se remplirent de chagrin.

— Oui, répondit-elle, nous avions l'intention de partir ensemble. Pour toujours.

— Et tu l'as attendu où ?

— Au pont. Le petit pont entre La Cadière et le quartier La Colette. Il devait passer chez lui prendre quelques affaires. Il avait pensé que je pourrais l'attendre là-bas, mais je n'étais pas d'accord. Me retrouver au milieu de toutes les photos de Laura et de la petite... au milieu de toutes les choses qu'ils ont achetées ensemble pour cette maison... Donc on s'est donné rendez-vous sur le pont.

Elle se revit l'attendre, assise dans sa petite 206 verte, garée au bord de la route. Il faisait nuit, et, par-dessus le marché, la pluie l'empêchait de voir. Sans arrêt, elle actionnait les essuie-glaces pour scruter l'extérieur et détecter une présence éventuelle sur le pont. En réalité, ce manège se révélait inutile car il était impossible que la lueur des phares d'une voiture lui échappe. Mais c'était un moyen comme un autre de combattre sa passivité forcée.

Nadine s'était arrêtée à la lisière du quartier La Colette, à l'orée des champs, pour permettre à Peter de se garer facilement. Il était prévu qu'elle monte dans sa voiture et laisse la sienne sur place. À un moment ou à un autre, Henri signalerait sa disparition, peut-être dès le lendemain ou le surlendemain, et on découvrirait sa voiture. Sans doute soupçonnerait-on un crime et Henri serait condamné à vivre le restant de ses jours avec l'idée que sa femme avait été assassinée et son cadavre enterré quelque part, avec la probabilité que cette affaire ne soit jamais élucidée. Elle n'éprouvait aucune compassion pour lui. Elle avait cessé depuis longtemps d'éprouver pour lui autre chose que de la répulsion.

Et d'ailleurs peut-être Marie parlerait-elle.

La condition pour mener son projet à bien était de n'en parler à personne, absolument à personne, pas même par allusion. Les histoires de plans qui avaient capoté parce que quelqu'un n'avait pas su se taire étaient innombrables. Et ce plan, c'était l'un des plus importants de sa vie. Un échec équivalait à un suicide.

Mais elle avait une mère.

Si elle n'était attachée à personne – ni à des amis, ni à des parents, pas même à son père, et encore moins à Henri –, en ce qui concernait sa mère, elle ne pouvait se défendre de certains sentiments. Elle se sentait responsable malgré elle de la pauvre, de la faible Marie, qui n'avait jamais réellement pris sa vie en main, et qu'elle avait détestée pour cela, qu'elle détestait peut-être encore. Henri pouvait passer le restant de ses jours à se ronger à son propos, elle s'en moquait éperdument. Mais l'idée d'une Marie éplorée, incapable de retrouver le repos, la préoccupait. Elle avait écrit une lettre dans laquelle elle demandait à sa mère de ne pas se faire de souci, en lui disant qu'elle allait bien, mieux qu'avant, et qu'elle partait avec un ami allemand pour ne plus revenir. Et elle lui demandait de lui pardonner. Nadine transportait la lettre dans son sac à main et comptait la mettre à la boîte à l'aéroport de Nice, juste avant le départ. Elle priait aussi Marie de ne jamais rien dire à personne, mais elle connaissait sa mère : il était peu probable qu'elle tienne sa langue.

Après tout, peut-être ne l'enverrait-elle pas, cette lettre.

Peter l'avait prévenue qu'il arriverait au pont entre sept heures et huit heures et demie. Il ne pouvait être plus précis, compte tenu de la longueur du trajet. Elle-même avait quitté la pizzeria dès six heures. Henri avait disparu un bon bout de temps dans les toilettes, et l'occasion avait été favorable pour sortir ses valises de la maison. Plus exactement, elle avait saisi la seule occasion, car, pendant toute la journée, il avait eu besoin d'elle ici et là, lui avait posé des questions, ou tout simplement avait surgi comme une ombre là où elle ne l'attendait pas. Ils s'étaient mis d'accord, avec Peter, pour qu'il l'appelle de temps en temps sur son portable en cours de route, mais elle avait éteint l'appareil en raison de l'omniprésence d'Henri. Elle ne le réactiva qu'une fois dans sa voiture et écouta sa messagerie ; personne ne lui avait laissé de message. Naturellement, Peter n'avait pas pris ce risque.

Lorsqu'elle eut mis ses valises dans la voiture, son anxiété atteignit des sommets. Elle n'y tenait plus. Mieux valait attendre dans la voiture. Henri était toujours enfermé dans la salle de bains. D'après les bruits qu'elle entendait, il était en train de vomir. Mue par le sentiment du devoir, elle avait hésité.

« Tu ne te sens pas bien ? » avait-elle crié à travers la porte.

Le robinet coulait.

« Non, non, ça va maintenant, avait répondu Henri d'une voix sourde. Je crois que le poisson de midi n'était pas frais. »

Nadine avait mangé le même poisson et n'était pas malade, mais peu importait, elle n'avait pas envie de s'attarder sur cette question. Elle avait quitté la maison sans un mot, sans le prévenir. Elle préférait ne pas courir le risque qu'il lui demande de rester. À midi, lorsqu'elle lui avait annoncé qu'elle irait passer la soirée chez sa mère et qu'elle dormirait là-bas, elle avait eu la surprise de constater que, contrairement à son habitude, il n'avait pas entamé ses jérémiades. En fait, il n'avait pratiquement rien dit. Il s'était contenté de hocher la tête et de répéter :

« Chez ta mère ?

— Oui, elle est encore en pleine déprime. Ce n'est pas étonnant, isolée comme elle est. Il faut que je m'occupe d'elle. »

Il s'était intéressé à son assiette, dans laquelle il picorait sans appétit depuis le début du repas. Nadine avait été soulagée de voir avec quelle facilité elle s'en sortait. Car le samedi soir, on se bousculait à la pizzeria, même début octobre, et elle avait escompté qu'il essaierait de la convaincre de rester.

Mais c'est vrai qu'il a une remplaçante sous la main, s'était-elle dit, il va appeler Catherine et elle va accourir ventre à terre.

Peu avant sept heures, Nadine avait essayé de joindre Peter sur son portable, mais, après quatre sonneries, le répondeur s'était mis en route. Elle savait qu'il n'aimait pas téléphoner en conduisant ; sans doute était-ce pour cette raison qu'il ne répondait pas. Malgré tout, la jeune femme était contrariée. Elle attendait avec impatience qu'il lui fasse signe, et il était certainement tout près d'elle à présent. Il avait dû essayer à plusieurs reprises dans l'après-midi mais elle était injoignable alors.

Il ne lui restait plus qu'à s'armer de patience. Quand on touchait au but, elle le savait d'expérience, on trouvait toujours le temps long. Malgré tout, elle avait refait une tentative à huit heures, puis à huit heures et demie. Elle s'était mise à trembler de froid, et en dépit de la pluie battante elle était descendue de voiture pour courir jusqu'au coffre et sortir un gros pull de laine de ses bagages. Lorsqu'elle avait retrouvé son siège, elle avait constaté qu'elle était presque trempée. Après, malgré les deux pulls superposés et la veste, elle avait continué à trembler. Et Peter qui ne l'appelait toujours pas, qui ne répondait pas à ses messages ! Il devait se douter que c'était elle ! Il aurait pu sortir à la première aire de repos pour la rappeler !

Peut-être croit-il que c'est Laura, avait-elle pensé, et il ne veut lui parler à aucun prix. Mais il pourrait m'appeler, au moins ! Qu'est-ce qui l'en empêche ?

Peut-être que son portable n'a plus de batterie. Ce genre de chose arrive toujours au plus mauvais moment. Et il avance moins vite que prévu. La pluie le gêne, et il fait nuit. Ce n'est pas drôle de conduire par un temps pareil.

Peu après neuf heures, elle avait enfin vu luire des phares. Une voiture franchissait le pont. Nadine avait allumé les essuie-glaces et essayé de l'apercevoir. La lumière l'avait aveuglée, et elle n'avait pu distinguer la voiture. Elle avait fait un appel de phares. La voiture avait ralenti.

Enfin, avait-elle pensé, enfin.

À son grand étonnement, ses jambes s'étaient mises à trembler.

Ensuite la voiture avait accéléré et était passée en trombe. Dans le rétroviseur, elle avait entrevu une petite guimbarde munie d'une plaque française. Ce n'était pas Peter, mais un inconnu qui avait ralenti uniquement parce que son appel de phares l'avait intrigué.

La jeune femme s'était affaissée sur elle-même. Le tremblement nerveux de ses jambes avait refusé de s'arrêter.

Tout à coup, elle s'était aperçue que le tic-tac de sa montre-bracelet emplissait tout l'habitacle. Ce bruit insupportable envahissait sa voiture, recouvrait la pluie qui, pourtant, redoublait d'intensité.

Dix heures étaient arrivées, puis onze. À onze heures et demie, Nadine n'imaginait plus aucune explication. Avec un tel retard, Peter aurait dû appeler. Même si son portable ne fonctionnait pas, il existait des aires de repos, des stations-service d'où il aurait pu téléphoner. Entre sept heures et huit heures et demie, avait-il dit. Il y avait un problème.

À minuit, elle avait marché un peu sur la route sans prendre garde à la pluie battante. Elle ne supportait plus le bruit assourdissant de sa montre ni son immobilité prolongée depuis toutes ces heures. Ses pensées s'entrechoquaient dans sa tête. Nadine nourrissait l'épouvantable soupçon que Peter n'avait pas quitté l'Allemagne.

Depuis le début, elle luttait contre la crainte de le voir flancher au dernier moment. Elle s'était retenue longtemps, puis elle avait insisté pour qu'ils rompent tous deux avec leur ancienne vie. Elle avait remporté la victoire au prix de nombreuses batailles, de disputes sans fin qui avaient atteint le summum pendant l'atroce week-end de Pérouges au cours duquel tout paraissait fini. Après ce week-end, ils s'étaient quittés fous furieux, en partant chacun de son côté, convaincus que leur histoire était terminée. Les dés étaient pipés depuis la naissance du bébé, car, même s'il n'avait pas désiré cette enfant, Peter était devenu père de famille. L'unique chance de Nadine était désormais sa situation financière, qui ne cessait de se dégrader. Elle et son désir d'entamer avec lui une nouvelle vie se situaient quelque part au milieu de tout cela. Le pendule se déplaçait tantôt dans un sens, tantôt dans un autre. Puis, à la fin de l'été, elle avait reçu son appel. Le 21 août, jamais elle n'oublierait la date, Peter s'était décidé. Il lui demandait de partir avec elle pour l'étranger.

Entre ce fameux 21 août et ce 6 octobre, la crainte ne l'avait pas quittée pour autant. Cette résolution avait été trop dure à prendre. Peter pouvait retourner sa veste trop facilement.

Et maintenant, tout semblait indiquer qu'il avait effectivement changé d'avis au dernier moment. Il avait pesé le pour et le contre, et opté pour sa famille. En étant trop lâche pour la prévenir. Il l'avait laissée en plan sur un chemin de terre, dans la nuit, sous la pluie. Il l'avait envoyée promener froidement, sans scrupules. Il n'avait pas jugé nécessaire de lui fournir une explication.

L'espace d'un instant, elle fut tentée d'appeler tout simplement chez lui, à la maison, chose qu'elle n'avait jamais faite. À pareille heure, il eût été mis en difficulté vis-à-vis de son épouse. Mais, l'instant suivant, la sensation de vide et de fatigue l'emporta, et elle comprit que cela ne lui apporterait rien.

Elle remit au fond de sa poche le portable qu'elle avait sorti et retourna à sa voiture. Trempée jusqu'aux os, elle s'assit au volant et resta immobile, les yeux dans le vague. Il était plus d'une heure lorsqu'elle remit le moteur en marche.

Au petit déjeuner, le lendemain matin, elle avait appris que Peter était passé au restaurant.

— Je suis sûr que tu t'es sentie soulagée en apprenant qu'il était venu ici, déclara Henri. Il ne t'a pas laissée tomber. Il lui est arrivé quelque chose.

Elle ne le regardait pas. Ses yeux étaient dirigés au loin, vers la porte entrouverte sur l'extérieur, qui laissait entrevoir quelques feuilles d'automne flamboyantes, caressées par un rayon de soleil.

— C'est seulement maintenant que je l'apprends, dit-elle d'une voix qui trahissait le sentiment d'horreur qui s'emparait d'elle. Il aurait très bien pu ne changer d'avis qu'une fois arrivé ici. Mais il est mort et... mon Dieu ! Qu'est-ce qui a pu se passer ?

Il la laissa se reprendre avant de répondre.

— Il a été assassiné, répondit-il en tapotant le journal du bout du doigt. Quelque part dans les montagnes.

Elle regarda de nouveau la photo. Il vit que ses mains crispées blanchissaient aux jointures.

— Depuis quand étais-tu au courant, pour lui ? demanda-t-elle.

— Qu'il y avait quelqu'un, ça, je m'en doutais depuis des années. Mais que c'était lui, je ne le sais que depuis vendredi.

— Et comment l'as-tu découvert ?

— Je n'ai rien découvert du tout.

Avec amertume, il ajouta :

— Il y a longtemps que je ne voulais plus rien découvrir.

Il but une gorgée de café, sans en sentir le goût.

— C'est Catherine qui me l'a dit.

— Catherine ? Et comment elle a fait pour le savoir, celle-là ?

— Quelle importance ? Elle le savait, elle me l'a dit.

Catherine. Nadine n'était pas vraiment étonnée. Elle avait deviné dès le premier jour qu'elle n'avait rien à attendre de bon de cette fille impossible.

Soudain, une idée lui traversa l'esprit, son cœur se mit à battre plus vite, et tout son corps se contracta. Elle se redressa et regarda Henri en face. Son regard, à présent, était froid et clair.

— C'est depuis vendredi que tu sais que Peter et moi étions ensemble. Samedi, tu le vois ici, dans ton restaurant. Et tout de suite après, il meurt. Assassiné.

Henri ne dit rien. Le mot « assassiné » resta suspendu dans la pièce, un soupçon effroyable dans son sillage. Nadine n'eut pas besoin de le formuler, il le lut dans ses yeux.

— Mon Dieu ! murmura-t-il.

Vendredi 12 octobre

1

Pauline était dénuée d'imagination et, pour cette raison, n'avait jamais peur de rien. Petite fille, elle ne redoutait ni les fantômes ni les monstres susceptibles de se cacher sous son lit, car jamais l'idée ne lui était venue de se représenter des créatures aussi abracadabrantes. Elle continua plus tard. Les autres filles craignaient de rater leurs examens, d'attraper des boutons ou de ne pas trouver de mari, mais quiconque évoquait devant elle de telles menaces ne récoltait qu'un regard étonné. « Pourquoi ? Quelle drôle d'idée ! »

Elle était si terne qu'on ne la remarquait jamais, il fallait voir là l'explication de l'assurance avec laquelle elle ignorait superbement tous les dangers, maladies et coups du sort qui guettaient le commun des mortels : peut-être se pouvait-il que les dieux, même les plus malveillants, passent à côté d'elle sans même la remarquer.

Aussi ne s'expliquait-elle pas le sentiment de malaise qu'elle éprouvait depuis quelque temps.

Mais le plus inexplicable, voire le plus inquiétant, était son incapacité à déterminer d'où provenait ce sentiment. Et l'idée de se confier à quelqu'un lui paraissait ridicule.

Or, depuis environ un mois, elle avait la sensation d'être observée.

Elle ne pensait pas être suivie en permanence mais quelques épisodes curieux s'étaient succédé, la plongeant dans un grand trouble.

Un jour, alors qu'elle circulait tranquillement sur une départementale dans sa Twingo, la voiture bleu foncé qui la suivait – elle ne s'y connaissait pas en marques de voitures, elle se contenta de supposer qu'il s'agissait d'une japonaise – avait persisté à rester derrière elle en conservant toujours la même distance, ralentissant quand elle ralentissait, accélérant quand elle accélérait. Pauline avait fait quelques tests, tourné brusquement sans mettre le clignotant dans des chemins cahoteux, effectué des demi-tours inopinés ou s'était arrêtée plusieurs minutes sur le bord de la route. L'autre ne s'était pas laissé démonter par ces manœuvres intempestives et l'avait imitée avec obstination. Ce ne fut que lorsqu'elle s'engagea dans la pente du vieux La Cadière – où elle habitait – que l'autre voiture bifurqua en direction de l'autoroute et s'éloigna en trombe.

Une autre fois, alors qu'elle était assise dans son salon, fenêtre ouverte, à regarder la télévision, Pauline avait cru apercevoir une ombre derrière les rideaux. Elle était seule, car Stéphane, son mari, passait sa soirée hebdomadaire au café. Elle s'était aussitôt précipitée sur la terrasse mais n'avait vu personne. Pourtant, elle avait entendu claquer la porte du jardin.

Le troisième événement s'était produit pendant son travail. Pauline travaillait à temps partiel comme femme de chambre à l'hostellerie Bérard et, ce jour-là, elle était de service dans la partie ancienne du bâtiment, où se trouvait autrefois le couvent. Seule dans le couloir, elle s'occupait du chariot, sur lequel s'amoncelaient les draps et les serviettes propres. Soudain, elle avait senti un fort courant d'air, phénomène qui se produisait lorsque s'ouvrait la lourde porte de devant. Inconsciemment, elle s'était attendue à entendre résonner des pas ou craquer les marches de l'escalier.

Pourtant, le silence avait subsisté, et, dans ce silence, elle avait senti une chose indéfinissable qui restait là, tapie dans l'ombre, retenant son souffle. Pauline, les sens soudain à vif, avait scruté le couloir. Ce silence était curieux. Sans pouvoir se l'expliquer, elle était persuadée que, dans ce couloir plein de recoins, quelqu'un était là, derrière elle.

« Il y a quelqu'un ? » avait-elle crié.

Elle se jugeait ridicule, mais jamais elle n'avait été en proie à une telle terreur. Les deux sentiments – le ridicule et la peur – lui étaient si étrangers qu'elle en resta sidérée.

« Il y a quelqu'un ? »

Aussitôt après, elle sentit à nouveau le courant d'air. Visiblement, l'inconnu était ressorti. Peut-être quelqu'un qui s'était trompé, qui cherchait quelque chose, qui avait eu envie de jeter un coup d'œil à l'intérieur du vieux bâtiment. Il y avait mille explications. Sa frayeur et ses inquiétudes lui parurent d'autant plus énigmatiques.

Pauline avait vingt-huit ans. Lors de ses vingt ans, ses parents avaient quitté la Provence pour s'installer dans le nord de la France en lui laissant la jolie maison de La Cadière, où elle avait grandi. Elle y avait vécu seule, tout en travaillant chez Bérard. La monotonie de sa vie et la solitude eussent précipité n'importe quelle fille de son âge dans la mélancolie, mais Pauline s'était coulée dans cette existence avec son impassibilité coutumière.

Un an et demi auparavant, elle avait rencontré Stéphane. Celui-ci, comme elle l'apprit par la suite, publiait régulièrement des petites annonces afin de rencontrer des femmes à la recherche d'un mari, sans être récompensé de ses efforts. Or ce n'était pas ainsi qu'ils s'étaient rencontrés, mais par un hasard amusant : en garant sa voiture sur le parking de la plage des Lecques, elle avait été heurtée par un autre véhicule. Le conducteur était responsable, mais cela ne l'avait pas empêché de contester le fait. Stéphane, qui se trouvait à proximité et avait observé l'incident, était intervenu et avait proposé à Pauline de lui servir de témoin.

Ils se marièrent peu après, plus à l'initiative de Stéphane qu'à celle de Pauline. Stéphane était pressé de trouver enfin chaussure à son pied et Pauline n'avait rien contre. Elle était consciente de ne pas avoir déniché l'oiseau rare, mais elle ne se faisait aucune illusion : elle savait qu'elle ne trouverait pas mieux.

Ils réussirent à se créer une petite vie paisible et ennuyeuse. Stéphane travaillait toute la journée dans sa banque de Saint-Cyr, Pauline partageait son temps entre l'hostellerie Bérard et sa maison, où elle s'occupait aussi du jardin. L'idée que le paisible ordonnancement des jours pût être un jour perturbé ne lui était jamais venue à l'esprit. Or c'était ce qui se passait en ce moment. Et qui se reproduisait sans arrêt.

Le vendredi 12 octobre, l'angoisse se saisit d'elle pour de bon. La journée était magnifique, mais, pour elle, ce fut un jour pénible et sombre.

Pauline avait lu l'article concernant l'assassinat d'un touriste allemand, dans le journal de la veille, mais ce crime ne l'avait pas particulièrement troublée. Puis elle avait lu l'article du journal du jour, qui reprenait le sujet.

La police avait fait quelques recoupements. Il existait des similitudes avec l'affaire de l'assassinat de la jeune Parisienne et de sa fille dans leur résidence secondaire, même s'il n'existait aucun lien visible entre les meurtres. Les trois victimes avaient été étranglées à l'aide d'une corde, et cette corde était chaque fois du même genre et de la même structure. Toutefois, l'homme retrouvé dans les montagnes avait été de surcroît frappé de violents coups de couteau.

« Assiste-t-on aux premiers crimes sanglants d'un tueur en série ? » interrogeait le titre.

Pour Pauline, le malaise fut à son comble. Et si c'était le tueur qui la suivait ? Il n'avait aucune raison particulière de s'attaquer à elle, mais il semblait agir sans suivre de logique. Le touriste allemand et la jeune veuve n'avaient rien en commun dans la mesure où cette affaire ne dissimulait pas une histoire d'amour clandestin. En ce qui la concernait elle, Pauline, elle savait avec certitude qu'elle ne les connaissait ni l'un ni l'autre et n'avait rien à voir avec eux. Qu'est-ce qui pouvait bien attirer l'attention d'un psychopathe ? La manière dont on riait, dont on parlait, dont on se déplaçait ? Peut-être l'avait-il remarquée pour une raison ou une autre...

Assise devant son journal, en ce vendredi matin, elle se sentait de plus en plus perdue. Stéphane était déjà parti, après l'avoir examinée d'un œil critique sur le seuil de la porte avant de déclarer qu'elle avait mauvaise mine. Elle ne lui avait rien confié de ses inquiétudes, car elle savait qu'elle n'eût récolté que des moqueries. Pour la même raison, elle n'avait pas envie d'appeler la police. Les gens étaient priés de communiquer aux enquêteurs tout renseignement susceptible de les aider, et sans doute étaient-ils submergés d'appels de vieilles dames qui avaient entendu des bruits bizarres dans leur cave ou des frôlements suspects sous leur lit. Pauline n'avait pas envie d'apporter sa contribution à tous ces délires.

D'un autre côté, peut-être était-elle réellement en danger.

Non, elle n'appellerait pas. Elle attendrait de voir.

Les mots « tueur en série » dansèrent devant ses yeux.

Et si j'appelais quand même... ?

2

Ce vendredi-là, Laura resta au lit jusqu'à midi.

La veille, sitôt après l'appel de sa mère, elle avait contacté la police. Une femme policier était venue la chercher. Dans un état de transe, elle avait parcouru à ses côtés les longs couloirs de l'institut médico-légal de Toulon. Le claquement de ses talons sur les dalles de pierre et les paroles de la fonctionnaire lui parvenaient assourdis, de très loin. Aujourd'hui seulement, elle se rendait compte que son accompagnatrice, sans doute parce qu'elle était étrangère, s'était adressée à elle dans le français approximatif que l'on utilisait pour les petits enfants ou les vieillards séniles. Compte tenu de son état second, elle n'avait plus aucun souvenir de ce qu'elle lui avait raconté.

Laura ne s'était toujours pas changée, ni coiffée. Malgré la douche qu'elle avait prise au petit matin, à l'hôtel, elle avait l'impression de sentir mauvais et d'être carrément immonde, avec sa tignasse ébouriffée et son visage blême. Pendant quelque temps, elle avait cherché d'où venait le mauvais goût qu'elle avait dans la bouche, puis elle s'était rappelé qu'après sa dernière nausée elle avait omis de se brosser les dents. Aussitôt après, elle s'était demandé comment elle pouvait être capable d'accorder une seule pensée à ce genre de chose.

Elle avait vaguement compris – et elle ne saisit le sens de cette déclaration que bien plus tard – que quelqu'un lui expliquait qu'on avait préparé le mort de manière qu'elle ne s'effraie pas à sa vue.

Laura identifia Peter sans hésitation. Une expression de paix se lisait sur son visage, rien ne laissait supposer qu'il avait péri de mort violente. Peut-être aurait-elle pu déceler des traces en y regardant de plus près. Mais on ne lui montra pas son corps. Peter était recouvert d'un drap jusqu'au menton.

S'ensuivit un long entretien avec le policier chargé de l'enquête. Elle n'avait pas compris son nom, mais elle le trouva bienveillant. L'interprète mis à leur disposition fut renvoyé quand l'enquêteur s'aperçut que Laura maîtrisait parfaitement le français. Elle lui raconta l'histoire sous une forme édulcorée.

Peter était parti rejoindre Christopher comme tous les ans pour leur croisière mais n'était pas arrivé chez son ami. À sa connaissance, sa dernière étape connue était la pizzeria Chez Nadine, où il avait dîné le samedi soir, selon le patron, Henri Joly. Sa voiture était restée garée là-bas. Ensuite, on perdait sa trace, et elle n'avait aucune idée de ce qui s'était passé. Elle était venue voir sur place ce qu'il en était, parce qu'elle était inquiète de ne pouvoir le joindre par téléphone. De plus, le dimanche, elle avait appelé Christopher à dix heures et demie, et appris que ce dernier ne l'avait pas vu arriver.

Le commissaire lui demanda alors en toute logique pourquoi Christopher ne l'avait pas appelée, elle, car il s'était certainement posé des questions en ne voyant pas arriver son ami. Il aurait fallu raconter l'histoire de la maîtresse, des billets d'avion et de ce que savait Christopher. Pourquoi ne put-elle s'y résoudre ? Il était clair que le commissaire interrogerait Christopher, dont il avait soigneusement noté les coordonnées. Christopher lui parlerait de Nadine. Sachant qu'immanquablement tout éclaterait au grand jour, elle se sentit incapable de l'évoquer d'elle-même. Sans doute penserait-on par la suite qu'avouer son statut d'épouse trompée lui était trop pénible.

Le commissaire réfléchit un instant, comme s'il hésitait encore à lui communiquer tous les détails de l'affaire, et elle devina qu'il sentait d'instinct qu'elle ne disait pas toute la vérité.

— Savez-vous ce que nous avons découvert à quelques mètres de l'endroit où nous avons trouvé le cadavre ? Une mallette.

— Oh... oui, c'est vrai. Henri m'en a parlé. Le patron de la pizzeria Chez Nadine. Mon mari avait une mallette avec lui. Henri s'en était d'ailleurs un peu étonné.

— Vous savez ce qu'il y avait dans cette mallette ?

— Non.

— Des francs suisses, soigneusement ordonnés par liasses. Convertis en francs français, environ sept cent mille francs.

— Ce n'est pas possible !

— Si. C'est la stricte vérité. Nous allons demander au propriétaire du restaurant, M. Joly, d'identifier cette mallette, mais je pense que nous pouvons dès à présent partir du principe qu'elle appartenait à votre mari.

— Mais, mon mari est... était complètement ruiné ! Il ne pouvait pas transporter sept cent mille francs sur lui !

Elle évoqua alors des dettes qui, affirma-t-elle, étaient si élevées qu'elles le laissaient sans un sou vaillant. Le commissaire l'écouta très attentivement, en prenant des notes.

— Très curieux, répondit-il. Votre mari est ruiné et disparaît du jour au lendemain, ce qui nous amène à déduire qu'il avait l'intention de disparaître pour se soustraire aux difficultés qui l'attendaient. Peu après, on le découvre, assassiné, avec une mallette pleine d'argent dans ses bagages. Et cet argent n'a pas inté-ressé son assassin. Il est clair que le mobile du meurtre n'est pas le vol.

Il joua avec son stylo, puis questionna :

— Étiez-vous un couple uni ?

— Un couple normal, avec des hauts et des bas.

Il lui jeta un regard perçant.

— Vous ne répondez pas à ma question.

— Si. Nous formions un bon couple. Mais nous avions aussi des problèmes de temps en temps.

Il n'était pas satisfait. Il semblait sentir que quelque chose clochait entre elle et Peter.

— Est-ce que vous avez déjà entendu parler d'une cer-taine Camille Raymond ?

— Non. Qui est-ce ?

— Et Manon Raymond ? Connaissez-vous ce nom ?

— Non.

— Camille Raymond, expliqua le commissaire, est une... était une Parisienne qui possédait une maison à Saint-Cyr, où elle venait régulièrement. Manon était sa fille de quatre ans. La femme de ménage de Mme Raymond – une certaine Monique Lafond, domiciliée à La Madrague, mais son nom vous est également inconnu, je suppose ? – les a retrouvées toutes les deux dans cette maison au début de la semaine. Elles ont été étranglées avec une corde. Le meurtre remonte à fin septembre.

— Étranglées avec une corde ? Comme...

Il hocha la tête.

— Comme votre mari. Les investigations ne sont pas encore terminées, mais il existe de fortes présomptions pour que l'arme du crime soit la même corde, coupée en morceaux. Votre époux, qui plus est, a été frappé de coups de couteau, mais il est établi que c'est la strangulation qui est la cause de la mort. Dans le cas de Mme Raymond, le meurtrier a déchiqueté sa chemise de nuit. Le couteau est une deuxième similitude. Sans doute votre mari a-t-il été attaqué plus violemment parce qu'il s'est défendu avec plus de force. Il a été plus difficile à tuer qu'une femme ou une enfant de quatre ans. Je suis convaincu qu'il s'agit du même assassin. Cela signifie que les routes des deux victimes se sont croisées quelque part.

Les pensées défilèrent à toute vitesse dans sa tête, mais son cerveau était toujours pris dans un cocon qui l'empêchait de les ordonner.

— Le meurtrier peut très bien avoir choisi ses victimes...

— ... choisi ses victimes au hasard ?

Le commissaire secoua la tête :

— Au cours de ma longue carrière, j'ai appris qu'il y a très, très peu de hasard. Si nous avions affaire à un fou qui agresse les femmes seules avec enfants dans les résidences secondaires isolées, il n'aurait pas enlevé un homme d'affaires allemand devant un restaurant pour l'entraîner dans la montagne. Le plus pervers des assassins agit toujours suivant un schéma établi. Il suit une logique qui pour lui est la justification de ses crimes. J'exclus à quatre-vingt-dix-neuf pour cent la possibilité que nous ayons affaire à quelqu'un qui choisit ses victimes au hasard, qui prend pour ainsi dire ce qui lui tombe sous la main. Cela signifie qu'il y a obligatoirement un point commun entre votre mari et Mme Raymond. Soit ils entraient tous les deux sans se connaître dans un schéma commun que nous ne voyons pas encore, soit ils se connaissaient... de près, voire de très près.

Même si son cerveau travaillait lentement, elle comprenait ce qu'il voulait dire.

— Peut-être s'agit-il d'une reproduction de ce crime... par quelqu'un qui a entendu parler du premier crime. Et qui a pensé que, s'il commet son crime de la même façon, la police croira à l'existence d'un tueur en série et ne le soupçonnera pas.

Laura s'étonna de sa propre voix. Elle venait d'apprendre que son mari avait été assassiné. Elle venait d'identifier son cadavre. Pourquoi ne pleurait-elle pas, pourquoi ne piquait-elle pas une crise de nerfs, pourquoi n'avait-elle pas besoin d'une piqûre de calmant ? Elle était installée dans le bureau d'un commissaire, à discuter de criminologie. Comme si elle n'était pas vraiment en possession d'elle-même, elle se sentait téléguidée, en quelque sorte, influencée par une voix intérieure implacable qui lui chuchotait qu'elle devait fonctionner correctement, faire attention, ne pas se tromper.

Elle perçut très bien que le commissaire, lui aussi, trouvait son attitude étrange.

— Certes, le phénomène de la reproduction du crime existe, rétorqua-t-il, mais cette théorie tomberait s'il s'avérait qu'il s'agit de la même arme du crime. De plus, dans ces conditions, l'imitateur aurait dû avoir un motif pour s'attaquer à votre mari et non à quelqu'un d'autre. Le vol, comme nous l'avons dit, est exclu. Votre mari avait-il des ennemis ?

Elle répondit par la négative.

Le commissaire reprit le cours de son raisonnement.

— Cette Camille Raymond... l'autre victime, dit-il en choisissant prudemment ses mots, est-il possible que votre mari l'ait connue à votre insu ? Pour la bonne raison qu'il ne fallait pas que vous le sachiez ?

Il la regarda droit dans les yeux pour ne rien perdre de son expression.

— Votre mari pourrait-il avoir eu une liaison avec Camille Raymond ?

Oui, le pire était que c'était possible. Elle avait eu beau la chasser de sa tête, elle savait que l'idée du commissaire était plausible. Peter l'avait bien trompée pendant des années avec Nadine Joly...

Un policier la ramena chez elle, après que le commissaire lui eut demandé de rester provisoirement en France afin de se tenir à sa disposition. Elle devinait qu'on la pisterait.

Elle passa le reste de la journée du jeudi au lit, recroquevillée sur elle-même, tremblant d'un froid intérieur. Le téléphone ne cessa pas de sonner, mais elle n'avait envie de parler à personne, et elle s'estimait en droit de se mettre en retrait pour quelque temps.

En ce vendredi, donc, Laura était malade, sans forces. Elle ne se leva que pour se préparer une tisane à la menthe. Elle ne s'était même pas déshabillée. Le téléphone continuait de sonner à intervalles réguliers. Sans doute Élisabeth.

Anne ! Elle repensa aux paroles de son amie lors de leur dernière conversation, un siècle plus tôt, lui semblait-il : « Retrouve ton mari, et, si possible, retrouve-le mort ! »

Elle sentit un rire hystérique monter en elle. Anne et son franc-parler !

Vers deux heures et demie, Laura alla s'asseoir sur le fauteuil en rotin de la véranda. On était le 12 octobre. C'était une journée ensoleillée, très douce. À l'intérieur, le téléphone se déchaînait. Elle considéra ses pieds, passés dans des chaussettes qui avaient été blanches autrefois. Pendant deux heures, elle n'eut d'autre activité que de suivre des yeux le mouvement de ses orteils sous le tissu en éponge.

Lentement, ses sentiments se mirent à percer le blindage que le choc avait posé sur elle.

Il était près de cinq heures quand elle se mit à hurler.

Elle ne pleura pas comme le mardi précédent, écroulée de chagrin et cramponnée au volant de la voiture de Peter. Non, elle hurla sa douleur, sa colère, sa blessure, son humiliation, son horreur, sa peur, sa haine, sa déception. Penchée en avant, la tête posée sur ses genoux, qu'elle entourait de ses deux bras, elle laissa tous ses sentiments entremêlés se déverser sur elle.

Puis elle s'arrêta, trop épuisée pour continuer, la gorge douloureuse et tous les muscles du visage, tous, jusqu'au dernier, endoloris par l'effort. Mais une transformation s'était opérée en elle. Sa stupeur était entamée, et, dans la brèche qui s'était formée, se glissaient les prémices du changement et la promesse que le cauchemar n'allait pas durer toujours.

Vers six heures et demie, alors que la nuit commençait à tomber, elle remarqua qu'elle avait froid. En réalité, elle avait froid depuis des jours, mais, pour la première fois, cette sensation lui fut désagréable. Sa conscience, si longtemps anesthésiée, s'aiguisait peu à peu.

Laura ferma les fenêtres et les portes, entassa du bois et des vieux journaux dans la cheminée. Elle alluma un feu et s'accroupit en s'approchant au plus près des flammes. Lentement, la chaleur monta dans ses membres.

La faim lui tenaillait l'estomac, mais elle venait seulement de s'en apercevoir. Un peu plus tard, quand elle
aurait trouvé la force de se lever, elle irait voir s'il se
trouvait quelque chose de comestible dans cette maison. Et elle avait besoin de boire une gorgée d'eau. Son
corps réclamait d'être réhydraté.

Peu après huit heures, on sonna dehors, au grand
portail. Elle fut tentée de ne pas répondre, de ne pas se
manifester, mais ce n'était pas possible. Elle se fit donc
violence et actionna l'ouverture électrique. Entendant
une voiture remonter l'allée, elle ouvrit sa porte. C'était
Christopher, pâle et arborant un sourire timide. Il était
muni d'une grande corbeille.

— J'ai lu le journal, dit-il. Je savais que tu avais
besoin d'être soutenue. Comme tu ne réponds pas au
téléphone depuis hier, j'ai décidé de passer.

Elle s'effaça.

— Entre, dit-elle.

Dans la corbeille, Christopher avait mis tout ce qu'il
fallait pour préparer un repas rapide : des spaghettis,
des tomates, des oignons, de l'ail, des courgettes et des
olives, de la crème et du fromage. Il annonça qu'il se
chargeait du repas et amoncela tous ces ingrédients sur
la table de la cuisine. Puis il examina Laura :

— Et toi, si, pendant ce temps, tu allais prendre un
bon bain chaud ?

— Une bonne douche, ça ira, acquiesça-t-elle avant
de mettre le cap sur la salle de bains.

Elle était repoussante, avec ses cheveux gras et
emmêlés, son visage gonflé, sa peau blafarde et pelée
autour du nez. Ses vêtements étaient tachés, chiffon-
nés. Elle s'observa dans la glace et constata ce que la
duplicité et l'infidélité de Peter avaient fait d'elle en
l'espace de quelques jours.

Elle songea alors avec colère qu'il dépendait d'elle de
continuer à l'accepter ou non. Le plus urgent était de

retrouver ses forces pour imaginer un moyen de se sortir du désastre financier, mais aussi pour commencer une nouvelle vie avec sa petite fille. Elle n'avait pas le temps de pleurer Peter, ni sa mort, ni son infidélité.

Laura se doucha longuement, abondamment, en utilisant beaucoup d'eau, de gel et de shampooing. Lorsqu'elle eut fini, elle mit du mascara sur ses cils et souligna ses lèvres, se sécha les cheveux et se passa une crème teintée sur le visage. Enfin, elle changea son linge, enfila un jean propre et un pull moelleux. Plus regardable, elle se sentait mieux.

— Et maintenant, j'ai faim, déclara-t-elle à son reflet dans la glace.

Lorsqu'elle sortit de la salle de bains, la maison embaumait le délicieux repas qu'était en train de préparer Christopher. Il lui tournait le dos, devant la cuisinière, et coupait des tomates et des courgettes en petits morceaux dans une poêle où rissolait déjà l'ail qui répandait un parfum alléchant. À côté de lui, il avait posé un verre de vin. Sur l'étagère, la radio diffusait une musique douce.

Une bouffée de chagrin monta en elle. Combien de fois Peter et elle avaient-ils fait la cuisine dans cette pièce, avec de la musique et du vin, si gais, si amoureux, si sereins...

Et si menteurs.

— Me voilà, Christopher ! lança-t-elle.

— Je suis allé chercher une bouteille de vin dans la cave, répondit-il, j'espère que tu n'as rien contre.

Puis il se tourna vers elle et lui sourit.

— Eh bien, tu es une femme nouvelle, remarqua-t-il.

— Tu connais une certaine Camille Raymond ? demanda-t-elle.

3

Monique se dit que, finalement, elle avait eu tort de se faire porter malade. Mieux valait travailler pour se changer les idées, au lieu de traîner à la maison et d'être livrée aux horribles images que sa mémoire ne cessait de lui représenter avec une netteté impitoyable.

Elle revoyait Mme Raymond et sa petite fille, mortes, là, devant elle, une Mme Raymond terriblement défigurée, avec les yeux qui sortaient de la tête et la langue qui pendait. Monique sentait l'odeur de pourriture et se retenait de hurler à pleins poumons.

En ce terrible 8 octobre, elle n'avait pas appelé la police mais elle s'était enfuie en courant, et en tombant plusieurs fois parce que ses jambes la lâchaient. Elle s'était ouvert les genoux et avait récolté des bleus sans même s'en rendre compte. Elle avait couru comme une dératée sans savoir où elle allait, et ce n'est que devant la porte d'Isabelle, tandis qu'elle tambourinait comme une folle, qu'elle avait vu où elle était. Sans doute ses jambes l'avaient-elles menée toutes seules jusque-là.

Comme elle n'y tenait plus, Monique était allée faire le ménage deux fois chez Isabelle la semaine précédente, malgré son arrêt maladie. Elle n'aimait plus la Côte d'Azur – en été, il faisait trop chaud, et, en hiver, trop humide – et son joli petit appartement lui paraissait vide, étroit. En fait, sa vie quotidienne était d'une tristesse à pleurer, entre l'agence immobilière, où son travail se résumait à entrer des données dans un ordinateur, et ses différents emplois de femme de ménage, qui, au moins, lui avaient permis de faire la connaissance de personnes sympathiques. Mais, femme de ménage, c'était un boulot minable.

Monique erra d'une pièce à l'autre en essayant de retrouver la sensation qu'elle éprouvait quand elle s'installait dans un avion. Elle attachait sa ceinture, passait un moment à observer les autres passagers et attendait fiévreusement le décollage, la délicieuse contraction de l'estomac qui se produisait quand l'appareil quittait le sol. Elle se concentra de toutes ses forces sur cette évocation, dans l'espoir de chasser les images et l'odeur de pourriture.

— L'été prochain, je vais en Nouvelle-Zélande, se promit-elle à haute voix en regardant la montagne de prospectus et de photos qui s'entassaient sur la table de verre du salon. Je pars à l'autre bout de la terre !

Il ne se passa rien en elle. Rien du tout. C'était comme si elle avait décidé : demain, je descends la poubelle.

Les voyages étaient ce qu'il y avait de meilleur dans sa vie. C'était en fonction de la distance qui la séparerait de La Madrague qu'elle choisissait ses destinations. Après seulement, à l'aide de catalogues et de photos, elle se faisait une idée de la région concernée et s'y intéressait. Au fond, il s'agissait toujours de mettre des océans entiers entre elle et son train-train quotidien.

Avec qui partager ses souvenirs ? Lorsqu'elle rentrait, bronzée et munie de piles de photos, personne ne l'attendait. Inutile de songer à les montrer à son patron, à l'agence, il était trop égocentrique. Tout au plus en parlait-elle à Isabelle quand elles prenaient un café ensemble après le ménage. Avec beaucoup de bonne volonté, Isabelle pouvait à la rigueur passer pour une amie, mais en dehors d'elle il n'y avait personne. C'était peu pour une femme de trente-sept ans qui n'était même pas laide.

Elle avait raté quelque chose mais elle ne savait pas quoi.

Le plus étrange était que cette pensée ne la poursuivait que depuis le lundi précédent. Sa confrontation brutale avec l'horreur avait tout changé. Ce que Monique refoulait en permanence refusait de rester enfoui. Voilà qu'elle était obligée de se regarder, d'examiner sa vie sans se mentir, et, ce qu'elle voyait, c'était le désert.

Monique avait prévu de se rendre en ville, mais elle ne le pouvait pas. Elle n'avait même pas eu la force de prendre une douche et de s'habiller. Elle traîna jusqu'au soir en chemise de nuit, et, comme elle n'eut pas le ressort nécessaire pour se préparer un repas, elle se contenta d'avaler un paquet de chips et une portion de glace. Pour couronner le tout, cela la rendit malade.

En entendant sonner à la porte un vendredi à huit heures et demie, elle sursauta. Personne ne venait jamais la voir ! Peut-être la voisine, encore en panne de sucre ou de lait.

À contrecœur, elle quitta le canapé où elle s'était affalée en feuilletant un magazine de mode et alla ouvrir.

Elle se retrouva face à une jeune femme pâle, dont les yeux trahissaient une forte envie de prendre la poudre d'escampette.

— Vous êtes Mme Monique Lafond ? s'enquit-elle.

— Oui. Et vous ?

— Je m'appelle Jeanne Versini. J'arrive de Paris. Vous me permettez d'entrer ?

— Monique hésita. Jeanne ajouta alors :

— Je suis une amie de Camille Raymond.

— Oh ! fit Monique en l'invitant du geste à entrer.

— Je ne peux pas dire que j'étais vraiment une amie de Camille, reprit Jeanne.

Assise en ensemble-pantalon bleu marine, un verre de jus d'orange devant elle, elle avait tout d'un corps étranger au milieu du désordre de Monique.

— Camille ne se liait pas vraiment avec qui que ce soit, poursuivit-elle. Je n'ai jamais connu personne de plus fermé…

— C'est vrai, j'avais la même impression, confirma Monique.

Elle avait passé sa robe de chambre en s'excusant de sa tenue négligée :

« Depuis... l'événement, je suis dans un état second. Je traîne à la maison et n'arrive pas à me débarrasser de ces images. Je n'ai pas assez d'énergie pour faire quelque chose de concret.

— C'est tout à fait normal ! s'était écriée Jeanne. Ma pauvre, ça a dû être terrible pour vous ! »

La sincérité de sa réaction avait fait du bien à Monique, qui s'était rendu compte à quel point elle avait besoin de recevoir un peu de compassion et de chaleur.

— La petite Manon me faisait de la peine, continua Monique. Ce n'est pas bon pour un enfant de vivre en vase clos. Souvent je me suis dit qu'elle allait devenir aussi dépressive que sa mère avant même d'être adulte.

— Moi aussi. J'habitais tout près d'elle, à Paris, et j'ai une fille de l'âge de Manon. Elles étaient amies, toutes les deux, et j'insistais pour qu'elles jouent ensemble, parce que j'avais envie de sortir un peu la petite de cet isolement. Donc, par la force des choses, j'ai été en contact avec Camille. D'un côté, elle n'y tenait pas, mais d'un autre côté elle se rendait compte qu'elle était obligée, pour sa fille, de sortir un peu de sa tour d'ivoire. C'est de cette façon que nous avons fait connaissance.

— Elle avait trente-deux ans quand elle est morte. C'est beaucoup trop jeune pour être aussi malheureuse.

— Camille n'arrivait pas à surmonter la mort de son mari. Elle m'a confié que c'était son grand amour. Il n'a même pas connu son enfant. Elle était inconsolable. Elle avait perdu toute joie de vivre.

— Oui, et pourtant c'était une belle femme. Elle aurait pu avoir tous les hommes qu'elle voulait rien qu'en claquant des doigts.

— Ah bon ? Vous savez quelque chose ? demanda la visiteuse. À propos d'un homme, je veux dire.

Monique ouvrit de grands yeux.

— Non. Pourquoi ?

— En fait, c'est pour ça que je suis venue. Parce qu'il y a eu une histoire qui... eh bien, qui me trotte dans la tête depuis que j'ai lu... depuis que j'ai lu le drame dans le journal.

— Comment ? Vous en avez entendu parler jusqu'à Paris ?

— Juste un entrefilet. L'événement a dû faire les gros titres ici. Mais il y a eu un appel à témoins à Paris, puisque c'est là que vivait Camille.

— S'il y a eu une histoire, comme vous dites, pourquoi n'allez-vous pas à la police ?

— Parce que je ne sais pas vraiment... je n'ai pas envie de me couvrir de ridicule, expliqua Jeanne.

Évidemment, se dit Monique, on hésite toujours avant d'aller trouver la police.

— Je connais... je connaissais Camille depuis quatre ans, poursuivit Jeanne. Je lui ai adressé la parole un jour qu'elle passait devant chez moi en poussant son landau. Je ne l'ai jamais vue que déprimée et renfermée sur elle-même. Mais l'année dernière, quand elle est rentrée à Paris en septembre, elle paraissait changée. C'était indéfinissable, parce qu'elle était toujours aussi silencieuse, aussi peu expansive, mais ses yeux étaient moins tristes, et ses rares sourires étaient plus spontanés. Cela m'a fait plaisir, et j'ai pensé que le temps finissait par guérir les blessures petit à petit.

Tout en parlant, Jeanne jouait avec son verre, très concentrée.

— Ensuite, en janvier de cette année, quand elle est revenue de Saint-Cyr après les vacances de Noël, elle a paru très abattue. Elle semblait préoccupée. J'ai essayé d'aborder la question mais elle a éludé. J'ai compris qu'elle n'avait pas envie d'en parler. À Pâques, elle est retournée sur la Côte, et cette fois elle paraissait mieux en revenant. Elle était soulagée, mais je ne sais pas de quel poids. Je n'ai pas osé lui reposer la question. Un peu avant qu'elle reparte pour les vacances d'été, j'ai réussi à la décider à m'accompagner à Disneyland pour la journée avec les enfants. C'était un petit miracle, parce que, en temps normal, elle m'aurait laissée partir seule. Elle s'est beaucoup amusée. Le soir, elle a même accepté de venir prendre un verre chez moi. Mon mari n'était pas là, les enfants jouaient, et peut-être que l'alcool lui avait un peu délié la langue. Camille m'a confié qu'elle se réjouissait de partir, que, pour la première fois depuis longtemps, elle rejoignait sa petite maison du bord de mer le cœur léger... Je lui ai demandé pourquoi. Elle m'a raconté qu'elle avait rencontré quelqu'un là-bas, l'année précédente, et qu'au début elle avait cru que cette histoire déboucherait sur quelque chose de sérieux... Bien sûr, elle avait éprouvé un peu de culpabilité vis-à-vis de son mari disparu, mais, malgré tout, elle avait de nouvelles perspectives d'avenir et c'était exaltant pour elle.

— C'est ce que je lui aurais souhaité du fond du cœur. J'aimais beaucoup Mme Raymond.

Jeanne continuait à jouer avec son verre sans songer à y tremper les lèvres.

— Dieu sait que moi aussi. Mais elle m'a dit alors qu'à Noël elle avait découvert qu'il y avait quelque chose qui clochait. Et elle a rompu.

— Qu'est-ce qui clochait ?

— Elle n'a pas voulu m'en dire plus. Elle m'a simplement raconté que cet homme avait refusé la rupture pendant assez longtemps. Il n'arrêtait pas de l'appeler, de la harceler. À Pâques, ils ont eu une conversation franche et il a fini par admettre que c'était définitif. Elle m'a dit qu'il avait arrêté de l'appeler et qu'elle pensait qu'il la laisserait tranquille pendant l'été.

— J'espère qu'elle savait ce qu'elle faisait, commenta Monique. Bien sûr, maintenant, ça n'a plus d'importance, mais... enfin, elle pouvait être très difficile, vous le savez sûrement. Peut-être qu'il était très bien, cet homme, et qu'elle voyait des problèmes là où il n'y en avait pas. D'un autre côté... Vous croyez que c'est lui qui pourrait être l'assassin ?

— Je ne sais pas, répondit la visiteuse en s'agitant sur son siège avec embarras.

Visiblement, elle avait envie d'ajouter quelque chose, mais elle hésitait à dévoiler sa pensée. Puis elle se jeta à l'eau :

— En juin, le lendemain du départ de Camille, je suis allée chez elle. J'étais chargée d'arroser ses plantes et de relever son courrier. Son répondeur clignotait, elle avait reçu un appel après son départ.

Jeanne s'interrompit.

Et toi, tu n'as pas pu résister, il fallait que tu saches, lui répondit mentalement Monique.

— Je m'occupais de la maison depuis des années quand elle n'était pas là, poursuivit Jeanne, et c'était la première fois que le répondeur clignotait. Pratiquement personne ne l'appelait. Et c'était pareil pour le courrier, le courrier privé, en tout cas. Elle recevait surtout des lettres de banque ou des factures. C'est pour ça que j'ai été très étonnée de voir le répondeur clignoter.

— Vous avez écouté le message ?

— Oui, j'ai pensé que c'était peut-être une information importante à transmettre. C'était la voix d'un homme. Tout de suite, j'ai su que c'était celui dont Camille m'avait parlé. Il n'a pas donné son nom, il a simplement dit : « C'est moi. » Sans doute pensait-il qu'elle saurait qui il était. Il avait l'air très fâché. Il voulait savoir quand elle viendrait à Saint-Cyr, il voulait qu'elle l'appelle tout de suite en arrivant. Il avait un ton très autoritaire, mais à la fin il s'est radouci et il a ajouté qu'elle ne pouvait pas laisser leur rêve tourner court. Il a donné un numéro de portable où on pouvait le joindre en permanence et il a raccroché.

— Vous avez appelé Camille ?

La visiteuse cessa enfin de jouer avec son verre et baissa les yeux.

— Je ne l'ai pas appelée, et c'est ça qui me préoccupe autant. Vous comprenez ? Je n'arrête pas de me répéter que c'était peut-être *lui* ! Peut-être l'a-t-il tuée parce qu'il était furieux qu'elle ne l'ait pas appelé. Ou parce qu'il croit qu'elle n'a pas tenu compte de son appel... Peut-être que je me suis rendue coupable !

— Pourquoi ne lui avez-vous rien dit ? s'enquit Monique d'un ton volontairement neutre, de peur de voir son interlocutrice fondre en larmes.

Jeanne arborait l'expression d'une petite fille prise en faute.

— J'ai pensé... j'avais peur qu'elle se fâche. Elle ne m'a jamais demandé d'écouter son répondeur. Elle aurait pu considérer ça comme un abus de confiance. Elle aurait cessé de me considérer comme une amie... Je ne savais pas quoi faire. J'ai fini par noter le numéro qu'avait donné cet homme et j'ai effacé le message.

— Qu'est-ce qui vous obligeait à l'effacer ?

— On se serait aperçu que je l'avais écouté. Le voyant reste toujours rouge, mais il ne clignote plus. Camille l'aurait remarqué après son retour. J'ai pensé que l'effacer était la seule solution.

Monique songea que cette Jeanne manquait de maturité. Son comportement était celui d'une enfant incapable de voir plus loin que le bout de son nez parce qu'elle était trop pressée de trouver un moyen d'effacer la trace de la faute qu'elle avait commise. Par son incapacité à maîtriser la situation, elle avait sans doute laissé passer une chance d'éviter le malheur. Malgré tout, il fallait reconnaître qu'il était impossible d'imaginer un seul instant le drame qui devait se dérouler.

— Depuis, je n'en dors plus la nuit, avoua Jeanne. Je pense sans arrêt à ce que j'ai fait. Au bout du compte, je me suis dit qu'il fallait que j'en parle à quelqu'un qui vit dans la région, quelqu'un qui l'a vue pendant l'été, qui sait peut-être si elle et cet homme se sont rencontrés... quelqu'un qui puisse éventuellement me soulager et m'ôter de la tête que c'est moi qui ai provoqué cette tragédie, par bêtise. Le pire est que je ne connais personne ici. Camille avait quelquefois évoqué une voisine qu'elle appelait Isabelle, mais je ne connais ni son nom de famille ni son adresse. C'est pour cette raison que je suis venue jusqu'ici.

Au fond, elle paraissait plutôt touchante, cette femme. Elle ne prenait pas à la légère l'erreur qu'elle avait commise quelques mois plus tôt.

— Je connaissais l'adresse de la maison de Camille, et la maison qu'elle avait décrite comme étant la plus proche n'a pas été difficile à trouver. Isabelle n'était pas là, je n'ai vu que son mari. Il m'a appris qu'Isabelle était chez sa sœur à Marseille. Quand il a su que c'était à propos de Camille, il m'a donné votre nom et votre adresse.

Très bien, mais s'il y avait quelqu'un dans la vie de Camille, même s'il s'agissait d'une aventure passagère, Monique n'avait rien remarqué. En même temps qu'elle se faisait cette observation, elle en ressentit une pointe de tristesse, à l'idée de n'avoir pas été admise dans l'intimité de Camille.

— Réfléchissez, insista Jeanne. Vous faisiez son ménage. Vous n'avez jamais vu de traces de présence masculine ? Jamais d'objets ? Une brosse à dents en plus, une lame de rasoir, des chaussettes qui n'appartenaient pas à Camille… n'importe quoi. Normalement, tout le monde laisse des traces.

— Non, je n'ai rien remarqué. Rappelez-vous comment était Camille : tellement discrète qu'on peut même dire qu'elle camouflait ce qui touchait à sa vie. Elle ne voulait pas qu'on sache ce qui se passait en elle, elle ne se confiait pas. Et n'oubliez pas qu'elle vous a avoué elle-même qu'elle culpabilisait à cause de son mari. Je crois qu'elle n'aurait pas aimé que je m'aperçoive qu'elle voyait quelqu'un. Moi, j'aurais estimé ça normal, je n'y aurais rien trouvé à redire, mais elle croyait certainement qu'on la jugerait mal.

— Dans ce cas, mon dernier espoir, c'est qu'Isabelle soit au courant de quelque chose, répondit Jeanne d'un ton découragé. Je vais aller la trouver demain soir. Mais j'ai bien peur qu'elle n'en sache pas plus long que nous.

— C'est ce que je pense aussi. Isabelle est une sacrée commère, et, si Camille lui avait raconté quelque chose, je l'aurais su, et une dizaine d'autres personnes aussi. Isabelle n'a jamais su tenir sa langue.

— Je vais donc rentrer à Paris sans être plus avancée. Et je vais devoir passer toute ma vie à me ronger en me demandant si je suis responsable de la mort d'une jeune femme et de sa petite fille.

Elle le paye trop cher, son petit moment de curiosité ! se dit Monique. Tout à coup, elle eut une idée.

— Pourquoi ne l'appelez-vous pas ? proposa-t-elle.

Jeanne, qui s'était tassée sur elle-même, se redressa en haussant les sourcils.

— Qui ?

— Eh bien, cet inconnu. L'amant de Camille Raymond... ou son amoureux, si vous préférez. Vous avez bien son numéro de portable ?

— Je ne peux pas l'appeler comme ça !

— Et pourquoi ? En fait, ce numéro, c'est la seule chose à laquelle vous puissiez vous raccrocher.

— Le mieux, ce serait que j'aille le donner à la police.

— Oui, certainement, ce serait le mieux.

— Mais alors, il faudra que je leur raconte que...

— Que vous avez un peu fouillé dans ses affaires ? Écoutez, personne ne va vous en vouloir pour ça, et d'ailleurs ça n'intéresse personne. Au contraire, ils seront très contents que vous leur apportiez un indice important.

Jeanne se décida à boire une gorgée de jus de fruits.

— Cette idée m'est très désagréable. Oh, si seulement je n'avais pas écouté ce message !

— Vous savez, ça n'aurait rien changé. Si l'homme du répondeur a effectivement un rapport avec la mort de Camille, et s'il l'a tuée parce qu'elle ne l'avait pas contacté, il l'aurait tuée même si vous n'aviez pas écouté le message avant. Il l'a appelée trop tard, c'est tout. Elle était déjà partie. Et vous, vous n'y pouvez rien.

Ce point de vue paraissait nouveau pour la visiteuse, et cela sembla la réconforter un peu.

— Bon... fit-elle vaguement.

Monique prit le téléphone posé à côté d'elle.

— Tenez, dit-elle, on va essayer. Je vais l'appeler, et après on en saura un peu plus.

— Et s'il est dangereux ?

— Très sincèrement, je ne crois pas qu'il ait quelque chose à voir là-dedans. Il n'est peut-être pas très sympathique, avec son ton autoritaire, mais ce n'est pas forcément un détraqué pour autant. Vous pouvez me dicter son numéro ?

Jeanne sortit une feuille de papier de son sac bleu marine.

Monique composa le numéro. La sonnerie dura assez longtemps, puis la boîte vocale se mit en route. Aucun nom ne fut prononcé, c'était le texte impersonnel de l'opérateur. À la fin, Monique exposa sans détour l'objet de son appel.

— Bonjour, je m'appelle Monique Lafond, j'habite à La Madrague. Je suis une amie de Camille Raymond. Il y a quelques petites choses dont j'aimerais parler avec vous. Pourriez-vous me rappeler, s'il vous plaît ?

Elle indiqua son numéro et raccrocha.

— Voilà, dit-elle, satisfaite, et maintenant, on va bien voir ce qui va se passer. Je suis sûre qu'il va m'appeler. Et peut-être que vous serez débarrassée de votre souci.

Jeanne se leva après avoir remis la feuille dans son sac, beaucoup plus détendue.

— De toute façon, je vais essayer de voir Isabelle demain soir, et je suis là jusqu'à dimanche matin au moins. Je réside à l'hostellerie Bérard, à La Cadière. Je vous serais très reconnaissante de m'informer au cas où il appellerait.

— Bien entendu, confirma Monique. Je vous appellerai ou je passerai vous voir. Et vous, réfléchissez encore pour savoir si vous ne devriez pas aller trouver la police. Ce serait le plus raisonnable, et c'est certainement ce qu'on attend de vous.

— Je vais réfléchir, promit Jeanne.

Monique avait le sentiment qu'elle n'en ferait rien.

Après le départ de Jeanne, elle essaya de lire le journal du matin mais ne put se concentrer. Trop de pensées se bousculaient dans sa tête. Au fond, elle non plus ne pouvait pas se tenir en dehors de cette affaire. Si Jeanne n'allait pas avertir la police, c'était à elle de s'en charger. Elle ne connaissait pas la loi, mais elle supposait qu'elle se rendait coupable de complicité si elle participait à la dissimulation d'une information aussi capitale.

Lundi, j'irai trouver la police, se promit-elle. Et peut-être que, d'ici là, l'Inconnu avec un grand I se sera fait connaître.

Il était neuf heures et quart. Pendant toute la journée, elle avait traîné, incapable d'un geste utile. Et voilà qu'elle retrouvait un peu d'énergie. Elle alla prendre une douche.

Demain matin, je vais au marché et je m'achète des légumes, se promit-elle. J'irai me balader en bord de mer, et je prendrai un petit café sur la plage.

Elle se passa un lait hydratant sur le corps avant de mettre une chemise de nuit propre et de se coucher.

Il était temps de retrouver le monde des vivants.

4

— Il avait peut-être plein de Camille et de Nadine dans sa vie. Ce n'est peut-être que la partie émergée de l'iceberg. Peut-être accumulait-il les maîtresses et les aventures.

— Peut-être bien, mais tu n'as aucune preuve. Moi, je n'ai jamais entendu parler que de Nadine. Pourquoi m'aurait-il caché l'existence de Camille ou d'une autre ?

— Parce qu'il te connaissait, répondit Laura. Il savait que tu n'aurais pas été d'accord, que tu accepterais d'entendre parler d'une maîtresse à condition que ce soit le grand amour, mais pas d'une ribambelle de nanas. Tu ne l'aurais plus soutenu.

— C'était fait, de toute façon, répliqua Christopher. Comme je te l'ai dit, l'année dernière, j'ai refusé de le couvrir.

— Oui, mais jusque-là il pouvait compter sur toi. Non, ne t'inquiète pas, ce n'est pas un reproche. Je comprends très bien, tu étais dans une situation délicate, il était ton meilleur ami.

— Je ne l'ai pas approuvé une seconde.

— Je sais. Et peut-être t'a-t-il trahi, toi aussi, peut-être t'a-t-il menti. Il t'affirmait qu'il passait la semaine d'octobre avec Nadine. Mais va savoir si c'était vrai… Il pouvait très bien être avec Camille Raymond, ou avec une troisième, ou une quatrième que nous ne connaissons pas.

— Pourquoi es-tu si sûre qu'il connaissait Camille Raymond ?

— Ils ont été tués tous les deux de la même manière. Ça ne peut pas être un hasard. Le commissaire en est convaincu lui aussi.

— Non. Il y a sûrement d'autres possibilités, des possibilités que nous ne pouvons pas connaître, mais qui existent bel et bien.

— Pourquoi ne nous a-t-il jamais parlé de cette femme, ni à toi ni à moi ? reprit Laura. Si elle n'avait été qu'une relation, une relation d'affaires, par exemple, il l'aurait évoquée à un moment donné. Mais il n'en a jamais rien dit. Et pour moi, il n'y a qu'une seule conclusion à en tirer.

— Et pourquoi les retrouve-t-on morts tous les deux ?

— Peut-être avait-elle quelqu'un d'autre. Je sais, elle était veuve. Mais peut-être avait-elle parmi ses connaissances quelqu'un qui s'était fait des illusions sur elle et qui a disjoncté quand il a découvert sa liaison avec Peter. Il a commencé par la tuer d'abord, et après il s'est occupé de Peter. Par jalousie, par vengeance, par dépit. Ce sont des mobiles très courants.

— Tout ça me paraît tiré par les cheveux, objecta Christopher.

— Tout ce qui m'est arrivé depuis quelques jours paraît tiré par les cheveux.

— Des tas de gens vivent la même chose, se retrouvent perdus dans une situation où il n'y a plus rien de solide, où on sort des rails, où on n'a plus rien pour se raccrocher.

— Je sais. Tu es passé par là, toi aussi.

— En ce moment, tu es en plein deuil. Tu es traumatisée, déboussolée. Mais il va falloir retrouver la vie, la regarder d'un œil neuf, sans amertume et sans douleur. C'est important. Et tu verras que les autres viendront vers toi. Tu prendras un nouveau départ, parce que tu auras trouvé une nouvelle voie.

— Tu parles d'expérience ? questionna-t-elle.

— Non, pas encore. Mais j'y crois fermement. La vie continue. C'est comme ça.

— Il est tard. Je n'ai pas vu passer le temps.

— Il est dix heures, annonça-t-il.

— Je suis morte de fatigue. J'ai été contente que tu viennes. Merci de t'être occupé de moi, de m'avoir préparé ce bon dîner.

— Je l'ai fait de bon cœur. Je... d'une certaine façon, je me sens un peu coupable de la conduite de Peter. J'aimerais t'aider. Appelle-moi si tu as besoin de moi. Pour parler, pour te promener, n'importe quoi. D'accord ?

— D'accord. Merci, Christopher.

— Bonne nuit, Laura.

Samedi 13 octobre

1

Nadine espérait que Catherine serait chez elle et la laisserait entrer. Elle s'était arrêtée devant l'immeuble miteux et avait déjà appuyé deux fois sur la sonnette. Elle n'était pas venue dans cette ruelle sombre depuis si longtemps qu'elle avait eu du mal à s'y retrouver. Elle avait garé sa voiture sur le port et s'était enfoncée dans la vieille ville, dans l'entrelacs de venelles qui se ressemblaient toutes.

Elle se colla à la porte de manière à ne pas être vue depuis les fenêtres du haut. Catherine n'ouvrirait certainement pas si elle voyait qui arrivait.

— Allez, murmura Nadine, ouvre !

Le temps était de nouveau beau, clair, chaud et ensoleillé, mais il ne filtrait pas un rayon dans cette rue. Sur les tuiles de la maison d'en face, une flaque de soleil s'étirait pourtant, large et unique.

Nadine allait renoncer lorsque l'ouverture de la porte bourdonna. Elle s'engagea dans l'escalier sombre. Dans l'obscurité, elle gravit les marches en trébuchant. Catherine, qui s'était postée au sommet, eut un mouvement de recul en l'apercevant.

— C'est toi ! souffla-t-elle.

— Je peux entrer ? demanda Nadine.

Catherine hésita, puis résolut de ne pas se montrer trop impolie, même vis-à-vis d'une ennemie. Elle hocha la tête de mauvais gré.

— Entre.

La lumière était allumée à l'intérieur. Nadine comprit tout de suite pourquoi la cousine d'Henri avait mis si longtemps à ouvrir : elle s'était dépêchée d'appliquer du fond de teint sur son visage défiguré. La hâte avec laquelle elle avait procédé à l'opération était visible à l'irrégularité de la couche.

Ce n'était pas la peine de faire des frais pour moi, pensa Nadine. Mais peut-être qu'elle s'attendait à accueillir un amant...

— C'est la deuxième fois que tu viens ici, constata Catherine. La première fois... c'était...

— Juste après notre mariage, compléta Nadine, quand Henri a cru qu'il fallait absolument qu'il fasse de nous des amies.

Il avait déployé des trésors de persuasion. Il fallait *absolument* aller voir Catherine, et il fallait *absolument* qu'elle vienne avec lui.

« Essaie de l'aimer un tout petit peu, Nadine. Cette pauvre fille n'a pas été gâtée par la nature. Allez, fais un effort ! »

Bêtement, elle s'était laissé convaincre. Ils avaient passé un après-midi horrible, pas seulement eux deux, mais Catherine aussi, qui serrait les dents et avait couru vers les toilettes quand Nadine avait eu le malheur de prendre la main d'Henri. Plus tard, elle avait demandé à Henri à qui il avait cru faire plaisir.

« Je pensais qu'on pourrait trouver un moyen de s'entendre et d'avoir des rapports normaux.

— Tu rêves ! »

— Oui, acquiesçait à présent Catherine, il aurait bien aimé qu'on devienne amies et qu'on passe de bons moments ensemble, à trois. Comme une petite famille.

— Qu'on soit tous joyeusement unis autour de son four à pizza, renchérit Nadine en prononçant les mots « four à pizza » comme elle eût dit « fosse à purin ».

— Il essaie de faire en sorte que les gens s'entendent, il a toujours été comme ça. Et malheureusement, cela fait de lui une cible très facile pour ceux qui sont plus agressifs ou plus vindicatifs que lui.

D'un geste mal assuré, elle se toucha le visage. Sans doute avait-elle conscience de l'aspect peu engageant de son barbouillage hâtif.

— Tu veux… on va s'asseoir au salon ?

Dans son salon, quelques beaux meubles anciens paraissaient déplacés dans la tristesse environnante. Sans doute en avait-elle hérité, peut-être de cette tante dont le décès avait été si déterminant pour Henri et, par ricochet, pour elle. Là aussi, la lumière était allumée pour compenser le manque d'éclairage.

Catherine lui fit signe de s'asseoir sur le canapé, mais Nadine préféra rester debout.

— Non, c'est bon, Catherine, je n'ai pas envie de m'asseoir. Ce n'est pas une visite officielle. Je voulais simplement te poser une question.

— Oui ? s'enquit Catherine sans s'asseoir non plus.

— Henri m'a dit que tu avais découvert que je me préparais à partir pour l'étranger avec Peter. Je suis venue pour que tu me dises comment tu as fait.

Catherine pâlit. Sa respiration s'accéléra un peu.

— Henri a dit… répéta-t-elle lentement, puis elle s'arrêta sans terminer sa phrase.

— Ce n'est pas la peine de perdre du temps à nier. Tu m'as dénoncée, c'est répugnant, mais dis-moi simplement comment tu t'y es prise.

Catherine roula les yeux en tous sens comme si elle cherchait un moyen de se sortir sans encombre de la situation, comme si elle espérait trouver une échappatoire quelque part dans la pièce. Au bout d'un moment, elle regarda son interlocutrice en face.

Comment as-tu pu faire tant de mal à Henri ? siffla-t-elle à voix basse. Comment as-tu pu le tromper et manigancer toutes ces choses derrière son dos ? Tu as fait de lui un trouillard, un type méfiant, un cocu. Jamais il ne pourra se remettre de tout le mal que tu lui as fait. Tu l'as détruit.

Nadine contemplait le bout de ses chaussures avec la plus grande attention.

— Je veux savoir comment tu t'y es prise, répéta-t-elle d'une voix neutre. C'est tout ce qui m'importe.

— Tu sais que j'aime Henri, reprit Catherine. Je l'ai toujours aimé et je l'aimerai toujours. Plus jamais il ne sera celui que j'ai connu, mais cela ne m'empêchera pas de continuer à l'aimer. Mais ça, tu ne pourras jamais le comprendre, parce que tu ne sais pas ce que c'est, l'amour. Toi, tu as besoin qu'on t'admire, qu'on s'occupe de toi, tu veux du fric, des fringues, tu as besoin de paraître. Les hommes, tu les choisis en fonction de ces critères. Le reste, tu t'en fous.

— Je n'ai pas envie de subir une analyse de mon caractère. Ce que tu penses de moi m'est parfaitement égal. Mais tu as découvert que Peter et moi, nous formions un couple et...

Catherine éclata bruyamment de rire. Ce rire était si strident, si amer, que Nadine, en dépit de son désir de rester impassible, de jouer l'indifférence hautaine, ne put réprimer un sursaut.

— Que vous formiez un couple ! persifla Catherine d'une voix à la fois désespérée et railleuse. Tu es vraiment championne pour te mettre en scène, on ne peut pas le nier. Dès qu'il s'agit de toi, il faut installer le décor, même si ce n'est qu'une vulgaire histoire de sexe. Tu étais la maîtresse de ce type. Sans doute qu'il s'ennuyait avec bobonne et qu'il avait besoin de se distraire un peu. D'accord, il serait peut-être parti avec toi parce qu'il se trouve que ça tombait bien. Mais il n'aurait pas changé pour autant. Il aurait fini un jour ou l'autre par s'ennuyer avec toi aussi, et il t'aurait cocufiée exactement comme il l'a fait avec sa femme. Il t'a utilisée, et c'est pour une histoire aussi minable, aussi banale, que tu as fait tout ce mal à Henri, que tu l'as détruit. Je me demande comment tu peux encore te regarder dans la glace !

Nadine respira à fond, atteinte par chaque parole de Catherine, justement parce que, au cours de toutes ces années, elle avait craint que ce ne soit que cela – une histoire aussi minable, aussi banale.

Ce n'était pas vrai. Peter voulait partir avec elle, et pas seulement parce que « ça tombait bien ». Ils étaient sur le point de prendre un nouveau départ. Si on ne l'avait pas assailli de coups de couteau et jeté là-haut dans les buissons...

Le pire était qu'elle ne connaissait qu'une seule personne qui avait un mobile et, quand elle y pensait, la tête lui tournait.

Après avoir décoché ses flèches empoisonnées, Catherine adopta une mine impassible :

— Je n'ai pas eu beaucoup de mal à découvrir tes secrets, ma pauvre fille. J'ai lu la lettre que tu avais écrite à ta mère. Pas vendredi dernier, celui d'avant. J'étais venue donner un coup de main à Henri, parce que, une fois de plus, tu l'avais laissé en plan. Tu as tout expliqué dedans.

Nadine accusa le choc mais n'en laissa rien paraître. Je le savais ! Il faudrait toujours écouter sa voix intérieure. Je le savais, je n'aurais pas dû écrire cette lettre.

À voix haute, elle objecta :

— Cette lettre n'était pas abandonnée dans la nature. Elle se trouvait au fond du tiroir de mon bureau. Si tu l'as lue, c'est que tu as fouillé dans mes affaires.

— Oui, confirma Catherine sans l'ombre d'un remords.

— Et ça t'arrivait souvent ? interrogea Nadine, sidérée.

— Oui, assez souvent. J'étais souvent là, moi. Comme Henri m'a permis d'utiliser vos toilettes, je pouvais monter là-haut sans problème. Et hop, un petit passage dans ta chambre, un petit tour dans les armoires et dans les tiroirs. Mais je reconnais que je ne découvrais pas grand-chose.

— Non, je rêve… murmura Nadine.

— Parce que tu es quelqu'un de prudent. J'ai trouvé des journaux intimes, mais ils étaient fermés à clé. Il y avait bien des lettres, des bouts de papier, des photos qui traînaient, mais rien qui prouvait que tu avais un amant. Et puis, un jour, j'ai trouvé des dessous. Rien de particulier, des trucs en dentelle noire, une petite culotte avec le soutien-gorge assorti. Ce qui était bizarre, c'est qu'ils avaient été utilisés et pas lavés, comme si ce slip plein de sperme était un trésor qui devait rester intact. Et quand est-ce qu'on garde ce genre de souvenir ? Quand on veut se rappeler un homme, une certaine nuit, pas le devoir conjugal. D'autant plus que toi, tu ne le remplissais plus.

— Tu es une malade. C'est maladif, ce que tu fais. Tu sais, j'ai toujours pensé que tu étais une pauvre fille, une laissée-pour-compte, et que tu méritais qu'on te plaigne. Quand je pense qu'il m'arrivait de culpabiliser de te juger si repoussante. Maintenant, je comprends : j'ai toujours senti que tu étais une psychopathe, une psychopathe dangereuse, imprévisible, mauvaise. On ne peut pas s'entendre avec toi. Tu es tellement insatisfaite de toi-même que tu fais des choses qui ne se font pas et qui feraient honte aux gens normaux.

— Il y avait longtemps que je savais que tu trompais ton mari, poursuivit Catherine comme si sa rivale n'avait rien dit. Et Henri le savait aussi. Il souffrait le martyre. Il m'a dit souvent qu'il avait des soupçons.

Dans les yeux froids de Catherine, une lueur pleine de douceur s'était allumée lorsqu'elle s'était mise à parler d'Henri : le regard dont elle le couvait chaque fois qu'il pénétrait dans la pièce ou qu'il lui adressait la parole.

Nadine avait toujours eu son opinion sur la relation particulière qui unissait son mari et sa cousine : Catherine lui court après, se disait-elle. Elle est moche comme un pou et elle a toujours su qu'elle n'arriverait jamais à mettre le grappin sur personne. Alors elle s'est fixée sur Henri depuis toujours en pensant que, si elle le travaillait suffisamment, il se laisserait fléchir.

Et là, pour la première fois, elle comprit que Catherine aimait Henri d'amour. Non, il n'était pas seulement sa roue de secours. Il était le grand, l'unique, le véritable amour de sa vie. Il l'était depuis toujours, et pour toujours. C'était un amour tragique, sans espoir, mais assez fort pour que Catherine ait pu éprouver une compassion sincère en voyant Henri souffrir de l'infidélité de sa rivale.

N'importe quelle autre aurait triomphé, songea Nadine, mais pas Catherine. Catherine souffrait de la souffrance d'Henri.

— Moi, je savais que c'était vrai, poursuivit cette dernière, j'ai su dès le début que tu n'aimais pas Henri. Il te convenait parce qu'il servait tes objectifs, voilà pourquoi tu lui as mis la main dessus. Mais quand tu t'es aperçue que ça ne marchait pas comme tu voulais, tu as cherché ailleurs, c'est évident.

— Comment as-tu compris que c'était Peter ? Je n'ai pas écrit son nom dans ma lettre.

— Non, mais tu as écrit que tu partais avec un Allemand. Ça ne pouvait être personne d'autre. Henri a été doublement blessé, parce qu'il prenait Peter pour un ami. Tout s'est écroulé d'un seul coup, tout ce en quoi il croyait.

— Donc, si je comprends bien, récapitula Nadine, tu as découvert cette lettre après avoir fouillé dans mes affaires. Tu l'as lue et tu as couru la montrer à Henri. Il y a quelque chose qui m'échappe. Qu'est-ce qui t'a poussée à me dénoncer ? Si tu avais laissé faire les choses, selon mon plan, le lendemain j'aurais disparu pour toujours. Et tu aurais eu la voie libre. Au bout de quelques années, Henri aurait pu faire annuler notre mariage. Et toi, tu aurais enfin pu te faire passer la bague au doigt.

Catherine sourit, d'un sourire amer cette fois.

— Tu sais parfaitement que non. Jamais il ne m'aurait épousée. Mais nous aurions peut-être pu établir une sorte de partenariat. La pizzeria Chez Nadine – en admettant qu'elle ait encore porté ce nom – aurait été notre enfant, nous l'aurions chouchoutée, nous nous serions engagés dedans à fond. Il n'y aurait pas eu de sexe entre nous, ne crois pas que je sois assez idiote pour me faire des illusions à ce sujet, mais nous aurions mené la vie qui nous convenait à tous les deux. Nous ne nous serions jamais déçus mutuellement, et nous ne nous serions plus jamais retrouvés seuls, ni l'un ni l'autre.

— Mais alors...

— Je savais que, si tu disparaissais purement et simplement, il ne cesserait jamais de te rechercher. Que jamais il ne tirerait le rideau. Qu'il gâcherait sa vie dans l'espoir de te rejoindre et qu'il ne trouverait jamais la paix. Mon unique chance, c'était de lui ouvrir les yeux sur toi, une bonne fois pour toutes, sans pitié, et quand je dis sans pitié, ce n'est pas pour donner dans le mélo, mais parce que c'est très sérieux. Quand je lui ai montré la lettre, ça a été terrible pour moi. Il savait que tu ne l'aimais plus, mais ça ne l'a pas empêché d'être anéanti. Il était effondré, glacé d'horreur. Ah ça, tu peux dire qu'il t'aimait. Il t'aimait à la folie ! Un jour, tu comprendras ce que tu as rejeté, ce que tu as détruit, et tu le regretteras, et tu souffriras. Peut-être même que tu commences déjà à t'en rendre compte ?

Elle dévisagea sa rivale d'un œil critique et parut satisfaite de ce qu'elle voyait.

— Tu vas sûrement estimer que je n'ai pas le droit de critiquer le physique des autres femmes, reprit-elle, mais pour te couper l'herbe sous le pied, je te dis tout de suite que tu es très belle. J'ai bien été obligée de le reconnaître dès le début. Mais tu as une sale mine, ma pauvre Nadine. Tu as changé. On voit que tu as passé des heures à déprimer. On voit que tu as tremblé pendant des années à l'idée que Peter puisse choisir sa femme et pas toi. Aujourd'hui, tu es drôlement marquée par les soucis, tes traits sont crispés. Avant, tu étais sûre de toi, tu avais un sourire conquérant, tu paraissais prête à séduire le monde entier. Mais c'est fini, il n'y a plus rien qui reste. Et le pire, c'est que tu as sacrifié Henri pour rien ! Parce que maintenant, tu te retrouves les mains vides. Ton amant est raide mort et il ne te reste plus qu'Henri. Mais lui, c'est terminé, il ne t'aimera plus. Tu n'as pas encore trente-cinq ans, et aujourd'hui tu as l'air d'en avoir plus de quarante. Tu n'as plus rien. Rien du tout.

Les paroles de Catherine étaient autant de flèches qui la transperçaient. Il était temps de battre en retraite si elle ne voulait pas fondre en larmes. Elle avait trop présumé de ses forces en provoquant cette discussion. Qu'est-ce qui lui avait pris d'entreprendre cette démarche ?

— Tu sais, Catherine, dit-elle en se dirigeant vers la porte, tu ferais mieux de garder ta pitié pour toi. Oui, c'est vrai, j'ai beaucoup perdu, mais pour toi aussi, tout est fichu. Parce que, comme mon amant est « raide mort », je ne suis pas à Buenos Aires, je suis ici, et c'est peut-être tragique pour moi, mais pour toi aussi. Terminé, le petit nid en commun : vous ne serez pas associés, vous ne vieillirez pas ensemble. Tu vas devoir croupir pour l'éternité dans ce trou en pleurant après Henri et tu mourras aussi seule que tu as vécu. Si seulement tu n'avais rien dit, ma pauvre Catherine ! Ç'aurait été drôlement plus malin.

— Ça n'aurait rien changé au fait que tes projets ont été flanqués en l'air par un assassin, riposta Catherine en plissant les yeux. Je ne comprends pas, qu'est-ce que tu veux dire ?

— Ce que je veux dire, c'est que je connais quelqu'un qui aurait eu de bonnes raisons de se débarrasser de Peter après avoir appris que c'était pour lui que je le quittais.

Catherine eut un sursaut. L'incrédulité se peignit sur ses traits. Puis elle éclata d'un rire strident, hystérique, qui ressemblait à un sanglot.

— Tu crois sérieusement qu'Henri aurait pu tuer Peter ? s'écria-t-elle. Et tu es sa femme ? Après toutes ces années, tu ne sais toujours pas qui est l'homme avec qui tu vis ? Pauvre idiote ! Croire qu'Henri…

Elle se tordit en deux, comme prise de crampes ; le doute n'était plus permis, elle pleurait.

— Henri, un assassin ! Henri, un assassin ! répétait-elle.

Nadine entendait encore ses hurlements depuis la rue, alors qu'elle courait à toutes jambes vers sa voiture, fuyant ce lieu qu'elle ne voulait plus revoir de sa vie.

2

Le samedi matin, Laura se décida enfin à appeler sa mère, et cela uniquement parce qu'elle voulait prendre des nouvelles de Sophie. Comme prévu, Élisabeth était furieuse d'être restée si longtemps tenue à l'écart.

— Je n'ai pas arrêté de t'appeler. Tu n'as pas décroché. Pourquoi ?

— J'ai été trop déprimée pendant deux jours. Peut-être que j'étais en état de choc. Je suis restée couchée. Je ne pouvais parler à personne. Comment va Sophie ?

— Bien. Tu veux lui parler ?

— Oh oui !

Élisabeth alla chercher l'enfant et Laura se sentit un peu mieux en entendant le joyeux babil et le rire flûté de sa fille. Elles eurent une conversation dans le langage qu'elles étaient les seules à comprendre et Laura lui promit de revenir bientôt auprès d'elle.

Ensuite, Élisabeth reprit l'appareil pour poser la question :

— Tu l'as identifié ? Le mort... c'était Peter ?

— Oui.

— Tu aurais dû me le dire tout de suite. J'ai failli devenir folle d'inquiétude.

— Je sais. Désolée.

— On se demande dans quel monde on vit ! s'exclama Élisabeth avec emportement.

Laura la connaissait assez pour savoir qu'elle en voulait beaucoup au destin de l'avoir mise dans une situation aussi pénible. Sa fille avait été trompée, et, comme si ce n'était pas suffisant, son gendre indigne s'était débrouillé pour entraîner tout le monde dans une gigantesque faillite et prendre la poudre d'escampette. Et, pour couronner le tout, voilà qu'il avait été assassiné. Élisabeth, en égocentrique forcenée, se demandait pourquoi tout cela lui arrivait à elle.

— Tout ce qui se passe, ce n'est pas normal ! poursuivait-elle. On sait qui est l'assassin ?

— Non. Les choses ne vont pas aussi vite.

— Je suis sûre qu'il y a un rapport avec cette traînée qu'il se payait depuis quelque temps. Tu sais qui c'est, maintenant ?

Laura n'avait pas envie d'aborder ce sujet avec sa mère. En fait, elle n'avait envie d'aborder aucun sujet avec elle.

— Non. Je...

— J'espère que tu as dit à la police qu'il avait une aventure ? Ce n'est pas agréable de raconter qu'on a subi une humiliation pareille, mais il faut qu'ils le sachent, eux. Tu m'entends ?

— Bien sûr, maman.

Surtout, pas de discussion maintenant. Ce simple coup de fil l'avait déjà mise à plat.

— Je fais ce qu'il faut, crois-moi, reprit-elle. C'est simplement que… je ne vais pas très bien…

— Je n'ai jamais vraiment aimé Peter. Mais on ne pouvait rien te dire.

C'est inutile, se dit Laura. Pas la peine d'attendre du réconfort ou de la compassion de sa part. Peut-être qu'elle a de la peine pour moi, mais elle n'arrive pas à l'exprimer.

— Maman, dit-elle hâtivement, tu peux garder Sophie pendant quelques jours encore ? Je n'ai pas le droit de partir d'ici pour le moment. Il se pourrait que la police ait encore besoin de moi.

— Pas de problème, répondit Élisabeth, magnanime, mais tu me tiendras au courant ? Je n'ai pas envie de passer mon temps à essayer de te joindre.

— Bien sûr, je te tiendrai au courant. Tu embrasses Sophie pour moi ?

Après avoir raccroché, Laura resta un long moment immobile, à réfléchir. Sophie était encore trop petite pour comprendre ce qui s'était passé. Elle réclamerait souvent son papa sans qu'on puisse lui donner d'explication. Et puis, un jour, elle apprendrait tout et comprendrait que son père avait été assassiné.

Quel handicap pour elle ! songea Laura. D'une manière peut-être diffuse, elle se sentira toujours un peu à part. Il se sera passé quelque chose dans sa vie qui la séparera des autres. Quelque chose qui ne fait pas partie de la vie normale.

Elle résolut de tout faire pour éviter que Sophie n'apprenne un jour que son père avait projeté de fuir en laissant sa femme et sa fille se noyer dans les dettes qu'il avait accumulées. Il lui serait difficile d'avoir conscience de sa propre valeur si elle devait se représenter son père comme un être lâche et sans scrupules.

Au moment où elle eut cette pensée, elle s'effraya de la manière dont elle venait de traiter son mari disparu – du moins en esprit. *Un type lâche et sans scrupules.* Avait-elle le droit de penser cela d'un mort ? D'un homme avec lequel elle avait vécu huit ans, qui avait été son époux pendant sept ans ? Avec qui elle avait eu un enfant et envisageait de vieillir ?

— Oui, je crois que j'ai le droit, murmura-t-elle, j'ai le droit, parce que, sinon, je ne pourrais pas supporter la situation.

Il lui fallait absolument trouver un dérivatif. Elle allait s'occuper.

Avec détermination, elle remit à leur place devant la cheminée les deux fauteuils dans lesquels Christopher et elle s'étaient assis la veille, tapota les coussins, ramassa son verre vide, encore posé par terre. Avoir Christopher auprès d'elle lui avait fait du bien. Sans insistance, et avec beaucoup de tact, il lui avait parlé de Peter, de ses points forts et de ses faiblesses, le décrivant comme un bon ami auquel lui, Christopher, n'avait pu venir en aide quand sa vie avait basculé.

« Si cette affaire d'argent n'était pas venue se greffer là-dessus, avait-il déploré, tout serait rentré dans l'ordre. Nadine Joly n'aurait pas pu se l'attacher de façon durable. Il serait revenu vers toi, et je pense aussi que ça ne se serait pas répété. Ce genre de crise, les hommes ne l'ont qu'une fois. Quand elle est passée, elle ne revient plus. »

À un autre moment, il avait dit :

« Je n'arrêtais pas de lui répéter : "Tu as une femme tellement bien, tellement mignonne ! Et une petite fille adorable. Tu es fou de mettre ta famille en danger. Tu ne vois donc pas que tu possèdes un trésor ? Il faudrait peut-être que tu te retrouves dans ma situation pour être capable d'apprécier la chance que tu as." Je crois qu'il savait que j'avais raison. Et je voyais bien qu'il se détachait peu à peu de Nadine. À la fin, je ne comprenais plus pourquoi il restait avec elle. Maintenant, c'est clair : sa situation financière l'empêchait de revenir vers toi. »

Elle avait écouté ces paroles mais n'y avait pas trouvé de véritable réconfort. Car il y avait encore Camille Raymond et peut-être toute une série d'autres, et l'étendue de la trahison de Peter pouvait être encore bien plus vaste que ne le soupçonnait Christopher.

Sans cesser de s'activer, elle réfléchit pour savoir s'il était utile de prendre des renseignements au sujet de cette Camille. Devait-elle en avoir le cœur net ? La réponse pouvait avoir des conséquences sur l'image qu'elle aurait dorénavant de son mari, mais cela ne changerait rien à son chagrin, à sa blessure, à sa vie future.

Concernant sa vie future, elle allait agir sans tarder. Elle était bloquée sur la Côte pendant un certain temps, sans avoir une idée du moment où on lui permettrait de rentrer chez elle. Dès le lundi, elle irait trouver un agent immobilier capable de calculer le montant approximatif de ce qu'elle pourrait tirer de la résidence secondaire. À Francfort, il lui restait à découvrir à combien se montait l'hypothèque sur la maison. Au final, il ne lui resterait plus rien.

Laura avait encore le week-end à affronter. Dans sa tête, un nom ne cessait de revenir, un nom que le commissaire avait mentionné devant elle en passant. *Monique Lafond.* La femme qui avait trouvé les corps de Camille Raymond et de sa petite fille. *Monique Lafond, domiciliée à La Madrague.* Cette dame faisait le ménage chez Camille Raymond. Si cette Camille couchait avec Peter, Monique était peut-être au courant.

Sans attendre, elle appela les renseignements et obtint l'adresse de la femme de ménage. Stupéfaite de la facilité avec laquelle les choses s'étaient déroulées, elle regarda fixement la feuille de papier où était noté le numéro.

Puis, dans la foulée, elle prit sa voiture après avoir soigneusement fermé sa maison. Elle qui la veille avait traîné au lit jusqu'à midi et s'était promenée en peignoir jusqu'au soir fut étonnée de l'énergie dont elle faisait preuve tout à coup. Sans doute était-elle encore en train de prendre la fuite devant les événements, mais sa stratégie avait changé : au lieu de se blottir sous les couvertures en les tirant par-dessus sa tête, elle ne voulait plus rester inactive.

Monique Lafond ne se trouvait pas chez elle. Laura avait très vite localisé l'immeuble au toit plat et aux multiples petits balcons qui devaient offrir une vue particulièrement belle sur la mer. En bas, la porte n'était pas fermée durant la journée et on pouvait accéder à l'intérieur sans difficulté. Laura sonna plusieurs fois à la porte de l'appartement, mais rien ne bougea. Peut-être était-ce une mauvaise idée d'être venue un samedi matin : à cette heure, la plupart des gens étaient en train de faire leurs courses. La jeune femme sortit un crayon et un morceau de papier de son sac, écrivit son nom et son numéro de téléphone, et pria Monique de l'appeler pour une affaire urgente. Elle coinça la feuille dans la porte et repartit.

3

Du coin de l'œil, Pauline observait Stéphane, attablé en face d'elle. Il ne lui accordait pas la moindre attention, trop concentré sur le poulet dans son assiette. Il goûta le riz qu'elle avait servi en accompagnement et lui signala, toujours sans la regarder :

— On ne peut pas dire qu'il soit croquant. Tu sais pourtant que je n'aime pas le riz collant.

— Désolée, murmura Pauline.

Son poulet non plus n'était pas particulièrement réussi. Normalement, elle préparait la cuisine de manière aussi routinière et avec la même absence d'émotion que le reste ; hormis le riz, qu'il lui arrivait de rater, chose que Stéphane ne manquait jamais de relever, on pouvait se fier à la régularité avec laquelle elle réussissait ses plats. Or, depuis quelque temps, elle n'était plus elle-même.

Jamais elle n'aurait cru se retrouver un jour dans un tel état d'inquiétude et d'angoisse, elle qui savait à peine ce que signifiait le mot nervosité. À présent, elle le savait : cela signifiait ne plus être capable de se concentrer sur la moindre activité, rester aux aguets heure après heure, tendue à l'extrême, avoir les mains tremblantes, sursauter au plus petit bruit.

C'était la première fois qu'elle examinait Stéphane à la dérobée. L'idée ne lui en était jamais venue avant. Aujourd'hui, elle cherchait dans ses traits, dans son attitude, des indices lui prouvant qu'il remarquait ce qui se passait en elle. Elle attendait une réaction. Une réaction au poulet raté, à son manque flagrant d'appétit, à sa pâleur effrayante, ainsi qu'elle l'avait constaté une heure auparavant dans la glace. Pour la première fois depuis qu'ils étaient ensemble, elle mourait d'envie qu'il lui pose des questions anxieuses, qu'il l'examine avec attention, voire qu'il la prenne tendrement dans ses bras. Avant, elle n'y accordait pas d'importance, et aussi loin que remontaient ses souvenirs, Stéphane n'avait jamais agi de cette façon. Il faisait partie des hommes qui détestaient tenir leur compagne par la main en se promenant. À plus forte raison, jamais il ne lui avait caressé les cheveux ou demandé comment elle allait.

Elle comprit qu'il était inutile d'attendre de lui ce genre de manifestations. Pour le moment, il n'était intéressé que par son repas. Il se penchait sur son assiette, plus bas que ne l'autorisaient les bonnes manières, et il écartait largement les bras sur la table. Comme on était samedi, il ne travaillait pas et, pour la première fois, elle fut frappée de constater à quel point il se relâchait quand il avait posé son costume et passait de l'état d'employé de banque à celui de particulier. Ce qu'elle pouvait ressentir à la vue de sa personne était le cadet de ses soucis. Il ne s'était pas rasé et ses joues étaient hérissées de poils gris. Il portait un tee-shirt blanc trop étroit.

Son ventre est beaucoup plus gros qu'à l'époque où nous nous sommes rencontrés, pensa-t-elle, étonnée de ne l'avoir pas remarqué avant.

— Je suis incapable de manger, dit-elle.

Stéphane la regarda sans cesser de mâcher.

— C'est pas bon, hein ?

— Je ne sais pas… je ne crois pas que ce soit ça…

— Le riz est collant, maugréa-t-il, et le poulet, je ne sais pas ce que tu lui as fait, il n'est pas comme d'habitude. Tu as laissé tomber toutes les herbes dedans, je me trompe ?

— Peut-être, mais ce n'est pas à cause de ça.

Est-ce qu'il va être capable de comprendre ?

Mais il retourna à son assiette.

— On bouffait mieux, avant, quand on s'est connus. Tu t'appliquais plus.

— Je ne vais pas bien en ce moment, Stéphane.

Quelque chose dans son ton lui fit dresser l'oreille. Il leva les yeux et, cette fois, la dévisagea avec insistance, en rétrécissant les yeux.

— Tu n'es pas enceinte, j'espère ? Tu sais très bien qu'on était d'accord pour ne pas…

— Non. Non, oh non, ce n'est pas ça. Non, c'est autre chose… tu vas trouver ça ridicule. Peut-être que c'est ridicule, d'ailleurs.

Il avala bruyamment une grande gorgée de vin et passa sa serviette en papier sur son menton luisant de graisse.

— Bon, ben alors, qu'est-ce que c'est ? En tout cas, c'est un truc qui a l'air de te chambouler pour que tu rates un plat aussi facile que le poulet au riz. Et en plus, tu n'as pas l'air très fraîche.

Il l'examina du même œil critique qu'il avait examiné son riz sur sa fourchette quelques instants auparavant.

— Peut-être que c'est parce que, avant, tu te maquillais, et que maintenant tu as arrêté ?

— Je ne me suis jamais maquillée.

— Mais ta peau n'était pas grise comme ça.

— Je dors mal. Je... Il m'arrive des choses bizarres...

Au moins, il paraissait un peu inquiet, maintenant.

— Des choses bizarres ? Les choses bizarres, c'est des foutaises, tu le sais. Peut-être que c'est bientôt ta ménopause. Il paraît que les femmes deviennent bizarres à ce moment-là.

— Stéphane, j'ai vingt-huit ans !

— Il y a des femmes chez qui ça commence tôt.

Sur ces paroles définitives, il se remit à manger. Pour une raison inexplicable, elle eut soudain envie d'éclater en sanglots. Elle avala plusieurs fois sa salive pour réprimer ses larmes.

— Stéphane, je crois qu'on me suit, se décida-t-elle à avouer d'une voix tremblante, on me suit depuis un certain temps. Il y a quelqu'un qui n'arrête pas de tourner autour de moi...

Elle voyait bien à quel point elle l'énervait. Évidemment, elle l'empêchait de manger tranquillement. Pendant les repas, ils n'échangeaient en général qu'un nombre restreint de mots, se contentant de se passer le sel et le poivre avec un « s'il te plaît » et un « merci ».

— Il y a quelqu'un qui n'arrête pas de tourner autour de toi ? répéta-t-il d'un ton qui révélait clairement à quel point il trouvait ses paroles absurdes.

— Enfin, il n'est pas toujours autour de moi...

— Quoi, alors ? C'est toujours ou pas ? Tu pourrais peut-être parler clairement ?

Elle lui raconta alors les événements étranges qui s'étaient produits les derniers temps. La voiture qui l'avait suivie. L'être invisible dans le couloir de l'hostellerie Bérard. L'ombre devant sa fenêtre.

— Et hier...

— Quoi, hier ?

— Hier midi, je suis allée à la poste pour acheter des timbres. Et une voiture m'a suivie à distance.

— Celle qui t'avait déjà suivie ?

— Non, une autre. La dernière fois, je crois que c'était une Toyota. Cette fois, c'était une Clio.

— Ah bon. Cette fois, c'était une Clio. Et qu'est-ce qu'elle t'a fait, cette vilaine Clio ?

Pauline sentait que c'était inutile. Il ne la croirait pas, et, pire, il finirait par devenir agressif.

— Elle m'a suivie, c'est tout. Elle roulait au pas.

— En voilà, une histoire palpitante ! ironisa-t-il.

Les yeux de Pauline se remplirent de larmes.

— Stéphane, ce n'est pas normal ! Et après, hier soir, quand je suis allée à la boîte aux lettres...

— Pour quoi faire, à la boîte aux lettres ? Je croyais que tu étais déjà allée à la poste à midi !

— Pour acheter des timbres, je te l'ai dit ! Après, j'ai écrit la lettre et je l'ai envoyée le soir !

— Tu n'as pas eu l'idée de commencer par écrire la lettre et de l'envoyer de la poste ?

— Stéphane, il ne s'agit pas de ça ! Ce que je veux dire, c'est que, le soir, j'ai encore été suivie !

— Ah bon ! Et c'était encore la Clio ?

— Non, cette fois, c'était à pied. Le type a essayé de ne pas faire de bruit, mais j'ai très bien entendu les pas.

— Peut-être simplement qu'il y avait quelqu'un d'autre qui allait à la boîte aux lettres ! Parce que ça arrive, tu sais. Ou alors, c'est quelqu'un qui faisait sa petite promenade du soir. Je ne crois pas que tous les gens qui marchent dans la rue derrière toi aient l'intention de te zigouiller !

— Mais il faisait exprès de marcher sans bruit !

Stéphane poussa un profond soupir. Ostensiblement, il repoussa les restes de son repas sur le bord de son assiette. « Tu m'as coupé l'appétit », voilà ce que signifiait ce geste.

— Bon. Et qui c'est, ce mystérieux inconnu, d'après toi ?

Pauline osa à peine exprimer son idée. Ce fut en chuchotant qu'elle l'émit :

— Ils ont beaucoup parlé, dans le journal, de l'assassin, tu te rappelles ? Celui qui a tué la Parisienne et peut-être aussi l'Allemand qu'ils ont retrouvé là-haut, dans les montagnes. Et alors, j'ai pensé... j'ai pensé que j'étais peut-être la prochaine...

Aucun mari, peut-être, ne prendrait au sérieux une histoire pareille ou, plutôt, ce genre de coïncidences curieuses. Mais lui, il pourrait rire, au moins, me taquiner en me prenant dans ses bras. Me dire qu'il est là. Je réussirais peut-être même à rire avec lui et je me sentirais un peu libérée...

Stéphane se contenta de la regarder comme si elle le dégoûtait.

— Pauline, arrête tes bêtises. Tu comprends ? Je ne supporte pas les paranos. Je n'ai pas envie de m'emmerder avec ce genre de truc. La prochaine fois que tu te fais suivre par des bagnoles ou que tu vois apparaître des tueurs devant ta fenêtre, tu te débrouilles toute seule. Moi, tu ne me mêles pas à ça. Et encore moins à table.

Sur ce, il repoussa son siège et se leva. Le geste rageur avec lequel il roula sa serviette en boule et la jeta sur la table trahissait sa colère.

— Je vais aller boire un café ailleurs, annonça-t-il en quittant la pièce.

Pauline fondit en larmes.

— J'aimerais savoir où tu étais samedi soir, dit Nadine d'une voix coupante qu'il n'avait plus entendue depuis les tragiques événements. J'aimerais que tu me le dises minute par minute.

Henri émínçait des oignons. Il faisait chaud dans la cuisine, lors du coup de feu de midi. Les deux tiers des tables étaient occupées, bien que la saison fût terminée. Il l'avait pressenti dès le matin en pensant appeler Catherine à la rescousse, puis il avait renoncé à cause de la tension extrême de la situation avec Nadine. Comme il s'y était attendu, il en subissait les conséquences. Nadine ne songeait pas à l'aider : au contraire, elle essayait en plus de l'entraîner dans une discussion.

— Pas maintenant, répliqua-t-il.

Il s'interrompit un instant dans son travail pour essuyer la sueur qui dégoulinait de son front.

— J'ai une quarantaine de repas à me coltiner, reprit-il. Je n'ai pas le temps de parler. Si tu veux faire quelque chose pour moi, prends le service.

— Je ne veux rien faire pour toi.

Et voilà, se dit-il, amer, on reprend les bonnes habitudes, on redevient un glaçon.

— Je me fiche de tes clients et de ce que tu mets dans leur assiette, insista-t-elle. L'homme que j'aimais a été assassiné, sans doute samedi soir. Et je veux savoir où tu étais.

« L'homme que j'aimais »... Le coup lui fit si mal qu'il réprima à grand-peine un gémissement. Jamais elle n'avait été aussi cruelle envers lui. Comme si elle avait donné le signal des nouvelles règles du jeu.

Inutile de se demander lequel des deux l'emporterait. De toute façon, inutile de se demander qui, depuis toujours, l'emportait.

Henri n'avait pas le temps de se laisser entraîner dans une discussion. Pourtant, il répondit :

— Comment peux-tu poser une question aussi idiote ? Le restaurant était bourré de monde ! Alors, tu imagines, aller là-haut pour tuer ton amant !

— Je ne suis pas obligée de te croire.

— Je ne peux rien te dire d'autre.

— Pourquoi n'as-tu pas demandé à Catherine de venir samedi soir ? Comment se fait-il qu'elle n'ait pas rappliqué pour venir à ton secours ?

— Je n'avais pas envie de la voir.

— Pourquoi ? Elle était bien là, vendredi. Et elle est revenue dimanche. Et pas samedi ?

Il épongea une fois de plus son front ruisselant.

— C'est vendredi qu'elle m'a dit que... toi et Peter... merde, tu sais bien ce qui s'est passé vendredi !

— C'est pour ça que tu as préféré ne pas avoir de témoin samedi ?

— Non. Mais je n'avais pas envie de la voir. Je n'avais pas envie qu'elle passe la soirée à me demander ce que je comptais faire. Je n'aurais pas supporté ça.

— Mais le lendemain midi, il n'y a pas eu de problème.

— Tu étais revenue. Tu ne m'avais pas quitté.

— Parce que Peter était mort.

— Moi, je n'ai rien à voir là-dedans.

Des voix montaient de la salle. Les gens commençaient à s'impatienter. Henri transpira de plus belle.

— On va parler, promit-il, on va parler ce soir, de tout, de nous, de ce que tu voudras. Mais maintenant, j'ai du boulot. Tu peux comprendre ça, non ?

Il lui jeta un regard suppliant.

— Tu m'aides ?

Dans ses yeux, il ne déchiffra que de la haine.

— Non ! jeta-t-elle.

Et elle tourna les talons.

5

Anne dit à Laura que ses coups de fil ressemblaient de plus en plus à une énigme qu'elle lui distillait à petites doses pour faire durer le plaisir.

— Chaque fois que tu m'appelles, je m'attends à un nouveau coup de théâtre. Nous ne sommes pas au bout de nos surprises, avec ce bon Peter. Dire que je le prenais pour un petit-bourgeois fadasse ! Non seulement il se fait faire la peau au beau milieu de la cambrousse, mais voilà qu'après sa mort il nous présente toute une collection de maîtresses. Sans parler de la valise remplie de billets. J'avoue que je n'en reviens pas.

Le samedi après-midi, Laura avait fini par joindre son amie après avoir essayé en vain pendant deux heures.

« Je suis allée déjeuner avec un type que j'ai rencontré hier soir, lui avait expliqué Anne, mais je devais être ivre, ou alors c'était lui. Je ne sais pas, je l'avais trouvé très marrant, plein d'humour... Mais je m'étais trompée, je n'ai jamais vu quelqu'un d'aussi ennuyeux. J'ai failli m'endormir dès l'apéritif. Et quand j'ai entendu le téléphone, j'ai eu peur que ce soit lui qui me relance.

— Non, ce n'est que moi », avait répondu Laura.

Quelque chose dans sa voix avait dû alerter Anne, car elle avait cessé aussitôt de parler de sa nouvelle conquête pour demander d'un ton anxieux :

« Qu'est-ce qui s'est passé ? »

Stupéfaite, elle avait écouté le récit de Laura : l'assassinat de Peter, la grosse somme retrouvée sur le lieu du crime, la découverte de l'identité de sa maîtresse, Nadine Joly, la similitude des meurtres de Camille Raymond et de Peter, la conviction du commissaire – et celle de Laura elle-même – que la jeune veuve avait été en relation avec Peter d'une façon ou d'une autre.

« Et inutile de se demander quel genre de relation ils entretenaient », avait ajouté Laura.

Anne pensait la même chose.

Elle réfléchit quelques instants. Puis :

— Tu sais ce qui me frappe ? C'est que toi et cette Camille Raymond, vous avez plein de choses en commun.

— Tu ne la connaissais pas !

— Non, bien sûr. Je ne parle pas de similitudes de caractère, mais il y a trois données concordantes, et ces trois données ne sont pas sans importance : vous êtes toutes les deux jeunes, âgées d'environ trente-cinq ans. Vous avez toutes les deux une petite fille. Et vous êtes toutes les deux veuves.

Elle a raison, se dit Laura, saisie. Je n'y avais jamais pensé avant.

— Mais... qu'est-ce que tu en conclus ?

— Pour l'instant, rien. Je n'arrive pas encore à me faire une image claire de tout cela. Et peut-être qu'il n'y a pas d'image à se faire, d'ailleurs. Et pourtant, ça vient de me sauter aux yeux. Curieux, tu ne trouves pas ?

Laura se demanda pourquoi elle sentait un picotement bizarre dans le ventre, une sorte de vibration signalant que son corps se mettait en état d'alerte dans la perspective d'un danger imminent.

— D'accord, mais il y a une différence entre nous, objecta-t-elle. Camille Raymond et moi, nous *avions* des choses en commun. Parce que maintenant, elle est morte, et pas moi. Et je crois que c'est toute la différence !

Anne ne répondit pas, puis elle dit d'un ton qui paraissait manquer de sincérité :

— Oui, bien sûr, tu as raison.

Laura eut l'impression qu'Anne s'inquiétait pour elle.

C'était comme si elle jouait une pièce de théâtre intitulée *Mon retour à la vie*, comme si elle y mettait toute son application afin de ne pas avoir à reconnaître la triste réalité de son quotidien.

Finalement, le fait de passer le samedi soir chez elle, avec pour seule compagnie les bavardages de la télé, n'avait rien d'exaltant. Sur l'écran, on voyait se dérouler un jeu débile dans lequel les candidats étaient priés de faire des choses idiotes et de se rendre ridicules pour permettre à l'un d'eux d'empocher cinq mille euros. Monique jetait de temps à autre un coup d'œil au spectacle et se forçait à le trouver drôle, mais, en son for intérieur, elle savait que c'était uniquement parce qu'elle était seule qu'elle regardait une stupidité pareille. Bon, elle ne passait pas la soirée affalée sur son canapé, c'était déjà ça.

Après s'être affairée dans toute la maison, elle prépara une jolie table pour une personne, car, dans la rubrique « Cœurs en peine » d'un magazine féminin, on conseillait aux femmes qui vivaient en solo de prendre soin d'elles en se préparant des bonnes choses.

À la cuisine, un poisson passé à la chapelure et à l'œuf était en train de frire dans la poêle, et un grand saladier rempli d'une salade délicieusement assaisonnée l'attendait déjà.

Les surgelés, c'est terminé ! avait-elle résolu le matin même. À partir de maintenant, tu fais attention à ce que tu manges.

En chantonnant, elle avait débouché une bouteille de vin. À la télé, un candidat était en train de plonger dans une petite piscine pour aller à la pêche aux préservatifs. Le public hurlait de joie.

De temps en temps, Monique jetait un coup d'œil au téléphone, comme si elle s'attendait à l'entendre sonner. Il y aurait bien une réaction, c'était obligé. Elle avait passé toute la matinée à faire des courses et s'était ensuite offert un repas au restaurant, avant d'entasser ses achats dans sa voiture pour s'accorder une longue promenade sur la plage. Elle était rentrée vers quatre heures et demie. Son premier geste avait été d'écouter son répondeur. Elle n'avait reçu qu'un appel d'une voisine lui demandant si elle pourrait garder son bébé le soir même, pour lui permettre de sortir avec son mari.

Il ne s'était pas manifesté. Cela l'étonna. Comme elle lui avait parlé sur son portable, il avait pu l'entendre même s'il était parti en voyage. Le portable, on l'emportait partout avec soi, en principe.

S'il n'appelle pas demain, résolut-elle, j'essaie encore.

Dans le cadre de sa stratégie de reprise en main, elle s'était acheté une robe. Soudain, elle eut l'idée de la mettre pour dîner. Pourquoi pas ? Elle avait passé assez de soirées en peignoir.

C'était une robe très sexy, noire et soyeuse, avec un profond décolleté et de fines bretelles : la robe qu'on mettait pour accueillir son amant. Sa poitrine était bien mise en valeur, et Monique savait par les témoignages unanimes des quelques garçons qu'elle avait eus dans sa vie que ses seins étaient magnifiques.

Au moment où elle se rendait à la cuisine pour s'occuper du repas, on sonna en bas. Interloquée, elle consulta sa montre : huit heures et quart. Ce n'était pas à un moment pareil qu'on arrivait chez les gens, et encore moins chez elle, qui ne voyait personne. Peut-être était-ce la voisine, qu'elle n'avait pas rappelée. Heureusement, habillée comme elle était, elle pourrait prétendre qu'elle avait un rendez-vous.

Monique sortit dans le couloir. Quelques pas seulement la séparaient de la porte d'entrée, et un bruit indéfinissable – un raclement de gorge ou le frottement d'un pied sur le sol – lui indiqua que le visiteur se trouvait déjà dans l'immeuble. Pas étonnant. La porte d'en bas était censée rester fermée, mais personne ne se donnait la peine de la pousser, sauf quelques vieilles dames qui s'acharnaient en pure perte. Elles étaient bien les seules dans l'immeuble à vivre dans la peur d'être agressées.

Au même moment, la sonnette retentit à nouveau. On s'impatientait !

— Oh là là ! Ça va, j'arrive ! s'écria-t-elle.

Lorsque Monique ouvrit, elle ne vit personne. Elle tourna la tête en tous sens, mais le couloir demeurait vide. Elle fronça les sourcils : pourtant, son visiteur était monté, elle était prête à le parier.

Monique entendit des pas dans l'escalier, et, aussitôt après, elle vit surgir Jeanne Versini. Cette fois, elle portait un ensemble ultrachic dans un camaïeu de pastels, des chaussures bleu ciel et un sac à main assorti, orné de la classique chaîne dorée. Monique, avec sa petite robe noire trop décolletée, se sentit soudain vulgaire.

— Oh, fit Jeanne, excusez-moi, vous n'êtes pas seule ?

Monique fut tentée un instant de répondre par l'affirmative pour donner l'impression, au moins une fois dans sa vie, de faire partie de ces femmes à l'emploi du temps surchargé qui mettaient des tenues affriolantes le week-end pour recevoir des hommes séduisants. Pourtant, la curiosité fut la plus forte. Elle brûlait de savoir si Jeanne avait découvert quelque chose de nouveau.

— Si, répondit-elle. J'ai acheté cette robe aujourd'hui et j'avais envie de la réessayer.

Elle s'effaça dans un geste d'invitation et proposa :

— Entrez, entrez. Vous voulez boire quelque chose ?

— Je ne voudrais pas vous déranger, répondit Jeanne, qui la suivit néanmoins.

Devant la table dressée comme pour une fête, elle eut un nouveau mouvement de surprise.

— Je suis un peu étonnée qu'on puisse pénétrer dans l'immeuble aussi facilement, même le soir, observa-t-elle. Il faudrait fermer à la nuit tombée, vous ne trouvez pas ?

— Je ne crois pas que les cambrioleurs s'intéressent à cet immeuble : il n'est pas habité par des gens riches.

— En tout cas, j'ai sonné en bas, parce que je n'avais pas envie de faire irruption devant votre porte sans m'annoncer.

Cette remarque rappela à Monique l'irritation qu'elle avait ressentie en trouvant son palier vide.

— Vous avez bien sonné deux fois ? s'assura-t-elle.

Jeanne la regarda avec étonnement.

— Non, une seule fois.

— Vous êtes sûre ?

— Tout à fait. J'ai sonné une fois et je suis montée tout de suite.

— Bizarre...

Mais il paraissait inutile de s'étendre sur la question.

Monique alla chercher un second verre et la servit. Puis elle passa au vif du sujet :

— Alors, du nouveau ?

— Oui, mais cela ne nous avance pas pour autant. Et lui, il a appelé ?

— Non. C'est curieux, mais il y a sans doute une explication. Je peux vous proposer de partager mon repas ? Je vais passer à table, mon poisson est prêt.

Jeanne déclina l'invitation et précisa qu'elle ne mangeait jamais le soir.

Elles s'installèrent donc face à face, Jeanne buvant son vin à petites gorgées et Monique dégustant son repas.

Jeanne lui apprit qu'elle s'était rendue chez Isabelle à six heures. Par bonheur, celle-ci, qu'elle avait dû attendre une demi-heure, avait répondu à ses questions de bonne grâce.

— Au moins, elle, elle savait que Camille avait rencontré quelqu'un. Malheureusement, elle ignore de qui il s'agit. Elle ne connaît pas son nom et ne sait rien de précis sur lui. L'été dernier, elle est passée devant le chemin près de chez Camille, et elle a aperçu un homme dans une voiture. À cette heure-là, en général, il n'y a personne dehors, selon elle, et ce n'était pas un fournisseur ou un artisan, m'a-t-elle dit. Mais tout s'est déroulé trop vite pour qu'elle ait pu voir son visage. En tout cas, l'idée que Camille ait pu avoir quelqu'un dans sa vie lui a fait plaisir. Après, elle a essayé plusieurs fois de poser quelques questions, mais elle s'est heurtée à un mur. Pourtant, comme moi l'année dernière, elle avait remarqué un changement chez Camille. Puis, vers Noël, Isabelle a rencontré Camille sur la plage. De nouveau, elle paraissait très triste, très malheureuse. Elles se sont promenées ensemble et Camille a fini par lui raconter la même chose qu'à moi, qu'elle avait rencontré quelqu'un et qu'elle voulait mettre un terme à cette histoire mais que ce n'était pas facile de se débarrasser de cet homme. Isabelle est un peu plus tenace que moi, elle n'a pas lâché. Camille lui a avoué à mots couverts que parfois cet homme lui faisait peur, et Isabelle a voulu savoir ce qu'elle entendait par là. Camille a refusé d'aller plus loin dans ses confidences. Isabelle en a conclu que cette peur, c'était la crainte d'être étouffée par lui, la crainte qu'il ne l'empêche de respirer, qu'il ne la confine dans son amour. Isabelle m'a dit que, ce jour-là, elle a pensé que cet homme était à plaindre, parce que, sans doute, c'était quelqu'un de normal, qui lui faisait des avances normales, et qu'avec Camille ça ne marchait pas parce qu'elle n'était pas comme tout le monde.

Jeanne soupira.

— Vous savez ce qu'elle voulait dire. Camille pouvait être plus fermée qu'une huître. Quand on avait le malheur de l'inviter au cinéma, c'était déjà du harcèlement pour elle.

— Isabelle en a parlé à la police ? s'enquit Monique.

Jeanne secoua la tête.

— Tout cela lui a paru avoir si peu d'importance qu'elle n'y pensait plus. D'autant que cette histoire d'amour s'est terminée tranquillement, sans faire de bruit. C'est seulement parce que je lui ai posé des questions que ça lui est revenu.

Monique comprit alors qu'elles avaient commis toutes deux une énorme erreur en n'allant pas voir immédiatement la police. Sans savoir pourquoi, elle en avait la certitude. Elle le sentait d'instinct.

— Je suis convaincue que nous n'avons pas le droit de garder tout ça pour nous. J'avais déjà pris la résolution d'aller trouver la police lundi, et je vais le faire. Je me demande même si je ne vais pas appeler dès demain. Si Camille a dit qu'elle avait peur de cet homme, c'est peut-être plus grave que ne l'a cru Isabelle. Peut-être que c'était quelqu'un de peu recommandable et que Camille avait des raisons tout à fait concrètes de le craindre. N'oublions pas qu'elle a été assassinée.

Jeanne écarquilla les yeux :

— Et vous qui lui avez donné votre nom sur son répondeur, avec votre adresse ! Moi, à votre place, je ferais attention à partir de maintenant. Si c'est vraiment lui, il ne faut pas plaisanter, c'est du sérieux.

Monique la regarda fixement et repoussa son assiette à demi remplie.

— Mon Dieu ! murmura-t-elle.

Soudain, elle n'avait plus faim. Elle se sentait mal.

7

Il était neuf heures et quart, et la nuit était froide, une nuit d'octobre remplie d'étoiles. Depuis la fin de l'après-midi, un feu flambait dans la cheminée. Il faisait bon dans la maison, l'atmosphère était chaude et douillette. Les flammes jetaient des ombres dansantes sur les murs.

J'aurai du mal à me séparer de cette maison, pensa Laura.

Elle s'était assise sur un grand coussin devant la cheminée, munie d'une tartine et d'un verre de vin. Pour la première fois depuis des jours, elle eut l'impression d'avoir retrouvé un peu de sérénité. Elle n'était pas encore détendue, elle ne respirait pas encore, c'était trop tôt. C'était plutôt cette sorte de fatigue, cette profonde lassitude, qui lui laissait un peu de répit.

La jeune femme but son vin à petites gorgées, mangea sa tartine. Au moins avait-elle recommencé à manger normalement depuis la veille. Pendant quelques instants, elle éprouva une impression de paix. Elle se sentait seule, mais c'était agréable.

Laura sauta en l'air en entendant frapper à la porte de la terrasse. Elle sursauta si fort qu'elle faillit en lâcher son verre. Elle n'avait pas encore fermé les volets parce qu'elle pensait sortir une dernière fois pour aller contempler les étoiles. Elle aperçut une grande ombre sur la véranda, celle d'un homme, sans doute, qui, selon toute vraisemblance, avait l'intention d'entrer chez elle.

Sa toute première impulsion fut de courir au premier, dans la chambre, et de fermer à clé derrière elle. Puis elle se dit que c'était stupide et se força à se lever lentement. Est-ce qu'il l'observait depuis longtemps ? À l'intérieur, à la lueur du feu, elle était exposée aux regards. Elle en ressentit une certaine irritation, sans s'en expliquer la raison.

Alors qu'elle était encore en train de réfléchir à sa stratégie, elle entendit qu'on l'appelait par son prénom.

— Laura, c'est moi, Christopher ! Tu m'ouvres ?

Soulagée, elle courut ouvrir. Christopher se faufila à l'intérieur en se frottant les mains.

— Qu'est-ce qu'il fait froid dehors ! Je ne suis pas assez couvert. (Il lui donna un rapide baiser amical.) Salut, Laura. Désolé d'être en retard. J'ai passé la journée assis à mon bureau et j'ai oublié l'heure.

Elle frissonna sous la bouffée d'air froid qu'il avait fait entrer avec lui et s'empressa de refermer le battant. Elle le scruta, un peu perdue.

— Pourquoi, trop tard ? On devait se voir ?

Il lui rendit son regard étonné.

— Mais je te l'avais dit, hier ! Je t'ai dit que je reviendrais ce soir vers huit heures et demie.

Avec un sourire confus, elle se prit la tête à deux mains.

— Incroyable, je ne m'en souviens plus. Je suis tellement perturbée depuis... depuis tout ça. Bientôt, je vais finir par oublier mon nom.

— Je ne t'en veux pas. Ne te fais pas de souci à cause de ça.

Il est plus tolérant et moins perfectionniste que Peter, se dit-elle. Peter n'aurait pas pu retenir une remarque désobligeante.

— Donc je suppose que tu n'as rien préparé à manger ? ajouta-t-il.

Elle avala sa salive.

— C'est ce qu'on avait prévu ? Oh, mon Dieu...

Il rit de bon cœur, d'un rire chaleureux.

— Oui, mais ce n'est pas grave. Je t'invite à aller manger quelque part. Qu'est-ce qui te ferait plaisir ?

À vrai dire, la bonne réponse eût été : « Que tu t'en ailles. » Laura ressentait un besoin presque douloureux de solitude. Toutefois, si elle avait oublié leur rendez-vous, elle ne pouvait se permettre de le brusquer ainsi. S'il était venu, c'était pour elle, parce qu'il ne voulait pas la laisser livrée à ses pensées.

Elle trouva cependant le courage de lui dire qu'elle n'avait pas envie de sortir.

— Je peux te proposer du pain et du fromage, dit-elle, ou alors on peut faire réchauffer les restes d'hier. Du vin, il y en a tant qu'on veut. Mais je n'ai pas envie de voir des gens.

Il comprit très bien et disparut dans la cuisine. La jeune femme resta devant la cheminée d'où elle l'entendit s'affairer, remuer casseroles et couverts. Au bout d'un moment, une bonne odeur émana de la cuisine. Christopher paraissait y prendre son repas. Peut-être avait-il remarqué qu'elle n'avait pas trop envie de compagnie.

Elle l'entendit ranger des assiettes dans le lave-vaisselle. Quelque chose la gênait. Il n'y était pour rien, cela venait d'elle. Laura avait trouvé leur soirée de la veille très agréable, très douillette. Pourquoi la même chose ne se reproduisait-elle pas ? La bonne chaleur de la pièce, les flammes qui dansaient, Christopher qui s'affairait doucement à côté, tout cela aurait dû déclencher la même sensation. Mais non. Elle le trouvait importun. Elle se traita d'ingrate.

Il vint la rejoindre, un verre à la main, et, une fois de plus, elle remarqua sa classe. Il n'y avait en lui rien de bruyant, rien de maladroit. C'était quelqu'un d'attentionné, quelqu'un qui ménageait les autres. Laura l'imaginait mal faire à sa femme ce que Peter lui avait fait.

— Excuse-moi d'avoir été aussi goinfre, dit-il, mais je n'avais rien mangé depuis ce matin. Je mourais de faim.

— C'est à moi de m'excuser de n'avoir rien préparé...

Christopher prit place à côté d'elle sur le deuxième coussin.

— Je t'en prie, tu n'as pas à t'excuser. Tu sais, moi, je m'étais réjoui à cette idée comme un gamin. J'étais content de venir te rejoindre en sachant que tu m'attendais pour dîner. Il y a si longtemps que ça ne m'est plus arrivé : être attendu par quelqu'un. Pour moi, il y a là-dedans une magie particulière. Avoir un foyer, une femme, des enfants. Savoir que la maison où on vit est son chez-soi. Retrouver une sensation familière qui remonte à l'enfance... Je me revois petit garçon rentrer à la maison le soir quand il faisait froid, quand il faisait nuit... Ma mère est contente de me voir, la famille est réunie autour de la table… C'était avant… enfin, tu sais bien. Plus tard, j'ai eu la chance de connaître de nouveau ce bonheur avec Caroline et les enfants. Mais ça aussi, c'est loin maintenant.

Il avait l'air tellement triste qu'elle en eut de la peine. Peter lui avait dit, à l'époque, à quel point Christopher souffrait de son divorce.

« J'ai peur qu'il ne finisse par perdre les pédales, lui avait-il dit. Il n'arrive pas à remonter la pente depuis que sa femme est partie. Ça le rend fou. »

Caroline s'étant établie avec ses enfants dans les environs de Francfort, elle les avait invités à maintes reprises, mais Peter refusait systématiquement sous divers prétextes, jusqu'à ce qu'elle comprenne et n'insiste plus. Il avait également interdit tout contact à Laura.

« Par solidarité envers Christopher, avait-il expliqué, nous ne pouvons pas être amis avec les deux. »

Laura avait toujours eu l'impression que Christopher n'exigeait pas une telle solidarité.

« Tu ne sais pas ce qui s'est passé entre eux, avait-elle objecté un jour, elle avait peut-être des raisons valables pour partir.

— Ne raconte pas de bêtises ! Christopher était le plus fidèle, le plus attentionné des maris et des pères, ne serait-ce qu'à cause du traumatisme qu'il avait subi avec sa mère. Non, Caroline voyait venir la ménopause et elle a cru qu'il était temps pour elle de se "réaliser". Elle se fichait de la souffrance de son mari, elle se fichait de détruire la vie d'un homme exemplaire comme Christopher. Ces femmes-là se moquent comme d'une guigne du champ de ruines qu'elles laissent derrière elles.

— Qu'est-ce que tu entends par "ces femmes-là" ? Tu parles de celles qui demandent le divorce ? C'est toi qui as voulu divorcer d'avec ta première femme. Ce n'est pas pareil pour les hommes ?

— Non, c'est pareil pour les hommes, mais nous n'étions pas dans le même cas de figure ! Entre Britta et moi, c'était la guerre depuis des années, et à un moment donné j'ai pris la décision qui s'imposait. Mais entre Christopher et Caroline, tout allait bien. Jamais un mot plus haut que l'autre !

— Non, tout n'allait pas si bien que ça, la preuve. Quelque chose ne marchait pas entre eux, elle n'était pas heureuse au sein de leur couple. Quand on a deux enfants, on ne prend pas si facilement la décision de divorcer. Nous ne savons pas ce qui se passait entre eux quand ils étaient seuls. »

Laura repensa à la véhémence avec laquelle elle avait défendu Caroline. Et pourtant, maintenant, elle devait bien donner un peu raison à Peter : il était effectivement difficile de comprendre comment une femme pouvait quitter un époux comme Christopher.

— Pourquoi ne t'es-tu pas remarié ? interrogea-t-elle.

Aussitôt, elle se mordit les lèvres. Comment pouvait-elle à ce point manquer de tact ?

— Excuse-moi, se hâta-t-elle d'ajouter, ça ne me regarde pas, bien sûr, et peut-être...

Il sourit.

— Mais si, ça te regarde. Nous sommes des amis, non ? Tu sais, j'aimerais bien me remarier, vraiment, j'aimerais beaucoup. Avoir encore des enfants, fonder une nouvelle famille... Mais ce n'est pas simple de trouver quelqu'un qui ait le même idéal, la même vision de la vie. Tu vas t'en rendre compte toi aussi, hélas. Parce que toi aussi, tu es seule maintenant, et peut-être que toi aussi tu vas essayer de dénicher un nouveau compagnon. Oh, non, ce n'est pas facile. On est souvent déçu.

— Pas toujours, répondit-elle plus pour lui que pour elle, car, pour le moment, elle n'imaginait pas éprouver un jour le besoin de retrouver quelqu'un. On finit par réussir, j'en suis sûre.

— C'est vrai, il ne faut pas perdre espoir, acquiesça-t-il.

Sans transition, il s'enquit :

— Pourquoi ne vas-tu pas chercher ta petite fille ?

Elle le regarda, ahurie.

— Pour quoi faire ? répliqua-t-elle. Je ne sais pas combien de temps je vais rester. Je dois être interrogée par la police, et il faut que je m'occupe de vendre la maison. Elle est bien mieux chez ma mère !

— Moi, j'avais beaucoup de mal à rester séparé de mes enfants, voilà pourquoi je te pose la question. Je n'étais bien que quand j'avais toute ma famille autour de moi.

— Je n'ai plus de famille, il n'y a plus que Sophie et moi. Il va falloir que nous nous débrouillions toutes les deux.

Christopher ne répondit pas, et ils passèrent un long moment en silence à observer les flammes.

Oui, Sophie et moi, c'est tout ce qui reste de notre famille idéale. Elle interrompit le cours de ses pensées. Défense de s'abandonner aux regrets, de retourner le couteau dans la plaie.

— Je crois que j'aimerais rester seule, annonça-t-elle d'une voix douce.

Christopher hocha la tête.

— Très bien. Je comprends. (Il posa son verre.) On ne se voit pas non plus demain, alors ?

— Tu n'y es pour rien. J'ai besoin d'un peu de temps pour moi. Ma vie s'est écroulée. Il faut d'abord que j'arrive à m'y retrouver.

Il se leva, et dans le regard qu'il lui lança, elle lut de la chaleur et un peu d'inquiétude.

— Tu m'appelles si jamais tu ne vas pas bien. Ou si tu as besoin d'un coup de main. Je suis là.

— Je sais. Merci, Christopher.

Il disparut par la véranda et referma la porte de verre. Lorsqu'il descendit l'allée, le détecteur de mouvement se mit en route. Ce qui n'avait pas été le cas tout à l'heure. Mais peut-être ce détail lui avait-il échappé.

Laura était trop fatiguée pour y penser. Soudain, Sophie lui manqua terriblement.

Dimanche 14 octobre

1

Pour la première fois depuis de nombreux jours, Henri mangea des tartines de miel. Avec étonnement, il constata qu'il avait retrouvé le plaisir de déguster son petit déjeuner préféré. C'était ce qu'il y avait de meilleur le matin : deux tasses de café très fort et très chaud, des bonnes tartines beurrées avec du miel.

Après tous ces événements, la vie quotidienne reprenait le dessus. Henri se demanda d'où lui venait cette première lueur d'optimisme, mais elle était là.

Peut-être, après tout, commençait-il à assimiler la bonne nouvelle : son rival était mort. Peter était bien au frais, dans la chambre froide de l'Institut médico-légal de Toulon, et plus jamais il ne pourrait s'interposer entre lui et Nadine. Bien sûr, Nadine allait le pleurer un certain temps encore, mais elle n'était pas du genre à pleurer jusqu'à la fin des temps. D'ailleurs, Nadine n'avait pas aimé Peter. Elle était incapable d'aimer.

Le prendre pour un assassin ! Oui, Henri avait eu des envies de meurtre quand il avait su. Il était allé jusqu'à menacer de tuer Peter, et ce devant Catherine. Mais c'étaient des phrases qu'on prononçait sous le coup de l'émotion et jamais il n'avait pensé ce qu'il disait. Pas même le soir suivant, en voyant Peter sous ses yeux, installé chez lui, et se retrouvant obligé de lui servir sa pizza. Un autre l'aurait peut-être chassé avec perte et fracas. Mais cette idée ne l'avait pas effleuré. Henri était incapable de violence.

« À mon avis, lui avait conseillé Catherine en ce vendredi fatal, tu devrais la flanquer à la porte. Et tu devrais être content qu'elle débarrasse le plancher pour toujours avec ce salopard. »

Mettre Nadine à la porte... risquer de la voir débarrasser le plancher pour toujours... C'était tellement impensable qu'il laissa échapper un gémissement à cette simple idée. Non, il ne supporterait pas de vivre sans elle.

Nadine avait vu ses rêves se briser de la manière la plus brutale qu'on puisse imaginer, mais peut-être était-ce une bonne chose, parce que, autrement, elle ne les aurait jamais oubliés.

Sa tartine de miel était toujours aussi délicieuse. Une bonne baguette chaude, c'était réconfortant. La cuisine était plongée dans le silence et le calme. Il faisait beau. Le café répandait sa bonne odeur. Henri avait passé la nuit seul, Nadine s'étant installée dans l'une des chambres d'hôte sous les toits. Elle y resterait un certain temps, c'était normal. Puis elle finirait par revenir.

Il écouta le tic-tac de la pendule et s'abandonna à son bien-être. Le danger était écarté. Les plaies allaient guérir, lentement, bien sûr, car il faudrait du temps. Les siennes, celles de Nadine. Mais un jour, il en était sûr, ils prendraient un nouveau départ. Et après il lui demanderait... car ils étaient encore jeunes tous les deux... et cela lui rendrait sa sérénité perdue... il lui demanderait, non, il essaierait de la persuader de fonder avec lui une vraie famille. D'avoir un enfant. Un enfant sauverait leur couple et lui donnerait un nouveau sens. Ils pourraient engager une personne de plus au restaurant, Nadine n'aurait plus besoin de faire le service, elle qui détestait ce travail, et elle se consacrerait entièrement à son enfant. Si elle l'exigeait, il se séparerait aussi de Catherine, même en sachant que la pauvre fille perdrait définitivement pied. Enfin, elle ne lui manquerait pas réellement, car ce qu'elle avait fait, même si elle l'avait fait pour lui, était quand même assez répugnant.

Plongé dans ses pensées, il but son café. L'espoir qui s'était levé en lui grandit, se posa sur son esprit comme un voile léger et vint masquer les contours rugueux de la réalité alentour.

2

Laura composa le numéro de Christopher pour la deuxième fois. Neuf heures du matin, un dimanche, c'était peut-être un peu trop tôt, mais, après tout, ils étaient bons amis. Elle éprouvait le besoin de s'excuser auprès de lui. Alors qu'il avait cru bien faire, qu'il avait voulu l'aider, elle l'avait renvoyé dans ses foyers en lui disant sans détour qu'elle ne voulait pas l'avoir auprès d'elle. Comme toujours, il s'était montré compréhensif, mais elle n'avait saisi qu'après coup le sens de sa remarque sur le bonheur d'être attendu par quelqu'un. Il était venu en espérant trouver lui-même un peu de réconfort, et elle s'était montrée entièrement centrée sur ses propres problèmes. Elle avait donc pensé l'inviter pour le petit déjeuner afin de réparer son attitude.

Christopher ne répondit pas non plus à sa deuxième tentative. Il était sorti de bonne heure, peut-être pour faire une promenade sur la plage… La jeune femme reposa le combiné, songeuse, puis sortit sur la terrasse, admira la vallée et les couleurs de l'automne qui resplendissaient au soleil matinal. Au loin, on voyait miroiter le bleu de la mer.

Ce dimanche s'annonçait magnifique.

Pauline savait qu'il était revenu. Car les poils de ses bras s'étaient redressés brutalement et la sensation bizarre réapparaissait au creux de son estomac. Elle crut sentir un courant d'air.

Elle était de service chez Bérard ce dimanche. Normalement, elle allait travailler à contrecœur, le dimanche, mais ce matin cette corvée arrivait à point car elle lui permettait d'échapper à la mauvaise humeur que Stéphane affichait depuis leur conversation de la veille. Pauline se demandait pourquoi il lui en voulait ; elle lui avait juste confié ses soucis et sa peur, et il fallait croire que c'était suffisant pour l'exaspérer.

Ce matin, la jeune femme s'était glissée sans bruit dans la cuisine dans l'espoir de pouvoir déjeuner seule, mais il l'avait rejointe dix minutes après. Ces derniers temps, son ventre n'arrêtait pas de grossir, et son peignoir crasseux était tendu à craquer.

Comme il est moche, avait-elle pensé. Il me dégoûte, il est gras comme un cochon !

C'était la première fois qu'elle sortait de son indifférence vis-à-vis de son mari. D'ordinaire, elle ne ressentait rien, ni dans un sens ni dans l'autre. À cause de sa nervosité, elle éprouvait maintenant des sensations étonnantes, inconnues d'elle. Malheureusement, ce n'étaient pas des bonnes sensations, au contraire.

« Tu es déjà levé ? » s'était-elle étonnée.

Stéphane l'avait regardée, grincheux, en maugréant que c'était normal de se réveiller si tôt avec tout le boucan qu'elle faisait. Il avait pris sa tasse et quitté la cuisine en traînant la savate. Pauline avait fouillé dans sa mémoire : quand lui avait-il adressé un mot gentil pour la dernière fois ? Elle n'avait pas trouvé. Elle s'était dit que c'était mieux avant, quand elle ne réfléchissait pas à ce genre de choses.

Et voilà. Elle était à genoux en train de passer la ser-pillière dans le couloir obscur de l'ancien couvent quand elle avait compris soudain qu'il était là, comme la dernière fois. Mais aujourd'hui, c'était beaucoup moins net. Elle n'avait pas vraiment senti de courant d'air, elle le supposait simplement. Ce qui lui disait qu'il était là, c'était la réaction de son corps.

Dès qu'elle était entrée dans le couloir, elle avait été sur ses gardes, se retournant sans arrêt, tendant l'oreille. Un couple de personnes âgées était sorti de sa chambre, équipé pour une promenade sur la plage ; il lui avait adressé un salut aimable et était sorti.

Et c'était arrivé sans prévenir. Une décharge d'adré-naline avait mis tout son corps en état d'alerte, et, après un moment de stupéfaction et une vaine tentative pour contenir sa panique, Pauline s'était relevée d'un bond. Son instinct, comme celui d'un animal, l'avait avertie du danger, mais, contrairement à un animal, elle ne savait pas ce qu'elle devait faire.

La jeune femme tendit l'oreille, puis, d'un geste déter-miné, jeta sa serpillière par terre et avança dans le cou-loir pour aller vérifier. Elle contourna l'angle. Il n'y avait rien devant la lourde porte de chêne.

Prise d'une faiblesse, elle s'assit sur la première marche de l'escalier qui menait à l'étage, regarda ses mains tremblantes et tenta de les maintenir immobi-les. Elle finit par les glisser sous ses fesses et attendit qu'elles cessent de s'agiter, mais elle constata que son corps tout entier tremblait, et pas seulement ses mains.

Non, personne n'était venu l'espionner. C'était son imagination qui travaillait. Elle allait bientôt devenir folle. Stéphane l'avait traitée de paranoïaque, et il avait sans doute raison.

Mais... et s'il y avait eu quelqu'un malgré tout ?

Une chose était sûre : elle ne terminerait pas le couloir. De toute façon, il faisait tellement noir là-dedans que personne ne verrait si elle avait bien fait son travail ou non.

4

Monique alla faire un tour sur la plage. C'était la première fois qu'elle descendait si tôt le matin, et elle s'étonna de voir à quel point le paysage était beau à cette heure de la journée. L'air était clair et frais, le sable vierge, le ciel haut et limpide comme du verre. Le soleil s'était levé à l'horizon, mais ses rayons n'étaient pas encore chauds. Il faisait frais, une fraîcheur agréable et piquante. Monique portait un pantalon de jogging et un gros sweat-shirt.

Normalement, dans la semaine, elle se trouvait au bureau à cette heure. Le dimanche, elle ne sortait pas du lit avant dix heures et demie, traînait en peignoir jusqu'à trois heures de l'après-midi, puis se faisait parfois violence – mais rarement – pour sortir. Souvent, elle ne quittait son quartier que pour s'installer dans un café du bord de mer, où elle buvait un crème en regardant les passants de ses yeux un peu gonflés ; le samedi soir, pour oublier la solitude de la journée, elle buvait un coup de trop.

La nouvelle vie qu'elle avait entamée exigeait plus de sport et moins d'heures d'inactivité à la maison. À partir de maintenant, elle effectuerait au moins une heure de marche par jour. Peut-être que son petit déjeuner ne lui en paraîtrait que meilleur.

Monique marchait d'un pas vif en offrant son visage au soleil.

5

Nadine sortit par la porte de derrière. Elle avait descendu les marches sans bruit et entendu Henri arpenter la cuisine. Quelqu'un de plus fort l'aurait mise à la porte et aurait entamé la procédure de divorce. Il n'aurait pas songé à passer avec elle une journée de plus. Henri savait qu'elle l'avait trompé pendant des années, qu'elle avait failli partir avec son amant. Comment pouvait-il envisager sérieusement de recommencer avec elle ?

Eh bien, oui, Henri le pouvait, elle le connaissait assez pour le savoir. En revanche, tirer un trait sur leur vie commune, il en était incapable. Car cela exigeait de l'énergie et du courage, et il ne possédait ni l'un ni l'autre. Il préférait s'accommoder d'une situation dont il connaissait les désagréments plutôt que d'affronter une nouvelle situation dont il ignorait les désagréments possibles.

Après sa longue nuit sans sommeil, Nadine l'avait compris : l'horreur de ces derniers jours lui avait soufflé l'idée de soupçonner Henri d'assassinat. À l'aube, elle avait retrouvé un peu de calme et rendu aux choses leur véritable dimension. Nadine avait alors reconnu l'absurdité de cette supposition. Henri était incapable de faire du mal à une mouche. Se le représenter en train d'attaquer son rival à coups de couteau était grotesque. Sans doute était-ce l'œuvre d'un fou qui hantait le secteur en tuant au hasard, et Peter, par un tour cruel du destin, était tombé entre ses griffes, juste au moment où il allait changer de vie avec elle.

La jeune femme remonta la rue et arriva à la hauteur de la petite place ensablée où Peter avait garé sa voiture. Depuis, on l'avait enlevée sur demande de la police pour les besoins de l'enquête. Nadine contempla l'endroit depuis lequel on perdait sa trace, où s'était décidé son propre destin. Elle avait tout perdu, tout raté. Toutes les possibilités de recommencer sa vie lui avaient échappé. Pourtant, derrière ce constat d'échec, se profilait une prise de conscience : toute sa vie reposait sur la dépendance, et non sur l'autonomie, sur sa propre énergie. Oui, c'était de là que provenait son sentiment d'échec.

Partant de la petite place de sable, un sentier très raide menait à la plage, à travers les buissons. Seuls les initiés le connaissaient, car il demeurait invisible au milieu de la végétation. Nadine entreprit une descente prudente. Par bonheur, comme il n'avait pas plu depuis quelques jours, la terre et le feuillage étaient secs. Autrement, l'équipée pouvait se transformer très vite en partie de glissade.

Les ronces venaient griffer ses jambes, une odeur de pourriture envahissait ses narines et il faisait froid à l'ombre des arbres.

La végétation se sépara d'un seul coup, et elle déboucha sur la mer, qui étendait devant elle son immensité profonde comme le bleu du ciel. Les vagues mouraient sur le rivage, perlées et légères. On ne venait que rarement se baigner dans cette petite crique, car ici il n'y avait pas de sable, et le sentier perdu dans les buissons était bien caché. De l'autre côté de la crique, un escalier de bois menait à une propriété privée. Le rivage, autrement, était constitué de rochers escarpés et impraticables.

Nadine s'assit sur une grosse pierre plate et se recroquevilla sur elle-même, les deux bras passés autour des genoux pour se réchauffer.

La présence de Peter avec elle, dans cette crique, était presque palpable, et, avec elle, tant de questions restées sans réponses… Peut-être ces réponses étaient-elles plus importantes, plus décisives que la découverte de son meurtrier.

Pourquoi était-il venu au restaurant le jour de leur rendez-vous ? Il n'avait pas respecté leur accord. Trois jours avant, au téléphone, il lui en avait fait la suggestion.

« Mon Dieu, non ! s'était-elle exclamée avec un rire nerveux. Tu veux que je passe devant Henri avec mes valises pour monter dans ta voiture ? »

Il avait alors voulu l'attendre chez lui, à La Cadière, mais elle avait également refusé.

« C'est aussi chez elle. Il y a toutes ses affaires. Je crois que je ne le supporterais pas.

— Où, alors ? » s'était-il énervé.

Elle l'avait senti tendu à craquer. D'ailleurs, elle était dans le même état, car changer de vie, changer de partenaire, ce n'était pas une petite affaire, c'était une étape que personne ne franchissait d'un cœur léger. Elle le sentait capable de flancher à la dernière minute. Elle, de son côté, attendait ce moment avec fièvre depuis des années, et, même si parfois elle avait cru mourir d'anxiété, aucune puissance au monde n'eût été capable de la faire renoncer. Un jour, elle s'était dit : il faudrait me tuer...

Et c'était Peter qui avait été tué.

Désormais, elle savait que sa crainte de voir Peter lui faire faux bond n'était que trop justifiée. À présent que tous ses rêves étaient brisés, qu'elle n'avait plus besoin d'enjoliver la réalité, elle devait bien admettre que Peter n'était pas moins faible qu'Henri. Il n'avait pas davantage d'énergie, il était aussi peu déterminé. Seule sa déroute financière l'avait amené à envisager de fuir avec elle.

Autrement, s'avoua-t-elle sans fard, jamais il n'aurait pensé à se séparer de Laura.

Elle lui avait proposé le pont comme point de rencontre.

« Je t'attendrai dans ma voiture, avait-elle dit.

— Je ne peux pas te donner l'heure exacte de mon arrivée. En tout cas, pas avant sept heures, mais il pourra très bien être huit heures passées. Tu m'attendras peut-être un bon moment.

— Ça ne fait rien, je t'attends depuis si longtemps que je pourrai tenir encore un peu. »

Henri avait indiqué que Peter était arrivé à la pizzeria à six heures et demie. Voulait-il lui parler ? Lui annoncer qu'il avait réfléchi ? C'était dans son caractère. De préférence à une route de campagne déserte, mieux valait choisir un restaurant pour cadre d'une conversation désagréable, un endroit où elle serait sans défense et où il aurait une chance d'éviter une scène.

Je ne saurai jamais, et il va falloir que je vive avec cette incertitude, se dit-elle, les yeux rivés sur la mer.

Elle repensa au début de leur liaison, à la même période, quatre ans auparavant. Après la fameuse soirée chez lui, il était parti pour sa croisière en voilier avec Christopher, et elle avait tremblé pendant une semaine à l'idée qu'ils ne se revoient plus. Car, lorsqu'elle lui avait expliqué qu'elle ne se contenterait pas d'une aventure et exigeait un engagement véritable, elle l'avait senti tenté de reculer.

Cependant, il l'avait appelée à la fin de la semaine :

« Je veux te voir.

— Où es-tu ?

— Au port des Lecques. Nous sommes rentrés.

— C'était bien ? »

C'était le cadet de ses soucis, mais que dire ?

« Je veux te voir, avait-il répété en guise de réponse.

— Où ?

— Sur le chemin en contrebas de la maison. Quand tu seras presque au bout, tu verras une ancienne pépinière. Elle est désaffectée, il n'y a jamais personne. Tu peux venir ?

— Quand ?

— Maintenant », avait-il dit en raccrochant.

C'était un samedi soir, et Henri comptait sur elle pour l'aider. Nadine avait mis un jean blanc, un pull bleu et s'était brossé les cheveux. Par cette soirée d'octobre, sombre et froide, elle avait pris son sac et descendu l'escalier à pas de loup ; malgré tous ses efforts pour ne pas faire de bruit, Henri l'avait entendue. Il était sorti de la cuisine.

« Ah, te voilà. Il y a un monde fou, c'est incroyable. Tu pourrais aller prendre les commandes ? »

Puis son regard était tombé sur son sac, et il avait froncé les sourcils.

« Tu sors ?

— Ma mère m'a appelée, elle ne va pas bien.

— Mon Dieu, s'était-il exclamé, qu'est-ce que je vais faire ?

— Tu n'as qu'à appeler Catherine. Tu vas voir comme elle va rappliquer ! »

C'était la première fois qu'elle faisait cette proposition d'elle-même.

« Si tu m'avais dit un peu plus tôt ce que tu comptais faire…

— Comment voulais-tu que je devine à l'avance que ma mère irait mal ? Ciao ! »

Déjà, elle était dehors. Le sort d'Henri ne l'intéressait pas.

Après avoir un peu erré au hasard, elle était parvenue à la hauteur de la pépinière isolée que Peter lui avait indiquée. À la lueur de la lune, on distinguait les formes des serres abandonnées et les épais buissons d'herbes folles qui avaient pris possession du terrain. Surtout, elle avait découvert la voiture et l'ombre de l'homme appuyé à la portière qui guettait son arrivée.

Elle s'était arrêtée à côté de lui. Peter était monté à côté d'elle en se frottant les mains.

« Il fait froid, avait-il dit, mais je n'osais pas rester dans ma voiture, j'avais peur que tu ne me voies pas. Tu en as mis, du temps !

— Je me suis un peu perdue. »

Son cœur battait à se rompre. Il était si près d'elle ! Son désir pour lui ne s'était pas atténué.

« Oh, Nadine, avait-il murmuré, Nadine...

— Pourquoi voulais-tu me voir ? »

Elle avait réussi à paraître maîtresse d'elle-même.

« Parce que je te veux, avait-il répondu.

— Parce que tu me veux ?

— C'est bien ce que tu voulais savoir quand on s'est vus à la maison... chez moi. Tu m'as dit que je devais me décider pour toi seule. Et me voilà. Je me suis décidé pour toi. »

La jeune femme avait tout envisagé, mais pas une déclaration aussi nette. La surprise l'avait laissée sans réaction. Il avait pris sa main, l'avait portée à ses lèvres.

« Et qu'est-ce que c'est pour toi, une décision ? »

Au lieu de répondre, il s'était penché et l'avait embrassée.

Nadine avait répondu avec toute l'excitation accumulée en elle, et toutes ses bonnes résolutions s'étaient envolées. Elle qui était fermement décidée à ne pas faire l'amour avec lui avant qu'il lui eût expliqué clairement s'il comptait s'engager avec elle, elle avait été incapable de résister. Cette voiture était un cadre inconfortable, dénué de romantisme. Ils n'avaient cessé de se cogner contre divers obstacles dans cet espace réduit, mais n'y avaient prêté aucune attention, ni l'un ni l'autre, submergés par leur désir, par l'ivresse de pouvoir enfin se laisser aller. Ils s'étaient aimés pendant une éternité, jamais rassasiés, ignorant qu'ils ne retrouveraient plus la magie de ce moment unique. Ce fut l'instant le plus accompli de leur amour. À peine fut-il passé que commençait le lent déclin.

Ils s'étaient arrêtés lorsque Peter avait eu une crampe dans la jambe. Grimaçant de douleur, il appuyait son pied contre le pare-brise ; Nadine s'était éclipsée pour aller se réfugier derrière un buisson de lauriers et se rhabiller, tremblante de froid, puis elle s'était hâtée de retourner dans la voiture. Peter en avait profité pour remettre ses vêtements. Sa crampe avait disparu. Il semblait avoir besoin d'une cigarette ou d'un double whisky.

La raison de Nadine avait recommencé à fonctionner. Elle sentait la gêne de Peter. Sa question concernant sa décision, écartée quelque temps, était réapparue, nette et impérieuse. Or Peter ne paraissait pas pressé d'évoquer le sujet, à en juger par son attitude réservée.

Finalement, Nadine s'était jetée à l'eau.

« Tu as parlé d'une décision, tout à l'heure ? »

Il avait attendu avant de répondre. Enfin, il s'était tourné vers elle. Elle avait tenté de lire dans ses yeux... de l'amour, du désir... Oui, son regard était très doux.

« C'est merveilleux, avec toi, Nadine. Je n'imagine plus ma vie sans toi. Non, c'est impensable.

— Parce que... est-ce parce que nous avons couché ensemble ? »

Il avait hésité un instant.

« Je suis fou de toi, avait-il fini par déclarer d'un ton sincère. Je l'ai été dès le premier regard. Je t'ai vue et j'ai eu envie de sentir tes seins sous mes doigts, tes jambes superbes, tes cheveux... J'ai eu envie de connaître ton goût, de sentir ton souffle chaud contre mon cou... Et je sais maintenant que c'est encore meilleur, encore plus extraordinaire que tout ce que j'aurais pu imaginer. Et je... c'est impossible à décrire... Je n'imagine pas la vie sans toi. Tu en fais partie. Je t'en prie, ne me dis pas que tout est fini entre nous au moment où tout commence. »

Nadine était sous l'emprise de son regard suppliant, de sa voix douce. Et, pourtant, elle avait remarqué qu'elle grelottait, d'un froid qui venait de l'intérieur, parce qu'elle pressentait qu'elle n'obtiendrait pas ce qu'elle voulait. Peter faisait trop de phrases. Il tournait autour du pot pour dire une chose qu'il avait du mal à dire.

C'était ainsi que devaient se dérouler leurs relations futures : de lui-même, Peter n'était jamais concret, ne s'engageait pas. Toujours, Nadine devait tendre la perche, creuser, provoquer les questions, exiger des réponses claires. Elle devint celle qui insistait, et lui, celui qui éludait.

« Et qu'est-ce qui se passe pour Laura ? »

Il avait sursauté.

« Qu'est-ce que tu voudrais ? avait-il demandé, même s'il connaissait la réponse.

— Je voudrais commencer une nouvelle vie avec toi. Cela signifie... je voudrais que tu demandes le divorce. »

Devant son mouvement de recul, elle s'était hâtée d'ajouter :

« Moi aussi, je demanderai le divorce, bien sûr. »

Il avait passé sa main sur son visage, d'un geste de lassitude, et plus tard elle avait constaté qu'il se réfugiait derrière le prétexte de la fatigue pour échapper à certaines conversations, à certaines situations, ou pour l'obliger à prendre un peu plus de gants avec lui.

« Ce n'est pas si facile, Nadine. C'est vrai, j'y ai réfléchi pendant toute la semaine. Et avant aussi. Depuis que je t'ai vue, je sais que je n'arriverai plus à t'oublier. Le problème, c'est... »

Il avait bafouillé, puis avait fini par avancer qu'il avait des problèmes d'argent.

« L'agence ne marche pas comme elle devrait. De plus, j'ai fait quelques placements malheureux. Et puis nous venons d'acheter la maison de Francfort, et celle d'ici. Je suis un peu étranglé. Bien sûr, ça s'arrangera, c'est simplement une mauvaise passe dont il faut que je me sorte.

— Quel rapport avec le divorce ?

— Laura et moi n'avons pas de contrat de séparation de biens. Il faudrait que je lui donne la moitié. Si je le faisais maintenant, je serais ruiné.

— Tu peux très bien vendre les deux maisons. De toute façon, nous recommencerions tout de zéro. Et tu lui donnerais la moitié. Il nous en resterait toujours assez.

— Les deux maisons sont fortement hypothéquées. Je dois beaucoup d'argent aux banques. Nadine, laisse-moi un peu de temps. Dans un an ou deux, je serai de nouveau à flot. Après, je pourrai régler à Laura ce que je lui dois sans me retrouver les mains vides. Je t'en prie, donne-moi cette chance. »

Que faire ? L'accuser de jouer la montre parce qu'il était incapable de prendre une décision ? Bien sûr, ce soupçon l'avait effleurée. Elle n'avait aucun moyen de vérifier si ses affirmations étaient vraies. Par la suite, bien plus tard, quand il avait voulu fuir à l'étranger avec elle, elle avait su qu'il n'avait pas menti. Il nageait dans les dettes jusqu'au cou.

Ce soir-là, elle s'était laissé embarquer par lui dans cette voie, celle du jeu de l'amour clandestin, interdit, où il y avait obligatoirement un perdant, et elle avait accepté l'idée que ce perdant, ce pouvait être elle. À partir de ce moment, leurs rencontres avaient eu un caractère secret, romantique, elles étaient souvent furtives et se terminaient invariablement par la tristesse de la séparation. La semaine du mois d'octobre, sa prétendue semaine de voile, était leur seul moment de solitude à deux. Peter habitait dans sa maison, celle de Laura, dont il était prêt à faire son nid d'amour sans aucun scrupule, mais Nadine avait refusé. Elle ne l'y avait rencontré que trois fois, parce qu'il pleuvait trop pour qu'elle reste dehors. Elle ne se sentait pas à l'aise parmi les meubles de Laura, et elle craignait aussi de descendre dans un hôtel, car elle était connue dans la région. Donc, le plus souvent, ils partaient dans les montagnes ou louaient un bateau pour aller se réfugier dans des criques isolées. Ils s'aimaient pendant des heures ou restaient assis main dans la main sur les rochers, le regard tourné vers le lointain. Puis Christopher avait refusé de continuer à couvrir son ami. Peter était alors devenu inquiet, obsédé par la pensée de Laura, au point que cette dernière semblait perpétuellement s'immiscer entre eux. Mais les années précédentes aussi, lorsqu'il était censé être avec Christopher, Nadine devait subir cet instant odieux où Peter prenait son portable, lui adressait un sourire d'excuse et sortait du restaurant où ils se trouvaient – un établissement différent chaque soir, afin de ne pas s'y faire reconnaître. Il appelait Laura d'un recoin quelconque en lui décrivant avec enthousiasme sa merveilleuse journée à bord.

Quand il revenait, elle ne pouvait retenir une remarque acerbe.

« Alors ? Tout va bien pour ta chère épouse ? J'espère qu'elle ne s'ennuie pas dans la superbe baraque que tu lui as achetée, celle qui nous empêche de nous installer ensemble ? »

Souvent, elle avait cru exploser de colère en l'entendant défendre Laura.

« Tu la connais, ce n'est pas le genre à rester sans rien faire à la maison. Elle aimerait recommencer à travailler comme photographe, mais c'est moi qui ne veux pas. Ce n'est pas une poupée de luxe !

— Laisse-la donc bosser ! Peut-être que, comme ça, vous aurez plus de fric et que tu pourras divorcer plus vite ! »

Ils s'étaient souvent querellés à ce sujet, et sans doute se querellait-il aussi avec Laura. Peter avait dit un jour qu'il ne voulait pas que celle-ci reprenne son travail pour éviter qu'elle ne soit en contact avec des gens trop marginaux.

« Des artistes, des journalistes, des photographes... Je connais bien ce milieu. On ne peut pas dire que ce

259

soit la morale qui les étouffe. La fidélité, ce n'est pas leur truc. Et quand j'imagine qu'elle pourrait retrouver son amie Anne… alors là, je préfère ne pas y penser. Tu la verrais !

— Et alors ? Qu'est-ce que ça peut te faire ? Tu n'arrêtes pas de me dire que tu n'aimes plus Laura, que tu veux te séparer d'elle. Qu'est-ce que ça peut bien te faire qu'elle fréquente des marginaux, et même qu'elle couche avec n'importe qui ?

— C'est encore ma femme. Quand nous serons divorcés, elle pourra faire ce qu'elle voudra, mais, avant, ses fréquentations et la façon dont elle mène sa vie, ça me regarde. »

Derrière ces paroles, Nadine avait toujours flairé un intérêt encore très vif pour Laura, et, bien souvent, leurs conversations se terminaient par un échange de reproches cinglants. Énervé, furieux, Peter menaçait régulièrement de rompre.

« Je me demande pourquoi je supporte ça ! avait-il aboyé un jour. Quand je pense que je pourrais être peinard en mer avec Christopher ! Non, il faut que je me farcisse tes reproches, toujours les mêmes. Ça fait deux cent cinquante fois que tu me répètes la même chose. J'en ai marre. Je ne suis pas venu ici pour me stresser encore plus qu'au bureau. Je suis en vacances, j'aimerais me reposer. »

Nadine avait eu peur de le perdre, et elle avait donc appris à se dominer. En même temps, elle avait de plus en plus mauvaise mine, ce qui inquiétait Henri. Celui-ci la pressait d'aller consulter un médecin.

« Fiche-moi la paix ! » s'écriait-elle en fondant en larmes.

Le pire moment de toute leur histoire avait été ce jour de mars, deux ans et demi auparavant, où elle avait appris que Laura attendait un enfant. Non, c'était peut-être le pire moment de toute son existence.

Laura et Peter étaient venus passer quinze jours de vacances en Provence, et, dès le lendemain de leur arrivée, Peter avait appelé Nadine. Il voulait la voir. Elle avait suggéré la plage comme lieu de rencontre, cette même plage où elle était assise aujourd'hui en réfléchissant à sa vie, cette vie gâchée, dénuée de sens.

Elle avait passé une robe d'été légère et renoncé à mettre des dessous, parce que cela lui donnait l'impression d'être plus sexy. Elle espérait qu'ils feraient l'amour, car, dans ces moments-là au moins, il lui appartenait, et elle les attendait avec fièvre. Elle s'était maquillée plus que d'habitude, ce qui ne l'empêchait pas, malgré tout, d'avoir les traits marqués.

Peter, de son côté, ne paraissait pas déborder de joie et d'insouciance. Alors qu'elle descendait leur chemin secret, elle l'avait aperçu qui l'attendait déjà, assis sur un rocher plat, à lancer des galets dans l'eau. Il ne l'avait pas remarquée tout de suite, ce qui lui avait permis de l'étudier. Il paraissait de mauvaise humeur, voire agressif. Nadine avait aussitôt deviné que leur rencontre n'aurait rien d'agréable.

Peter était tellement plongé dans ses pensées qu'il avait sursauté en la voyant à côté de lui. Il s'était levé pour l'embrasser sur les deux joues.

« C'est bon de te voir », avait-elle murmuré avec tendresse mais aussi avec crainte, car elle savait que quelque chose s'était passé.

Il avait repris place sur son rocher, en l'invitant du geste à s'asseoir près de lui.

« Viens... Laura est restée à la maison. Elle ne se sent pas très bien. Je lui ai dit que j'allais faire des courses, mais je ne peux pas m'attarder trop longtemps, elle se poserait des questions.

— Nous avons quand même un peu de temps, c'est toujours ça.

— Nous allons venir dîner chez vous ce soir. Je sais que tu n'aimes pas trop ça, mais Laura en avait absolument envie, et je n'avais pas d'argument pour la dissuader. Je ne peux pas la tenir éloignée de la pizzeria pendant quinze jours.

— Non, bien sûr. »

Elle détestait ces moments-là. Voir Peter et Laura ensemble lui faisait mal presque physiquement. Surtout quand Laura lui prenait la main, quand elle lui souriait avec bonheur, lui passait tendrement le doigt sur la joue.

« À quelle heure ? avait-elle demandé.

— Vers huit heures. Laura avait l'intention d'appeler Henri pour réserver.

— Je te verrai seul pendant ton séjour ? »

Au lieu de répondre à sa question, il s'était remis à lancer des galets dans l'eau.

Enfin, il avait lâché :

« Ce soir, ne sois pas étonnée : Laura est enceinte. »

C'était comme s'il lui avait donné un coup sur la tête. Nadine en était restée étourdie. Le mot « enceinte » avait résonné dans son cerveau, avait enflé, s'était transformé en grondement. Elle avait pensé : ce n'est pas possible, c'est une mauvaise blague, il va éclater de rire et me prendre la main, il va se moquer de moi parce que j'ai cru une idiotie pareille.

Il n'avait pas éclaté de rire, il n'avait pas pris sa main non plus. Il avait continué à jeter des galets dans l'eau en évitant de la regarder.

« Si ça ne se voyait pas, tu n'aurais rien dit, avait-elle répondu avec difficulté, tout en se rappelant ses mots : ce soir, ne sois pas étonnée... Quand est-ce que le... le bébé va naître ?

— En juin.

— Donc elle est... au sixième mois. Donc, vous avez... donc, le... bébé a été conçu en septembre... » Et en octobre, tu as passé une semaine avec moi ! Tu m'as dit que tu ne couchais plus avec elle ! Depuis un an ! Tu peux m'expliquer comment on fait un enfant dans ce cas ? Dans une éprouvette ?

— Non, évidemment ! C'est arrivé, et puis c'est tout ! (Il avait lancé un caillou avec rage.) On... je viens ici quatre fois par an, et nous n'avons qu'une seule semaine pour nous deux. Pendant le reste du temps, nous nous rencontrons en douce, pas assez, et souvent c'est difficile. Tu crois que je vis comme un moine le reste du temps ? Toi aussi, tu couches sûrement avec Henri !

— Non ! Il y a longtemps que je ne couche plus avec lui ! J'avais déjà arrêté avant de te rencontrer. Pour moi, c'est fini, je ne pourrais plus coucher avec lui. Mais visiblement, pour toi, ce n'est pas pareil.

— Qu'est-ce que tu veux, c'est un accident. J'avais bu ce soir-là, et...

— Tu viens de dire que tu ne vis pas comme un moine. Pourquoi m'as-tu raconté que tu ne faisais plus l'amour avec elle ? »

La fureur de Peter avait augmenté à vue d'œil, et elle s'était attendue à l'entendre hurler. Il détestait ce genre de conflits. Pis, il la détestait dans ces moments-là.

Mais, s'était-elle dit, comment veut-il que j'aie la force de garder un chagrin pareil pour moi toute seule ?

« Je dis ce genre de chose pour éviter de t'entendre râler, avait-il répondu d'un ton rageur. Tu n'arrêtes pas de me cuisiner, de me forcer à te jurer ceci et cela, que je ne couche plus avec elle et je ne sais quoi encore, jusqu'à ce que je te dise ce que tu veux entendre, uniquement pour te faire taire. Tu es tellement pénible, par moments ! Tu ne parles que de toi, de toi, de toi ! Peut-être que tu pourrais aussi penser à moi et à mes problèmes, de temps en temps ! »

Nadine avait imaginé sa réaction si elle lui avait annoncé qu'elle était enceinte, elle. Il commencerait sans doute par paniquer à l'idée que l'enfant puisse être de lui, s'était-elle dit, et après il aurait peur que je ne puisse plus être à sa disposition comme avant.

Puis elle s'était reproché d'être un peu trop dure.

« Ce n'est pas ma faute si nous n'avons pas plus de temps pour nous, avait-elle répliqué, ça fait un an et demi que je te demande de prendre une décision. Je trouve cette situation atroce, insupportable. Et maintenant, ça... »

Sa voix s'était brisée. Elle s'était mordu les lèvres. Non, elle n'allait pas se mettre à pleurer. Les rares fois où cela lui était arrivé, Peter s'était éclipsé, furibond.

« Je t'ai expliqué pourquoi je ne pouvais pas divorcer. Je croyais que tu avais compris.

— Tu as parlé de deux ans. Un ou deux ans, voilà ce que tu m'as dit. Mais ces deux ans seront bientôt passés.

— En octobre, avait-il rectifié, en octobre, deux ans seront passés.

— Tu y vois certainement un peu plus clair, depuis. Comment ça se présente ? Tes finances vont mieux ? »

Il avait baissé la tête et s'était mis à déplacer les galets du bout du pied. Elle avait alors compris que ses soucis n'avaient pas disparu. Au contraire, ils avaient pris de l'importance.

Quand il lui avait répondu, toute colère avait disparu. Sa voix était lasse, infiniment lasse, comme celle d'un vieillard :

« C'est encore pire, c'est sans issue. J'ai des dettes à n'en plus finir. Quand j'essaie de boucher un trou, j'en creuse un ailleurs, et ils deviennent de plus en plus profonds. Je ne sais pas où je vais, je sais seulement que j'ai perdu le contrôle. »

Cette fois, sa voix tremblait. Nadine avait même cru un instant qu'il allait se mettre à pleurer.

« J'ai l'impression d'être assis dans un manège qui tourne à toute vitesse, toujours plus vite. J'aimerais sauter mais je ne sais pas où je vais atterrir, et je ne sais pas si je ne vais pas me rompre le cou en sautant. Donc je me cramponne à ma place et ma situation s'aggrave de jour en jour. »

Nadine mourait d'envie de lui prendre la main, de lui dire que tout finirait par s'arranger, mais il avait joint ses deux mains crispées et s'était à demi détourné d'elle. Il ne voulait pas qu'on le touche.

« Ce que j'aimerais, c'est disparaître purement et simplement. Avec toi. N'importe où, quelque part où on ne nous connaît pas. Commencer une nouvelle vie, on repartirait de zéro... Ce serait une deuxième chance... »

C'était la première fois qu'il évoquait cette possibilité, et Nadine avait retenu son souffle. Il décrivait son rêve. Une nouvelle vie... repartir de zéro... une deuxième chance... Jamais il n'avait exprimé cette idée en l'y associant. À l'époque, elle avait préféré ne pas accorder d'importance au fait que ce n'était pas elle, mais uniquement sa situation qui l'y amenait.

« J'ai encore... une réserve, environ cent mille euros, sur un compte en Suisse. Je me suis débrouillé pour cacher cette somme au fisc. Cela nous permettrait de prendre un nouveau départ. »

Aussitôt après, le doute l'avait repris :

« Mais comment faire ? Laura croulerait sous les dettes. Elle ne pourrait pas avoir accès avant des années à l'assurance vie qui lui permettrait d'éponger le plus gros. Il s'écoulerait un temps fou avant qu'elle puisse me déclarer mort. Et par-dessus le marché, ce bébé qui va arriver ! Jamais je ne pourrais me regarder dans la glace ! »

Elle avait osé caresser sa main, et il l'avait laissée faire. En un instant, Nadine avait mis au point une tactique, la seule dont elle disposait, la seule susceptible de réussir.

La jeune femme avait changé d'attitude. Elle avait cessé de le harceler, s'était montrée compatissante, compréhensive. Elle savait que ses dettes empireraient, que ses soucis s'accumuleraient. L'idée de la fuite et du nouveau départ ne le lâcherait plus désormais, ce projet prendrait de plus en plus d'importance, et, en même temps qu'augmenterait son désespoir, ses scrupules vis-à-vis de Laura et du bébé diminueraient. Il fallait simplement qu'il ait le dos encore plus près du mur. C'était difficile, elle devait s'armer de patience.

À partir de ce moment, elle n'avait cessé de trembler et l'angoisse était devenue insupportable, au point que, parfois, elle en tombait malade. Maintenant encore, elle sentait le mal-être qui l'avait tenaillée pendant toute une année, jour après jour, les maux de tête, la bouche sèche, le tremblement incessant de ses mains.

C'est la faute de l'enfant, se dit-elle, il s'est mis à aimer cette enfant plus que je ne l'avais prévu.

Nadine avait fini par oublier sa stratégie de retenue, qui, de plus, ne menait à rien. Depuis le début de l'année, les conflits avaient repris – son harcèlement, ses prières, sa colère à lui – jusqu'au terrible week-end de Pérouges. Et enfin, alors qu'elle avait abandonné tout espoir, il avait pris sa décision.

Puis à la fin, elle avait été perdante.

Elle avait froid – et pas seulement à cause du vent. Elle était glacée intérieurement. Mais il lui fallait vivre, même si elle sentait en elle la rigidité des morts.

Au bout du compte, elle finirait peut-être par n'éprouver ni douleur ni désespoir, mais elle ne ressentirait plus non plus d'espoir ni de désir. Elle ne sentirait tout simplement plus rien du tout.

Peut-être alors trouverait-elle une forme de paix intérieure.

6

Monique avait couru beaucoup plus loin que prévu, mieux, plus loin qu'elle ne s'en sentait capable. Elle avait commencé par l'ouest, presque jusqu'aux Lecques.

Là, elle avait fait demi-tour et, de retour à La Madrague, elle n'avait pas envie de rentrer chez elle. Elle avait donc attaqué le sentier des falaises qui allait jusqu'à Toulon et dont les premiers mètres étaient visibles depuis sa cuisine. Au fil des années, elle avait vu arriver et repartir des cohortes de randonneurs sans jamais éprouver le besoin de les imiter. La vue devait être magnifique, mais passer son temps à grimper et à redescendre ne l'avait jamais tentée.

Bien sûr, c'était épuisant. Ce n'était pas parce qu'elle avait entamé une nouvelle vie que sa forme physique en était améliorée. La bonne volonté seule ne suffisait pas. En grimpant, elle soufflait comme une locomotive et devait s'arrêter souvent, pliée en deux, une main posée sur son flanc droit.

Pourtant, elle se sentait bien. La vue était splendide, et ce qui lui faisait plus de bien encore, c'était l'effort qu'elle imposait à son corps. L'air froid était délicieux. Sa tête était claire et libre.

Voilà, songea-t-elle, je vais faire du sport. Je vais devenir mince, je vais m'entraîner et me maintenir en forme. Trouver un mari et avoir des enfants, ça ne se commande pas, mais au moins je peux m'empêcher de m'abrutir devant la télé.

Si elle était en forme physiquement, le reste suivrait. Ses autres problèmes seraient plus faciles à résoudre.

Lorsqu'elle arriva chez elle, il était midi et demi. Monique souhaitait préparer quelque chose de bon à manger, elle l'avait bien mérité. Elle sentait ses jambes en montant les escaliers. Arrivée en haut, elle sortit la clé de la poche de son pantalon et ouvrit.

Elle ne sut pas d'où avait surgi cet homme. Tout à coup, il avait été derrière elle et l'avait poussée à l'intérieur, l'avait suivie en refermant la porte sur eux. Il avait dû l'attendre sur le palier, caché derrière les marches qui montaient à l'étage supérieur. Tout alla si vite qu'elle ne comprit pas ce qui se passait et qu'elle n'eut pas l'idée de crier ou de faire du bruit.

Elle se retourna et lui fit face.

Il était grand, mince et beau, mais il la regardait avec un mauvais sourire, et elle trouva que ses yeux avaient un regard étrangement fixe.

— Monique Lafond ? s'enquit-il.

Elle avait l'impression qu'il savait qui elle était, qu'il était inutile de le nier.

— Oui, répondit-elle.

Son sourire s'agrandit et devint encore plus terrifiant.

— Vous vouliez me parler ? demanda-t-il.

Elle comprit alors qu'elle avait commis une épouvantable erreur.

DEUXIÈME PARTIE

Prologue

Monique Lafond se trouvait en bas, dans sa cave, et c'était extrêmement contrariant. C'était un vrai problème, à résoudre d'urgence. Il ne pouvait se permettre de traîner. Car il arrivait tout près du but. La réalisation de ses rêves était à portée de main. L'irruption de cette Monique Lafond représentait un regrettable imprévu.

Lorsqu'il avait écouté son message sur son répondeur, il avait été saisi d'effroi. Puis il s'était interrogé. Qui était cette femme ? Comment avait-elle pu avoir accès à son numéro de portable ? Son nom lui disait quelque chose, il l'avait déjà entendu quelque part. Au bout d'un certain temps, il avait fini par trouver : la femme de ménage. Bon sang, la femme de ménage de Camille ! Lui-même ne l'avait jamais rencontrée, mais Camille avait prononcé son nom une ou deux fois. Comment cette bonne femme avait-elle pu dénicher son numéro de téléphone ? Pas par Camille, car celle-ci non seulement n'entretenait aucun lien de familiarité avec sa femme de ménage, mais, de plus, se donnait beaucoup de mal pour lui cacher leur liaison.

Jamais, pourtant, il n'eût nié l'existence de leur liaison, et surtout pas auprès de la police, si Camille avait éprouvé le besoin de la diffuser. Or, la police ne s'étant pas manifestée, il en avait déduit que Camille avait gardé le silence. Son détachement vis-à-vis de son environnement confinait à l'autisme. Donc il n'avait pas vu la nécessité d'aller voir la police et d'éveiller ses soupçons.

Toutefois, avec le message de cette Monique Lafond, il avait compris son erreur. Il avait omis, au départ, de prendre en compte l'idée que quelqu'un se manifesterait. Partant de là, il allait paraître curieux qu'il ne se soit pas manifesté auprès de la police. Jamais il ne pourrait inventer d'explication plausible.

D'où surgissait-elle, cette femme qui visiblement était au courant de leur liaison ? Cerise sur le gâteau, elle utilisait son numéro de portable, que peu de gens connaissaient. Camille faisait partie des rares personnes qui le possédaient. Sa femme de ménage l'avait-elle découvert chez elle ?

Il réfléchit : à quel moment avait-il commis une imprudence ? N'avait-il pas pris assez de précautions ? Un jour, il avait laissé ce numéro sur le répondeur de Camille à Paris, mais ce n'était sûrement pas là que cette femme l'avait trouvé.

Pourtant, c'était peut-être là qu'il fallait chercher : quelqu'un d'autre avait pu écouter la bande. Comment avait-il pu être certain que Camille effaçait systématiquement les messages après les avoir écoutés ? Tout simplement parce qu'il l'avait vue faire ; elle les écoutait et les effaçait parfois avant d'avoir entendu la fin. C'était une manifestation de son désintérêt maladif pour le monde.

« À quoi te sert d'avoir un répondeur si tu n'écoutes même pas les messages jusqu'au bout ? lui avait-il demandé un jour.

— C'est Jacques qui a installé le répondeur. »

Ces appareils étaient donc sacrés. Ils resteraient en place pour l'éternité.

Et si, pour une raison quelconque, Camille n'avait pas effacé son message à Paris ? Elle affirmait d'ailleurs ne pas l'avoir reçu, à l'époque. Il en avait douté, convaincu qu'il s'agissait de l'une de ses manœuvres pour l'éloigner. À partir de ce moment, il ne l'avait plus jamais crue, et cela l'avait rendu tellement furieux, tellement fou de rage que...

À ce point de ses réflexions, il s'interdit d'aller fouiller plus loin dans ses souvenirs. Il refusait de penser à ce qui s'était passé ensuite. Il avait assez à faire pour organiser sa vie d'aujourd'hui. S'il avait commis des erreurs, il fallait veiller à ce qu'elles ne causent pas sa perte.

Tout d'abord, qu'allait-il faire de cette Monique Lafond qui pouvait devenir si dangereuse ?

Par bonheur, la femme de ménage lui avait indiqué d'elle-même l'endroit où elle habitait, et il n'avait eu aucun mal à trouver son adresse exacte par les renseignements. Samedi après-midi, vers trois heures, il s'était rendu chez elle. Elle n'y était pas, mais quelqu'un avait fixé un papier sur la porte de son appartement, papier qu'il avait évidemment ôté. Cette imbécile avait visiblement ameuté pas mal de monde déjà ; il était grand temps qu'il intervienne.

Le soir, il y était retourné, mais, juste au moment où il arrivait devant sa porte, on avait sonné chez elle d'en bas, et il avait filé sans bruit à l'étage supérieur. En entendant les voix, il avait déduit qu'une amie était venue la voir, et, comme tout le monde savait que les femmes qui se rendaient mutuellement visite le samedi soir passaient la moitié de la nuit ensemble, il avait préféré renoncer à attendre et s'était éclipsé aussi furtivement qu'il était monté.

Le jour même, il avait dû patienter assez longtemps, et ses nerfs en avaient pris un sacré coup. Le problème, c'étaient les voisins, car non seulement il éveillerait leur méfiance s'il traînait dans leur couloir pendant des heures, mais de plus cela leur donnerait tout le temps d'enregistrer son visage. Dès qu'une porte s'ouvrait, il grimpait à pas de loup jusqu'au dernier étage pour aller s'embusquer sous un escalier qui menait sur le toit, certain qu'il ne courait pas grand risque d'y rencontrer du monde. C'était plus difficile quand il s'agissait de la porte d'entrée, car il ne pouvait se cacher sous le toit s'il ne voulait pas rater le retour de sa victime. Il lui avait donc fallu rester à son poste sans quitter des yeux le couloir, et, par deux fois, il n'avait pu s'échapper qu'à la toute dernière seconde.

Enfin, la porte s'était ouverte sur elle, et il avait agi avec la rapidité de l'éclair. Grâce à Dieu, elle était seule. Pendant ses heures d'attente, il avait craint qu'elle ne rentre avec une amie. Curieusement, il n'avait jamais songé à un homme, voire à un éventuel compagnon. Peut-être parce qu'il n'avait trouvé qu'un seul nom sur la porte.

Il l'avait poussée à l'intérieur de l'appartement. Il était muni d'un couteau, mais il n'avait pas eu besoin de le montrer, car elle n'avait opposé aucune résistance. Elle n'avait pas crié, elle l'avait seulement dévisagé avec des yeux écarquillés d'effroi.

« Vous vouliez me parler ? » avait-il demandé.

Il avait aussitôt lu sur ses traits glacés de terreur qu'elle comprenait à quoi il faisait allusion.

Par précaution, il avait mis la main dans la poche de son sweat-shirt pour sortir son couteau rapidement au cas où elle commencerait quand même à crier, mais, apparemment, elle en était incapable. Elle se contentait de le regarder, avec, sans doute, le cerveau qui travaillait à toute vitesse.

Dehors, dans le couloir, il avait entendu passer quelqu'un. Ils étaient beaucoup trop près de la porte, et il avait donc fait reculer sa proie jusqu'au salon. Plus exactement, il n'avait pas eu besoin de la pousser, il lui avait suffi de se déplacer lentement vers elle pour la faire reculer. Dans le salon, il s'était assuré d'un coup d'œil que toutes les fenêtres étaient fermées, puis il avait ordonné à la femme de ménage de s'asseoir, et elle s'était exécutée aussitôt. Heureusement, elle était terrorisée, ce qui signifiait qu'elle ne lui causerait aucune difficulté. Lui-même était resté debout, cela lui donnait un sentiment de supériorité, alors qu'en réalité il manquait d'assurance. Il n'avait aucune idée de la suite des événements. Son unique préoccupation était de la mettre hors d'état de nuire.

« Comment avez-vous eu mon numéro de téléphone ? avait-il interrogé. Mon numéro de portable. »

Monique Lafond avait hésité un peu trop longtemps. Elle ne lui avouerait pas la vérité, il l'avait compris.

« Par Mme Raymond, avait-elle répondu.

— Camille Raymond n'aurait jamais donné mon numéro à sa femme de ménage ! »

Il avait craché les mots « femme de ménage », tout en sentant qu'il regagnait un peu d'assurance. Petit à petit, il se mettait bien dans la tête qu'elle n'était qu'une employée de maison, une moins que rien, quelqu'un de limité. Sans compter qu'elle était tout sauf attirante : des cuisses trop grosses à son goût, une figure trop ronde. Pas du tout son genre.

« Mais si, elle me l'a donné », avait-elle insisté.

Comment l'avait-elle obtenu, en réalité ? Il existait deux possibilités : soit elle avait l'habitude de fouiller dans les affaires de Camille et ne voulait pas l'admettre parce que cela l'embarrassait. Soit elle avait un informateur qu'elle essayait de couvrir. Mais, bon Dieu, qui ? Camille n'avait aucun ami. Et, même dans ce cas, à quoi rimait de communiquer son numéro de portable ?

Dans le courant de l'après-midi, il lui avait posé la question à plusieurs reprises, mais la femme de ménage s'en était tenue à sa version impossible à croire, et il avait senti augmenter sa fureur. Si au moins elle avait menti adroitement, passe encore, mais de cette façon, c'était une insulte à son intelligence. Cette obstination l'avait rendu agressif. Certes, il avait tué des gens, mais il était incapable de tuer pour tuer. Ses victimes l'avaient mérité, les éliminer était même une nécessité parce que c'était ce genre d'individus qui rendait le

monde de plus en plus mauvais, de plus en plus insupportable.

Cette pauvre femme de ménage, bien que n'entrant
pas dans la catégorie des êtres à éliminer, s'était mêlée
de ses affaires, et, de plus, le prenait pour un imbécile.
Si elle persévérait dans cette voie, il en conclurait
qu'elle aussi méritait d'être punie. Cela faciliterait beaucoup les choses.

Puis, alors qu'elle gisait encore sur le canapé, tandis
qu'il se dressait devant elle de toute sa hauteur mena-
çante, il l'avait prévenue :

« Je vais te cogner. Je vais te cogner jusqu'à ce que
tu dises la vérité. »

Elle avait cligné des yeux en lui demandant d'une voix
apeurée si elle pouvait aller aux toilettes.

« Non », avait-il répondu.

Il avait constaté avec satisfaction que sa panique aug-
mentait encore un peu. Il lui imposait là une vraie torture et, qui plus est, une torture qui grandirait de
minute en minute, d'heure en heure, sans qu'il lève le
petit doigt. Peut-être finirait-elle par comprendre qu'il
valait mieux coopérer.

Par bonheur, la nuit tombait tôt à cette époque de
l'année. À six heures, il avait décidé qu'ils pouvaient se
risquer à sortir. Il ne lui avait pas encore montré le couteau.

« On va partir maintenant, on va monter dans ma voiture, avait-il annoncé. Moi, je marche à côté de toi, et
tu auras le couteau dans le bas du dos. Si tu fais l'imbécile, je n'ai pas besoin de t'expliquer ce qui va se passer.
Soit tu crèves, soit tu es infirme pour la vie. Donc tu es
bien sage, tu ne fais rien sans que je te le demande.
Compris ? »

Sans s'en rendre compte, il était passé du *vous* au *tu*
au cours de l'après-midi. Ce changement était bon
signe. Plus il abandonnait ses formules de politesse

276

habituelles, plus elle se transformait pour lui en objet, ce qui simplifiait les choses.

« S'il vous plaît, avait-elle imploré, est-ce que je peux aller aux toilettes avant ?

— Non ! » avait-il jeté.

D'un geste de la main, il lui avait fait signe de se lever.

Il avait eu une chance incroyable. Ils n'avaient pas rencontré âme qui vive, ni dans l'immeuble ni dehors, sur le chemin du port. La journée avait été belle mais fraîche, la soirée était froide. Il avait avancé en la serrant de si près qu'ils pouvaient passer pour un couple d'amoureux. Le couteau demeurait caché dans sa manche, mais la pointe touchait le dos de sa victime ; lorsqu'elle avait trébuché, il avait fait en sorte qu'elle sente immédiatement le tranchant de l'acier. À la lueur des réverbères, il voyait les gouttes de sueur perler sur son front et sur son nez. Elle passait un sale quart d'heure, c'était bien fait pour elle.

Il l'avait fait monter dans le coffre après avoir bien vérifié que personne ne les observait. Monique Lafond s'était roulée en boule comme un hérisson et s'était mise à pleurer en silence. Effectivement, elle avait toutes les raisons pour cela.

Arrivé chez lui, il avait encore réussi à la faire passer de la voiture à la maison sans être vu. La femme de ménage était sortie du coffre avec une lenteur désespérante. Elle manquait incroyablement de souplesse, sans compter que sa vessie devait lui faire souffrir le martyre, car la première chose qu'elle avait demandée une fois entrée dans la maison avait été :

« S'il vous plaît, laissez-moi aller aux toilettes ! »

Il avait fait signe que non. Qu'elle voie qu'il pouvait être aussi têtu qu'elle. Il l'avait conduite à la cave, un recoin voûté, sans fenêtre, qui avait tout d'une grotte. Dans cette petite pièce, il entreposait des conserves sur des étagères de bois. Hormis cela, c'était vide : il ne s'était pas préparé à y enfermer du monde... Il l'avait poussée dans le noir en verrouillant la porte, puis, poursuivi par ses cris, il avait remonté les marches. Quand il eut refermé la porte du haut, il n'entendit plus rien.

Épuisé, il méritait de souffler un peu, mais pas long-temps. Il fallait impérativement imaginer une solution, car il ne pouvait laisser cette femme moisir dans le noir et dans le froid glacial de la cave. À moins que… ? Dans ce cas, inutile de se torturer les méninges, il ne lui res-terait plus qu'à attendre, et ensuite à trouver un moyen pour éliminer ce qui resterait d'elle.

Il se rendit au salon, alluma la lampe près du canapé. Il aimait sa lueur douce et apaisante. Dans le grand poêle de fonte, les bûches rougeoyaient en répandant une confortable chaleur. Il se servit un whisky, sentit la brûlure du liquide qui descendait dans sa gorge, savoura le feu qui s'emparait de son corps. Il n'avait pas besoin de boire de grandes quantités pour se sentir plus fort, plus sûr de lui.

Son regard tomba sur le téléphone. Il avait tellement envie d'entendre sa voix ! Mais il hésita. Il ne fallait pas l'importuner. Puis il fut incapable de résister et finit par se lever pour aller composer son numéro. Le cœur bat-tant à se rompre, il attendit qu'elle décroche.

Mon Dieu, faites qu'elle soit là. Il faut que je lui parle. Il faut que je sache qu'elle existe. Qu'elle est là pour moi, qu'elle m'aime bien, qu'elle m'aimera un jour…

La sonnerie dura si longtemps qu'il crut qu'elle n'était pas chez elle, et la déception déclencha en lui une douleur si forte qu'il pensa ne pas pouvoir la sup-porter.

Il allait renoncer lorsque, enfin, on décrocha.

— Oui ? demanda-t-elle, hors d'haleine.

Elle avait la plus belle voix du monde, douce, mélo-dieuse, suave, pleine de promesses. Un immense soulagement le fit soupirer d'aise ; il sentit, à la force de son désir pour elle, combien ils étaient déjà unis.

— Ah, finalement, tu es là, Laura, dit-il d'une voix bien éloignée de ce qu'il ressentait réellement, je pensais… bon, peu importe. C'est moi, Christopher. Tu as envie qu'on dîne ensemble, ce soir ?

Lundi 15 octobre

1

— Malheureusement, expliqua Henri, je ne peux pas vous être d'un grand secours. Ma femme et moi, nous sommes horrifiés, bouleversés par la mort de notre ami, mais nous n'avons pas la moindre idée de ce qui s'est passé.

— Ah, fit le commissaire.

Il ne paraissait pas très satisfait. De plus, Henri éprouvait le sentiment inconfortable qu'il ne croyait pas entièrement à sa totale ignorance. Lui-même sentait à quel point sa phrase paraissait fabriquée, comme apprise par cœur. Mais, après tout, ce manque de spontanéité pouvait être considéré comme une réaction normale devant la violence à laquelle il avait été brutalement confronté.

Il était huit heures et demie lorsque, en ouvrant les volets du restaurant, ce lundi matin, il avait aperçu une voiture grise garée de l'autre côté de la rue. Les deux hommes qui l'occupaient s'étaient aussitôt dirigés vers lui. Il n'avait eu d'autre choix que de leur ouvrir la porte.

Ils s'étaient présentés comme étant le commissaire Bertin et l'inspecteur Duchemin en déclarant qu'ils avaient quelques questions à lui poser. Henri les avait fait entrer à la cuisine, leur avait proposé un café qu'ils avaient volontiers accepté. Ils avaient commencé par demander à voir Nadine.

« Nous aimerions bien que votre femme participe à cette conversation. »

Il avait dû leur expliquer que sa femme ne se trouvait pas à la maison.

« Elle est sortie, si tôt le matin ? s'était étonné Bertin.

— Elle n'a pas passé la nuit ici. Elle est chez sa mère. Elle y va souvent. »

Henri avait l'impression de parler un peu trop hâtivement.

« Sa mère a des ennuis de santé », avait-il précisé.

Comme il s'y attendait, ils avaient appris par Laura que Peter Simon avait dîné chez lui le samedi. Ils voulurent tout savoir de lui, ce qu'il avait dit, comment il s'était comporté, si quelque chose en lui l'avait frappé, mais Henri avait répété ce qu'il avait dit à Laura : Peter paraissait fatigué, silencieux, mais cela ne lui avait pas semblé surprenant après son long voyage en voiture ; il n'avait mangé que la moitié de sa pizza et était reparti au bout d'une heure environ ; ils n'avaient pratiquement pas échangé deux mots.

« Vous étiez amis, avait objecté Bertin, et vous ne vous étiez sans doute pas vus depuis un certain temps. N'aurait-il pas été normal que vous parliez un peu ?

— Si, mais j'avais du travail. La salle était pleine, et ma femme m'avait laissé tomber sans prévenir, parce qu'elle avait dû aller voir sa mère. J'étais tout seul à me démener entre la cuisine et la salle, les gens commençaient à râler parce que c'était trop long. Je n'avais pas le temps de m'occuper de Peter.

— Saviez-vous pourquoi il était descendu sur la côte ?

— Oui, bien sûr. Il venait chaque année, pendant la première ou la deuxième semaine d'octobre, faire un tour en voilier avec un ami.

— Et il n'a pas indiqué qu'il avait d'autres projets, cette fois ? »

Que savait Bertin ? Savait-il que Peter Simon avait prévu autre chose ? Qu'il avait l'intention de prendre le large avec Nadine, de commencer une nouvelle vie ailleurs ? Laura, de son côté, l'ignorait ; sinon, elle n'aurait pas manqué d'accourir pour demander des comptes à Nadine. Avaient-ils découvert quelque chose dans sa voiture, un indice qui les avait mis sur la piste de sa fuite avec Nadine, des lettres, quelque chose de ce genre ?

Henri avait résolu de conserver sa ligne de conduite : il ne savait rien de rien.

« Non, avait-il répondu, pas du tout. Comme je vous l'ai déjà dit, en dehors de : "Salut, comment ça va ?", nous ne nous sommes pas parlé. Je passais mon temps à courir. »

Ils lui avaient demandé le nom des autres clients, mais il n'en connaissait aucun.

« Pendant la saison, j'ai beaucoup de gens que je connais depuis des années. Mais l'arrière-saison, ce sont des clients occasionnels... Non, je ne connaissais personne samedi soir. Sauf Peter Simon, justement.

— Est-ce que M. Simon a parlé à quelqu'un ?

— Non.

— Mme Simon a déclaré que vous aviez fait allusion à une mallette qu'il avait avec lui. Ça, au moins, vous l'avez remarqué.

— Oui, parce que c'était la première fois qu'il venait ici avec une mallette. Mais je ne m'y suis pas arrêté, j'avais autre chose à faire.

— Quand M. Simon est parti, est-ce que quelqu'un l'a suivi ? C'est-à-dire est-ce que quelqu'un a quitté le restaurant tout de suite après lui ?

— Pas que je sache. Mais j'étais occupé aussi à la cuisine, j'ai très bien pu ne pas le remarquer.

— On vous aurait appelé pour encaisser.

— Il y en a beaucoup qui paient et qui finissent tranquillement leur verre avant de partir. Ça ne prouve rien, mais en tout cas, moi, je n'ai rien remarqué. »

Bertin s'était penché en avant pour scruter son visage.

« Que savez-vous de Peter Simon ? Jusqu'où allait votre amitié ? Vous faisiez-vous des confidences, partagiez-vous vos soucis, vos problèmes, parliez-vous de votre vie quotidienne ? S'agissait-il vraiment d'une amitié, ou seulement d'une relation ?

— Nous ne nous voyions pas très souvent. Les Simon venaient à Pâques et en été. Parfois aussi pour la fin de l'année, mais ils ne sont venus que... deux fois, je crois. En octobre, Peter venait faire du bateau, et le plus souvent je ne le voyais même pas. Je ne crois pas que nous connaissions beaucoup de choses les uns sur les autres. Ils venaient souvent manger ici, mais Nadine et moi, nous avions du travail, et nous n'avions donc pas de grandes conversations. Non (il parvint à lancer à Bertin un regard relativement sincère), sans doute devrait-on effectivement parler plutôt de relation.

— Saviez-vous que Peter Simon rencontrait d'importantes difficultés financières ?

— Non, avait-il répondu, surpris. Je l'ignorais.

— Nous avons fait vérifier sa situation par nos collègues allemands. Sa veuve se retrouve devant une montagne de dettes, et on ne peut qu'espérer qu'il a contracté une bonne assurance vie.

— Jamais ils ne nous en ont rien dit, ni l'un ni l'autre. »

Le commissaire avait repris une gorgée de café avant de poursuivre :

« À quoi ressemblait exactement cette relation entre vous et les Simon ? Vous étiez deux couples. Souvent, dans ce cas-là, les sentiments ne sont pas répartis de manière égale. Souvent les hommes s'entendent bien, et les femmes ne s'aiment pas trop. Ou l'inverse. Ou alors, la femme est plus liée au mari de l'autre... Il y a plusieurs possibilités. Comment définiriez-vous votre relation ? »

Henri avait songé que, peut-être, le policier devinait quelque chose. Autrement, comment interpréter cette question ?

Il avait soudain ressenti une envie puérile de tartine de miel. Comme si c'était le moyen de trouver le réconfort dont il avait besoin.

Il s'était demandé pourquoi il se sentait coupable, pendant cet interrogatoire. Pourquoi il veillait avec tant de soin à se comporter correctement. Pourquoi il avait peur. Il n'avait rien fait de mal. Il n'avait rien à voir avec la mort de Peter Simon.

En réalité, il ne s'agissait pas de cela. Henri avait peur, tout simplement, que ces deux hommes assis devant lui, au visage froid et intelligent, ne puissent découvrir qu'il n'était qu'une lavette qui s'accommodait depuis des années du fait que sa femme le trompe, qui se cramponnait à leur vie commune et à la perspective d'un avenir radieux, même après avoir appris son intention de le quitter. Fugitivement, il s'était demandé ce qu'aurait fait Bertin dans la même situation. Mais sans doute ne se serait-il jamais laissé embarquer dans une telle situation.

« Il n'y avait rien de spécial, à mon avis... avait-il répondu avec effort. On s'aimait bien, tous les quatre. De temps en temps, on faisait des choses ensemble, mais assez rarement, parce que, comme je l'ai dit, quand ils étaient en vacances, pour nous c'était le grand boom à la pizzeria. Nous ne savions pas grand-chose les uns des autres. Je suis sûr que ma femme ne savait rien, elle non plus, des soucis d'argent de Peter Simon.

— Votre femme avait-elle des échanges un peu plus nombreux avec Laura Simon ?

— Je ne crois pas, non. »

Après qu'il eut prononcé sa phrase concernant la mort d'un ami, les deux hommes se levèrent, et, pour la première fois, l'inspecteur Duchemin prit la parole.

— Nous aimerions bien avoir un entretien avec votre femme. Quand serait-ce possible ?

— Je ne sais pas exactement à quelle heure elle va rentrer... Elle va peut-être passer deux nuits chez sa mère. Nous sommes fermés aujourd'hui, et...

Duchemin lui tendit sa carte.

— Dites-lui de m'appeler. Nous conviendrons d'un rendez-vous.

— Très bien.

Henri raccompagna les deux policiers jusqu'à la porte. La matinée était resplendissante, comme les matinées précédentes, mais encore plus froide. Il se demanda s'il ne devait pas appeler Catherine pour l'inviter à déjeuner. Ces derniers temps, il ne l'avait contactée que lorsqu'il avait besoin d'elle, et souvent il ne s'était pas montré très gentil. Pour une fois, il pouvait lui préparer un bon repas, cela l'aiderait à rompre sa solitude. Nadine ne rentrerait sûrement pas avant le lendemain midi.

2

— Je savais bien que ce nom me disait quelque chose ! s'écria Marie. Peter Simon ! Bien sûr ! Vos amis allemands. Tu m'en as parlé quelquefois.

— Ça m'a fait un choc, avoua Nadine.

Elle était assise en face de sa mère, à son ancienne place à la table de cuisine, celle qu'elle occupait dans son enfance. À cet endroit, le bord était plein d'encoches et de gribouillis. Mille fois, elle avait gravé ses sentiments dans le bois, les avait exprimés par des éclairs ou d'autres signes. Aujourd'hui, Nadine était adulte, mais sa colère, sa déception, son désespoir étaient toujours là. Elle se retenait d'enfoncer ses ongles dans la table. Elle se retrouvait prise au piège comme autrefois, et elle ne savait toujours pas comment s'en sortir.

Dehors, le ciel était bleu, la journée ensoleillée, mais, en cette saison, quelle que fût l'heure, le soleil restait à l'extérieur de la petite vallée coincée entre les rochers. La lumière électrique restait allumée du matin au soir.

— Je m'en doute ! s'écria Marie en frissonnant. Connaître personnellement quelqu'un qui a été tué d'une manière aussi cruelle… C'est horrible ! Tu as une idée de ce qui a pu se passer ?

— Non, sinon je l'aurais dit à la police.

Marie hocha la tête, puis elle jeta un regard discret à la pendule. Neuf heures dix. Elle soupira. Elle trouvait palpitant qu'un ami proche de sa fille eût été victime d'un assassinat mais, pour l'instant, ce qui l'intéressait le plus, c'était la vie de sa fille, plus exactement son couple. Nadine laissait Henri seul trop souvent, et à la longue cela ne donnerait rien de bon. Nadine ne voulait pas reconnaître la chance qu'elle avait eue en rencontrant Henri, c'était à désespérer. Un jour, il finirait par perdre patience.

— Parfois, je me dis que le destin des autres t'intéresse plus que le tien, risqua Marie. Bien sûr, c'est une tragédie que votre ami soit mort dans des conditions aussi atroces, mais, finalement, ce n'est pas ta vie. Ta vie, c'est Henri et le restaurant. Tu devrais t'en occuper un peu plus.

— Qu'est-ce que tu essaies de me dire ?

Marie poussa un nouveau soupir, peu à l'aise dans ce genre de conversation.

— Tu sais à quel point je suis seule, à quel point je suis heureuse de tes visites. Mais tu ne devrais pas abandonner Henri si souvent. Hier soir il était seul, ce matin il est seul. Il t'aime, et il t'est très… attaché. Mais il ne faut pas trop en demander à l'amour. Nadine (elle

286

tendit la main et caressa brièvement la main de sa fille), il est temps que tu prennes le chemin du retour.

Nadine retira sa main et la cacha sous la table, comme si elle avait peur d'une nouvelle offensive de sa mère.

— Il n'y aura pas de retour, annonça-t-elle.

— Qu'est-ce que ça signifie ?

— Ce que je dis. C'est pourtant clair.

— Il n'y aura pas de retour ? Tu ne veux pas retourner auprès d'Henri ?

— Non, répondit-elle en gardant ses mains sous la table. Je ne veux pas y retourner. Nous deux, c'est terminé depuis longtemps. Pas la peine de me seriner que c'est un mari fantastique, de me répéter qu'il faut que je me ressaisisse... C'est fini. Je ne veux plus.

Marie, abasourdie, resta bouche bée. Puis elle murmura :

— Tu as souvent fait des allusions... Mais j'ai toujours pensé...

— Qu'est-ce que tu as pensé ?

— Que c'était un mauvais moment à passer. Tous les couples traversent des crises, mais ce n'est pas une raison pour tout flanquer en l'air. On tient bon, et tout finit par s'améliorer.

— Chez nous, il ne s'agit pas d'une crise ou d'un mauvais moment à passer. Il y a des années que je ne ressens plus rien pour Henri. Mes sentiments sont morts, ils ne vont pas renaître. Quand c'est mort, c'est mort. Si je continuais, ce serait de la torture, pour moi comme pour lui.

Marie opina du chef, subjuguée par la fermeté de la voix de sa fille.

— Qu'est-ce que tu vas faire ? s'enquit-elle.

— Essayer de devenir autonome. Mais je n'ai pas d'argent, pas de métier, pas de maison.

La voix de Nadine faiblit. Puis la jeune femme se reprit.

— Je vais trouver une solution. Jusque-là... Je voulais te demander si je pourrais vivre chez toi quelque temps.

Sur le visage de Marie, on voyait très nettement le choc qu'elle venait de subir. Cependant, elle parvint à garder contenance.

— Bien sûr, dit-elle, c'est ta maison autant que la mienne. Tu peux habiter ici le temps que tu voudras. Même si c'est pour toujours.

Cette dernière phrase eut raison du sang-froid de Nadine. Elle s'était bien juré de ne pas pleurer, de surmonter la ruine de ses projets et de ses rêves avec dignité, mais la légèreté avec laquelle sa mère évoquait l'idée que ce pouvait être pour toujours brisa ses dernières défenses.

— Oh, maman !

Les larmes jaillirent de ses yeux, exactement comme lors de sa dernière visite, et si Marie avait cru un moment que c'étaient des larmes d'émotion ou de soulagement, elle comprit très vite son erreur. Jamais elle n'avait vu personne verser des larmes aussi désespérées.

Amère, impuissante, elle garda les yeux fixés sur sa tasse de café en écoutant sa fille exprimer une douleur qu'aucune parole de consolation ne pourrait atténuer.

3

Laura se sentait à la fois harcelée et coupable. Ces sentiments mêlés étaient très inconfortables. Christopher l'avait appelée la veille pour l'inviter à dîner, mais elle éprouvait un tel besoin de solitude qu'elle avait prétendu être déjà en train de préparer son repas.

« Eh bien, fais-en pour deux, avait-il rétorqué joyeusement, je suis là dans un quart d'heure. J'apporte une bonne bouteille.

— Non, s'il te plaît », avait-elle répondu sans doute avec une certaine dureté, car, dans le silence qui avait suivi, elle avait senti qu'il était blessé.

Le plus prudemment possible, elle avait ajouté :

« Tu n'y es pour rien, Christopher. Il me faut simplement du temps pour moi. Il m'est tombé tellement de choses dessus… je réfléchis beaucoup à mon passé et je fais un travail sur moi. Je suis désolée. »

Comme toujours, il s'était montré compréhensif et compatissant, sans toutefois s'avouer vaincu.

« Bien sûr, Laura, je comprends. Toute ton existence a été chamboulée, il faut d'abord que tu remettes de l'ordre dans ta tête pour t'y retrouver. Mais passer son temps à ruminer, ce n'est pas bon, et se recroqueviller sur soi-même, ce n'est pas bon non plus. Parce que les idées finissent par tourner en rond, et certaines choses prennent des dimensions disproportionnées. Dans ce cas, il vaut mieux en parler avec un ami. »

La jeune femme se sentait coupable : refuser une main tendue, pire, éprouver de la contrariété devant l'insistance d'un homme qui lui proposait son amitié, c'était de l'ingratitude.

Sans doute n'aurais-je pas dû lui donner d'explication, pensa-t-elle plus tard. Les hommes prennent les explications pour des tentatives de justification, et, se justifier étant pour eux un signe de faiblesse, ils en profitent.

Cela l'avait amenée une fois de plus à passer en revue les erreurs qu'elle avait commises avec Peter, terrain tellement vaste qu'elle passa le reste de la soirée à ressasser.

Ce matin, Laura avait au moins le sentiment d'avoir un peu progressé. Elle n'avait pas l'intention de passer sa vie à analyser son mariage avec Peter, mais il lui fallait éclaircir certains points. De plus, ce processus l'aiderait à venir à bout des épreuves qu'elle avait vécues.

Très tôt, elle avait fait une promenade à travers champs. Le lever du soleil, la fraîcheur de l'air et la lumière l'avaient rassérénée. De retour chez elle, elle se prépara un thé qu'elle but debout dans la véranda, tout en admirant la vue sur la mer et en jouissant de la paix profonde que lui procurait ce spectacle. Cette paix lui prouvait qu'un jour elle guérirait et entamerait une nouvelle vie.

Ensuite, elle songea qu'elle devait appeler Christopher, et cette idée lui fut désagréable. Elle recula le moment. Lorsque la sonnerie retentit tout à coup, stridente, elle sursauta violemment. Puis l'idée lui vint que ce pouvait être Monique Lafond. Elle avait accroché à sa porte un papier la priant de la rappeler et s'étonnait de n'avoir pas encore reçu son coup de fil.

Mais, bien sûr, c'était Christopher.

— Bonjour, Laura. J'espère qu'il n'est pas trop tôt ?

Elle eut un rire factice.

— Non. Je me lève toujours tôt, comme tu le sais.

Aussitôt après, elle pensa : qu'est-ce que tu racontes, comment pourrait-il le savoir ?

— Non, je ne le savais pas, hélas, s'empressa-t-il de répondre. J'ai beaucoup de choses à découvrir sur toi et sur ta vie.

Un frisson la parcourut. Soit ils se parlaient sans s'écouter, soit elle lui avait donné au cours des derniers jours un signal qu'il avait mal interprété. Pourtant, elle n'en avait pas l'impression. Mais peut-être cette remarque était-elle innocente, peut-être y voyait-elle des choses auxquelles il n'avait pas songé.

— Est-ce que la soirée d'hier t'a été profitable ? poursuivit-il. Parce que je me suis inquiété. Il y a des gens qui sombrent carrément dans la dépression, à force de ruminer. C'est ce qui m'est arrivé quand Caroline m'a quitté. Je revivais toutes les discussions que nous avions pu avoir, je réfléchissais sans cesse pour trouver les erreurs que j'avais commises, ce que j'aurais dû faire pour les éviter. Jusqu'au jour où j'ai été complètement perdu, complètement déprimé. Il m'a fallu des mois pour arrêter le manège infernal qui tournait dans ma tête.

— Tu crois qu'on finit par devenir dépendant, comme pour une drogue ?

— Oui. En tout cas, le fait de ressasser finit par aller de soi, par devenir un but en soi. La machine se met en route le matin, dès le moment où on ouvre les yeux, et elle ne s'interrompt que le soir, quand on s'endort. On remâche par obligation, sans en retirer aucun bien. Effectivement, on peut parler d'une dépendance.

— Moi, j'en suis encore loin. Je viens tout juste de me retrouver veuve. Je viens tout juste d'apprendre que mon mari me trompait. Il faut que je digère tout ça, et je ne pourrai pas si je le refoule.

— C'est évident, répondit-il. Ce n'est pas ce que je voulais dire. Je voulais simplement te conseiller d'éviter de passer ton temps à réfléchir, de ne pas perdre de vue le reste du monde, des gens. Ne te coupe pas de tout et de tous.

Sa voix était chaude et calme. Laura sentit s'envoler le sentiment d'agressivité qui s'était levé en elle à son encontre. Christopher était compréhensif, prêt à l'aider, prévenant. Il s'efforçait de ne pas la laisser seule, livrée à elle-même, il voulait l'aider, être là pour elle.

— Passe à la maison ce soir, lui proposa-t-elle spontanément, je vais te préparer quelque chose de bon à manger, comme tu en avais envie. À huit heures ?

— Avec plaisir, acquiesça-t-il d'un ton solennel.

Quand elle eut raccroché, Laura se dit que, finalement, elle était contente de ne pas passer une autre soirée seule.

La jeune femme appela Monique Lafond, dont elle avait obtenu le numéro par les renseignements, et tomba sur le répondeur. Une nouvelle fois, elle la pria de prendre contact avec elle, même si, depuis la veille au soir, elle se demandait s'il fallait suivre cette piste. Était-il important de connaître le genre de rapport qui

unissait son mari à la mystérieuse Camille Raymond ?
De savoir s'il la trompait avec une seule femme, ou
deux, ou trois ? En tout cas, cela relativiserait son aventure avec Nadine. Laura saurait alors si Nadine avait
été son grand amour ou seulement une passade parmi
d'autres.

Laura inscrivit les mots « M. Lafond » avec le numéro
de téléphone sur un papier qu'elle posa à côté de l'appareil. Elle réessaierait ce soir.

4

Monique avait fini par s'assoupir, puis, lorsqu'elle
sortit de son sommeil agité, elle se demanda combien
de temps s'était écoulé. Il lui sembla qu'elle n'avait
échappé à son sort que l'espace de quelques minutes,
mais ses membres raidis et douloureux lui révélèrent
qu'elle avait passé un bon moment sur le sol de ciment
de sa prison.

Pendant quelques secondes, elle crut avoir fait un
cauchemar qui s'évanouirait pour la remettre en contact
avec la réalité. Mais non, elle comprit aussitôt qu'elle
évoluait toujours en pleine horreur et le choc vint la
frapper avec une violence qui lui arracha un gémissement. Elle gisait dans la cave d'une maison qu'elle ne
connaissait pas, plongée dans l'obscurité totale et dans
un froid glacial. Avant de s'endormir, elle avait exploré
les murs à tâtons pour estimer la taille de la pièce. Elle
ignorait s'il faisait nuit, si on était le matin ou l'après-
midi. Elle avait faim, mais le pire était la soif qui la
dévorait. L'homme qui la séquestrait était le meurtrier
de Camille et de la petite Manon.

Elle avait vu ce qu'il leur avait fait et gardait toujours
en mémoire l'odeur de leurs corps qui se décompo-
saient. Monique avait tenté de se calmer, de raisonner :
son ravisseur aurait très bien pu la tuer tout de suite,

chez elle. Il ne l'avait pas fait, il s'était contenté de la submerger de questions, afin de savoir comment elle connaissait son numéro de téléphone.

Il a besoin de moi vivante, songea-t-elle. Il sait sans doute qu'il existe quelqu'un d'autre qui est au courant de sa liaison avec Camille, ou, au moins, qui peut conduire la police sur sa piste.

Elle se cramponna à cet espoir qui, pourtant, induisait une nouvelle perspective terrifiante : qu'irait imaginer son kidnappeur pour la faire parler ? Il était fou, sans scrupules... Jusqu'à quel point pourrait-elle supporter la douleur ?

Il ne fallait pas qu'elle donne le nom de son informatrice. Ce n'était pas uniquement pour la protéger, mais parce que, au même moment, elle aurait signé son arrêt de mort.

Pressée par le besoin, Monique s'était soulagée dans un coin de sa prison. Auparavant, en tremblant de tous ses membres, elle s'était traînée à quatre pattes pour essayer de détecter la présence éventuelle d'un seau. Elle s'était cognée à une étagère, sans doute en lattes de bois, sur laquelle on avait rangé bocaux et conserves. Autrement, la pièce, qui pouvait mesurer trois mètres sur quatre, était vide, absolument vide. Pas de couverture, pas de bouteille d'eau, rien. Et encore moins de récipient utilisable.

Elle devait éviter de rester couchée trop longtemps si elle ne voulait pas grelotter. Pendant quelques terribles instants, elle se demanda si l'homme n'avait pas l'intention de la laisser crever dans cette cave, de l'oublier, de la livrer à une mort atroce, de faim, de soif, de froid.

Sans doute la torture consistait-elle à la laisser moisir ici. Il voulait qu'elle fléchisse. Il l'amenait au bord de la folie pour briser son silence.

Pouvait-il la laisser en vie, si elle parlait ? Il n'avait rien fait pour éviter qu'elle ne le reconnaisse. Ils avaient passé un après-midi entier chez elle, les yeux dans les yeux. Elle connaissait son visage, elle aurait pu le décrire à la police...

Ne pas céder à la panique... Curieusement, la perte de la notion du temps revenait sans cesse lui nouer la gorge. Chaque fois, elle craignait de céder à l'affolement, et, chaque fois, en se dominant avec le plus grand mal, Monique se disait que tout serait plus simple si elle connaissait l'heure.

Elle portait une montre, mais sans cadran lumineux, et elle n'y voyait rien. Elle fut tentée à plusieurs reprises d'enfoncer le verre de sa montre pour tâter l'emplacement des aiguilles, mais elle y renonça, de peur de tout casser et de se retrouver sans rien. Au moins, en portant son poignet à l'oreille, elle pouvait entendre le tic-tac réconfortant qui lui donnait le sentiment de garder le contact avec le monde.

De temps à autre, Monique tendait l'oreille pour essayer de déceler des bruits en provenance de la maison : peine perdue. Pas de porte grinçant sur ses gonds, pas de sonnerie de téléphone, pas même de bruit de chasse d'eau. Pourtant, ce n'était pas une maison abandonnée, car, en sortant du coffre de la voiture, elle avait constaté qu'ils se trouvaient au milieu d'un village ou d'une petite ville, et l'entrée de la maison elle-même, l'étroit couloir dans lequel on pénétrait, paraissaient aménagés, habités.

Il vivait dans cette maison.

Adossée au mur, les bras passés autour de son corps tremblant de froid, Monique attendait. Elle attendait une information qui la renseignerait sur son sort, qui interromprait le noir, le vide, l'absence de temps. Peut-être aussi n'attendait-elle qu'une gorgée d'eau.

S'il ne voulait pas la faire mourir, pourquoi ne lui apportait-il pas d'urgence un peu d'eau ?

5

Christopher s'était préparé à recevoir une visite de la police. Il avait même été étonné de ne pas voir les enquêteurs débarquer plus tôt. Bien sûr, installé au salon face à Bertin et à Duchemin, il se sentait un peu nerveux en pensant à la femme de ménage enfermée dans la cave, mais les policiers ne paraissaient pas avoir l'intention d'examiner sa maison de plus près. Il était bien tranquille : sa prisonnière se trouvait dans l'impossibilité totale de donner l'alerte. Sa cave ne révélerait pas son secret.

Bertin lui déclara qu'il avait eu un entretien avec Mme Simon et M. Joly, et que les déclarations de ces deux personnes à son sujet l'avaient quelque peu étonné.

— Peter Simon avait rendez-vous avec vous comme chaque année au mois d'octobre pour une croisière en bateau. Sa femme affirme qu'elle vous a appelé le dimanche 7 octobre au matin et qu'elle a alors appris que son mari ne vous avait pas rejoint. Est-ce exact ?

— Oui, répondit Christopher.

Il avait deviné que Laura ne parlerait pas de Nadine Joly aux fonctionnaires, et il s'était attendu à une question de cet ordre.

— Aviez-vous prévu de vous rencontrer le samedi soir ou seulement le dimanche matin ? Je vous pose la question parce que je suis étonné que ce ne soit pas vous qui ayez appelé Mme Simon. Mme Simon a déclaré qu'elle... (Bertin consulta ses notes d'un coup d'œil rapide)... qu'elle vous a appelé aux environs de dix heures et demie. Mais à cette heure-là, vous auriez déjà dû entamer des recherches en l'absence de nouvelles de votre ami, non ?

Christopher s'agita sur son siège en espérant simuler adroitement la gêne et l'indécision.

— Eh bien... dit-il d'un ton vague.

Bertin lui décocha un regard acéré.

— Vous vous inquiétiez pour votre ami quand Mme Simon vous a appelé ?

Christopher se jeta à l'eau. Il regarda le policier droit dans les yeux.

— Non. Je ne m'inquiétais pas pour lui. Je pensais savoir où il était.

Bertin et Duchemin se penchèrent un peu plus, tout ouïe.

— Vous pensiez savoir où il était ? répéta Bertin.

— Laura… enfin, Mme Simon ne vous a rien dit ?

— Je ne me poserais pas toutes ces questions, dans le cas contraire, répliqua Bertin d'un ton impatient.

— Sans doute est-ce pénible pour elle… Laura voulait le cacher… mais je crois qu'il faut appeler un chat un chat.

— C'est effectivement ce que je vous conseille, répliqua Duchemin d'un ton ferme.

Christopher se tordit nerveusement les mains.

— Je savais que Peter n'avait pas l'intention de partir avec moi. Depuis quelque temps, notre croisière en voilier lui servait d'excuse vis-à-vis de sa femme. En réalité, il passait la semaine avec… Nadine Joly.

Les deux fonctionnaires ne parvinrent pas à cacher leur étonnement.

— Avec Nadine Joly ? répéta Bertin, sidéré.

En même temps, Duchemin s'exclamait :

— Nadine Joly, de Chez Nadine ?

Christopher hocha la tête.

— C'était mon ami, dit-il d'un ton désolé, je ne pouvais pas le trahir. Même si je trouvais que ce qu'il faisait était moche… je ne pouvais pas le laisser tomber.

— Bien, vous allez tout nous raconter dans les moindres détails, conseilla Bertin.

Christopher se cala dans son fauteuil, un peu plus détendu, dans l'attente de toutes les questions faciles qui n'allaient pas manquer de venir : Depuis quand ?

Qui était au courant ? Comment l'avait-il appris ? Laura savait-elle ?

À la fin, ils l'interrogeraient sur Camille Raymond. Son avantage résidait dans le fait qu'il savait toujours très exactement ce qui allait suivre.

6

Pauline était sûre d'avoir vu passer quelqu'un devant la fenêtre du salon. Elle consulta sa montre : presque midi. Elle avait placé la table à repasser près de la télévision parce qu'elle avait une montagne de chemises à terminer et qu'elle aimait se distraire en même temps, grâce à n'importe quelle émission parmi celles qui défilaient à longueur de journée sur toutes les chaînes.

Du coin de l'œil, elle avait distingué une ombre devant la fenêtre. Après une seconde de frayeur, elle s'était retournée brutalement, prête à regarder le danger en face, à l'affronter. Seule une branche du laurier-rose avait bougé au vent, et elle se demanda si ce n'était pas la branche qu'elle avait prise pour une forme humaine. Mais la branche remuait en permanence et n'avait pas attiré son attention jusque-là.

D'un mouvement incontrôlé, elle se rua dehors par la porte-fenêtre. Il faisait froid, et l'endroit où, l'été, ils s'installaient pour lire en silence côte à côte ou préparer parfois un barbecue – donnant l'image d'un gentil petit couple uni – était vide et silencieux sous le soleil d'automne. Personne à l'horizon.

Par colère, ou peut-être plutôt par désarroi, Pauline tira sur la branche de laurier-rose qui lui disait bonjour par la fenêtre et qu'elle avait toujours aimée pour cette raison. Elle la cassa d'un seul geste et l'envoya dans le jardin. Puis elle rentra et regarda l'écran où un homme et une femme, hors d'eux, s'accusaient mutuellement d'infidélité, sous la houlette de l'animatrice, qui avait le plus grand mal à les empêcher d'en venir aux mains. Elle fondit en larmes. Soit elle se trouvait sur la liste d'un tueur fou et était pratiquement vouée à la mort, soit elle était en train de perdre la tête, ce qui ne valait pas mieux.

Dans les deux cas de figure, la jeune femme était seule. Et cette constatation était peut-être le pire.

7

Henri avait demandé à Catherine de le retrouver à midi et demi au restaurant. Comme toujours, elle fut ponctuelle, mais, lorsqu'elle surgit en trombe dans la cuisine, elle était essoufflée, en nage : ses cheveux collaient à son front et le pull de coton qu'elle portait avait des auréoles sous les bras. De plus, elle répandait une odeur de sueur qui déclencha en lui une forte répugnance. Certes, la nature s'était mal comportée envers elle, et ses possibilités de séduction étaient plus que limitées, mais pourquoi se laissait-elle aller ainsi, depuis quelque temps ? Ce n'était pas le cas avant. Avant, elle sentait le propre, parfois même le parfum, elle se peignait avec soin et mettait du rouge à lèvres, à l'occasion. Or, depuis peu, elle se montrait négligée, peu appétissante. Henri se retint de lui dire que ce n'était pas le meilleur moyen de combattre ses malheurs. Ce n'était pas son problème. Elle n'était pas sa femme.

— Je suis en retard ? s'enquit-elle, hors d'haleine. J'ai oublié ma montre à la maison et j'ai marché à l'instinct.

— Alors ton instinct fonctionne à merveille, rétorqua-t-il avec un enjouement forcé, tu arrives pile à l'heure, à la minute près.

Catherine poussa un soupir de soulagement et ôta ses cheveux poisseux de son front. Quand elle leva le bras, une nouvelle bouffée nauséabonde vint chatouiller les narines d'Henri.

Il avait dressé le couvert dans la salle, avec une nappe blanche, des fleurs, des serviettes en tissu et les assiettes de céramique décorées qu'elle aimait. Il avait préparé des raviolis maison fourrés au fromage et accompagnés d'une sauce tomate crémeuse, du poisson et, en dessert, une crème au caramel. Mais, s'il avait travaillé avec bonne humeur, tout son plaisir s'était envolé devant l'apparition de sa cousine et il n'avait plus qu'une envie : qu'elle se dépêche de manger et qu'elle s'en aille.

— Je suis allée voir un agent immobilier, lui indiqua-t-elle, c'est pour ça...

Elle laissa sa phrase en suspens comme s'il savait obligatoirement pourquoi cette visite expliquait tout. Il lui jeta un regard interrogateur.

— Je ne suis pas venue directement, précisa-t-elle, sinon cette histoire de montre n'aurait pas eu d'importance.

— Quoi ? Ah oui. De toute façon, c'est sans importance puisque, comme je te l'ai dit, tu es d'une ponctualité absolue.

Leur conversation était atrocement empruntée. Au lieu de se parler avec la familiarité de deux cousins qui se connaissaient depuis toujours, ils échangeaient les propos de deux personnes qui n'avaient rien à se dire et s'efforçaient d'être polies et prévenantes.

— Allez, commence donc par t'asseoir. J'apporte les raviolis.

Henri la servit, remplit leurs verres.

— Où est Nadine ? s'enquit Catherine après qu'ils eurent mastiqué en silence pendant cinq minutes.

— Chez sa mère, répondit-il presque machinalement.

En effet, elle était pratiquement toujours chez sa mère, mais, d'un seul coup, il se demanda combien de fois, au cours de ces dernières années, il l'avait crue chez sa mère alors qu'en réalité elle était dans les bras de son amant. À cette pensée, il laissa échapper un gémissement.

— Elle va revenir ?

Catherine lui avait parlé comme si c'était une question normale, comme s'il était douteux que Nadine revienne un jour, et cela l'énerva. Pour qui se prenait-elle ? Elle se comportait comme si elle avait tous les droits ! Comme si elle faisait partie de la famille !

Il se rappela alors ce que répétait Nadine quand ils se querellaient à cause de Catherine.

« Elle veut imposer son pouvoir, son pouvoir sur toi ! Elle fera toujours tout pour garder un pied chez nous. Elle essaiera toujours de mettre son grain de sel, elle voudra toujours se mêler de tout. »

— Bien sûr que Nadine va revenir, répliqua-t-il d'une voix coupante. C'est ma femme. Elle habite ici, avec moi. Pourquoi veux-tu qu'elle ne rentre pas ?

Catherine, qui avait sursauté à ses paroles, releva la tête, prête à riposter, puis se ravisa. Elle reposa sa fourchette et demanda :

— Tu ne veux pas savoir pourquoi je suis allée voir un agent immobilier ?

Oui, il avait bien entendu les mots « agent immobilier », mais il n'y avait pas prêté attention. En effet, il s'en apercevait à présent, c'était curieux : qu'est-ce qu'elle allait fabriquer dans une agence immobilière ?

— Alors ? la pressa-t-il.

— Je l'ai chargé de vendre mon appartement.

Cette réponse l'étonna au point qu'il posa ses couverts à son tour.

— Tu veux le vendre ?

— Oui. Je ne vais pas en tirer beaucoup, malheureusement, d'après l'agent, mais un peu plus que ce que j'y ai mis. Et j'aurai un petit capital.

— Oui, mais... pourquoi ?

Évitant son regard, elle se tourna vers le bouquet d'immortelles suspendu au mur, recouvert d'un voile de poussière grise.

— Je n'ai plus envie de vivre là-dedans. L'appartement est affreux, triste, jamais je ne m'y suis sentie chez moi. Et de plus, il est temps que...

— Quoi ?

— Que je change de vie.

La tristesse de sa voix révélait qu'elle savait fort bien que la vente de l'appartement ne suffirait pas, qu'elle n'avait pas les moyens d'opérer un véritable changement.

— Il est grand temps, ajouta-t-elle.

L'espace d'un instant, il fut saisi de panique. Qu'est-ce qu'elle pouvait mijoter ? Et dans ce contexte, que signifiait cette phrase : est-ce que Nadine va revenir ?

Est-ce qu'elle pensait... est-ce qu'elle croyait... ?

Déjà, elle le délivrait de sa vision effrayante.

— Je vais partir.

— Partir ?

— Oui, partir. N'importe où. Peut-être en Normandie, dans le village de notre tante. Après tout...

— Oui ?

Il devait lui paraître stupide, avec ses répliques : « Pourquoi ? Quoi ? Partir ? Oui ? », mais il était incapable pour le moment de formuler une phrase sensée.

— Après tout, je ne me sens pas trop perdue, là-bas. J'y suis allée souvent, j'ai déjà quelques amis. Je connais bien le curé, et il y a sûrement des proches de notre tante qui se souviennent de moi, et je... je ne serai pas toute seule.

Elle se mordit les lèvres, car, tout comme Henri, elle avait conscience du fait que les amis de leur tante, s'ils étaient encore en vie, devaient avoir autour de quatre-vingt-dix ans et ne correspondaient guère au genre de personnes que pouvait rechercher une jeune femme.

— Oh, Catherine... fit-il d'un ton désolé.

Aussitôt, saisi de honte, il se traita d'égoïste, de sans cœur, car il était en fait incroyablement soulagé. Enfin, il serait délivré ! Délivré de cette femme qui, grosse, moche et peu gâtée par la vie, se collait à lui depuis toujours et qu'il n'avait pas le droit de fuir parce qu'elle n'avait personne d'autre. Bien sûr, Catherine était fidèle, travailleuse, elle accourait au premier appel, mais en retour elle exigeait l'affection, la compagnie. L'antipathie de Nadine à son égard n'était-elle pas compréhensible ? Quelle femme aurait accepté d'« épouser » la cousine de son mari ?

Les écailles lui tombaient des yeux : Catherine avait semé le trouble dans son couple, elle était responsable de tous leurs échecs. Son départ représentait leur grande chance de connaître un renouveau.

— Catherine, dit-il en espérant qu'elle ne lirait pas ce que ses yeux disaient, tu veux vraiment faire ça ?

Elle le dévisagea avec une froideur qu'il ne lui connaissait pas, et il devina qu'elle voyait ce qui se passait en lui. Son sentiment de honte grandit encore, mais également son espoir.

— Oui, répondit-elle. Que me reste-t-il d'autre ? La vie que je mène ici, ce n'est pas une vie, mais le vide total. Et maintenant, après tout ce qui s'est passé, je sais que c'est fichu. Jamais tu ne vas te détacher de Nadine, et moi, je ne peux plus supporter de vivre à côté de toi en sachant que je ne peux rien pour toi. Tu sais que je t'aime depuis toujours, mais, si je pars, ce n'est pas pour t'oublier, parce que je sais que, même loin, je ne pourrai jamais cesser de t'aimer. Non, si je m'en vais, c'est parce que je ne peux plus supporter de voir l'homme qui est tout pour moi se cramponner à une femme qui...

Elle se mordit les lèvres et garda pour elle la fin de la phrase, sachant qu'il n'accepterait pas de jugement négatif sur Nadine.

— Nous n'avons plus besoin d'en parler, reprit-elle. Ce que je pense et ce que je ressens, tu ne le sais que trop.

Et comment ! Combien de fois n'avait-elle pas critiqué Nadine ! Le plus souvent elle la dénigrait de manière subtile, mais il lui arrivait aussi de laisser éclater sa haine. C'était terrible, intolérable ! Maintenant, il se demandait avec perplexité pourquoi il n'avait pas réagi plus tôt. Pourquoi avait-il attendu que ce soit elle qui mette fin à cette situation ?

— Je viendrai te voir, promit-il en sachant que cette déclaration d'intention était un mensonge et que Catherine le savait aussi.

— Aussi souvent que tu es allé voir notre tante, répliqua-t-elle fielleusement.

Il baissa la tête, car là aussi il avait failli et, de plus, il en avait été récompensé par un héritage. En dépit de ce reproche justifié, il ne pouvait cesser de se réjouir intérieurement, et, tandis qu'ils poursuivaient leur repas en silence et le visage grave, il sentait au plus profond de lui une jubilation, une joie anticipée qui le faisait flotter sur un nuage. Dans sa tête, il voyait défiler les images de l'harmonie qui régnerait entre Nadine et lui…

Il fut arraché brutalement à ses rêves en entendant cogner à la porte.

— Qui ça peut être ? s'étonna Catherine.

Bertin et Duchemin voulaient savoir où Henri avait passé la soirée du 6 octobre et s'il était en mesure d'indiquer un témoin.

8

La soif devenait intenable. La perte de la notion du temps finirait par la rendre folle, mais sans doute la soif la tuerait-elle avant. Au fil des heures, Monique avait à la fois craint et souhaité que son tortionnaire lui apporte à manger et à boire, mais, petit à petit, elle se vit obligée d'accepter cette éventualité : peut-être ne redescendrait-il pas dans sa cave avant qu'elle soit morte, juste pour se débarrasser de son cadavre. L'idée qu'il la maintiendrait en vie tant qu'il ignorerait qui lui avait donné son numéro de portable ne paraissait pas se vérifier.

Monique s'était laissée glisser peu à peu et elle gisait à présent, recroquevillée sur le sol, à moitié raidie par le froid et avec un goût de coton dans la bouche, comme si, avec ses larmes, le dernier reste de vie s'était échappé de son corps. Elle se força à se redresser en se disant que, en perdant la tête et en renonçant, elle allait dans le sens de l'assassin.

— Il faut que je réfléchisse, résolut-elle à haute voix.

Lors de son exploration à tâtons, elle avait repéré des bocaux et des boîtes sur l'étagère de bois... L'évocation de la présence de fruits en conserve dont le jus pouvait se boire agit comme un coup de fouet. Aussitôt, elle entreprit de ramper en direction de l'endroit où se trouvait l'étagère. La pièce étant exiguë, elle se cogna bientôt la tête contre une planche. À genoux, elle chercha à tâtons parmi les rayons, avec avidité. Ses doigts tremblants attrapèrent un bocal et le soupesèrent. Il était trop lourd pour être vide.

Elle parvint à défaire le rond de caoutchouc du couvercle et à ouvrir le verre. Un liquide flottait. Oubliant toute prudence, elle porta le bocal à ses lèvres et aspira la moitié de son contenu – pour, l'instant d'après, le recracher en s'étranglant. Du vinaigre. Monique avait attrapé un bocal de cornichons, des cornichons au vinaigre, aigres et dégoûtants.

Elle se laissa retomber sur le sol en haletant, et essuya péniblement le vinaigre qui dégoulinait sur son menton.

Peut-être était-il plus sadique qu'elle ne l'avait pensé. Peut-être avait-il rempli les étagères d'horreurs du même genre parce qu'il savait que, dans son désespoir, elle essaierait d'ouvrir les bocaux.

Elle ne le saurait qu'en continuant à chercher.

Lentement, avec un effort qui lui arracha un gémissement, elle se redressa de nouveau.

9

— Le pire a été la perte de mes enfants, avoua Christopher. Je savais que je trouverais d'autres femmes, mais jamais mes enfants. Pendant les premières semaines, j'ai cru devenir fou. Quand je regardais les pièces vides, je souffrais physiquement. Je tournais en rond en me retenant pour ne pas me cogner la tête contre les murs.

— Je sais que je ne supporterais pas de perdre Sophie, commenta Laura. Tu as dû passer des moments très durs.

— C'était l'enfer, confirma-t-il à voix basse.

Assis devant la cheminée où se consumait un bon feu, ils prenaient un verre en regardant les flammes qui constituaient la seule source de lumière.

Elle avait accueilli Christopher plutôt fraîchement. L'après-midi, le commissaire Bertin s'était présenté chez elle et celui-ci lui avait annoncé sans détour qu'il était au courant de la liaison de Peter avec Nadine Joly.

« Je sais aussi que vous êtes au courant depuis quelques jours. Pourquoi ne nous avez-vous rien dit quand nous vous avons entendue ? »

Laura avait essayé de lui expliquer ce qui se passait en elle et elle avait eu l'impression qu'il la comprenait – même si, bien sûr, il ne pouvait approuver son comportement.

« Il s'agit d'un meurtre, madame. La honte et la peine n'ont rien à voir là-dedans. En cachant des faits importants, vous protégez l'assassin de votre mari. »

Il lui avait encore posé quelques questions, puis avait sursauté en apprenant que Peter avait l'intention d'aller s'établir en Argentine avec Nadine.

« Quand l'avez-vous appris ? » avait-il aussitôt demandé.

La jeune femme n'était pas sûre qu'il la croirait quand elle lui révéla qu'elle ne connaissait la vérité que depuis la disparition et la mort de Peter.

Au moment où Bertin s'apprêtait à partir, elle lui demanda comment il avait appris la liaison d'Henri et de Nadine, mais il garda pour lui le nom de son informateur.

Convaincue que c'était Christopher, Laura lui avait posé la question à son arrivée. Il n'avait pas nié.

« Il est commissaire de police. Je ne peux pas prendre le risque de lui mentir. Il aurait fini par l'apprendre ! D'ailleurs, qu'est-ce que j'aurais bien pu répondre quand il m'a demandé pourquoi je ne me suis pas inquiété de l'absence de Peter ? »

Certes, c'était compréhensible, mais en même temps il n'avait pas été loyal vis-à-vis d'elle.

« Tu aurais pu m'appeler pour me prévenir. »

Il avait paru froissé, et le début du repas s'était déroulé en silence. Puis, avec une adresse à laquelle elle s'était laissé prendre, il avait orienté la conversation sur l'histoire de sa vie, et la manière dont il en parlait avait eu pour effet de déclencher sa compassion, son besoin de le réconforter.

— Pour moi, le plus important dans la vie a toujours été ma famille, poursuivit Christopher. À dater du jour où ma mère nous a... quittés, quand cet enfer a commencé, ce qui m'a permis de tenir bon a été l'idée qu'un jour j'aurais moi aussi ma famille. Plus tard, quand j'étais étudiant, mes copains n'avaient en tête que leur liberté, mais moi, mon rêve, c'était de rentrer à la maison et d'être accueilli par une femme et une ribambelle d'enfants... (Il eut un sourire mélancolique.) Bon, ils n'ont pas été une ribambelle, mais j'avais déjà pas mal à faire avec ces deux-là.

— Je n'ai qu'une fille, mais elle arrive à me donner du travail à plein temps.

— Je t'ai déjà posé la question : pourquoi ne vas-tu pas la chercher ? Comment peux-tu supporter d'être séparée d'elle ?

— Je sais qu'elle est en de bonnes mains. Et seule, je suis libre de mes mouvements. Je ne pourrais pas m'occuper d'elle aussi bien que ma mère, pour l'instant.

Il hocha la tête, sans conviction.

Avec son passé, pensa-t-elle, il a du mal à comprendre qu'on puisse se séparer d'un enfant, ne serait-ce que pour une heure.

— Dans la plupart des divorces, on ne tient aucun compte des sentiments des pères, reprit Christopher. Quand c'est arrivé, j'ai pris contact avec un groupe de soutien en Allemagne, composé de pères auxquels on avait également pris leurs enfants. Certains se battaient depuis des années pour qu'on renforce leur droit de visite ou pour obtenir le droit de garde. Mais ils étaient en assez mauvaise posture, et, quand je l'ai compris, j'ai quitté le groupe. J'ai accepté la perte de la famille qui avait été la mienne. Mais je me suis dit aussi que j'étais encore assez jeune pour recommencer ma vie.

— C'est vrai ! s'écria Laura avec chaleur. C'est ce que tu pouvais faire de mieux : accepter la situation et regarder droit devant, au lieu de gaspiller tes forces dans un combat perdu d'avance, en oubliant le présent et l'avenir.

— Tu le crois vraiment ?

— Bien sûr. Et je suis convaincue que tu trouveras un nouveau bonheur.

Il la dévisagea avec un regard bizarrement scrutateur.

— J'ai eu une sensation très étrange tout à l'heure. En arrivant, j'ai vu les lumières derrière les fenêtres, elles brillaient dans la nuit, chaudes, comme si elles me faisaient signe. Il y avait là une femme qui m'attendait, qui avait préparé le repas, allumé le feu dans la cheminée, débouché une bouteille… Si j'avais été accueilli par la petite Sophie, j'aurais été encore plus heureux. Elle aurait été pressée de me montrer ses jouets, la tour qu'elle aurait construite avec ses cubes… le bonheur parfait, quoi…

Laura eut soudain le sentiment inquiétant qu'il cherchait à forcer son intimité. Mal à l'aise, elle tenta de rétablir une distance au moyen de l'ironie.

— Le bonheur parfait aurait été que je sale un peu moins les courgettes, lança-t-elle.

Christopher n'entra pas dans son jeu.

— Tu sais ce que ça signifie quand les cuisiniers mettent trop de sel dans leur plat… ?

Elle recula presque imperceptiblement pour s'éloigner de lui.

— Je ne crois pas qu'on puisse en déduire des généralités, répliqua-t-elle avec raideur.

Christopher la regarda droit dans les yeux. La jeune femme tenta de soutenir son regard, puis finit par baisser les paupières.

— Laura, murmura-t-il, regarde-moi.

De mauvais gré, elle leva les yeux.

— Je ne crois pas, se défendit-elle faiblement en voyant son visage se rapprocher du sien, je ne crois pas que je…

Il lui embrassa doucement les lèvres. Elle fut étonnée de constater à quel point ce contact lui était agréable. Depuis quand n'avait-elle pas été embrassée de cette façon ? Il y avait longtemps que Peter ne la gratifiait que du rapide baiser sur la joue que l'on réservait aux amis pour leur dire bonjour ou au revoir.

— Qu'est-ce que tu ne crois pas ? demanda-t-il en l'embrassant de nouveau.

Ce qu'elle croyait, c'était qu'elle n'était pas d'accord avec ce qu'il était en train de faire. Mais, pour une raison quelconque, elle n'était pas en état de le lui dire.

Ses paroles ne lui avaient pas plu, et pourtant elle réagissait à son contact. Sa tête ne le voulait pas, mais son corps s'éveilla, devint chaud, tendre, plein d'attente.

Elle se leva d'un mouvement brusque.

— J'emporte les verres à la cuisine, annonça-t-elle.

Christopher la suivit avec la bouteille à demi vide. Alors qu'elle lui tournait le dos devant l'évier, indécise, il se plaça derrière elle et l'entoura de ses bras. Elle baissa les yeux sur ses poignets bronzés. Et eut envie de se laisser aller. Même si ce ne devait être que pour quelques minutes, ce seraient des minutes volées au cauchemar : pouvoir se détendre, avoir le droit d'être faible, se protéger un peu de ce qui la tourmentait. Rien qu'un court instant...

— Tu es si belle, lui murmura-t-il à l'oreille, tu es tellement belle...

— Non, ce n'est pas possible, dit-elle tandis que les mains de Christopher se plaçaient lentement entre ses cuisses.

— Pourquoi ?

— Tu es... tu étais le meilleur ami de Peter... il est mort depuis une semaine... je... nous ne pouvons pas.

La voix qui chuchotait à son oreille avait des accents doux, séducteurs.

— Peter était un salaud. Il t'a trompée pendant des années, et pas seulement toi... Il a aussi trompé votre enfant, il a détruit votre famille. Il ne vaut pas la peine qu'on le pleure. Il avait tout, et il a tout gâché...

Les mains de Christopher la caressaient très doucement entre les cuisses. Son désir s'éveilla brutalement, et, au souffle soudain plus rapide qui brûlait dans son cou, elle comprit qu'il avait senti ce qui se passait en elle.

— Laisse-toi aller, chuchota-t-il, il y a si longtemps que tu ne l'as pas fait. Vas-y.

Laura avait envie d'être tenue par ces mains puissantes, avait envie d'oublier, envie de se dénouer. Elle n'avait plus envie de sentir sa douleur, son humiliation, sa peur.

Elle se retourna d'un mouvement lent et ne se défendit pas lorsqu'il fit glisser ses mains sur son ventre, laissant sur sa peau une trace brûlante. Il entoura de ses doigts ses seins dressés qui semblaient se gonfler.

Christopher n'eut aucun mal à la soulever et à l'asseoir sur le plan de travail. Elle se pencha en arrière et il entra en elle d'un mouvement si hâtif, si violent qu'elle cria – de surprise, de douleur, de plaisir.

Et tandis qu'elle se tenait inconfortablement, les jambes sur les épaules de Christopher, coincée au milieu des ustensiles ménagers et sans doute peu avantagée par l'éclairage de la hotte aspirante, la jeune femme avait conscience de vivre non pas le meilleur mais le plus important rapport sexuel de sa vie. Ce qui primait tout, c'était le sentiment de triomphe qui l'avait saisie à l'idée qu'en faisant l'amour avec le meilleur ami de son mari, sur le plan de travail de sa cuisine, elle se lavait de la dégradation que lui avait infligée Peter. Ah, il n'aurait pas aimé les voir ainsi, tous les deux !

— Je t'aime, murmura Christopher en se laissant tomber sur elle, le souffle court, le visage ruisselant de sueur appuyé contre sa poitrine.

Elle n'avait pas joui mais elle tenait sa vengeance, et c'était meilleur. Sans réagir à sa déclaration d'amour, elle passa la main dans ses cheveux humides en espérant qu'il prendrait ce geste pour une manifestation de tendresse. Le mieux eût été qu'il reparte maintenant, pour la laisser seule avec ses belles sensations, mais elle ne pouvait le renvoyer tout de suite. À présent, elle sentait les ustensiles de cuisine heurter sa tête et le carrelage endolorir ses vertèbres. Elle ne tiendrait plus longtemps dans cette position.

— Christopher, chuchota-t-elle en remuant pour lui faire comprendre qu'elle voulait se dégager.

Il releva la tête et la regarda. Elle fut effrayée par l'expression de ses yeux qui jetaient des flammes, par ses lèvres rétrécies et pâles.

— Christopher, répéta-t-elle d'une voix anxieuse.

Il écrasa sa main avec tant de force qu'il lui fit mal.

— Quand est-ce qu'on se marie ? demanda-t-il.

Elle ouvrit de grands yeux et le dévisagea, hébétée.

Mardi 16 octobre

1

Christopher n'avait pas dormi de la nuit, à se tourner et se retourner sur ses oreillers, et, à six heures du matin, n'y tenant plus, il se leva. Dehors, c'était encore l'obscurité totale, mais, pour autant qu'il pût en juger, le temps sec et froid se maintenait. Tant mieux. Le soleil convenait à son humeur.

Il regrettait de n'avoir pu dormir chez Laura et l'aimer à nouveau dans son lit, plus calmement, plus tendrement, après leur rapide étreinte dans la cuisine. La jeune femme se serait endormie dans ses bras et il aurait pu observer son sommeil, écouter sa respiration, contempler son visage détendu et doux. Ils se seraient réveillés ensemble, étroitement serrés l'un contre l'autre, et après ils auraient bu leur café au lit en contemplant le lever du jour par la fenêtre.

Elle avait préféré rester seule, et il avait compris que les choses s'étaient peut-être déroulées trop vite pour elle, qu'il lui fallait un peu de temps pour faire le point.

Maintenant que son objectif était à portée de main, Christopher n'y tenait plus. Enfin, il retrouverait un sentiment de sécurité, enfin, il recommencerait à vivre au sein d'une famille. Il y avait si longtemps qu'il attendait ce moment, qu'il se morfondait... Comment avait-il pu exister pendant toutes ces années ? Il avait vécu la pire époque de sa vie, mais maintenant c'était fini et il ferait tout pour l'oublier.

Il se rappela son expression de surprise quand il lui avait posé la question. Laura était restée muette, puis elle s'était dégagée et avait sauté à terre, s'était habillée, avait essayé à deux mains de remettre un peu d'ordre dans ses cheveux en bataille. À la vue de ses mouvements précipités, il avait éprouvé une immense tendresse pour elle. Elle était gênée, bien sûr, ce n'était pas une femme légère, elle était embarrassée d'avoir perdu la maîtrise d'elle-même. Et donc il fallait qu'elle sache tout de suite à quel point c'était sérieux pour lui, que ce n'était pas l'affaire d'une fois, en passant. Il fallait qu'elle sache qu'il éprouvait pour elle des sentiments passionnés et que leur amour était fait pour l'éternité.

Comme elle paraissait dépassée par ses émotions, il lui avait caressé doucement les cheveux.

« Préfères-tu rester seule ? » avait-il proposé en espérant qu'elle protesterait du contraire, mais non, elle avait répondu « Oui » avec une certaine précipitation, et il était parti – en marchant sur un nuage, avec l'envie de crier son bonheur dans la nuit, son bonheur de voir se terminer une longue période de souffrance, de voir se rouvrir la vie devant lui.

Il brûlait du désir de l'appeler maintenant, tout de suite, mais il se domina. Il était très tôt, peut-être dormait-elle encore à poings fermés.

Christopher se rendit à la cuisine et mit sa machine à café en route. Il sortit un yaourt du réfrigérateur et le mélangea dans un bol avec son muesli. Quand il eut fini, il s'aperçut qu'il n'arriverait pas à manger et jeta le tout à la poubelle. Il se sentait beaucoup trop nerveux. Si seulement il pouvait l'appeler, entendre sa voix ! Il regarda l'heure. Six heures vingt. Il téléphonerait à sept heures. Il ne tiendrait pas plus longtemps.

Il but son café debout dans la cuisine, la tête appuyée à la fenêtre, le regard dirigé vers la rue encore sombre et déserte. Quelque chose le tourmentait inconsciemment, le mettait mal à l'aise, ne cadrait pas avec toute la joie, tout le bonheur qu'il éprouvait. Puis il se souvint : bien sûr, la femme de ménage dans la cave ! Il l'avait complètement oubliée.

Il fallait qu'il réfléchisse.

Pas maintenant. Maintenant, il était trop fébrile. De nouveau, il consulta sa montre. Comment ? Les aiguilles n'avaient pas avancé plus vite ?

Quand donc allait-il être sept heures ?

2

Laura se leva à six heures et demie, après s'être efforcée en vain, pendant près de deux heures, de dormir encore un peu. Elle ne s'expliquait pas son anxiété. La veille au soir, toute à son triomphe, elle s'était couchée d'un cœur léger pour la première fois depuis longtemps. Ce n'était pas le remords qui l'avait saisie en se réveillant à l'aube, elle ne regrettait rien, mais plutôt une inexplicable intuition, une sensation de danger, l'impression d'avoir mis en marche une chose qu'elle n'arrivait plus à contrôler.

Peut-être la demande en mariage de Christopher.

Rarement elle avait été aussi surprise, rarement elle s'était sentie aussi embarrassée. Comme il était clair qu'une décision aussi vitale ne pouvait être prise en quelques minutes, elle en déduisait que Christopher gardait pour lui ses sentiments depuis un certain temps. Depuis quand ? Avant la mort de Peter ? Cette pensée la troublait, de même que le souvenir de son comportement au cours de ces derniers jours. Il avait recherché sa compagnie alors qu'elle lui avait fait comprendre plus d'une fois qu'elle préférait rester seule. Elle avait pris cette attitude pour une manifestation d'amitié, elle avait eu honte de le repousser. À présent, la jeune femme comprenait que c'était Christopher qui éprouvait le besoin de sa compagnie, et que c'était un instinct très sûr qui l'avait poussée à mettre des distances.

Et maintenant, il faut absolument que je négocie cela sans le blesser.

Laura débarrassa le lave-vaisselle, rangea les verres, les assiettes et les couverts dans les placards en consultant régulièrement sa montre. Elle devait parler à Anne mais n'osait pas la déranger avant sept heures. Elle balaya la cuisine et mit le four en route afin de réchauffer une baguette de la veille pour son petit déjeuner.

À sept heures moins une, elle composa le numéro d'Anne.

3

Occupé !

Il regarda fixement le combiné dans sa main, comme si cet objet pouvait lui donner la réponse à la question qui le brûlait.

Il était sept heures du matin.

À qui pouvait-elle bien téléphoner à cette heure, bon sang ?

Le signal occupé retentit à nouveau. Il lui sembla distinguer dans le son une sorte de ricanement, comme s'il voulait se moquer de lui.

Christopher sentit un picotement dans la pointe de ses doigts, annonciateur de l'épouvantable fureur qui pouvait s'emparer de lui. La fureur dont il avait espéré être délivré.

Laura avait intérêt à avoir une bonne explication pour ce coup de fil à sept heures du matin !

4

Anne avait répondu d'une voix ensommeillée, puis s'était brutalement réveillée en reconnaissant la voix de Laura. Elle écouta son récit avec la plus grande attention.

— C'est incroyable, dit-elle à la fin, ton mari vient à peine d'être tué que le suivant vient te demander ta main ! Tu sais que, de toute mon existence, jamais personne ne m'a fait la même proposition ?

Laura éclata de rire. Anne en train de se faire passer la bague au doigt était une idée extravagante.

— Tu n'arrêtes pas de clamer partout que tu trouves que le mariage est un truc de petits-bourgeois, répondit-elle, alors comment veux-tu qu'un malheureux se risque à te suggérer une chose aussi indécente ?

Anne rit à son tour, et Laura s'aperçut qu'elle allait déjà mieux. Chaque fois, elle était étonnée du bien que lui faisait la voix de son amie, avec son rire un peu rauque. Anne possédait le pouvoir de relativiser les problèmes, même les plus importants.

— Donc, reprit Anne, pour toi, ce Christopher n'entre pas en ligne de compte, si j'ai bien compris.

— Non, vraiment pas. Aucun homme, d'ailleurs, en ce moment. J'avais simplement envie…

— Tu avais simplement envie de te faire sauter, rien d'autre, enchaîna Anne, car c'était ce qu'elle attendait principalement des hommes. Tu n'as qu'à lui mettre les points sur les *i* !

— Oui, bien sûr, mais, je ne sais pas pourquoi, ça m'est désagréable. Je crois qu'il ne m'a jamais vue comme une femme qui… enfin… qui couche avec un type sans éprouver de sentiments.

— Dans ce cas, il s'est planté et il va falloir qu'il le comprenne. Surtout, tu ne vas pas culpabiliser ! Tu ne lui as pas promis le mariage ! S'il a un autre point de vue, c'est son problème.

— Tu as raison.

Laura le savait fort bien, mais cela ne l'empêchait pas de sentir poindre de gros ennuis, sans pouvoir en déterminer la nature. Anne ne connaissait pas Christopher, sinon elle aurait peut-être compris que...

Que quoi, au fait ? Qu'est-ce que j'ai à dramatiser ? Christopher est tombé amoureux, mais pas moi, et des millions de personnes sont dans ce cas. Si je l'avais su, je n'aurais pas couché avec lui, mais maintenant c'est arrivé, et il va s'en remettre.

— Tu sais, Anne, soupira-t-elle, en ce moment je vois tout en noir. J'espère que la police va bientôt m'autoriser à rentrer. J'ai envie de retourner à la maison. J'ai besoin de ma fille, j'ai besoin de toi. Sans compter que j'ai un tas de choses à régler.

— Si tu veux, on peut régler les choses ensemble, je suis là, tu le sais. Ma proposition concernant le studio de photo en commun est toujours valable. Tu peux même venir squatter chez moi si tu es obligée de quitter ta jolie petite villa. J'ai assez de place pour toi et Sophie, ça te laisserait le temps de chercher autre chose.

— Merci, dit Laura à voix basse. Si je ne t'avais pas, j'irais beaucoup plus mal. Grâce à toi, j'ai l'espoir que la vie continuera.

— Non seulement elle continuera, mais elle sera bien différente, bien plus belle ! Tu rajeuniras. Je te le promets.

Elles se quittèrent et Laura nota avec soulagement qu'elle se sentait plus calme, plus sûre d'elle. Peter détestait Anne. Et maintenant, elle devenait sa planche de salut.

Laura avait à peine raccroché que déjà le téléphone sonnait à nouveau. Elle sursauta. Sans doute sa mère. Qui d'autre pouvait appeler à pareille heure ?

Comme toujours, quand elle avait à affronter une conversation avec Élisabeth, Laura éprouvait une légère angoisse. Elle répondit avec la voix étouffée de quelqu'un qui aurait avalé une boule de coton.

— Oui, allô ?

La jeune femme n'était pas préparée le moins du monde à ce qui suivit. Quelqu'un se mit à hurler dans son oreille avec des accents stridents, haut perchés et, là était le plus bizarre, complètement désespérés.

D'abord, elle ne sut pas qui se trouvait à l'autre bout du fil.

— Avec qui étais-tu au téléphone ? Tu étais avec qui, à une heure pareille ? Réponds-moi ! Réponds-moi immédiatement !

5

Une soif dévorante réveilla Monique, du moins le supposa-t-elle. Car ce pouvaient aussi bien être le froid ou la douleur qui torturaient ses membres engourdis. D'un geste automatique, elle porta sa montre à son oreille pour écouter son tic-tac régulier. Elle n'avait toujours pas la moindre idée du temps qui s'était écoulé depuis son enlèvement, elle ignorait si c'était le jour ou la nuit, si c'étaient le soleil ou la lune qui brillaient dehors, et seul le tic-tac de sa montre lui évitait de succomber à la folie qui la menaçait de plus en plus.

Après le choc des cornichons au vinaigre, elle avait réussi un peu plus tard à ouvrir un bocal de pêches. Jamais aucun mets ne lui avait paru aussi délicieux, aussi revigorant. Le sirop épais, sucré et froid qui coula dans sa gorge, et les gros morceaux de pêche humides qui, au moins pour quelques instants, la soulagèrent un peu de la faim étaient divins.

Je vais pouvoir tenir, avait-elle pensé, presque euphorique, je vais survivre !

Ses recherches dans l'obscurité épaisse de sa geôle l'avaient épuisée, et lorsqu'elle s'était couchée dans son coin, elle s'était endormie presque aussitôt. À son réveil, l'intensité de la soif qui la taraudait la stupéfia.

C'est à cause du sucre, se dit-elle. Les pêches étaient très sucrées.

Peu importait, elle n'avait pas le choix. L'essentiel était d'arriver à attraper un nouveau bocal de fruits, le sucre, on s'en fichait. C'était une question de survie.

Monique rampa à quatre pattes vers l'endroit où elle pensait trouver les étagères, l'estomac tordu par des crampes.

Elle s'arrêta une fois, croyant entendre du bruit dans la maison, mais non. De toute façon, le moment n'allait pas tarder où elle se mettrait à entendre des choses imaginaires. Elle avait lu quelque part que la mort lente par la faim et la soif s'accompagnait de violentes hallucinations. Et elle pressentait que c'était cette fin que son tortionnaire avait prévue pour elle.

En atteignant les étagères, elle commença, comme la première fois, par effectuer une recherche tactile. Elle mit un long moment avant de pouvoir attraper un objet, mais elle constata bientôt qu'il s'agissait d'une boîte de conserve. Aucune chance de l'ouvrir. Elle réprima la panique qui se levait en elle. Et si les pêches étaient le seul bocal de toutes les étagères ? Et s'il n'y avait plus que des boîtes de conserve ? Dans ce cas, elle était condamnée à une mort lente.

Continue à chercher, s'ordonna-t-elle, ne perds pas ton sang-froid.

Elle poursuivit ses tâtonnements, sentant grandir sa soif. En même temps, elle rêvait : elle avait devant elle une canette de Coca-Cola tout juste sortie du frigo, embuée par le froid, et une perle d'eau coulait lentement sur le côté. À boire, à boire, à boire… Comme elle était négligente, avant ! Dire qu'elle vidait tranquillement les bouteilles d'eau dans l'évier quand elles n'étaient plus assez pétillantes ! Dire que parfois elle passait des journées sans boire, tout simplement parce qu'elle était trop paresseuse pour se rendre à la cuisine. Parce qu'elle savait qu'il lui suffisait d'un geste pour avoir de l'eau, du Coca, du jus de fruits à profusion. Et jamais elle n'aurait imaginé se retrouver à rêver de lécher les murs pour boire l'eau de condensation.

Elle trouva un bocal et tira sur le caoutchouc d'une main tremblante. Mon Dieu, pas de cornichons, s'il vous plaît. Faites que ce soient des fruits, des fruits et plein de sirop !

Avant, elle ignorait la signification du mot avidité. L'avidité qui faisait trembler tout votre corps, qui faisait battre votre cœur à se rompre, qui faisait bourdonner vos oreilles.

Sa bouche était remplie de poussière. Elle était chaude et sèche. Sa gorge était en feu, son corps bouillait.

Le caoutchouc se défit et sauta quelque part dans le noir. Le couvercle de verre échappa à ses doigts tremblants et alla se briser sur le sol. Elle pouvait se couper sur les débris, elle s'en moquait. Elle y penserait plus tard, quand elle aurait assuré sa survie.

Des pêches. Quelqu'un dans cette maison – peut-être le meurtrier lui-même – avait une prédilection pour les pêches. Monique en aurait pleuré de gratitude. Elle but à grandes lampées avides en s'interrompant de temps à autre pour fourrer les fruits tranchés dans sa bouche.

Si j'arrive à sortir d'ici, se dit-elle soudain, j'aurai une petite maison avec un jardin, quelque part à la campagne, avec un pêcher et plein d'arbres fruitiers, et des poules et des chats.

Elle ignorait d'où venait cette vision idyllique, mais cela lui donna de la force. C'était un si joli projet d'avenir.

Il fallait qu'elle tienne pour pouvoir le réaliser.

6

Henri ne fut pas étonné de constater que sa belle-mère était encore en chemise de nuit et en robe de chambre à neuf heures du matin. Il avait frappé à la porte et avait pénétré dans la cuisine en l'entendant crier : « Entrez ! » Il la trouva assise à table, devant une cafetière vide. La boîte à sucre, le petit paquet de pain de mie et le pot de confiture à moitié vide ne semblaient pas avoir été ouverts. De plus, elle paraissait avoir déjeuné seule. La lumière électrique était allumée, ce qui faisait ressortir le côté sinistre des lieux.

Grâce à cette sensibilité aiguisée qui lui était venue avec les événements, Henri comprenait maintenant pourquoi Nadine avait tant souffert dans cette maison, et il soupçonna que c'était ici qu'il fallait chercher la cause de bon nombre de ses problèmes.

— Bonjour, Marie, dit-il.

Il s'avança vers elle et l'embrassa sur les deux joues. Il y avait très longtemps qu'il ne l'avait vue ; sa maigreur et sa peau froide lui causèrent un choc.

— J'espère que je ne vous dérange pas ?

Elle sourit.

— Pourquoi donc ? J'ai l'air si occupée ?

Son sourire chaleureux lui rappelait le sourire de Nadine pendant leurs premières années de mariage.

Marie l'aimait bien, elle l'avait toujours bien aimé.

— Je suis venu chercher Nadine, annonça-t-il.

Elle répondit sans le regarder, en jouant avec sa tasse :

— Nadine n'est pas là.

— Elle m'a dit qu'elle viendrait ici ! objecta-t-il.

Il se demanda si elle remarquait la crainte qui l'avait saisi, en espérant que non. Nadine lui avait-elle encore menti ? Était-elle encore en train de traîner quelque part et de le tromper ? Marie était-elle au courant de la vie amoureuse de sa fille ?

— Qu'est-ce que ça veut dire ? ajouta-t-il, nerveux. Elle n'est pas là ?

— Elle est partie faire des courses à Toulon. Mais ça peut prendre un certain temps, parce qu'elle va trouver la police, après.

— La police ?

— Un commissaire est venu la voir ici, hier. Il lui a parlé pendant une demi-heure et il l'a convoquée pour ce matin. Elle ne m'a rien dit de précis. Il s'agit sans doute de votre ami, celui qui a été assassiné.

— Peter Simon. Oui, ils sont venus me voir aussi.

Henri ne lui expliqua pas qu'ils étaient venus deux fois dans la même journée et que, au cours de leur deuxième visite, ils lui avaient fait comprendre qu'il était suspect en lui demandant où il se trouvait exactement le soir du 6 octobre. Il leur avait répondu la vérité, sans pouvoir toutefois citer nommément des témoins.

— Est-ce que ça vaut le coup que j'attende ? s'enquit-il.

Il ne lui avait pas échappé que sa belle-mère ne l'avait pas invité à s'asseoir, et quelque chose lui disait que ce n'était pas par négligence. Elle n'avait pas envie qu'il s'attarde.

— Marie, se justifia-t-il, je n'arrive pas à comprendre comment nous avons pu en arriver là. Je vous jure que, pendant toutes ces années, j'ai essayé de rendre Nadine heureuse. Hélas, je n'ai pas réussi. Je crois que vous me connaissez bien et que vous savez que je ne lui ai jamais fait délibérément du mal, que je ne le ferai jamais. J'aime Nadine. J'aimerais vieillir avec elle. Je ne veux pas la perdre.

Enfin, Marie le regarda, les yeux remplis de larmes.

— Je sais, Henri. Tu es un mari extraordinaire, je l'ai toujours dit et répété à Nadine. S'il lui fallait autre chose... si elle a toujours été insatisfaite... ce n'est pas toi le responsable. C'est peut-être tout simplement dans ses gènes. Son père était pareil. Il ne pouvait pas se contenter de nous, de sa famille. Le bonheur était toujours ailleurs. Il courait après quelque chose sans savoir ce que c'était. Moi, ce n'est pas dans ma nature, mais malheureusement je suis condamnée à subir ce trait de caractère deux fois, chez mon mari et chez ma fille.

— Nadine va prendre de l'âge, observa-t-il.

— Oui. Moi aussi, j'espère que ça ira mieux avec l'âge. Son père lui-même a trouvé une certaine stabilité et ce sera peut-être pareil pour Nadine. Donne-lui un peu de temps. Et ne renonce pas à l'aimer. (Elle essuya les larmes qui coulaient sur ses joues.) Elle est extrêmement malheureuse, et rien ne fait plus mal à une mère que de voir souffrir son enfant sans pouvoir l'aider. Je ne voudrais pas qu'elle termine comme moi.

Elle eut un geste de la main pour désigner la pièce sinistre, la triste table du petit déjeuner, la tasse à café vide et sa propre personne emmitouflée dans une vieille robe de chambre.

— Je ne voudrais pas la voir dans cet état !

La clairvoyance avec laquelle elle se jugeait toucha Henri. Il pensa à Catherine, et une chose importante lui revint à l'esprit.

— Je vais consacrer du temps à Nadine, déclara-t-il. Mais je ne vais pas l'attendre ici, je ne vais pas la harceler.

Il vit le soulagement se peindre sur le visage de sa belle-mère.

— J'aimerais bien que vous lui transmettiez un message, ajouta-t-il. Dites-lui que Catherine va partir ; qu'elle vend son appartement de La Ciotat et qu'elle va aller habiter en Normandie. Nous ne la verrons plus, elle ne va plus s'immiscer dans notre vie.

— Tu crois que c'est important ?

— Oui, c'est très important, et j'aurais dû m'en rendre compte depuis des années. Enfin, ça tombe très bien, et...

Il se tourna vers la porte sans terminer sa phrase.

— Je m'en vais. Dites à Nadine que je l'attends.

7

Bon sang, il était allé trop loin ! Jamais il n'aurait dû lui hurler dessus comme ça. C'était une erreur, une erreur flagrante, et il ne lui restait plus qu'à prier pour que le ciel lui donne une chance de réparer.

Profitant d'une pause qu'il avait ménagée pour reprendre son souffle au milieu de ses vociférations, elle avait simplement lancé d'une voix surprise :

« Christopher ?

— Eh oui ! Pas de pot, hein ? Tu ne pensais pas que je t'appellerais à cette heure !

— Tu peux me dire de quoi tu parles ?

— Je t'ai posé une question. À qui téléphonais-tu ? C'est trop te demander que de répondre à mes questions avant de m'en poser de ton côté ? »

Une voix intérieure l'avait prévenu : Ne lui parle pas sur ce ton, ne lui montre pas à quel point tu es furieux. Tu risques de lui faire peur et de la mettre en colère ensuite. Tu es en train de tout gâcher !

Mais changer de cap était extrêmement difficile. Christopher était trop énervé. Il était hors de lui, il avait peur, et sa peur, il l'exprimait toujours par l'agressivité. C'était le seul moyen pour lui de la canaliser.

Laura s'était remise de sa stupeur.

« Je ne sais pas comment tu peux t'arroger le droit de me demander des comptes », avait-elle répliqué d'un ton sec.

À présent qu'il se repassait leur conversation dans sa tête, il songea qu'il avait pressenti à la voix de Laura que leur histoire prendrait le même tour que sa liaison précédente.

« Je trouve que, après ce qui s'est passé, tu pourrais avoir la correction de me dire si tu as un autre homme dans ta vie.

— Après ce qui s'est passé ? Hier soir ?

— Oui, bien sûr. Je... eh bien, pour moi, ça signifie quelque chose quand je couche avec une femme. Peut-être que, pour toi, ce n'est pas pareil...

— Pour moi aussi, c'est important quand je couche avec un homme », avait-elle répondu d'un ton contraint.

Un peu moins fraîchement, elle avait ajouté :

« Mais peut-être que les... conclusions que tu en as tirées sont un peu rapides pour moi...

— De quelles conclusions parles-tu ?

— Eh bien, tu... »

Elle avait hésité à poursuivre, et il avait remarqué qu'il écrasait le téléphone entre ses mains crispées.

« ... tu as parlé de mariage, et... ça m'a paru trop soudain... »

Il connaissait ce genre de femmes, leurs tentatives maladroites pour échapper à tout engagement, à toute responsabilité, et cela avait le don de déclencher sa haine. C'étaient des instables, des femmes légères qui vivaient leur vie comme elle venait, qui prenaient ce qui s'offrait à elles et le rejetaient sans scrupules quand elles n'en avaient plus envie. Les mouvements de libération de la femme leur avaient complètement tourné la tête. De temps en temps, elles se rappelaient que les hommes étaient aussi des êtres humains, elles se mettaient à bredouiller comme Laura en ce moment, au lieu de dire que c'était simplement pour s'amuser qu'elles s'étaient offert une partie de jambes en l'air...

La fureur l'enflammait, violente et destructrice, mais il avait réussi à la contenir.

Non, il se trompait peut-être. Il fallait rester juste, il n'avait pas à la condamner trop rapidement. Peut-être était-elle réellement prise de court, bousculée. Tout s'était passé très vite la veille au soir, elle avait raison.

« Bon, avait-il repris avec l'impression d'adopter un ton plus calme, je crois que nous avons la même idée de la famille et de la vie en commun. Sans doute as-tu besoin d'un peu plus de temps que moi pour t'adapter à notre situation. Tu en as tellement vu, ces derniers temps...

— Oui. »

Elle paraissait faire un gros effort, tandis que lui, de son côté, avait le sentiment de mendier la faveur d'un sourire.

« Je peux te rappeler ce soir ? » avait-il demandé humblement.

Naturellement, il eût mille fois préféré la voir au lieu de l'appeler, mais son instinct l'avertissait qu'elle ne se laisserait pas arracher un rendez-vous et qu'il s'épargnait une nouvelle déception en ne lui posant pas la question.

« Bien sûr », avait-elle répondu.

Puis ils s'étaient tus l'un et l'autre pendant quelques secondes, tandis que le non-dit flottait entre eux, si désagréable et si insistant que Christopher n'y avait plus tenu.

« Je t'appelle », avait-il dit avant de raccrocher en hâte.

Ensuite, il s'était mis à arpenter la pièce de long en large pour essayer d'apaiser la violence qui le mettait en ébullition.

Une fois son agressivité disparue, il avait senti affluer la culpabilité, la peur. Mais qu'est-ce que j'ai fait ? Jamais je n'aurais dû crier comme ça !

Puis il parvint à les chasser, elles aussi. Il en vint à la conclusion que cela ne s'était pas si mal passé, qu'il n'avait pas été si agressif ; et qu'elle, de son côté, n'avait pas cherché d'échappatoire, qu'elle avait simplement fait preuve de la réserve que devait déployer une femme quand on la demandait en mariage. Une certaine hésitation faisait partie du jeu entre les sexes, il l'admettait volontiers.

Arrivé à ce stade, il se détendit nettement et s'aperçut soudain qu'il avait faim. Il sortit pour aller prendre un crème sur la place du marché, puis commanda une quiche et un vin blanc léger. Il s'assit au soleil qui gagnait en chaleur, à présent qu'on approchait de midi. Il faisait bon. Quelques chiens erraient dans la rue et, juste devant l'entrée de l'hostellerie Bérard, un gros chat gris faisait la sieste.

La vie est belle, se dit-il, un peu somnolent mais ayant pleinement conscience que quelque chose de grand, de merveilleux l'attendait, plein de promesses.

Les clients n'étaient pas nombreux. Deux dames âgées occupaient la table voisine en critiquant avec véhémence une troisième qui se négligeait et négligeait aussi sa maison. Deux hommes corpulents se tenaient sur le seuil de leurs cafés en échangeant des propos rigolards. Quelques enfants se disputaient un ballon. Une femme sortit de chez elle, s'assit avec un soupir sur les marches de sa maison et alluma une cigarette. Une autre jaillit de l'hostellerie Bérard, agitée et nerveuse. Elle manqua de trébucher sur le gros chat gris.

Christopher observa tout cela avec bienveillance, voire avec sympathie. Il aimait les gens. Bientôt, il appartiendrait de nouveau à leur monde. Il aurait une femme, un enfant, une famille. Ce serait bon de venir déjeuner ici avec Laura et Sophie, d'aller se promener avec elles sur la plage. D'apprendre à Sophie à nager, à faire du vélo. Il pensa à un pique-nique dans les montagnes, au parfum de la sauge et des pins, aux herbes hautes et sèches, à Manon qui lui passait ses petits bras autour du cou et… attention ! Il fronça les sourcils. Il se trompait d'image, il se trompait de nom. Ce pique-nique avait vraiment existé l'été précédent, la petite

Manon jouait en confiance, elle l'embrassait... mais il n'avait pas envie d'y penser.

Sa fille s'appelait Sophie. Il n'y en avait jamais eu d'autre. Quand il pensait à une autre, il finissait par avoir des maux de tête, et c'était à éviter à tout prix. Ces images qui s'infiltraient dans sa conscience étaient mauvaises.

Je ne suis pas obligé de regarder ces images si je n'en ai pas envie.

Il songea que, naturellement, elles habiteraient chez lui. D'après ce que Laura lui avait raconté sur les déboires financiers de Peter, elle serait obligée de quitter sa maison du quartier La Colette, mais ce n'était pas un problème, Christopher avait assez de place pour tout le monde. Il y avait une jolie chambre d'enfant pour Sophie, et une deuxième, si le bon Dieu accomplissait son vœu le plus cher en lui donnant un enfant à lui.

Il fronça de nouveau les sourcils au souvenir du parasite qui croupissait dans sa cave. Quand donc l'avait-il enfermée là-dedans ? Hier, avant-hier ? Elle n'avait rien à manger, rien à boire, bientôt elle...

Il se redressa sur sa chaise. Bon sang, il avait oublié les provisions entreposées dans sa cave ! Des fruits au sirop, des pêches, des mirabelles, des cerises... assez de sirop pour se maintenir en vie quelque temps. Sans compter les cornichons au vinaigre, contre la faim la plus dévorante... sur la durée, ce n'était pas très nourrissant, mais si elle trouvait tout ça – et elle n'y manquerait pas –, elle pouvait gagner du temps. Et ça finirait par poser un problème, car il fallait montrer son nouveau foyer à Laura sans tarder, et sans doute voudrait-elle visiter aussi la cave...

Il se leva précipitamment, glissa un billet sous son assiette et quitta la place du marché à grands pas.

8

— C'est pas que je prenne tes élucubrations au sérieux, déclara Stéphane, mais tu ne vas plus me foutre la paix. Et moi, j'en ai ras le bol. Sans compter que c'est la débandade totale et qu'il n'y a plus moyen de bouffer correctement dans cette baraque.

Stéphane n'en pouvait plus. Un quart d'heure avant, il était rentré du travail pour déjeuner avec sa femme, comme d'habitude les jours où elle était de repos le midi. Les autres jours, il déjeunait aux Lecques, aux Deux-Sœurs, et il s'en voulait de s'en être abstenu.

Au lieu de pouvoir mettre les pieds sous la table en arrivant, il avait été accueilli par une Pauline en larmes, écroulée sur un tabouret au milieu de la cuisine, et qui n'avait pas encore bougé le petit doigt. Elle tremblait et sanglotait tellement qu'il n'avait pas grand espoir de l'envoyer aux fourneaux. À côté d'elle, un sac en papier crevé, rempli de pommes de terre, prouvait qu'elle avait eu l'intention de préparer un repas et qu'elle avait fait les courses.

Il avait fallu attendre un bon moment avant qu'elle soit capable d'aligner deux mots. Et Stéphane savait d'avance de qui elle allait parler : du monstre qui la suivait. De l'ombre qui la guettait. Du tueur.

« Et alors ? avait-il demandé d'un ton brusque. Qu'est-ce qui s'est passé, cette fois ? »

Ah ! cette fois, on ne l'avait pas suivie, mais on l'avait attendue.

En pleurs, Pauline lui avait appris qu'elle était allée dans le jardin et que là elle avait aperçu quelqu'un, sur la terrasse de derrière. Elle avait eu le temps de le voir disparaître à l'angle. Avant, il était sûrement venu devant la fenêtre.

« Tu comprends ? s'était-elle écriée au milieu de ses sanglots. Ce type voulait entrer ici ! Sans doute qu'il voulait m'attendre à l'intérieur. Qui sait ce qu'il avait dans la tête ? Il...

— Écoute, tu sais parfaitement ce qu'il avait dans la tête. Ce qu'il voulait faire, c'était t'étrangler avec une corde et, après, découper tes vêtements en petits morceaux avec un couteau. C'est pourtant clair, non ? »

Il était toujours agressif quand il avait faim, et qu'est-ce qu'il avait faim !

Elle l'avait dévisagé, les yeux écarquillés, le visage livide.

« Stéphane, avait-elle balbutié, Stéphane, je n'en peux plus...

— Raconte pas de conneries. Tu vas commencer par boire un coup pour te remettre d'aplomb et, après, on va essayer de trouver quelque chose à se mettre sous la dent chez l'Italien. Moi, je crève la dalle. »

Il avait fait l'effort d'aller chercher un verre de cognac au salon. Pauline avait commencé par s'insurger, mais il avait insisté. C'était pour l'empêcher de piquer une vraie crise, et d'ailleurs il était grand temps qu'elle se remue car Stéphane était pressé d'aller manger.

Puis il lui avait déclaré qu'il ne la prenait pas au sérieux mais qu'il en avait marre de voir que tout partait à vau-l'eau.

— Je vais réfléchir à tout ça, promit-il.

Sur le trajet – elle marchait à un pas derrière lui, toujours d'une pâleur de cire –, il lui dévoila son plan.

— Quand est-ce que tu retournes travailler ? lui demanda-t-il. Aujourd'hui ?

— Non, pas avant demain après-midi.

— D'accord. Donc tu rentres le soir. À quelle heure ?

— À dix heures.

— O.K. ! Je viens te chercher.

Cette proposition la stupéfia.

— Tu viens me chercher ? répéta-t-elle, abasourdie. Pourquoi donc ? Toi aussi, tu crois que le tueur pourrait m'avoir repérée ? Tu as peur que je me promène dehors toute seule ?

— Arrête tes conneries. Et d'ailleurs, je ne vais pas t'attendre devant la porte. Je vais aller me planquer dans le coin, près de chez Bérard, en faisant gaffe à ce qu'on ne me voie pas. Quand tu sortiras, je te suivrai. Surtout, tu ne te retournes pas, tu fais comme d'habitude...

— Mais, d'habitude, je n'arrête pas de me retourner, parce que j'ai toujours l'impression qu'on me suit.

Il soupira, d'un soupir profond et théâtral.

— O.K. ! alors tu te retournes, mais tu ne m'appelles pas, tu ne me cherches pas ! Je serai là.

— Mais...

— Il n'y a que deux solutions. Ou ce type existe vraiment, et je le vois et je lui fais cracher ce qu'il a derrière la tête. Ou il n'existe pas et j'espère que tu me croiras si je te dis qu'il n'y a que moi qui te suis et que tu te fais du cinéma. Moi, je suis pratiquement sûr que c'est la dernière solution qui est la bonne.

— Peut-être qu'il existe vraiment, mais qu'il ne viendra pas demain. Et alors, tu croiras que tout va bien, et moi...

— ... et toi, c'est après-demain qu'il t'étranglera. Vraiment, tu es complètement parano, ma pauvre Pauline. Tu sais, quand on s'est connus, je me suis dit : O.K., elle n'est pas belle, mais elle a du sens pratique et elle a les pieds sur terre. Maintenant, j'ai changé d'avis. Tu n'es toujours pas belle, mais par contre tu es de plus en plus cinglée.

Les yeux de Pauline s'humidifièrent.

— Stéphane...

Pourvu qu'elle ne se remette pas à chialer ! Stéphane s'empressa de la rassurer :

— Y a pas de quoi flipper. S'il le faut, on recommencera une ou deux fois, à jouer aux gendarmes et aux voleurs, et je t'assure que ça ne me fait pas rigoler. Mais je vais te dire un truc : si jamais on ne trouve personne, je ne veux plus jamais entendre parler de cette histoire. Compris ? Plus jamais. Sinon, tu vas le sentir passer, parce que je te préviens : quand je suis en pétard, ça barde !

<h1 style="text-align:center">9</h1>

Nadine quitta la maison dans laquelle elle avait vécu tant d'années, mais cela ne représentait pas un adieu définitif : elle n'avait pas pu tout emballer et il lui faudrait revenir encore au moins une fois.

La jeune femme avait longuement vu le commissaire Bertin et, curieusement, cet entretien – ou, peut-être, cet interrogatoire ? – l'avait soulagée. Pour la première fois, elle avait tout raconté à quelqu'un. Elle avait évoqué sa liaison de plusieurs années avec Peter Simon, son couple qui, pour elle, n'était plus un couple. Son incapacité à supporter davantage son existence à la pizzeria. Les espoirs qu'elle avait placés en Peter. Elle avait parlé de leur projet de fuite en Argentine et du nouveau départ qu'ils avaient voulu tenter là-bas, elle lui avait dit que sa vie était détruite depuis que l'on avait retrouvé le corps de Peter dans les montagnes.

Bertin lui avait reproché sans sévérité de ne pas lui avoir raconté tout cela auparavant, en lui demandant de se tenir à sa disposition et de ne quitter la région sous aucun prétexte. Elle lui avait indiqué l'adresse de sa mère et, après être sortie, elle s'était demandé si, maintenant, elle devenait suspecte.

Elle avait été surprise de ne pas rencontrer Henri, et plus encore par l'écriteau accroché à la porte, où était gribouillé un avis disant que Chez Nadine resterait fermé ce jour-là. Un mardi ordinaire. Bizarre. Ce restaurant, c'était son enfant, son trésor, une partie de lui. Jamais Henri n'avait fermé en dehors du jour officiel, et même le lundi était consacré à l'établissement et aux affaires qu'il n'avait pas le temps de régler autrement.

Peut-être, avait-elle pensé en regardant l'écriteau, peut-être aurions-nous eu besoin d'une journée pour nous. Nous aurions pu faire des choses ensemble, des choses agréables, et oublier tout ce qui avait un rapport avec ce troquet.

Mais non. En imaginant après coup des solutions susceptibles de sauver leur mariage, Nadine ne réussissait qu'à se duper elle-même : pendant les mois d'hiver, le restaurant restait vide de clients des jours entiers ; ils n'avaient pas à s'occuper de la cuisine, ni des courses, la comptabilité était finie, la gouttière réparée, les chaises de jardin repeintes... Ils avaient eu de nombreuses occasions, assis à la table de la cuisine, un café fumant devant eux, de se parler, de se tenir par la main, de s'explorer mutuellement, de vibrer ensemble... Et rien ne s'était passé. C'étaient le silence, l'incompréhension, l'animosité de son côté, et un violent refus de laisser s'instaurer la moindre proximité.

À quoi servait d'imaginer ce qui aurait pu être ? Ils avaient dépassé depuis longtemps le point de non-retour.

La jeune femme avait ouvert la porte, constaté qu'Henri n'était pas là, cherché ses valises dans la soupente et emballé une première série de vêtements. Elle avait aussi sorti de son secrétaire les lettres, journaux intimes, photos qui lui tenaient à cœur. Ce tiroir profané dans lequel Catherine avait fouillé pour l'espionner, pour trouver des preuves contre elle, pour la rabaisser... Ne serait-ce qu'à cause de ça, je ne pourrais plus vivre ici, pensa-t-elle.

Nadine avait pris son temps parce qu'elle avait espéré voir revenir Henri. Elle appréhendait la conversation à venir, mais au moins ce serait une bonne chose de faite. Elle avait l'intention de lui exposer de manière claire et nette que tout était fini entre eux, afin qu'il comprenne et n'exerce plus aucune pression sur elle. Elle voulait une fin sans ambiguïté, qui les séparerait l'un de l'autre une bonne fois pour toutes.

Elle porta ses valises dans sa voiture, puis elle dut en rapporter une à l'intérieur, faute de place. Son rêve d'une belle voiture, d'une voiture spacieuse, venait s'ajouter à toute la série des rêves auxquels elle avait dû renoncer, même si, elle le reconnaissait, celui-là n'était pas le plus grave.

Enfin, elle s'installa à la cuisine et fuma une cigarette, but un café, fuma une deuxième cigarette, les yeux fixés sur le ciel lumineux qu'on apercevait par la fenêtre. Nadine n'entrevoyait pas la moindre lueur d'espoir à l'horizon, mais, au moins, elle avait conscience d'agir comme il le fallait.

Et ce n'était déjà pas si mal.

Elle fut étonnée de constater qu'il était déjà une heure. Elle traînait ici depuis le début de la matinée. Mais où donc était Henri ? Parti en voyage ?

Tant pis, se dit-elle, je lui parlerai plus tard. Ou pas du tout. Finalement, il a compris tout seul, pas la peine de lui expliquer.

La jeune femme monta dans sa voiture bourrée à craquer et démarra. En passant devant l'endroit où avait été garée la voiture abandonnée de Peter, comme chaque fois, elle eut mal.

N'y pense pas, s'ordonna-t-elle en regardant droit devant elle, les lèvres serrées, c'est fini. N'y pense pas.

Ce soir ou demain, je viens chercher le reste de mes affaires.

Et la page sera définitivement tournée.

10

Monique l'entendit arriver. Tout à coup, un bruit interrompit le silence sépulcral de la cave. Une sorte de craquement, un frôlement… elle ne savait pas très bien.

Alors qu'elle avait ardemment souhaité connaître le sort que lui réservait son tortionnaire, avoir enfin la possibilité de lui parler, elle fut saisie de terreur.

C'était un homme dangereux. En un éclair, elle revit Camille et Manon, leurs cadavres… Elle s'affola, cherča des yeux un coin où se cacher. Les pas se rapprochèrent, accompagnés de halètements sonores qui la glacèrent d'effroi. Puis elle comprit que c'était elle qui haletait ainsi à grand bruit.

Lorsque la porte s'ouvrit à la volée, un rayon de lumière l'aveugla, si violemment qu'elle enfouit son visage dans ses mains. La lueur qui s'était enfoncée dans ses yeux, aussi douloureuse qu'un coup de couteau, lui arracha un gémissement irrépressible.

— Espèce de salope, entendit-elle, tu sais qu'à cause de toi j'ai des tas d'emmerdes ?

Monique se recroquevilla un peu plus sur elle-même et poussa un petit cri en recevant un coup de pied dans la cuisse.

— Regarde-moi quand je te parle, salope !

En clignant des yeux à grand-peine, elle leva la tête. Ses yeux commencèrent à s'accoutumer à la lumière, qui se réduisait à la lueur tamisée d'une lampe de poche. L'individu maintenait la lampe dirigée vers le bas, de telle sorte qu'elle le reconnut : oui, c'était bien lui qui l'avait kidnappée.

Il portait un jean et un pull gris à col roulé, et il était pieds nus. Un très bel homme, constata-t-elle tout en s'étonnant d'être capable de penser à une chose pareille.

— Alors tu t'es empiffrée, hein ?

Inutile de nier. Elle hocha la tête, ce qui lui valut un nouveau coup de pied.

— Pourquoi es-tu ici, à ton avis ? Tu crois que c'est pour bouffer mes provisions ?

Elle voulut lui répondre, mais le seul son qui sortit de sa bouche fut une sorte de croassement. Il y avait tellement longtemps qu'elle n'avait plus parlé... mais peut-être la faim, la soif et la peur lui nouaient-elles la gorge.

— Tu voulais dire quelque chose ? demanda-t-il d'un ton menaçant.

Enfin, elle parvint à articuler quelques mots, d'une voix qu'elle ne reconnut pas.

— Je... pensais... que c'était là... pour moi. Qu'autrement... vous ne m'auriez... pas amenée ici.

— Ah, tu es une petite futée, toi, lâcha-t-il en dirigeant le rayon de lumière dans ses yeux.

Il baissa la lampe, et, lorsqu'elle releva les paupières, elle vit qu'il était agité de tics nerveux, ne cessant de serrer le poing droit et de l'ouvrir de manière incontrôlée.

— Tu te doutes bien que je ne peux pas te garder ici pour toujours, annonça-t-il. Mais, si tu passes ton temps à bouffer, ça prendra plus de temps. Donc on va enlever les conserves.

Il veut que je meure. Oui, il veut vraiment que je meure...

Elle remarqua alors la corbeille qu'il avait déposée à côté de lui. Il était donc descendu pour enlever les bocaux et les boîtes de conserve, et elle, il la laisserait crever ici lentement.

— S'il vous plaît, le supplia-t-elle d'une voix apeurée, s'il vous plaît, relâchez-moi. Je... je ne vous ai rien fait...

Elle devinait que ses supplications étaient infantiles, mais c'était ce qu'elle était redevenue : une enfant. Petite et désarmée, à sa merci, elle gémissait comme une enfant.

Il parut effectivement réfléchir à son argument, puis lui opposa un refus définitif.

— Non. Parce que, sinon, tu ferais tout foirer.

— Je vous promets...

Il l'interrompit d'un geste de la main. Puis il lui posa une question qui la surprit.

— Tu es mariée ?

Monique se demanda brièvement si son sort, si sa survie pouvaient dépendre de sa réponse, mais, comme elle ne trouva aucun rapport, elle jugea plus sage de s'en tenir à la vérité – qu'il connaissait peut-être, de toute façon. Peut-être voulait-il simplement vérifier si elle mentirait.

— Non, répondit-elle.

— Pourquoi ?

— Je... euh... l'occasion ne s'est pas présentée.

— Est-ce que tu as connu un homme qui voulait t'épouser ? Quelqu'un qui voulait fonder une famille avec toi ?

Il accentua le mot « famille » d'une façon bizarre, comme s'il parlait d'une chose sacrée.

J'aurais dû dire que j'avais une famille, se reprocha-t-elle, j'aurais grimpé dans son estime.

— Non, dit-elle, je n'en ai pas connu. Mais mon vœu le plus cher, c'est d'avoir des enfants... une vie de famille...

Il la considéra avec mépris.

— Si c'était vraiment ton vœu le plus cher, il y a long-temps que tu l'aurais réalisé. Tu fais sans doute partie de la catégorie des crétines qui placent leur liberté avant le reste. Des connes qui s'imaginent que leur vie, c'est se réaliser et être indépendantes. Ces salopes de féministes ont jeté la famille aux orties et elles ont tout détruit !

Le mieux, c'est de parler avec lui, résolut-elle. Elle avait lu quelque part que les kidnappeurs avaient plus de mal à tuer leurs victimes quand ils les connaissaient mieux.

— Qu'est-ce qu'elles ont détruit ? questionna-t-elle.

La haine qu'elle lut dans les yeux de ce fou lui fit craindre que ce sujet ne lui ôte tout contrôle sur lui-même. D'un autre côté, il ne paraissait pas prêt à parler d'autre chose pour le moment.

— Tout, répondit-il, tout ce dont j'ai rêvé. Tout ce que je demandais à la vie.

Avec étonnement, Monique vit la haine faire place à une vulnérabilité presque touchante. Elle comprit qu'elle avait affaire à un homme qui avait subi un traumatisme dont il n'arrivait pas à se sortir.

— Et vos rêves, qu'est-ce que c'était ? poursuivit-elle.

Deviens son alliée. Montre-lui que tu le comprends, que tu es comme lui.

Il lui répondit par une question :

— Parle-moi de la famille où tu as été élevée.

Le but qu'il poursuivait en lui posant cette question demeurait flou, mais, au moins, les choses qu'elle avait à dire étaient positives.

— C'était une belle famille, expliqua-t-elle avec chaleur, tout en sentant les larmes lui monter aux yeux au souvenir de son enfance protégée. Mes parents s'aimaient très fort et ils m'adoraient. Ils ont attendu très longtemps avant d'avoir un enfant, et ils avaient déjà un certain âge quand je suis née. Je les ai donc perdus de bonne heure, hélas. Mon père est mort il y a huit ans, et ma mère, cinq ans.

Il lui adressa un regard méprisant.

— Tu appelles ça de bonne heure ?

— Eh bien, je trouve…

— Tu sais quand j'ai perdu ma mère ? Quand j'avais sept ans. Et tout de suite après, j'ai perdu mon père.

Dans l'état où elle était, elle se fichait éperdument des événements traumatisants de son enfance, mais cela ne l'empêcha pas de rassembler toutes ses forces pour paraître compatissante.

— Ils sont morts de quoi ?

— Morts ? Oui, on peut dire que mon père est mort. Mais ma mère, elle, s'est tirée. Tout simplement parce qu'une copine, une vraie salope, lui avait mis dans la tête qu'elle avait un talent extraordinaire et qu'elle n'avait pas à le gaspiller en se desséchant avec sa petite famille. Alors elle s'est libérée, elle a abandonné son mari et ses quatre enfants pour aller vivre avec sa copine, et tenter sa chance comme peintre et comme chanteuse. Elle n'a pas rencontré le succès, mais ça, elle s'en fichait : l'essentiel, c'était d'être créative, de se réaliser... Elle a fini par se faire écraser à Berlin par un chauffard ivre, et elle est morte. J'avais dix-neuf ans, mais il y avait longtemps que je n'avais plus aucun contact avec elle.

— C'est... ça a dû être terrible pour vous.

— Quand elle est partie, mon père a tenu le coup pendant quelque temps, mais il a fini par craquer. Il s'est mis à boire, il a perdu son travail... Je le revois encore... quand je rentrais de l'école, je le retrouvais vautré, bouffi, pas rasé, les yeux rouges... il sortait du lit, et déjà il avait la bouteille à la bouche. Avant, il était fort, il respirait la joie de vivre. Après, il s'est transformé en loque sous les yeux de ses enfants. Il est mort d'une cirrhose du foie.

— Je comprends, acquiesça-t-elle en espérant qu'il lirait la compréhension et la sympathie sur ses traits. Je vous comprends très bien maintenant. Vous n'avez pas réussi à surmonter tout ça.

Il la regarda, presque surpris.

— Si, dit-il, j'ai réussi. Quand j'ai rencontré Caroline, quand nous nous sommes mariés, quand nous avons eu des enfants. Mais après, ils sont partis, et tout a été détruit. Tout.

— Mais vous n'êtes pas vieux. Vous êtes très beau. Vous avez toutes les chances de…

Il ne l'écoutait pas.

— J'ai compris petit à petit que ces bonnes femmes, il fallait les éliminer, poursuivit-il. Elles détruisent tout. Il y a deux ans, j'ai tué la vieille, celle qui a convaincu ma mère de nous abandonner.

À cette révélation, prononcée sur un ton naturel, Monique avala sa salive.

— Mon Dieu ! murmura-t-elle.

— Ils en ont parlé dans un journal berlinois, mais ils ne savent toujours pas que c'est moi… Il n'y avait rien de plus simple. J'ai donné mon nom et elle m'a ouvert. Elle habitait toujours dans l'appartement où elle vivait avec ma mère. Ça lui a fait plaisir, à la vieille, de revoir le fils de son amie. Elle n'avait rien compris, rien du tout. Elle n'avait toujours pas compris quand elle s'est retrouvée avec la corde autour du cou et que j'ai tiré. J'ai pris tout mon temps pour tirer. Elle a souffert long-temps, mais pas aussi longtemps que moi.

Surtout, ne pas arrêter de parler si elle voulait sur-vivre.

— Je vous comprends, déclara-t-elle. Vraiment. Je n'avais jamais réfléchi à ce problème, mais maintenant je le vois avec d'autres yeux. Les femmes comme votre mère ou comme son amie répandent le malheur autour d'elles. Vous avez tout à fait raison. Mais toutes les fem-mes ne sont pas comme ça. Moi aussi, j'ai toujours voulu fonder une famille, il faut me croire. Mais par-fois, ce sont les hommes qui refusent de s'engager. Moi, je ne suis tombée que sur des hommes qui profitaient de moi et qui me jetaient ensuite. Depuis, j'ai pratique-ment renoncé.

Devant son silence, elle poursuivit hâtivement :

— Mais, bien sûr, quelque part, je me dis parfois que… un jour peut-être il y aura quelqu'un qui…

Il la regarda avec une expression indéchiffrable.

— Un prince charmant qui t'emportera sur son cheval blanc, c'est ça ?

— Je... euh... bafouilla-t-elle.

— Qu'est-ce que tu me racontes comme salades ! s'exclama-t-il avec mépris. C'est à peine croyable. Écoute bien, je vais te dire une bonne chose : je ne sais pas si tu as commis une saloperie quelconque. Je ne sais pas si tu as détruit une famille, si tu as envoyé promener un pauvre type qui était sincère dans ses intentions. C'est pour ça que tu es toujours en vie, mais il y a une chose qui est claire, c'est que tu ne peux pas rester en vie. On se comprend ?

Une frayeur mortelle s'empara d'elle. Elle se mit à trembler de tous ses membres.

— Moi, je préférerais que tu crèves ici, de faim, de soif, peu importe. Mais si ça met trop de temps, je serai obligé de donner un coup de pouce. Tu as été trop stupide, il ne fallait pas t'en mêler. Je ne permettrai à personne de tout faire capoter. Je suis sur le point de réaliser mes rêves. C'est ma dernière chance et je la saisis, et ce n'est pas une petite idiote comme toi qui va se mettre entre mes pattes !

Il ramassa la corbeille et avança de deux pas.

Et il écrasa de ses pieds nus les débris du couvercle de verre qu'elle avait laissé échapper.

Le sang jaillit entre les orteils de son pied gauche. Il le regarda fixement, sans comprendre, puis il poussa un gémissement, laissa tomber la corbeille et s'assit par terre.

Attrapant son pied à deux mains, il essaya d'arrêter le flux du sang.

— Mon Dieu ! Ce sang ! Tout ce sang !

Ses lèvres s'étaient décolorées. Monique comprit que la vue de son sang le mettait hors d'état de nuire. Elle se ramassa sur elle-même.

D'abord, ses jambes menacèrent de la lâcher. Elle ne s'était plus mise debout depuis tellement de temps que ses muscles semblaient en coton. Sans compter que la faim et la peur lui tournaient la tête, que les murs et le sol venaient à sa rencontre.

Mais sa détermination fut la plus forte, et elle se précipita hors de la cave, poursuivie par les hurlements du fou.

— Qu'est-ce qui se passe ? Putain, qu'est-ce qui se passe ?

Elle avait commis une grossière erreur, elle le comprit au bout de quelques secondes. Au lieu de se sauver, elle aurait dû commencer par l'enfermer. Mais elle n'avait pas eu le temps de penser, elle n'avait eu qu'une idée, s'enfuir… et maintenant, elle ne trouvait pas la sortie, elle ne trouvait pas l'escalier qui menait au rez-de-chaussée… Devant, elle voyait s'étendre un sous-sol qui paraissait immense, éclairé par des ampoules qui pendaient nues au plafond et qui avaient sans doute été allumées par un interrupteur central. Elle l'entendit derrière elle : il avait réussi à se relever, il la suivait !

— Arrête, salope ! Arrête-toi tout de suite !

Il était handicapé par sa blessure, mais il la rattraperait, parce qu'elle avait couru dans la mauvaise direction, à l'autre bout de la cave, et l'escalier était sans doute de l'autre côté. Mais elle n'arriverait pas jusque-là, car maintenant il était certainement décidé à la tuer tout de suite.

Elle aperçut une porte devant elle, au bout du couloir. Dessus, il y avait une clé. Les doigts tremblants, elle la retira, ouvrit la porte…

Son ravisseur était pratiquement sur elle. Il boitait, et elle distingua brièvement son visage déformé par la douleur et la rage. Puis elle se faufila dans la pièce, claqua la porte derrière elle, la bloqua en s'appuyant dessus de toutes ses forces lorsqu'il voulut l'ouvrir, se battit comme une lionne, parvint à introduire la clé dans la serrure – elle fut à deux doigts de perdre la bataille, car la porte fut légèrement entrebâillée –, mais, une fois encore, elle parvint à la tirer vers elle et à tourner la clé.

Pendant qu'il tambourinait avec fureur, Monique se laissa lentement glisser au sol, le dos appuyé contre la porte. Elle eut envie de pleurer, sans y parvenir. Elle tremblait et avait des hoquets.

Elle était de nouveau prisonnière, mais, cette fois, elle avait la clé.

S'il voulait la tuer, il fallait qu'il enfonce la porte.

11

Henri rentra chez lui à quatre heures de l'après-midi, et il ne mit pas longtemps à comprendre que sa femme était décidée à le quitter. Il commença par trébucher sur la valise qu'elle avait remisé derrière la porte. Sans doute avait-elle l'intention de venir la chercher plus tard. Il monta au premier et fit une chose qu'il n'avait jamais faite jusqu'alors : il ouvrit tous les placards et tous les tiroirs pour vérifier ce qu'elle avait emporté. Et il découvrit que ce n'étaient pas seulement des affaires dont elle aurait eu besoin pour passer quelques jours chez sa mère, comme du linge, quelques pulls et pantalons, et sa brosse à dents. Non, elle avait pratiquement enlevé tous ses vêtements, ceux d'hiver comme ceux d'été, ses maillots de bain et ses robes de coton, son ensemble de ski, ses deux robes du soir. Et elle avait aussi vidé les tiroirs de son secrétaire de ses journaux intimes, des photos et des notes. Il connaissait leur présence dans ce tiroir grâce à Catherine.

Henri descendit à la cuisine. Dans l'évier, il aperçut une soucoupe remplie d'eau, dans laquelle nageaient deux mégots. À côté se trouvait une tasse à café vide. Nadine l'avait attendu. Elle avait eu l'intention de lui parler, et il savait ce qu'elle avait prévu de lui dire.

Il s'assit à table et mangea une tartine de miel, sans y trouver de réconfort. Il imagina qu'elle s'était tenue à cette même place, dans la même position, les yeux tournés vers la même fenêtre. Avait-elle fait ses adieux à son ancienne vie ? Ou s'était-elle contentée d'attendre avec impatience le moment où elle quitterait enfin cette maison pour toujours ?

Ils ne vieilliraient pas ensemble. Ils n'auraient pas d'enfants ensemble. Catherine partie, Nadine partirait aussi. Il ne lui resterait que son restaurant, Chez Nadine, dont le nom lui paraîtrait absurde. Devrait-il l'appeler Chez Henri, désormais ?

Il était seul.

Après l'euphorie de sa conversation avec Catherine, après son deuxième interrogatoire avec les policiers, qui n'avaient pas caché leur méfiance à son égard, il se sentait à bout de forces. En quittant Marie, le matin, Henri avait erré pendant des heures, sillonné les routes en voiture en roulant comme un fou, comme à l'époque où il était connu pour cela, quand il était encore plein d'assurance et de force, puis il avait ralenti pour préparer son explication avec Nadine, la passer et la repasser dans sa tête, lui exposer ses projets de vie future avec des mots enflammés et, avec de belles phrases formées de mots choisis, lui pardonner son aventure avec Peter.

À présent, ses châteaux en Espagne s'effondraient et il ne subsistait plus qu'une immense lassitude, un profond épuisement moral, la peur d'un avenir vide et sans joie. Lui, l'éternel optimiste, n'avait jamais autant ressenti le besoin d'aller se réfugier auprès de quelqu'un qui le prendrait dans ses bras ; il voulait avoir le droit de pleurer, d'être caressé par quelqu'un qui lui passerait la main dans les cheveux en lui murmurant des paroles réconfortantes à l'oreille.

Il avait besoin de sa mère.

Ce n'était pas très glorieux, mais Henri ne possédait pas l'énergie suffisante pour avoir honte. Il ne voulait pas s'interroger pour savoir si ce besoin était légitime, si c'était une honte, une défaite. Il ne désirait qu'une chose, combler ce désir.

Il se demanda s'il aurait la force de boucler ses valises et de partir pour Naples. Le commissaire lui avait interdit de quitter la région, et, en disparaissant, il se rendrait plus suspect que jamais, mais cela lui était égal. Le seul problème, c'était Nadine. Peut-être pourrait-il lui laisser une lettre. Il lui écrirait qu'il comprenait et qu'il acceptait.

Henri demeura immobile, tourné vers la fenêtre, jusqu'à la tombée de la nuit. Puis il alluma la lumière et contempla dans la vitre le reflet de cet homme solitaire, assis dans sa cuisine, qui s'apprêtait à partir pour Naples, chez sa mère, parce que son univers s'était écroulé.

12

Juste avant d'aller se coucher, Laura se rappela qu'elle avait oublié d'appeler Monique Lafond la veille. Avec la visite de Christopher et les événements qui avaient suivi, c'était sorti de son esprit, en dépit du pense-bête qu'elle avait laissé près du téléphone.

Sans doute n'avait-elle pas vu la feuille aujourd'hui, quand elle avait téléphoné.

Effectivement, le papier ne s'y trouvait plus. Elle fouilla parmi d'autres papiers et vérifia qu'il n'était pas tombé par terre, mais en vain.

— Bizarre, marmonna-t-elle.

La jeune femme se demanda si elle pouvait encore appeler cette Monique à pareille heure – dix heures et quart – puis décida que c'était faisable. Après avoir eu une fois de plus recours aux renseignements, elle téléphona et joua encore de malchance : elle tomba sur le répondeur. Cette fois, elle ne laissa pas de message : le dernier devait encore se trouver sur la bande. Sans doute Monique Lafond s'était-elle absentée quelque temps. Elle trouverait son message en rentrant.

De plus, Laura était de moins en moins convaincue que cette piste présentait encore un intérêt pour elle.

L'après-midi, elle avait reçu une nouvelle visite du commissaire Bertin, qui voulait savoir si des éléments pouvant servir l'enquête lui étaient revenus, mais elle avait été obligée de le décevoir. Le commissaire et son équipe paraissaient désarmés. Elle avait le sentiment que Bertin croyait en son innocence, aussi avait-elle eu le courage de demander quand elle pourrait rentrer chez elle.

« Ma petite fille est en Allemagne, et les créanciers de mon mari se préparent à me tomber dessus. J'ai une quantité d'affaires à régler et je dois réorganiser ma vie de fond en comble. Ici, je tourne en rond, vous comprenez !

— Oui, je comprends. Vous êtes dans une situation très désagréable. Puisque nous avons vos coordonnées en Allemagne, je crois que vous pouvez quitter la France. Il se pourrait que nous vous demandions de revenir, au cas où nous aurions de nouveaux éléments et où nous aurions besoin de vous ici.

— Bien sûr, aucun problème. En tout cas, c'est le moindre de mes problèmes en ce moment.

— Vous êtes une femme courageuse, l'avait-il félicitée. Beaucoup, à votre place, auraient craqué. Mais vous, vous prenez les choses à bras-le-corps ! »

Son compliment lui avait fait plaisir. Après son départ, elle s'était placée devant la glace de la salle de bains afin de s'examiner attentivement. Voyait-on le changement qui s'était opéré en elle ? Il ne s'était pas écoulé beaucoup de temps, et pourtant il lui semblait avoir parcouru un très long chemin – depuis la Laura soumise qui attendait le retour de son mari et passait son temps à acheter de nouveaux rideaux par désœuvrement, jusqu'à celle qui avait identifié le corps de son mari à l'Institut médico-légal.

— C'est bien, tu te débrouilles bien, avait-elle remarqué à haute voix.

Le soir, elle avait écouté de la musique et débouché une bouteille de champagne. Seule une anxiété diffuse, qu'elle ne put s'expliquer au début, jusqu'à ce qu'elle comprît que cette sensation était due à Christopher, l'empêchait de se sentir détendue et libre. Sans cesse, elle s'attendait à entendre sonner le téléphone et à l'avoir au bout du fil, en train de lui proposer un rendez-vous. Elle alla jusqu'à fermer les volets, chose qu'elle ne faisait jamais, mais elle ne pouvait se défendre du sentiment qu'il pourrait apparaître sans crier gare et demander à entrer, ou – encore plus désagréable – qu'il pourrait tout simplement l'observer derrière les vitres.

Là était le plus fou : Laura avait peur de lui sans savoir pourquoi. Sa raison lui affirmait que c'était ridicule, mais son instinct refusait de se laisser tromper. Quand le téléphone carillonna effectivement, elle sursauta, comme si elle entendait ce bruit pour la première fois.

C'était sa mère, qui naturellement se plaignait de ne jamais recevoir d'appel et, de plus, tenait à lui dire que Sophie allait bien mais avait réclamé sa maman à plusieurs reprises. Elle espérait aussi que Laura lui communiquerait la date de son retour.

— Au cas où tu l'estimerais nécessaire, ajouta-t-elle d'un ton acide.

— On m'a dit aujourd'hui – aujourd'hui seulement, maman – que je peux quitter le pays. Je crois que je vais partir après-demain. Demain, je dois encore aller trouver un agent immobilier qui va me préciser à combien la maison est estimée. Elle est sans doute hypothéquée jusqu'au toit et il ne me restera rien de la vente, mais je veux au moins connaître le prix du marché.

— Il est grand temps que tu viennes t'occuper de tes affaires. Quand je vais chez vous pour arroser les fleurs, je tombe sur des piles de courrier qui s'amoncellent. Des banques, surtout. Et votre répondeur est saturé. Au bureau de Peter, c'est la débandade, ses secrétaires n'ont pas l'air de savoir quoi faire.

— Elles savent que Peter est mort ?

— Aucune idée. Je n'ai pas réussi à le leur demander. Elles ont dû être entendues par la police, tu ne crois pas ? En tout cas, il faut que quelqu'un prenne les choses en main.

— Je te l'ai dit, maman, jeudi soir je suis à la maison.

— L'ex-femme de Peter n'arrête pas de pleurnicher sur le répondeur, à cause de la pension qui n'est pas payée.

— Appelle-la et dis-lui qu'elle peut toujours courir. Que son ex-mari est dans la chambre froide de l'Institut médico-légal de Toulon et que tous ses biens vont être vendus aux enchères. Et qu'à partir de maintenant, il va falloir qu'elle se débrouille seule.

— J'ai réfléchi, annonça Élisabeth. Je me suis dit que le mieux, c'est que vous veniez vous installer chez moi, toi et Sophie. La maison va être vendue, et, au début, tu n'auras pas beaucoup d'argent. Mon appartement est beaucoup trop grand pour moi, de toute façon. Vous pouvez occuper les deux pièces du fond.

Laura avala sa salive.

— C'est très gentil à toi. Mais... je ne crois pas que ce soit très bon, ni pour toi ni pour moi. Je vais aller vivre chez Anne. Sophie et moi, nous serons toujours près de chez toi, mais nous ne serons pas les unes sur les autres, ce qui évitera les problèmes.

À l'autre bout du fil, le silence s'éternisa. Finalement, Élisabeth jeta d'un ton pincé :

— Comme tu voudras. C'est toi qui sais ce qui te convient le mieux.

Elles se séparèrent froidement et Laura se sentit soulagée d'avoir réglé une autre question.

Lorsqu'elle alla enfin se coucher, la jeune femme avait recouvré un peu de sérénité. Christopher ne l'avait pas contactée depuis le matin. Sans doute avait-il fait qu'avec sa crise de jalousie il avait dépassé les bornes, et peut-être une lueur de lucidité lui avait-elle fait comprendre que toute cette histoire entre eux était factice. Sans doute voulait-il créer maintenant une distance qui leur permettrait à tous deux de se revoir sans gêne un jour ou l'autre.

Elle lut encore dans son lit jusqu'au moment où elle ne parvint plus à se concentrer sur les caractères. Avant d'éteindre la lumière, elle regarda sa montre : onze heures dix.

Cinq minutes plus tard, le téléphone sonnait.

Elle se redressa brutalement, tous les sens en éveil. Son cœur battait à se rompre. Elle sut aussitôt qui ce pouvait être à une heure pareille.

Laura laissa sonner jusqu'à ce que cela s'arrête. Mais, au bout de quelques instants, Christopher recommença. Au bout de la troisième série, elle n'y tint plus, bondit hors du lit et sortit sur le palier, où se trouvait un appareil.

— Oui ? répondit-elle d'une voix impatiente.

— Laura ? C'est moi, Christopher ! Où étais-tu ? Pourquoi as-tu mis aussi longtemps à répondre au téléphone ?

Pauvre idiote ! Il n'y a rien de changé ! Tu avais raison, avec ton pressentiment.

Elle tenta de lui répondre calmement mais fermement.

— Christopher, il est plus de onze heures. Je dormais. J'ai essayé d'ignorer la sonnerie, mais tu ne m'en as pas laissé la possibilité. Pour être franche, je trouve que tu te comportes d'une façon épouvantable.

— Laura, je voudrais te voir.

— Non. Il est tard. Je suis fatiguée.

— Demain matin ?

Contrairement à leur dernière conversation, il ne criait pas, il ne menaçait pas. Il paraissait plutôt suppliant.

— Je ne sais pas. Je...

— Je t'en prie, Laura ! J'ai eu envie de t'appeler toute la journée. Je meurs d'envie de te voir. J'ai pensé que tu te sentirais moins harcelée, c'est pour ça que j'ai attendu... c'était l'enfer... et là, je n'y tenais plus. Je t'en prie...

Elle essaya de se montrer gentille.

— Demain matin, je ne pourrai pas, j'ai des choses à régler.

Laura évita de mentionner sa démarche auprès d'un agent immobilier. Une voix intérieure lui dictait de ne rien lui dévoiler de son intention de couper les ponts avec ce pays.

— Nous pourrions déjeuner ensemble, conclut-elle.

Il accueillit sa proposition avec un soulagement palpable.

— Oui. Il faut que je te voie, c'est tout. Tu veux que je passe te prendre ?

— Non. Je serai en ville... On se rejoint à midi et demi sur le parking de la plage, à La Madrague. D'accord ? Et on verra où on ira. À demain !

— Je t'aime, Laura.

La jeune femme reposa le combiné et resta plantée devant l'appareil, trempée de sueur.

La crainte qu'elle croyait avoir repoussée devenait plus présente que jamais.

Christopher n'était pas normal.

Et le lendemain, elle allait devoir lui annoncer que leur mariage était impossible.

Mercredi 17 octobre

1

Il pleuvait ce matin-là.

Les nuages s'étaient formés pendant la nuit et avaient mis un terme au beau temps clair, presque estival. La pluie n'était pas battante et drue, mais fine et continue. Le paysage qui, la veille encore, étincelait des couleurs de l'automne, se noyait dans un gris uniforme. L'humidité paraissait s'introduire jusque dans les moindres recoins.

Nadine s'était levée très tôt, lavée et habillée en faisant le moins de bruit possible, avant de se préparer un café. En dépit du poêle qu'elle avait alimenté toute la nuit, un froid pénétrant régnait dans la maison. Comme toujours. Nadine ne se souvenait pas d'avoir jamais eu chaud ici en automne et en hiver.

Appuyée contre la fenêtre, sa tasse de café bien chaud entre les mains, elle vit l'obscurité s'effacer pour laisser place à l'aube ; là-bas, de l'autre côté de la gorge, malgré le mauvais temps, il finirait par faire jour, mais ici, la pénombre durerait et serait remplacée en fin d'après-midi par les ténèbres.

Peter lui avait décrit la belle maison où ils vivraient en Argentine, grande et claire, pleine d'espace, entourée de prés.

« On aura une véranda sur tout le devant. Le soir, on s'installera là, main dans la main, et on contemplera notre domaine. »

Comme elle était au courant de sa déroute financière, elle n'y avait jamais vraiment cru. Mais c'était un beau rêve, et elle voulait bien le lui laisser.

Elle avait été scandalisée d'apprendre qu'Henri était venu la veille pour parler à sa mère. Il avait manqué à une règle tacite qui voulait que cette masure demeure son territoire à elle, un territoire auquel son mari n'avait pas accès. Il venait la chercher parce qu'il s'imaginait sans doute qu'avec le départ de Catherine tout rentrerait dans l'ordre. Pourquoi se cramponnait-il à une illusion aussi absurde ? Elle lui parlerait malgré tout, pas ici, mais dans un lieu qu'elle pourrait quitter à tout moment.

La jeune femme décida de se rendre dans la soirée à la pizzeria, de prendre ses dernières affaires et de lui dire adieu. La soirée lui semblait un moment propice : il n'y aurait pas beaucoup de clients à cette époque de l'année, de sorte qu'ils auraient l'occasion d'échanger quelques mots. Une ou deux tables seraient sûrement occupées ; Henri ne pourrait pas se laisser distraire trop longtemps de son travail et encore moins la suivre quand elle partirait. En tout cas, cela conférerait à leur entretien un cadre civilisé et limité dans le temps.

La pluie tomba plus dru. La vallée disparaissait dans un brouillard presque impénétrable. L'univers était plongé dans la tristesse et le chagrin.

Marie entra dans la cuisine en traînant les pieds, sa robe de chambre serrée autour d'elle, les cheveux en bataille, le visage vieux et fatigué.

— Il fait froid, soupira-t-elle.

Nadine se tourna vers sa mère, suppliante, pleine d'espoir :

— Maman, il faut vendre cette bicoque. Je t'en prie ! On va chercher une petite maison en bord de mer, avec plein de soleil et une jolie vue !

— Non, ton père m'a condamnée à vivre ici, alors je reste. Jusqu'au bout.

— Maman, c'est... c'est de la folie ! J'aimerais savoir pourquoi tu t'infliges ça. Pourquoi tu m'infliges ça, à moi...

— Toi, je ne t'inflige rien du tout. Toi, il faut que tu vives ta propre vie.

Après quoi elle s'assit, prit la cafetière et une tasse, se servit, enfouit la tête dans ses mains et se mit à pleurer. Comme tous les matins.

Ma propre vie, pensa la jeune femme en se retournant de nouveau vers la fenêtre.

Comment savoir ce que c'est, ma propre vie ?

2

M. Alphonse se montra prévenant. Il était visiblement très intéressé par la vente de la maison.

— Le quartier La Colette, c'est un coin particulièrement beau. Ce n'est pas tous les jours qu'il se libère quelque chose là-haut. Et toute la région est de plus en plus recherchée. Je ne crois pas que nous ayons beaucoup de difficultés à trouver un acquéreur.

— Dans un premier temps, j'aimerais simplement avoir une estimation, répondit Laura. Ensuite, il va falloir que je réfléchisse.

— Bien sûr, ça va de soi !

Son agence se situait à Saint-Cyr, juste en face de la plage où Laura venait se baigner avec Peter en été. Ils passaient devant son bureau doté de grandes vitres en repartant vers leur voiture. Aussi Laura avait-elle trouvé que le plus simple était de s'adresser à lui.

L'agent immobilier s'empara d'un agenda, toussota et feuilleta son carnet de rendez-vous d'un air affairé. Elle décela fort peu de notes sur les pages, mais il se comporta comme s'il ne lui était pas facile de trouver un créneau.

— Vous dites qu'il faut que je passe aujourd'hui ? Bien… que pensez-vous de quatre heures ? Je pourrais me libérer.

— Parfait. À quatre heures.

Laura se leva et s'apprêta à partir. Au même moment, son regard tomba sur le second bureau de l'agence, en retrait près du fond. Il s'y trouvait un ordinateur, un téléphone et quelques dossiers, des documents, des stylos et un cactus en fleur. Mais, surtout, un petit écriteau discret entouré d'un cadre en acrylique : « Monique Lafond ».

— Monique Lafond travaille avec vous ? s'enquit-elle, étonnée.

— C'est ma secrétaire. J'en étais très content jusqu'à maintenant ; au moins, on pouvait compter sur elle. Mais ça fait trois jours qu'elle n'est pas venue, sans envoyer d'arrêt maladie, sans donner la moindre explication. Et elle ne répond pas au téléphone. Je ne comprends pas.

— Depuis trois jours ? D'affilée ?

— Oui. Elle était en congé maladie jusqu'à la fin de la semaine dernière, mais elle aurait dû revenir lundi. Au moins, elle aurait pu me prévenir qu'elle n'était pas encore d'aplomb. Moi, je comptais sur elle.

L'agent immobilier baissa la voix pour poursuivre sur le ton de la confidence :

— Vous avez sûrement entendu parler du meurtre de la Parisienne dans sa résidence secondaire ? Monique était sa femme de ménage, c'est elle qui l'a trouvée ! Étranglée, avec ses habits tailladés. Moi, je dis que c'est un crime sexuel. Et sa petite fille, par-dessus le marché ! Pas étonnant que Monique ait subi un choc et qu'elle ait préféré rester chez elle, même si je pense que ce n'est pas bon de s'enterrer chez soi après un choc pareil. Mais enfin, chacun fait ce qui lui plaît. Seulement, quand on dit qu'on revient lundi, on revient lundi. Ou alors on passe un coup de fil !

Il parut s'apercevoir que Laura avait réagi avec surprise en voyant l'écriteau.

— Vous connaissez Monique ? demanda-t-il.

— Non, seulement à cause de cette histoire. Ce crime... J'ai entendu son nom.

La jeune femme n'avait pas envie de lui avouer qu'elle aussi s'intéressait à Monique.

— Vous êtes allé chez elle ? reprit-elle. Peut-être lui est-il arrivé quelque chose.

— Ce n'est pas mon problème. Elle a des parents et des amis pour ça !

— Vous en êtes sûr ?

— Comment voulez-vous que je sache ? C'est ma secrétaire, pas une amie intime. Mais ne nous occupons pas de ça. On se voit à quatre heures ?

Laura ne put se défaire de l'intuition que quelque chose clochait, mais ce n'était pas le moment de s'en préoccuper.

— Oui, à quatre heures, confirma-t-elle.

D'ici là, elle aurait affronté l'un des déjeuners les plus délicats de sa vie. Et elle aurait surmonté l'épreuve.

3

Pour tenir, Monique ne cessait de se répéter que sa situation s'était améliorée : sa nouvelle cachette était munie d'un interrupteur et d'une ampoule qui pendait, nue et laide, au plafond blanchi à la chaux. Donc elle voyait clair. Elle pouvait lire l'heure, elle pouvait regarder ses bras et ses jambes, ses mains et ses pieds. Curieusement, cela lui faisait du bien.

Et elle possédait une clé. Cela signifiait qu'elle pouvait sortir de sa prison.

D'un autre côté, elle n'avait plus rien à manger ni à boire. La pièce où elle se trouvait était vide, à l'exception de deux cartons dans un angle. En inspectant l'intérieur, elle y avait découvert des produits de beauté : des tubes de crème desséchés, de vieux rouges à lèvres qui sentaient mauvais, du shampooing et un poudrier à demi utilisé. Ces objets avaient sans doute appartenu à Caroline, sa femme, celle qui l'avait quitté. C'était la deuxième fois qu'une femme l'abandonnait. Ensuite, il avait disjoncté. Il avait tué l'amie de sa mère, puis cette pauvre Camille Raymond, et Manon, cette petite fille innocente, et Dieu savait qui encore.

Il fallait qu'elle sorte d'ici, par tous les moyens.

Si seulement elle savait où il se cachait !

Tout de suite après sa fuite, il était sorti ; elle l'avait entendu s'éloigner en boitant. Son pied saignait abondamment, elle avait eu le temps de le voir, et sans doute s'était-il d'abord occupé de sa blessure. Depuis, il n'était pas réapparu, et pourtant, entre-temps, il s'était écoulé vingt-quatre heures. En tout cas, elle n'avait rien remarqué.

Et s'il se tenait tapi dans le couloir, à la guetter ? Et s'il se contentait d'attendre qu'elle sorte ?

Effectivement, il lui suffisait d'attendre. La faim et la soif finiraient par la forcer à entreprendre quelque chose. Déjà elle avait du mal, par moments, à penser à autre chose qu'aux bocaux de pêches qui se trouvaient à quelques mètres de là. Il était peu probable qu'il les ait transportés ailleurs. Si elle réussissait à sortir en douce pour aller boire…

Mais… et s'il était dans le couloir ?

Pour le savoir, il lui faudrait s'élancer dehors, et à ce moment-là, il serait peut-être déjà trop tard.

Elle était prise au piège. Un piège fatal, sans espoir.

4

Christopher était si pâle qu'elle prit presque peur en le voyant. Ses lèvres étaient grises, et une pellicule de sueur malsaine recouvrait sa peau. Laura espéra que ce n'était pas seulement à cause d'elle, mais aussi à cause de son pied. Il était sorti de sa voiture en boitillant, et ensuite elle avait aperçu son gros bandage.

Ils se faisaient face, assis à la table du restaurant.

« Qu'est-ce qui est arrivé à ton pied ? » avait-elle demandé sur le parking, sous la pluie, contente d'avoir un sujet neutre à aborder.

La mer venait clapoter, grise et paresseuse, contre le mur du port. Un promeneur solitaire en ciré passa en traînant ses pieds chaussés de bottes de caoutchouc. Les nuages paraissaient s'abaisser de plus en plus, et la pluie, qui, le matin, tenait plus du brouillard humide, tombait à présent avec force et régularité. Laura avait un parapluie, mais pas Christopher, aussi dut-elle l'abriter sous le sien et le laisser s'approcher d'elle plus qu'elle ne le souhaitait.

« J'ai marché pieds nus sur des débris de verre, expliqua-t-il, et je me suis coupé. Le sang ne voulait pas s'arrêter.

— Tu as mal ?

— Ça va. De toute façon, maintenant, je n'y pense plus. (Il prit son bras, le serra.) Parce que tu es avec moi. »

Rarement elle avait éprouvé pareille envie de prendre ses jambes à son cou.

Ils atterrirent dans un petit café où les deux seules clientes, en dehors d'eux, étaient des femmes âgées qui descendaient les verres les uns après les autres en se plaignant du mauvais temps. Une jeune fille maussade traînait derrière le bar.

Laura et Christopher commandèrent leur repas, Christopher attendant que Laura passe commande pour se joindre à elle. D'ordinaire, la jeune femme ne buvait pas d'alcool le midi, mais elle s'autorisa une exception pour se donner du courage. Elle demanda un quart de vin blanc. Christopher ne l'imita pas ; il s'en tint à l'eau minérale.

Ils bavardèrent de choses et d'autres, puis, voyant Christopher s'agiter de plus en plus, Laura comprit que c'était à elle d'aborder le sujet brûlant.

Avec le plus de ménagement possible, elle lui annonça qu'ils ne feraient pas leur vie ensemble.

Quand elle eut fini, le visage de Christopher avait perdu son dernier vestige de couleur et la jeune femme craignit de le voir s'évanouir d'une seconde à l'autre.

— Peut-être devrais-tu commander un alcool, lui conseilla-t-elle, inquiète.

Il ne l'écouta pas et se contenta de demander :

— Pourquoi ? Mais pourquoi ?

— Je te l'ai expliqué.

Elle lui avait exposé toutes ses raisons, mais, comme elle l'avait prévu, il insistait.

— Tout est allé trop vite. Je ne sais pas ce que me réserve l'avenir. Pour l'instant, je ne me vois pas avec quelqu'un dans ma vie.

— Mais...

— Pendant mes années avec Peter, j'ai totalement oublié qui j'étais. J'ai vécu sa vie, je n'ai pas vécu la mienne une seconde. Il faut que j'arrive à me retrouver, à savoir ce que je veux, à décider de ma manière de vivre. Comment veux-tu que je m'engage avec quelqu'un sans me connaître moi-même ?

Dans ses yeux, elle vit une lueur qu'elle n'arriva pas à définir.

— Prendre conscience de soi, marmonna-t-il, se réaliser... Toi aussi.

— Tu trouves ça anormal ? Dans ma situation ?

La serveuse maussade apporta leur repas, deux pissaladières et deux salades, mais Christopher paraissait incapable d'en avaler une bouchée.

Lorsque la serveuse se fut éloignée, Laura poursuivit :

— Ce sont des slogans, je sais, et parfois c'est insupportable. Mais ce n'est pas pour suivre la mode que j'en parle. Sais-tu comment j'ai passé ces dernières années ? J'ai dû renoncer à mon métier, m'installer dans une banlieue où je n'avais pas envie d'aller. Mon mari m'a exclue de sa vie, et il avait de bonnes raisons, je le sais maintenant. Il a été assassiné, et j'apprends que je croule sous les dettes, qu'il avait l'intention de s'enfuir à l'étranger, qu'il me trompait avec une amie depuis trois ans. Qu'il m'aurait laissée froidement me débrouiller avec tous les ennuis qu'il avait lui-même provoqués, seule avec mon enfant. Qu'est-ce que je peux ressentir, d'après toi ? Tu n'arrives pas à comprendre ça ? Tu ne trouves pas normal que, pour l'instant, j'aie perdu confiance dans les hommes, dans le couple ou le mariage ? Tu ne crois pas qu'il me faudra beaucoup de temps pour la retrouver ?

Il se pencha vers elle. Un peu de couleur lui monta aux joues.

— C'est justement de ça qu'il s'agit ! Je veux t'aider. Je veux te rendre ta confiance, je veux que tu oublies tout ce qui t'est arrivé de mal dans ta vie, je veux t'aider à comprendre que tous les hommes ne sont pas comme Peter !

— Ce chemin, je dois l'accomplir par moi-même. Il me faudra du temps, et ce temps, je voudrais le prendre. Je ne veux pas passer sans transition sous l'aile d'un autre homme.

— Mais moi, je ne suis pas comme Peter. Jamais je ne te tromperai. Jamais je ne ferai des choses derrière ton dos. Jamais je ne te quitterai.

— Je sais. Mais à ta façon… (elle choisit ses mots avec soin)… à ta façon, toi aussi, tu me maintiendrais à l'étroit.

— Jamais !

Il lui prit la main par-dessus la table, la tint serrée dans la sienne. Ses yeux avaient un éclat fiévreux.

— Jamais je ne te maintiendrai à l'étroit ! Je ne veux pas te former, ni te dominer, ni faire de toi une marionnette. Si c'est ce qui te fait peur, oublie-le. J'aime la personne que tu es. Il n'y a rien en toi que je veuille changer. Je souhaite seulement être heureux avec toi, être entièrement avec toi, vivre avec toi dans une famille. Il faut aussi que tu penses à ta fille. Ce n'est pas bon pour un enfant de grandir sans père. Et elle est encore petite, elle m'acceptera sans difficulté. Son environnement sera beaucoup plus sain que celui que tu pourras lui proposer !

Il martelait ses mots en les déversant avec un débit précipité. De nouveau, il s'approchait trop d'elle, en lui prenant la main, mais aussi par l'insistance avec laquelle il semblait vouloir lui enfoncer chacun de ses mots dans la tête. Laura comprenait pourquoi elle ne se sentait jamais à l'aise en sa présence : il insistait toujours. Il paraissait l'aspirer, l'avaler, faire d'elle une partie de lui-même. Christopher lui coupait la respiration, il éveillait en elle le besoin de se retirer, de mettre une distance, de creuser un fossé. Sans le lui permettre.

Laura ne savait plus que faire ; elle avait l'impression que l'entretien pouvait s'étirer à l'infini.

— Je ne t'aime pas, Christopher, déclara-t-elle à voix basse, le nez baissé sur son assiette.

Il retira la main.

— Qu'est-ce que tu veux dire ?

Elle évitait toujours de le regarder.

— Ce que j'ai dit. Je ne t'aime pas.

La deuxième fois, c'était déjà plus facile à dire. *Je ne t'aime pas*. Elle en fut soulagée. C'était sorti, elle l'avait dit. Plus besoin de s'épuiser à parler, à argumenter, à discuter ses objections.

La jeune femme recula vers le fond de sa chaise, prit une longue inspiration, libérée d'un grand poids, et leva les yeux.

Cela paraissait impossible, mais il était devenu encore plus pâle. La couleur de son visage était celle du calcaire. Il transpirait abondamment, ses mains tremblaient. Il se cramponnait à son verre d'eau, au risque de le briser entre ses doigts.

— Mon Dieu, dit-elle tout bas, tu aurais dû le savoir.

— Je peux te poser une question ?

Sa voix, comparée à son aspect, était étonnamment ferme et froide.

— Pourquoi t'es-tu donnée à moi avant-hier soir ?

En d'autres circonstances, son vocabulaire démodé l'eût fait rire, mais ce n'était pas le moment. De plus, mieux valait éviter de reconnaître la vérité, d'avouer qu'elle s'était servie de lui pour se venger de son mari.

— Par désir, répondit-elle, par besoin de ressentir un peu de chaleur humaine. Tu dois connaître ça. Ça arrive à tout le monde de faire l'amour uniquement pour cette raison.

— Pas à moi. J'ai toujours voulu m'engager, construire quelque chose avec quelqu'un.

Elle haussa les épaules dans un geste d'impuissance.

— Je suis vraiment désolée. Si j'avais su que tu y mettais tant de choses, je ne l'aurais pas fait. Je l'ai compris trop tard.

La serveuse maussade s'approcha de leur table.

— Il y a un problème ? Vous ne mangez pas...

Christopher sursauta comme s'il avait oublié que d'autres êtres humains peuplaient le monde. Il regarda la jeune fille, hébété. Laura repoussa leurs assiettes.

— Tout va bien, répondit-elle, nous avons simplement remarqué trop tard que nous n'avions pas faim.

La serveuse remporta les assiettes.

Christopher repoussa une mèche sur son front. Ses cheveux étaient trempés.

Tu as détruit ma vie, murmura-t-il. Mon avenir, mes espoirs, tu as tout détruit.

Laura sentit la colère se lever en elle. Jamais elle n'avait été responsable de sa vie, de son avenir, de ses espoirs. Elle avait commis l'erreur de coucher avec lui, mais cela ne lui donnait pas le droit d'exiger qu'elle l'épouse.

Heureusement que je m'en vais demain, pensa-t-elle en se gardant bien de l'exprimer à haute voix.

Christopher la regarda intensément. Ses yeux parurent vouloir s'enfoncer dans les siens.

Il était encore trop près !

— Est-il possible que tu changes d'avis ? demanda-t-il en détachant soigneusement chaque mot. Est-il possible que tu dises des choses qui... ne sont pas vraies, parce que tu es perturbée ou dépassée par les événements, en ce moment ?

Laura secoua la tête. Elle n'avait plus qu'une envie : s'échapper. Elle ne voulait plus lui parler d'elle, le réconforter, lui donner de vagues espoirs pour adoucir la cruauté du moment. Elle désirait partir au plus vite et ne jamais le revoir.

— Non. Je ne suis ni perturbée ni dépassée. Je t'ai dit ce que j'avais à dire. Ça ne changera pas.

Elle repoussa sa chaise pour lui signifier que leur entretien était clos.

Il lui lança un regard étrange, mais elle ne put déterminer ce qui lui donnait son étrangeté. Pas seulement la tristesse, le désarroi, la déception. Elle crut déceler dans ses traits une expression de pitié. Il avait pitié d'elle ?

Et alors ? S'il croit que je suis à plaindre parce que j'ai dédaigné l'honneur de devenir sa femme, grand bien lui fasse. Il peut toujours allumer un cierge pour moi, si ça lui chante. L'essentiel, c'est que je me sorte de cet imbroglio !

Elle fouilla dans son portefeuille, rassembla quelques billets et les posa sur la table, puis se leva. Christopher ne fit pas mine de bouger pour lui donner un baiser d'adieu et, pour la première fois de la journée, Laura lui fut reconnaissante.

— Bon, je m'en vais. Au revoir, Christopher. Je te souhaite bonne chance.

Laura quitta le café à grands pas et, dehors, respirant à fond, elle s'aperçut qu'elle avait été incapable de respirer normalement jusqu'alors. Qu'elle n'y était jamais parvenue en présence de Christopher.

Ouf, c'est du passé, oublions tout ça, songea-t-elle.

Et pourtant, elle n'était pas délivrée de la sensation oppressante qui la hantait.

5

Catherine reposa la lettre qu'elle venait de relire pour la dixième fois. Cette lettre lui faisait du bien ; sans doute était-ce pour cela qu'elle la reprenait sans cesse entre ses mains.

Le curé du petit village où elle voulait s'établir lui avait répondu. Elle le rencontrait souvent chez sa tante, autrefois ; ils parlaient tous les deux et parfois partaient se promener ensemble. C'était la seule personne devant qui elle n'avait pas honte de sa vilaine peau et de sa silhouette informe. Maintenant, c'était un vieux monsieur. Par bonheur, il restait le curé du village. Le prêtre disait dans sa lettre qu'il s'était tout de suite souvenu d'elle.

Catherine lui avait écrit pour demander s'il pourrait l'aider à trouver un toit, en lui indiquant qu'elle disposerait d'une petite somme d'argent à la suite de la vente de son appartement. Elle n'en tirerait pas grand-chose mais, au moins, elle ne serait pas sans le sou. Peut-être chercherait-elle du travail ; mieux valait qu'elle ne reste pas chez elle toute la journée à tourner en rond.

Le curé lui précisait qu'il existait au village une petite maison vide, « juste à côté de l'ancienne maison de votre tante ». La propriétaire, installée dans une maison de retraite, voulait la louer. Le prêtre était disposé à intervenir en sa faveur. À la fin, il ajoutait : « Je crois que vous avez pris une bonne décision. J'ai toujours eu le sentiment que vous vous sentiez chez vous dans notre région, plus que sur la Côte où vous vivez actuellement. Sans doute obéissez-vous à une voix intérieure, et mon expérience m'a appris qu'il fallait toujours écouter la voix de son cœur. Nous sommes très heureux à l'idée de vous accueillir ! »

La dernière phrase lui faisait presque monter les larmes aux yeux. Catherine ne cessait de la relire, et, pour la première fois, elle eut l'espoir que la vie pouvait lui réserver, à elle aussi, une petite part de bonheur, ou, au moins, de satisfaction.

Elle avait prévu de rester chez elle ce jour-là et, avec le soutien de la lettre du curé, elle avait cru y parvenir.

Pourtant, en début d'après-midi – à près de trois heures –, elle commença à s'agiter. Il lui manquait quelque chose : une chose qui, visiblement, faisait partie intégrante de sa vie, beaucoup plus qu'elle ne voulait l'admettre. Comme une sorte d'obligation.

Elle arpenta son appartement de long en large, relisant la lettre du curé, tentant de rêver à son nouvel avenir. Elle lutta avec de plus en plus de difficulté, puis finit par jeter l'éponge. D'ailleurs, elle partirait bientôt et, pendant les quelques semaines qui lui restaient, elle pouvait bien faire ce qui lui plaisait. Ces choses-là n'avaient plus d'incidence sur sa vie future.

Elle prit son sac, sa clé de voiture et sortit.

6

Christopher avait chaud et en même temps il tremblait de froid. Ses jambes étaient en caoutchouc. Son pied blessé lui faisait mal, sa tête aussi. Parfois, il croyait entendre des voix, quelqu'un semblait le suivre en lui parlant, mais, lorsqu'il se retournait, il ne voyait personne. Puis il comprit que les voix n'existaient que dans sa tête. Il ne parvenait pas à saisir le sens de ce qu'elles lui disaient.

Après le déjeuner – où il avait été piétiné par cette garce –, il avait regagné sa maison en s'assurant que la porte de la cave était restée fermée : l'autre emmerdeuse s'était barricadée à l'intérieur. Par bonheur, la cave ne disposait pas de fenêtre, aussi ne pouvait-elle sortir que par en haut, et là, il avait tout bouclé à double tour. Néanmoins, il ne pouvait descendre en toute tranquillité, car elle avait dû s'armer d'une barre de métal, ou autre arme de fortune, et le guetter dans un coin. Maintenant, elle pouvait trouver des provisions et de l'eau. À côté de la pièce aux bocaux, s'étendait un véritable garde-manger avec des paquets de pâtes, des sauces toutes prêtes – le principal régime de Christopher – et un congélateur. La majeure partie des provisions n'étaient pas utilisables car il fallait les faire cuire, mais la prisonnière découvrirait également des casiers avec de l'eau minérale et du Coca. Sans oublier la cave à vins. Sans doute menait-elle la grande vie, là-dessous. À condition de s'être risquée hors de sa cachette.

Il avait tendu l'oreille, à l'affût d'un bruit éventuel, mais n'avait rien entendu. Bon, il s'en occuperait plus tard. Avant, il y avait plus urgent.

Christopher passa une heure et demie à marcher de long en large, à monter et à redescendre les escaliers, à arpenter les pièces. La douleur, dans son pied, devenait plus intense, mais, dans son état d'excitation, il la ressentait comme un détail. Dans les anciennes chambres des enfants, où il n'avait rien modifié, les larmes lui montèrent aux yeux. Quelle chaleur aurait apportée la petite Sophie ! Quelle merveilleuse enfance il lui aurait offerte ! Un jour, elle pourrait remercier sa mère de l'avoir élevée sans père, sans famille ! Il s'arrêta.

Non, elle n'aurait plus la possibilité de remercier sa mère de quoi que ce soit. À nouveau, le désespoir l'envahit, parce qu'il redoutait ce qu'il était obligé de faire, parce qu'il savait qu'il n'existait pas d'autre issue. Laura ne lui avait pas laissé le choix.

Il se retrouva noyé de larmes sur le bord de sa baignoire, au premier. Toujours le même combat, toujours cette lutte, cette recherche d'une autre solution. Toujours l'échec, parce que, à la fin, il capitulait.

Vers quatre heures, Christopher n'y tint plus. Il vérifia une fois de plus la porte de la cave – si seulement elle finissait par crever, celle-là ! – et se dirigea vers le quartier La Colette. Il laissa la voiture au pied du chemin qui menait à la maison de Laura et marcha jusqu'au dernier tournant. De là, on apercevait la bâtisse. Il éprouvait de l'amour pour elle, mais aussi du mépris, parce qu'elle n'était pas meilleure que les autres et, d'expérience, il savait que le mépris, lentement, heure par heure, se transformerait en haine, que la haine deviendrait implacable et impossible à contenir. Il était presque sûr que ça se passerait à la fin de la semaine.

C'est alors qu'intervinrent le froid et les maux de tête, que ses jambes se dérobèrent sous lui, que les voix lui parlèrent. Il en revenait au stade où, gagné par le plus profond désespoir, sa vie lui apparaissait comme un champ de ruines.

Curieux ! se dit-il. Pourquoi faut-il que ça m'arrive tout le temps, à moi, comme si j'étais le jouet d'un mauvais sort ?

Il écouta les voix, pour vérifier si elles détenaient la réponse, mais il ne comprenait pas ce qu'elles lui disaient.

Vers quatre heures et demie, il s'approcha de la maison en se traînant, tenaillé par la douleur. La pluie avait cessé, mais, le vent ne s'étant pas levé, la grosse couverture nuageuse ne pouvait se dissiper.

Il ne découvrit la voiture garée devant le portail que lorsqu'il fut à cent mètres de la maison. Une voiture immatriculée en France. Il fronça les sourcils. Y avait-il un autre homme dans sa vie ?

Avant même que cette pensée pût vraiment prendre possession de lui, l'homme sortit de la cour et monta dans sa voiture. Un seul regard suffit pour rassurer Christopher, du moins en ce qui concernait la possibilité que Laura eût un amant. Il connaissait l'agent immobilier, de vue au moins, il était souvent passé devant ses locaux.

Lorsque la voiture arriva à sa hauteur, il l'arrêta. L'agent immobilier descendit la vitre.

— Oui ?

Christopher s'efforça de sourire avec amabilité en espérant que l'autre ne remarquerait pas à quel point il transpirait.

— C'est bien vous qui dirigez l'agence immobilière à Saint-Cyr ?

— Oui.

— Je vous ai vu sortir de cette maison et je me suis dit que ça ne coûtait rien de demander... Elle va être mise en vente ? Parce que je suis à la recherche d'une maison...

M. Alphonse haussa les épaules.

— La propriétaire voulait d'abord connaître les prix du marché. Elle a encore quelques affaires à régler, elle ne se décidera qu'après. Si elle vend, c'est moi qui en serai chargé. Vous pouvez... (il sortit une carte de visite et la tendit à son interlocuteur)... vous pouvez m'appeler la semaine prochaine, j'en saurai peut-être plus.

Christopher prit la carte d'une main tremblante.

— Vous croyez qu'elle aura pris une décision la semaine prochaine ?

Elle en était déjà à voir les agences immobilières...

— Je n'en sais rien. En tout cas, elle rentre demain en Allemagne, elle est allemande, vous savez, et ici, c'est sa résidence secondaire. À ce qu'il paraît, elle a des problèmes, et je ne peux pas vous dire combien de temps elle va mettre pour les régler.

Christopher recula et la voiture descendit lentement la colline. Il ne sut pas si l'agent l'avait salué. Il resta pétrifié, et la carte de visite qu'il tenait entre ses doigts tomba lentement vers le sol en planant.

Demain. Laura partait demain.

Elle ne lui en avait pas dit un traître mot. Elle ne le jugeait même pas digne d'être informé.

Mais il avait une longueur d'avance sur elle. Il connaissait ses projets, alors qu'elle ignorait qu'il les connaissait.

Ça n'attendrait pas la fin de la semaine.

Il ne lui restait plus qu'à agir le soir même.

7

Il était un peu plus de huit heures et demie, du matin ou du soir, Monique ne le savait pas. Mais si le fou furieux qui la maintenait prisonnière était descendu dans la journée et n'avait pas choisi la nuit pour venir dans sa cave, ce devait être le soir. Pourtant, au fond, rien n'était impossible, et de toute façon cela n'en diminuait pas pour autant le risque d'être tuée. Avec un peu de chance, il était peut-être sorti. Il paraissait vivre seul, et les hommes qui vivent seuls dînent souvent dehors, ou alors ils vont au café.

Ou alors ils regardent la télé, pensa-t-elle, consciente d'être sur la corde raide.

Lorsque Monique ouvrit la porte de sa cachette et s'aventura dans le couloir, elle s'attendait à être attrapée et assommée d'une seconde à l'autre. Ou à recevoir un coup de couteau dans le ventre. Ou à se trouver nez à nez avec lui.

Mais elle n'avait pas le choix, il lui fallait prendre le risque.

Elle espérait trouver une fenêtre. Peut-être parviendrait-elle à se glisser par un soupirail. Elle pensa à la petite maison à la campagne, au jardin et au pêcher. Aux chats et aux poules. À tout ce pour quoi elle voulait rester en vie.

Le couloir s'étendait devant elle, menaçant, plongé dans les ténèbres. Monique n'osait pas allumer, de peur qu'il ne le remarque s'il se trouvait dans la maison. Elle avait seulement entrebâillé la porte, laissant un rai de lumière filtrer dans le couloir pour au moins pouvoir se repérer dans la pénombre.

La cave était immense, pleine de recoins, et il n'y avait pas de fenêtre, ainsi qu'elle le constata avec désespoir. Elle avait risqué un œil dans toutes les pièces, allumant quelquefois la lumière l'espace d'une seconde, afin d'en être bien sûre, et, hormis des murs de pierre aveugles, elle n'avait rien décelé. Aucune ouverture dans cette cave. Elle avait découvert un garde-manger bien rempli, quelques caisses de boissons, pour lesquels elle eût remercié Dieu les jours précédents, mais elle se contenta d'avaler quelques gorgées d'eau. Elle était trop nerveuse pour s'attarder. À tout instant, il pouvait surgir derrière elle.

Il ne lui restait plus que l'escalier de la cave.

Son ravisseur avait bouclé la porte du haut, et la question était de savoir si elle pourrait l'ouvrir. Elle allait faire du bruit, et ses chances de succès, déjà très minces, dépendaient de la présence ou de l'absence de l'assassin. Et comment prévoir ?

Elle s'assit sur une caisse de boissons et se mit à pleurer.

8

À neuf heures dix, Christopher sut qu'il ne pouvait plus attendre. Il avait prévu de sortir à dix heures et demie ou onze heures, mais, avec la tombée de la nuit, sa nervosité n'avait fait que croître ; dans l'obscurité, il lui devint impossible de se maîtriser. Une étrange crainte s'était emparée de lui : si Laura partait plus tôt que prévu, si elle préférait conduire de nuit... dans ce cas, elle pouvait déjà être loin. Il était grand temps d'agir.

Il avait bu deux verres de vin pour se détendre, ce qui n'avait servi à rien. L'état de son pied blessé le préoccupait. La douleur était lancinante, et sa jambe était chaude jusqu'au niveau du genou. Il lui faudrait aller consulter un médecin dont le diagnostic serait peut-être peu réjouissant.

J'y penserai plus tard, se promit-il.

Il n'avait mis qu'une chaussure et enfilé plusieurs paires de chaussettes à son pied enflé. Ce n'était pas très agréable avec cette pluie, mais ça irait, et d'ailleurs, ce n'était pas important. Quand votre vie était détruite, que signifiaient des chaussettes mouillées ?

Christopher vérifia son équipement : une lampe de poche, un passe-partout. Le soir où il était allé dîner chez Laura et avait préparé le repas, il était descendu à la cave pour chercher du vin pendant qu'elle prenait sa douche, et il avait examiné la porte qui donnait sur l'extérieur. Avait-il déjà pressenti qu'il lui faudrait refaire ce qu'il craignait tant ? Inutile de réfléchir à cette question. Il avait aussitôt constaté qu'il n'aurait aucune difficulté à ouvrir cette porte. Il n'avait donc pas eu besoin de subtiliser l'une de ses clés pour la faire reproduire, comme dans le cas de Camille, dont la maison était une véritable forteresse.

La corde avec laquelle il allait exécuter son acte, avec laquelle il *devait* exécuter son acte, se trouvait dans sa voiture. Il était prêt. À quoi bon attendre ?

Christopher s'apprêtait à ouvrir la porte et à sortir lorsqu'il entendit du bruit. Il ne parvint pas tout de suite à déterminer sa provenance, puis il comprit que cela venait de la cave. Quelqu'un tripotait la serrure.

La garce qu'il avait bouclée à la cave essayait de remonter à la surface. Il ne manquait plus que celle-là ! Celle à qui il devait son pied amoché.

Il s'approcha de la porte à pas de loup, dans la mesure où son pied blessé le lui permettait. La fille était sans doute juste derrière, on l'entendait s'affairer sur la serrure. Elle tentait de la forcer. À en juger par le bruit, elle n'utilisait pas ses ongles. Elle s'aidait d'un instrument, un morceau de fer, un bout de tôle.

La porte de la cave s'ouvrait vers l'intérieur. Et le rebord qui précédait l'escalier était très étroit. L'escalier lui-même était raide et inégal, en pierre grossière.

Il n'existait pas de rampe, ce dont se plaignait régulièrement Caroline.

« Un beau jour, quelqu'un finira par se tuer », disait-elle souvent.

Christopher tourna la clé et poussa le battant d'un geste violent, pour éviter d'avoir à réfléchir.

Il eut le temps de voir l'expression horrifiée de son visage. Ses yeux écarquillés. Ses bras qui se mirent à battre l'air et ne trouvèrent rien pour se rattraper. Il entendit le cliquetis du levier qui lui tombait des mains et dévalait les marches les unes après les autres.

Il la vit lutter pour reprendre l'équilibre et sut qu'elle avait perdu. Il l'avait atteinte avec trop de force, de manière trop inattendue. D'une seconde à l'autre, elle irait rejoindre le levier dans les profondeurs de la cave.

Il la vit tomber, basculer, entendit le son mat de sa tête qui heurtait les marches. Il l'entendit hurler et sut qu'elle allait mourir.

La seule chose qu'il ne put deviner, c'est que, une seconde avant de perdre connaissance, elle pensa à un jardin où était planté un pêcher chargé de fruits.

Mais cela ne l'aurait pas intéressé.

9

Nadine fut surprise de trouver le restaurant encore fermé à dix heures du soir. L'heure lui avait semblé convenir : à cette époque de l'année, la clientèle était principalement composée d'autochtones qui dînaient tard, à partir de neuf heures pour la plupart. Entre neuf heures et dix heures et demie, Henri aurait été inabordable. Après une brève conversation dans la cuisine, au cours de laquelle elle aurait demandé à Henri son accord pour un divorce par consentement mutuel, elle aurait emballé ses dernières affaires et se serait éclipsée.

Or, il lui fallait constater une fois de plus qu'il s'était défilé. On ne voyait briller aucune lumière et sa voiture n'était pas garée à sa place dans l'arrière-cour. Il était parti, pour une longue durée peut-être.

Nadine se demanda s'il essayait de gagner du temps et ce qu'il espérait obtenir par ce moyen. Et où pouvait-il donc se trouver ?

Chez la cousine Catherine, malgré l'imminence de leur séparation ?

Au final, les deux femmes de sa vie le plaquent en même temps, c'est d'ailleurs classique, songea-t-elle en ouvrant la porte du restaurant et en cherchant l'interrupteur à tâtons.

Nadine fut accueillie par l'odeur familière des immortelles, des tables de bois, des épices et des herbes de Provence. Des parfums de chez elle, qui ne l'accompagneraient plus dorénavant.

Elle aperçut sa valise là où elle l'avait laissée. Elle avait apporté deux sacs de voyage dans lesquels elle emballerait encore quelques vêtements, des chaussures et des objets personnels.

Au moment où la jeune femme s'apprêtait à gravir l'escalier, elle découvrit une enveloppe blanche posée contre la deuxième marche. Aucun nom n'y était inscrit mais elle supposa que cela lui était destiné et elle en sortit une feuille de papier, soigneusement pliée. Elle reconnut l'écriture de son mari. En quelques mots, il lui annonçait que tout était fini entre eux et qu'il l'acceptait. Que cette situation était très dure pour lui, qu'il partait voir « la seule femme qui m'ait jamais aimé ».

Nadine demeura interloquée un instant, puis elle comprit qu'il faisait allusion à sa mère. Un homme comme Henri n'avait pas de maîtresse. Il allait voir sa mère, ce qui signifiait qu'il était en route vers Naples et qu'il ne reviendrait pas avant un certain temps.

Elle remit la lettre dans l'enveloppe, la posa sur l'escalier et s'assit sur une marche.

Curieusement, elle se sentit un peu seule. Peter mort, Henri parti. Elle était vidée de ses forces.

Elle resta assise dans l'escalier, les yeux dans le vague.

10

Laura s'était couchée dès neuf heures. Elle avait lu pendant une demi-heure, puis, morte de fatigue, avait éteint la lumière, avec l'intention de se lever à cinq heures et demie le lendemain matin. Après avoir effectué les derniers rangements, elle fermerait la maison et se mettrait en route à six heures et demie. Vers quatre heures de l'après-midi, elle arriverait à Francfort et aurait le temps de passer chez sa mère pour aller chercher Sophie, jouer un peu avec elle, puis consacrer la soirée à écouter les messages et à lire le courrier.

Malgré sa fatigue, elle ne parvint pas à trouver le sommeil. Trop de choses lui tournaient dans la tête : la joie des retrouvailles avec Sophie, et aussi les images obsédantes de sa vie conjugale. Les mensonges et les demi-vérités qui avaient accompagné ces dernières années, et dont elle ne savait pas si tout avait éclaté au grand jour. Quelles seraient ses prochaines découvertes ?

Et quelle serait sa vie, désormais ? La cohabitation avec Anne se passerait-elle bien ? Elles n'avaient plus vingt ans ni l'une ni l'autre. On pouvait s'entendre comme autrefois, mais vivre sous le même toit, c'était autre chose.

Dans tous les cas de figure, elle devrait gagner très vite sa vie, afin d'être indépendante et de pouvoir louer un appartement.

Son rendez-vous avec l'agent immobilier lui avait redonné espoir. Le chiffre qu'il avait annoncé pour la maison et le terrain était plus que confortable, mais la question était de savoir jusqu'à quelle hauteur ce bien était hypothéqué – et dans quelle mesure elle était responsable des dettes de son défunt mari, car ils étaient mariés sous le régime de la communauté de biens.

Le plus urgent, songea-t-elle, c'est de trouver un bon avocat.

Petit à petit, elle s'assoupit. La pensée de l'avocat l'avait apaisée. Fini les spéculations. Enfin, quelqu'un serait en mesure de lui préciser sa situation exacte.

Le son – un craquement bizarre qui n'appartenait pas aux bruits habituels de la maison – s'intégra dans le rêve qu'elle venait de commencer. Il se reproduisit aussitôt après, un peu plus fort, ce qui la réveilla en sursaut. Elle scruta l'obscurité et se demanda si elle s'était trompée. Autour d'elle, c'était le silence total.

Elle n'avait plus sommeil du tout, et son cœur battait plus vite.

Laura se leva sans allumer la lumière et sortit pieds nus sur le palier, d'où on avait vue sur la grande pièce du bas. Tout paraissait calme, silencieux. Elle n'avait pas fermé les volets, et, pendant quelques secondes, un pâle rayon de lune entra par la fenêtre. Çà et là, le vent dispersait les nuages, mais il pleuvait encore à verse.

Le détecteur de mouvement, dans le jardin, n'avait pas réagi.

Quelque chose effleura sa mémoire... une chose indéfinissable... en rapport avec le détecteur de mouvement. Mais quoi ?

— Allons, dit-elle à haute voix, il n'y a rien. J'ai rêvé.

Sûre d'être incapable de s'endormir dans ces conditions, elle hésita à retourner dans la chambre. Peut-être un bon chocolat chaud lui ferait-il du bien.

Elle alluma finalement une lampe sur le palier et s'apprêtait à descendre l'escalier lorsque, à nouveau, elle entendit du bruit. Une sorte de craquement. Ce ne pouvait être le bruit du vent dans les volets.

C'était comme si on marchait dans la cave.

— Non... murmura-t-elle tandis que sa gorge se serrait tout à coup.

La jeune femme n'avait jamais été rassurée par la porte de la cave, sur le côté de la maison. C'était une vieillerie en bois branlant, dotée d'une simple serrure. Elle avait abordé plusieurs fois la question d'une serrure de sécurité avec Peter, et puis cela leur sortait de la tête, et comme elle n'avait pas peur avec lui, elle n'avait jamais insisté.

N'importe qui pouvait entrer chez elle en passant par cette porte. Pour s'y rendre, il n'était même pas nécessaire de franchir la rampe lumineuse qui se déclenchait quand on s'approchait de la maison.

Il y avait quelqu'un à la cave.

Sa première pensée fut de s'enfuir, mais elle n'osa pas descendre au rez-de-chaussée, de peur de tomber nez à nez avec l'inconnu. En se barricadant dans sa chambre, elle gagnerait du temps, mais pas pour longtemps, car, s'il avait fracturé la porte de la cave, il ferait de même pour la chambre. Et elle n'avait pas de téléphone dans sa chambre pour appeler les secours.

L'étrange bruit se reproduisit. Le craquement des marches de bois de l'escalier montant au rez-de-chaussée.

Pendant quelques secondes, paralysée par la peur, elle resta plantée sur place, en attente, croyant vivre un cauchemar absurde.

Soudain, elle recouvra l'usage de ses membres. En deux pas, elle bondit sur le téléphone qui se trouvait en haut de l'escalier.

La police. Appeler la police. Bon sang, c'est quoi, leur numéro d'urgence, en France ?

Dans sa tête, c'était le vide. Mais peut-être n'avait-elle jamais connu ce numéro. Elle n'avait jamais eu besoin de la police. Elle avait bien noté le numéro du commissaire Bertin sur un bout de papier, mais sans doute était-il dans le séjour, ou dans son sac, et son sac, elle ignorait où il était.

Elle ne connaissait par cœur qu'un seul numéro dans la région.

Celui de Chez Nadine.

Elle n'avait pas le choix. D'un doigt tremblant, elle tapa les chiffres.

S'ils n'étaient pas là, elle était perdue.

11

Nadine, assise sur les marches, laissait vagabonder ses pensées pendant que défilaient des images dans sa tête : les souvenirs d'Henri, de leur vie commune dans cette maison, de la tristesse omniprésente qui alourdissait son cœur. Le calme avec lequel elle considérait cette débâcle représentait déjà un progrès par rapport à l'autocritique destructrice dont elle avait l'habitude. Peut-être commençait-elle à accepter les faits sans les embellir, mais aussi sans éprouver de haine envers elle-même.

Lorsque le téléphone sonna, elle sursauta. Sonnait-il toujours aussi fort, cet appareil ? Ou était-ce parce qu'un tel silence n'avait jamais régné dans ces lieux ?

Non, elle n'allait pas décrocher. Elle ne faisait plus partie de la maison, maintenant. Quoique… Ce pouvait être Marie, inquiète de ne pas la voir rentrer. Mieux valait répondre, finalement.

Elle se leva avec effort.

— Oui ?

Elle perçut un chuchotement indistinct. D'abord, elle crut que c'était Henri qui, ivre, éprouvait le besoin de venir pleurnicher dans ses oreilles, et elle réprima un juron de contrariété. Puis elle distingua une phrase complète au milieu du bredouillis de son interlocuteur.

— C'est moi, Laura.

— Laura ?

C'était bien la dernière personne qu'elle avait envie d'avoir au bout du fil. Elle aurait encore préféré Henri.

— Laura, je t'entends très mal, bougonna-t-elle.

Nadine faillit raccrocher purement et simplement. Mais quelque chose la retint.

— Je t'en prie, aide-moi, chuchota Laura. Il y a quelqu'un dans la maison.

— Dans ta maison ? Qui ? Laura, tu ne peux pas parler plus fort ? Tu as bu ?

— Il faut…

L'étrange conversation s'interrompit là.

Nadine patienta quelques instants, puis raccrocha. Était-ce vraiment Laura ? Nadine n'avait pas réussi à reconnaître sa voix, elle parlait trop bas, mais en tout cas, c'était un accent allemand. Elle regarda sa montre : dix heures dix. Pourquoi Laura l'appelait-elle à une heure pareille ? Et pourquoi se comportait-elle aussi bizarrement ?

Elle est ivre, en conclut Nadine.

Est-ce qu'elle est au courant ?

Sans doute que oui. Le commissaire qui avait pris sa déposition avait sans doute interrogé Laura. Peut-être avait-elle appris le jour même que son mari avait une liaison, qu'il avait été sur le point de partir à l'étranger avec une autre pour recommencer sa vie. Que cette autre était quelqu'un qu'elle connaissait bien, presque une amie.

Pas étonnant que je l'obsède.

Nadine alluma une cigarette et se rassit sur l'escalier.

12

Pauline ne put sortir de l'hostellerie Bérard avant dix heures et quart. Il manquait un nombre important de serviettes à la buanderie et la patronne en personne avait pris les choses en main. Les femmes de chambre avaient été priées de veiller à rapporter scrupuleusement le nombre de serviettes correspondant à celui qu'elles avaient déposé dans les chambres.

Pauline était sur des charbons ardents. Stéphane l'attendait dehors sous la pluie, sans doute d'une humeur massacrante. Plus les minutes passaient, plus il prenait une saucée, tout ça pour découvrir, au final, que tout se passait dans sa tête. Et alors, ce serait sa fête. Il passerait la moitié de la nuit à l'accabler de reproches, comme toujours quand quelque chose ne lui convenait pas, quand le repas ne lui plaisait pas, quand le vin n'était pas à la bonne température. Avant, cela ne lui faisait ni chaud ni froid. Mais, depuis quelque temps, il lui suffisait de la regarder de travers pour qu'elle se retrouve prête à fondre en larmes. Elle avait changé en peu de temps. Nerveusement, elle était à bout.

À peine avait-elle franchi le seuil de l'établissement qu'elle douta de la présence de Stéphane. Alors que pendant tout le discours de la patronne, elle avait tremblé à l'idée que, plus il prenait la pluie, plus il se fâchait contre elle, voilà que maintenant elle se persuadait qu'il n'était pas venu.

La rue était déserte, la pluie fine et régulière. Le vent gagnait peu à peu en vigueur. L'asphalte brillait, noir et mouillé.

Pauline ouvrit son parapluie. Son trajet lui prendrait dix minutes ; il comprenait d'étroites ruelles, des portes cochères, des avancées... L'assassin avait mille possibilités de se cacher et de la guetter. La peur tordait le ventre de la jeune femme. Peut-être ne lui restait-il que quelques minutes à vivre. Elle se retenait pour ne pas appeler Stéphane, ne pas lui demander de se montrer et de marcher à côté d'elle.

Elle n'osa pas. Si son mari était là, quelque part, à attendre, et si elle faisait tout rater, il serait hors de lui. Elle ne devait pas prendre ce risque, parce qu'il ne serait pas près de lui donner une deuxième chance.

Pauline partit. Ses talons claquèrent sur la chaussée. Il n'y avait aucun autre bruit, sauf celui de la pluie battante. Cette pluie était une occasion rêvée pour permettre à l'assassin de passer inaperçu. Elle ne s'apercevrait de rien... avant qu'une main ne vienne lui serrer le cou...

Elle accéléra le pas. Stéphane la maudirait, mais ses nerfs étaient tendus à craquer. Elle se retint de courir. Quand elle serait arrivée à la maison – si elle arrivait jusque-là –, elle s'effondrerait.

La jeune femme courut pendant les derniers mètres, ouvrit le portail à la volée, traversa le jardin à toutes jambes en cherchant frénétiquement ses clés dans son sac. Elle vit la porte d'entrée s'ouvrir, aperçut une ombre indistincte qui se glissait à l'extérieur pour disparaître en contournant la maison. Tout se déroula très vite, elle n'y comprit rien. Elle tomba à genoux, en proie à un sentiment étrange.

— J'y crois pas ! beuglait Stéphane. Si je m'étais attendu à ça !

En remontant le sentier d'un pas chancelant, Pauline découvrit un spectacle curieux : Stéphane surgissait du fond du jardin, mi-traînant, mi-poussant une créature immense et dégoulinante de pluie, qui, lorsqu'ils se retrouvèrent sous le cercle de lumière de la porte entrouverte, se révéla être une grosse femme dissimulée dans une cape de couleur sombre. La capuche qu'elle avait descendue très bas sur son front glissa de sa tête. La femme était échevelée et son visage blafard était défiguré par d'affreuses cicatrices. Elle paraissait morte de frayeur.

— Stéphane, qu'est-ce qui se passe ? s'écria Pauline.

— C'est ce que j'aimerais bien savoir ! gronda son mari.

Il portait la veste de laine grise dans laquelle il s'emmitouflait quand il avait froid, et ses pantoufles de feutre gris. Il l'avait suivie, pourtant ? Il n'était quand même pas sorti en pantoufles ?

— Et c'est toi qui vas me le dire ! poursuivit-il en administrant une bourrade à la grosse femme. Qu'est-ce que tu foutais dans notre jardin ?

Le femme ne répondit pas. Elle se contenta de lever une main pour essayer en vain de lisser ses cheveux en bataille.

— Je suppose que c'est elle, ton tueur, expliqua Stéphane à son épouse. Elle s'appelle Catherine Michaud. Mais peut-être que tu t'appelles plus comme ça ? Tu es mariée maintenant, non ?

La femme ouvrit enfin la bouche.

— Non. Je ne suis pas mariée.

— Mais tu m'as dit...

Elle secoua la tête.

— Qui est-ce ? interrogea Pauline.

— Une fille que j'ai connue, indiqua Stéphane. Elle s'était fourré dans la tête que je l'épouserais. Il faut croire qu'elle a pété les plombs. Mais tu as peut-être une bonne explication ?

— Tu m'as attendue devant chez Bérard ? s'enquit Pauline.

Elle avait mal à la tête et un mauvais goût dans la bouche.

— Bien sûr que non ! s'exclama-t-il, indigné, tu ne t'imagines quand même pas que je vais aller poireauter là-bas par ce temps ?

— Mais si j'étais vraiment tombée sur l'assassin ?

Elle se sentait très seule, et vide.

— L'assassin ? Mais il est ici, ton assassin ! J'ai vu une ombre devant la fenêtre, alors hop ! J'ai sauté dehors et j'ai eu le temps de l'attraper juste au moment où elle voulait passer par-dessus le mur. Tu parles comme c'était facile pour elle ! En tout cas, une chose est sûre, c'est que tu n'avais pas d'hallucinations. Tu avais raison, il y avait bien quelqu'un qui rôdait autour de la maison. Parce que c'était pas la première fois, hein, Catherine ?

Pauline regarda ladite Catherine.

— Vous m'avez suivie aujourd'hui ?

— Non. J'ai guetté ici, sur la terrasse.

— J'ai bien envie de t'emmener faire un petit tour chez les flics, menaça Stéphane. Tu peux me dire ce qui t'a pris ?

Catherine tourna lentement la tête vers lui. Pauline lui trouva un air tragique, vaincu.

— Je voulais simplement savoir comment vous viviez.

— Hein ?

— Oui, j'aurais pu être à sa place, dit Catherine en désignant Pauline du regard, et j'essayais de vivre un peu avec vous. Je venais tous les jours. (Elle baissa la tête.) Je ne voulais faire de mal à personne.

— Elle est vraiment fêlée ! diagnostiqua Stéphane. Alors, comme ça, tu ne voulais de mal à personne ? Tu sais ce que tu lui as fait, à Pauline ? Figure-toi qu'elle s'imaginait que le fou, celui qui s'amuse à étrangler les gens dans le coin, était à ses trousses. Elle ne fermait plus l'œil de la nuit, c'était un vrai paquet de nerfs, on n'arrêtait pas de s'engueuler... tout ça à cause d'une cinglée qui n'arrive pas à trouver de mec et qui s'imagine qu'en espionnant les gens par la fenêtre elle fait partie de la famille ! Oh, putain, j'ai eu le nez fin de me tirer !

— Je suis désolée, s'excusa Catherine, s'adressant à Pauline, je ne voulais pas vous effrayer. C'est simplement que... enfin... je n'ai personne, c'est tout.

— Tu m'étonnes ! persifla Stéphane. Tu étais déjà moche comme un pou, avant, mais tu as réussi à être encore plus affreuse. Quand je pense que tu m'as raconté que tu étais mariée ! Et moi, pauvre con, je t'ai crue ! Mais tu ne trouveras jamais un mec qui sera assez en manque pour s'encombrer de toi, ma pauvre fille !

Les veines des tempes de la grosse femme se mirent à battre. Pauline, avec sa sensibilité nouvelle, se représenta ce qui devait se passer chez cette pauvre fille qui recevait des mots pareils en pleine face, et elle ne put s'empêcher d'éprouver de la pitié pour elle. D'autant plus que ce n'était sûrement pas la première fois. Sans doute était-elle souvent en butte aux regards moqueurs, aux remarques humiliantes.

Il fallait être désespéré pour faire ce qu'elle avait fait : se tapir pendant des semaines dans un jardin pour observer la vie des autres, afin de compenser le vide de sa propre existence ! Et à qui avait-elle cherché à s'identifier ? À une pauvre femme morte de peur, dont le sac gisait dans le jardin, parce qu'elle l'avait lâché pour s'évanouir à moitié.

— Je peux partir ? demanda Catherine d'une voix faible.

— Va-t'en, répondit Stéphane, fous le camp, et que je ne te revoie plus ici ! Tu as compris ? La prochaine fois, je te fais enfermer ! Allez, casse-toi ! hurla-t-il soudain.

Avec un dernier regard à Pauline, Catherine remonta le chemin en hâte. Ils entendirent le portail se refermer.

— Elle n'a pas intérêt à me retomber entre les pattes ! fanfaronna-t-il. Comme je dis, on finit toujours par payer pour ses conneries. J'ai été beaucoup trop sympa à l'époque. J'aurais dû laisser tomber dès le premier soir... Bon, on s'en fout. Au fond, c'est une pauvre fille. Elle fait pitié.

En Pauline, le froid et le vide s'intensifiaient. Pourquoi n'a-t-il pas fait le guet chez Bérard ?

Son regard alla se poser au loin, dans l'obscurité où avait disparu Catherine.

— Ah oui, elle fait pitié ? lâcha-t-elle. Tu trouves ? Pas à moi. Parce que moi, je trouve qu'elle l'a échappé belle en ne t'épousant pas.

Le plantant là, elle courut se réfugier à l'intérieur.

13

Nadine avait quitté le restaurant à dix heures et demie précises, après avoir refermé la porte à clé. Voilà, elle avait tourné la page. C'était fini. Terminé. Elle ne reviendrait plus. Elle avait même laissé la lettre d'Henri. Elle ne voulait rien emporter de lui dans sa nouvelle vie.

Sa nouvelle vie... Si au moins elle avait une idée de ce qui l'attendait.

Au volant de sa voiture, sur la départementale plongée dans le noir, elle songea malgré elle au coup de fil de Laura. Que signifiait cette phrase : « Il y a quelqu'un dans la maison » ? Avait-elle bu au point d'entendre des bruits, des pas, des voix ?

Elle n'allait tout de même pas se casser la tête pour Laura !

Elle contourna le grand rond-point de Saint-Cyr et prit la direction de La Cadière. Il pleuvait à verse. Les

essuie-glaces balayaient le pare-brise à la vitesse maxi-
male. Non, impossible de ne pas tenir compte de l'appel
de Laura, sous peine de passer la nuit à culpabiliser.
Pourtant, elle devinait d'avance ce qui l'attendait : une
femme ivre, en larmes, qui lui hurlerait dessus en lui
demandant pourquoi elle avait couché avec son mari
pendant des années, pourquoi elle l'avait incité à fuir
avec elle.

La jeune femme arrivait à l'entrée de La Cadière. Elle
pouvait fort bien continuer tout droit, contourner le village et traverser l'autoroute de l'autre côté pour
emprunter la route du Beausset. C'était son trajet
depuis des années. En prenant à gauche ici, elle passait
trop près du quartier La Colette et de la maison de
Peter. Depuis leur liaison, elle évitait ce trajet, et, maintenant qu'il était mort, elle l'évitait plus que jamais.

O.K., tout droit.

À la dernière seconde, elle tourna le volant et, comme
elle venait d'accélérer, elle aborda le virage beaucoup
trop vite. Elle dérapa et évita de justesse la glissière de
sécurité. Une voiture qui descendait de La Cadière
freina à la dernière seconde. Nadine réussit à garder le
contrôle de son véhicule et traversa le pont.

Mieux valait cela que passer la nuit sans dormir.

Elle allait jeter un œil chez Laura, et ensuite elle
repartirait le plus vite possible.

Pas question qu'elle se laisse embarquer dans une
conversation oiseuse.

14

À l'âge de douze ans environ, Catherine avait écrit
dans son journal : « Que je suis contente d'avoir Henri !
Il est mon seul ami. Lui, il me comprend. Je peux tout
lui dire. Et même quand je vais encore plus mal que
d'habitude, il trouve toujours des choses à me dire pour

me remonter le moral, et après, je trouve que ce n'est pas si grave. »

Là, j'ai atteint le fond, se dit-elle, jamais je n'ai été aussi bas. Tout ce que j'ai subi jusqu'à présent, toutes les humiliations, tout ça, ce n'était rien à côté. Aujourd'hui, c'est le fond du gouffre.

Ses mains tremblaient sur le volant. Elle distinguait les objets de très loin : le volant, le levier de vitesse, le rétroviseur où se balançait un petit singe en tissu, les essuie-glaces qui parcouraient le pare-brise en couinant. Elle prenait un risque en conduisant dans cet état de nerfs, mais elle s'en fichait éperdument. Si elle avait un accident, eh bien, tant pis. Elle ne serait pas plus défigurée qu'elle ne l'était déjà.

Dès que les images de la scène dans le jardin réapparaissaient, elle s'empressait de les chasser.

Ne pas y penser. Il ne faut pas que j'y pense. C'est fait, c'est terminé.

Le pire était la voix de Stéphane qui résonnait dans ses oreilles. Impossible de s'en débarrasser.

« Tu ne trouveras jamais un mec qui sera assez en manque pour s'encombrer de toi ! »

— Je ne veux pas entendre ça ! prononça-t-elle à haute voix.

C'était curieux, ces mains qui tremblaient de plus en plus et cette vue qui éloignait les objets. Catherine sentit de manière diffuse qu'elle allait finir par craquer. Plus d'une fois, elle avait songé au suicide, quand les crises d'acné devenaient insupportables, quand les gens chuchotaient trop sur son passage, quand la solitude de son appartement se faisait trop oppressante. Elle sentait que c'était possible, qu'il suffisait d'un élément déclencheur.

Peut-être ce moment était-il arrivé.

Tout à l'heure, elle avait couru vers sa voiture avec la voix de Stéphane dans les oreilles et, dans sa hâte, elle avait glissé en manquant s'étaler sur le trottoir. Ensuite, la clé avait refusé d'entrer dans la serrure de sa portière.

Tout en courant, elle essayait de minimiser l'événement, de se convaincre que si Stéphane avait réagi avec tant d'agressivité, c'était parce que sa femme avait vécu dans la terreur. C'est vraiment idiot, ce que j'ai fait ! s'était-elle reproché. Elle m'a prise pour le tueur !

Et elle avait éclaté d'un rire strident, mais ce rire était trop près des pleurs, et elle s'était arrêtée tout de suite.

Enfin, elle était parvenue à ouvrir la portière et s'était assise. La grosse chenille bien grasse retourne se tapir dans sa cachette, avait-elle pensé.

Il lui avait fallu encore un moment pour réussir à introduire la clé de contact.

Comme si elle avait bu.

Après avoir été rejetée par Stéphane, elle s'était mise à s'identifier si intensément à la femme qu'il avait épousée qu'elle était devenue dépendante de ses séances d'espionnage. Ce rituel désormais indispensable appartenait à son quotidien et lui donnait une structure, surtout quand elle n'avait pas le droit d'aller à la pizzeria.

Catherine avait fini par se faire une idée des habitudes de Pauline, connaissait le déroulement de ses journées, les heures auxquelles elle s'adonnait à des activités précises. Quelquefois, elle l'avait même suivie en voiture en louant plusieurs véhicules pour ne pas être reconnue. Elle était devenue l'ombre de Pauline et, telle une ombre, elle faisait partie de son existence. Elle avait vécu un peu de la vie qu'elle aurait vécue aux côtés de Stéphane, même s'il ne correspondait pas à l'homme qu'elle aurait pu aimer. Mais il personnifiait le salut qu'il lui avait été donné d'espérer pendant une brève période.

Et dire qu'elle avait lutté toute la journée pour ne pas s'abandonner à son vice ce jour-là ! Mais non, elle n'avait pas eu la force d'y renoncer. Oui, elle était sérieusement atteinte. Le mieux était peut-être d'en finir.

Quelque part dans un coin de sa tête, le credo de son enfance revenait... Henri ! Henri remettrait les choses à leur place. Henri était sa source de réconfort. Dans les bras d'Henri, elle pouvait pleurer tout son soûl et le froid dans lequel elle était plongée disparaissait. Il était son foyer. Son refuge.

Et il la comprendrait. Il l'avait toujours comprise.

Quand elle lui avait annoncé son départ, elle n'avait pas pu ne pas remarquer son soulagement. Cela lui avait fait mal, mais elle savait que ce n'était pas à cause d'elle. Il avait été soulagé parce qu'il y voyait la promesse d'une amélioration de ses relations avec la peste qu'il avait épousée. Ce qui était une erreur, elle s'en doutait, mais c'était à lui de s'en rendre compte tout seul.

Catherine réussit à freiner à la dernière seconde et, plus tard, s'étonna d'avoir eu assez de présence d'esprit pour réagir. Elle était arrivée au carrefour, au bas de la colline de La Cadière, et avait prévu que la voiture qui arrivait en face continuerait tout droit. Elle n'avait pas vu de clignotant. Le conducteur lui avait brutalement coupé la route pour tourner à gauche.

La voiture dérapa sur la chaussée mouillée puis finit par se rétablir.

Catherine trembla. C'était la voiture de Nadine qui venait de lui faire ce coup, elle avait reconnu le numéro. Mais le style de conduite était plutôt celui d'Henri. Il était coutumier de ces manœuvres intempestives. Ils s'étaient disputés plus d'une fois à ce sujet.

Que venait faire Henri par ici, à une heure pareille ? Et Nadine ? Il n'existait aucun doute sur la direction de la voiture : celle du quartier La Colette, là où habitait l'amant de Nadine, celui qui avait tant torturé Henri. Mais pour quelle raison Henri ou Nadine s'y rendraient-ils, après tout ce qui s'était passé ?

15

Nadine s'engagea dans la montée qui serpentait jusqu'à la maison de Peter en songeant qu'elle agissait comme une idiote. Elle qui s'était juré de ne plus jamais s'approcher de cet endroit, de son territoire à lui, celui qu'il réservait à sa vie conjugale, trouvait le moyen de se faire souffrir en retournant le couteau dans la plaie. De plus, c'était pour Laura, cette gourde qui ne méritait pas qu'on lève le petit doigt pour elle !

La jeune femme décida de faire demi-tour et de rentrer au Beausset, mais la manœuvre n'était pas facile sur cet étroit chemin en lacet. Il lui faudrait attendre d'être arrivée au sommet, devant l'entrée de la maison de Peter.

Elle poussa un juron à mi-voix. La pluie redoublait d'intensité. Il faisait noir comme dans un four.

Le mieux eût été de rappeler Laura pour lui demander des explications, mais elle s'était abstenue, embarrassée à l'idée de l'affronter : Nadine était tout de même celle qui avait semé la zizanie au sein de son couple. Et maintenant, elle n'avait pas son portable sur elle. Elle n'avait pas le choix : soit elle y allait franco, soit elle oubliait cette histoire et repartait.

Le portail n'était pas verrouillé. Nadine n'eut aucune difficulté à l'ouvrir en le poussant doucement avec le pare-chocs de sa voiture. Dans la cour au sol de gravier, elle aurait assez de place pour effectuer un demi-tour et s'en aller.

La maison était plongée dans l'obscurité. Seule une vague lueur paraissait venir du séjour. Sans doute une lampe allumée là-haut, sur le palier. Elle se remémora la soirée qu'elle avait passée là, à attendre Peter, à la même époque de l'année. Le soir où tout avait commencé.

Maintenant, Peter était mort, tombé entre les mains d'un fou. On l'avait traîné dans les montagnes, on l'avait jeté dans les broussailles comme un sac de déchets.

À ce stade de ses pensées, un mauvais pressentiment s'insinua en elle. Laura ne venait-elle pas de l'appeler en chuchotant : « Il y a quelqu'un dans la maison... » ?

D'un geste décidé, Nadine descendit de voiture et marqua un temps d'arrêt, surprise par la vigueur du vent. Bon, elle irait au moins jeter un coup d'œil par une fenêtre. Peut-être ne verrait-elle que Laura affalée sur le canapé, et dans ce cas elle repartirait. Mais... si elle voyait autre chose ? Mais non, au fond, elle ne s'attendait à rien de grave. Pourtant, ce sentiment d'inquiétude... Il fallait qu'elle en ait le cœur net.

Le temps de traverser le jardin en courant, elle se retrouva trempée de pluie, car elle avait omis de passer une veste. Tout à coup, le détecteur de mouvement se déclencha et éclaira violemment le noir qui l'environnait. De frayeur, Nadine s'arrêta net dans sa course. Elle avait oublié ce détail. Maintenant, il ne lui restait plus qu'à attendre qu'il s'éteigne, sous peine de se retrouver exposée aux regards quand elle atteindrait la fenêtre.

Elle poussa un soupir de soulagement lorsque l'obscurité se rétablit. À présent qu'elle avait rejoint la terrasse couverte, elle se trouvait à l'abri de la pluie. Elle arrivait à la grande baie vitrée lorsqu'elle crut entendre un léger bruit derrière elle.

Trop tard pour réagir.

Quelqu'un lui appliqua une main sur la bouche, lui maintint les bras dans un étau et tenta de l'entraîner à l'intérieur.

16

Laura crut entendre une voiture, mais elle n'en était pas sûre. Le fracas de la pluie et la plainte du vent qui se transformait peu à peu en tempête recouvraient tout le reste. Elle se pencha par la fenêtre et cria, mais sa voix fut aussitôt engloutie par le vacarme ambiant. Si c'était Nadine, elle courait se jeter tout droit dans la gueule du loup.

Laura avait passé son coup de fil et raccroché précipitamment en voyant s'ouvrir sans bruit la porte de la cave. Apercevant Christopher, elle avait poussé un cri de surprise. Au même moment, il avait levé les yeux vers elle. L'espace de quelques instants, ils avaient échangé un regard en silence.

Tout d'abord, Laura n'avait pas pensé courir un réel danger, croyant qu'il s'agissait d'une nouvelle tentative de Christopher pour lui parler, la convaincre de partager sa vie.

Cette fois, il dépassait les bornes. Qu'est-ce qu'il s'imaginait ? Qu'il pouvait s'introduire chez elle et la contraindre à une conversation qu'elle ne lui avait pas accordée de son plein gré ?

« Va-t'en, lui avait-elle dit, ne recommence jamais. Je ne veux pas vivre avec toi. Je te l'ai dit à midi, et je n'ai pas changé d'avis depuis.

— Tu ne vivras avec personne, Laura. Je suis vraiment désolé. »

Pour la première fois, elle avait compris qu'elle avait affaire à un fou.

Elle avait reculé d'un pas.

« Ne t'avise pas de monter ! » lui avait-elle intimé.

Il se tenait au bas de l'escalier.

« Oh si, avait-il répliqué, justement, je monte. »

La jeune femme s'était réfugiée dans sa chambre, avait claqué la porte et tourné la clé. Elle ne gagnait que peu de temps en agissant ainsi : il n'aurait aucun mal à enfoncer la porte. Elle n'avait pas de téléphone. La fenêtre était située trop haut. Impossible de sauter, sous peine de se casser une jambe.

« Ouvre ! » lui avait-il ordonné de l'extérieur.

Il avait mis beaucoup de temps pour monter. Elle en avait conclu que la blessure de son pied était un gros

390

handicap et que, si elle découvrait un moyen de s'enfuir, elle serait plus rapide que lui.

« Laura, je vais te tuer, et tu le sais ! Si ce n'est pas maintenant, c'est dans dix minutes ou dans une demi-heure, ça dépendra de ma décision. Mais, de toute façon, tu n'y échapperas pas. Tu pourrais nous épargner une bagarre. »

Elle s'était appuyée contre le mur en suppliant le ciel de la réveiller, de la délivrer de cet horrible cauchemar.

Dans sa panique, elle avait couru à la fenêtre, et avait appelé à l'aide tout en sachant que personne ne l'entendrait. Les maisons étaient trop éloignées les unes des autres, séparées par des jardins grands comme des parcs, et le vent taillait en pièces ses paroles et ses cris. Elle avait regardé en bas. La pluie lui avait cinglé le visage. La pente où était construite la propriété était particulièrement raide à cet endroit.

Il l'avait entendue ouvrir la fenêtre.

« Non, ne fais pas ça, lui avait-il déconseillé d'une voix presque ennuyée, tu vas te casser en morceaux. Moi, ça me facilitera les choses, mais pour toi ce sera encore pire. »

La question était de savoir si elle réussirait à grimper sur le toit depuis le rebord de la fenêtre. Elle s'était dit qu'avec son pied il aurait beaucoup de mal à se hisser derrière elle. De plus, une fois là-haut, elle pourrait l'empêcher de poser ne serait-ce qu'une main sur les tuiles.

Mais je ne vais jamais y arriver, s'était-elle dit, affolée.

Le toit était mouillé et glissant, de même que le rebord de la fenêtre. De plus, il lui faudrait se soulever de tout son poids pour se hisser par-dessus le toit, au moins jusqu'aux hanches. C'était perdu d'avance.

Sa seule chance, une toute petite chance, était que Nadine entreprenne quelque chose. Si elle avait compris. Nadine lui avait demandé si elle avait bu. Si c'était ce qu'elle en avait conclu, elle ne viendrait pas. Et d'ailleurs, est-ce qu'on appelait la police pour un coup de fil aussi douteux ? Peut-être enverrait-elle Henri. Ou consulterait Bertin. Le commissariat était-il joignable à cette heure ?

« Allez, ouvre la porte ! » insistait Christopher.

Il faut que je le retienne, avait-elle pensé. Peut-être que quelqu'un va arriver.

« C'est toi qui as tué Peter ? avait-elle questionné, étonnée que sa voix lui obéisse.

— Oui. C'était devenu nécessaire. J'aurais dû agir beaucoup plus tôt.

— Pourquoi ? »

Le plus renversant était le naturel avec lequel il parlait. À ses propres yeux, il n'avait rien fait de mal.

« Il a détruit votre famille. Il avait une maîtresse. Mais il est resté avec vous pendant toutes ces années, avec toi et Sophie. C'est après...

— Tu savais qu'il envisageait de partir pour l'étranger ? »

Laura s'était rappelé sa surprise lorsqu'elle lui en avait parlé. Quel bon comédien ! Et schizophrène : d'un côté il considérait ses actes comme justes, d'un autre il lui fallait les maquiller pour éviter d'être soupçonné.

« Je l'ai appris ce soir-là. Le soir où je l'ai tué.

— Comment l'as-tu appris ?

— Il m'a appelé. Il était arrivé devant Chez Nadine et il s'apprêtait à y entrer. Je lui ai demandé s'il fallait absolument qu'il aille d'abord chez elle. Il m'a répondu qu'elle n'y était peut-être plus, parce qu'ils s'étaient donné rendez-vous ailleurs. J'ai dit : "Ah d'accord, mais avant, tu vas dîner chez son mari, tu n'aurais pas pu trouver quelque chose de plus élégant ?" Il s'est mis à crier qu'il ne savait plus où il en était, qu'il fallait qu'il revoie l'endroit où il l'avait rencontrée pour la première fois, même si elle n'y était pas, pour savoir s'il ne faisait pas une bêtise. Que d'ailleurs c'était sûrement une bêtise, parce qu'il n'avait jamais fait que ça, que sa vie était fichue et qu'il n'en avait plus rien à foutre. Après, il s'est calmé et il m'a dit qu'il voulait me dire au revoir, parce qu'il allait partir à l'étranger avec Nadine et qu'il ne reviendrait plus.

— Et tu as voulu l'en empêcher ? »

Fébrilement, elle avait examiné la pièce, en cherchant à fabriquer une corde improvisée. Dans les films, les gens déchiraient des draps et nouaient ensemble les morceaux de tissu. Mais cela semblait impossible, il l'entendrait, il ne lui laisserait pas le temps de terminer.

« Qu'est-ce que ça peut te faire ? avait répliqué Christopher. Tu t'en fiches, maintenant.

— Non, c'était mon mari. Nous avons vécu ensemble pendant des années. Je veux savoir quelles ont été ses dernières heures.

— Je lui ai conseillé de réfléchir encore, mais il m'a répondu qu'il n'avait pas le choix. Et il a raccroché. Moi, j'en suis resté abasourdi. Je ne comprenais pas comment un homme pouvait abandonner sa famille. J'ai réfléchi, j'ai pensé à toi et à Sophie, à cette petite famille idéale... Je savais que je ne devais pas laisser faire une chose pareille. Donc je suis allé Chez Nadine.

— C'est pour moi que tu as voulu le faire ? »

Il n'y avait rien dans cette chambre qui puisse servir de corde. Elle qui avait toujours été si fière de son bon goût en matière de décoration ! Pauvre idiote ! Tu y penseras, à l'avenir : dans toutes les pièces, un télé-phone et une corde. Et un revolver.

À l'avenir ? Quel avenir ?

« Qu'est-ce que tu veux dire ? avait questionné Christopher.

— C'est pour moi que tu as voulu le tuer ?

— Non, je voulais juste lui parler. Je voulais éviter que cette famille n'éclate. Dans quel monde vivons-nous ? On divorce de tous les côtés. Un mariage sur trois se termine par un divorce ! Plus personne ne fait d'effort. Aujourd'hui, on se marie, on divorce, pas de problème. Avant, on était mis au ban de la société, avant, il y avait des conséquences. Avant, les couples traversaient des crises, mais ils ne se précipitaient pas chez leur avocat. Ils tenaient bon, ils repartaient de zéro. Et ils réussissaient souvent !

— Bien sûr. Je suis de ton avis.

— Le monde dans son ensemble est le reflet de ce qui se passe à l'intérieur de ses plus petites cellules. Et la plus petite des cellules, c'est la famille. Quand la famille est foutue, le monde est foutu.

— Oui. C'est évident. Je comprends. »

Le but était d'établir une complicité. Et de garder son sang-froid. Laura était tellement crispée qu'elle avait ensanglanté la paume de sa main gauche à force d'y enfoncer ses ongles.

« Tu ne comprends rien, avait-il persiflé, sinon tu n'aurais pas pris la décision d'élever seule ton enfant et de t'embarquer dans les conneries genre réalisation de soi. Pour te *trouver*. Pour savoir *qui tu es vraiment*. Ah, je les connais bien, ces phrases toutes faites. Je ne les supporte pas ! Tu ne vaux pas mieux que ma mère.

— Ce n'est pas vrai. C'était trop rapide pour moi. Je n'avais pas encore vraiment compris que j'étais veuve et tu voulais déjà que je me remarie. Christopher, un choc pareil ne se surmonte pas aussi facilement.

— Je t'ai posé la question. Tu t'en souviens ? Ce midi, au restaurant. Je t'ai demandé s'il y avait un espoir pour que tu voies les choses autrement. Tu m'as répondu que non. »

Que dire maintenant, si elle voulait être crédible ?

« Christopher, si tu me tues, mon enfant sera orpheline. Tu as déjà pris son père à Sophie et... »

Ce n'était pas la chose à dire. Il s'était mis à hurler :

« Non ! Tu n'as rien compris ! Rien du tout ! Son père voulait l'abandonner. Il voulait t'abandonner. Vous, il s'en fichait. Il se foutait comme de sa première chemise de ce que vous alliez devenir. Je n'ai pas tué un innocent ! (Sa voix monta dans les aigus.) Je n'ai pas tué un innocent !

— Bien sûr que non. Jamais je ne t'ai cru capable d'une chose pareille.

— Il revenait de Chez Nadine quand je suis passé. Il s'apprêtait à reprendre sa voiture. Je lui ai demandé de monter dans la mienne, je voulais qu'on parle. Il a dit oui tout de suite. J'ai compris qu'il avait besoin de parler à quelqu'un. Peter voulait soulager sa conscience, il voulait obtenir l'absolution... il voulait que je lui dise : Oui, mon vieux, je te comprends, vas-y, pars avec elle. Je lui ai demandé s'il l'avait vue à la pizzeria et il m'a répondu que non, qu'elle l'attendait sans doute déjà sur leur lieu de rendez-vous. J'ai démarré. Il a commencé à me parler de sa liaison, de sa vie qui était foutue, en me disant que tout un chacun avait le droit de recommencer de zéro. Il parlait tellement qu'il n'a pas remarqué que je l'emmenais dans les montagnes, que nous étions loin de tout, seuls. Je lui ai dit : "Allez, viens, on va marcher un peu, ça va te faire du bien", et il m'a suivi en emportant sa mallette, qui contenait tout ce qui lui restait comme argent, parce qu'il paniquait à l'idée qu'on puisse la lui voler. Et Peter continuait toujours à parler, et je me disais : Tu t'étourdis de paroles pour te trouver des excuses. Nous nous sommes enfoncés de plus en plus dans les broussailles et au bout d'un moment il a voulu faire demi-tour, parce qu'il commençait à s'inquiéter pour sa maîtresse qui se gelait à l'attendre, sans compter qu'il commençait à pleuvoir. Nous avons donc rebroussé chemin, et Peter m'a précédé. J'avais mis la corde dans la poche intérieure de ma veste. Je savais ce qu'il me restait à faire, je le savais depuis le début, sinon je ne l'aurais pas emportée. Ça n'a pas été simple. Il s'est débattu de toutes ses forces. C'était un homme très costaud. Je n'aurais peut-être pas réussi à le tuer, mais heureusement j'avais mon couteau. C'est avec ce couteau que je leur ai taillé leurs habits, aux deux autres. Pour qu'on voie qui elles sont, et ce qu'elles sont, tu comprends ? »

Sa voix était devenue de plus en plus uniforme. Laura se sentait mal. Elle avait compris qu'elle n'arriverait à l'influencer ni en le priant ni en le suppliant, et pas davantage avec des arguments.

« Je comprends, avait-elle dit.

— Je lui ai planté le couteau dans le bas-ventre, et puis dans le ventre. Et j'ai recommencé. Il ne s'est plus défendu. Il était mort. »

Y avait-il un soupçon de regret dans ses paroles ? Elle n'en était pas sûre. Mais sa voix avait vite changé de tonalité. C'était avec un timbre coupant qu'il lui avait ordonné :

« Et toi, tu vas sortir de là. Sinon, dans dix minutes, je te rejoins. »

Laura s'était efforcée de lui parler, au prix d'un énorme effort pour conserver son calme et ne pas fondre en larmes. Elle était perdue, elle le savait. Il fallait l'amener à développer ses théories sur la famille, ce bien le plus précieux, le plus intouchable de tous. Elle avait réussi à l'amener sur le sujet de sa mère qui l'avait abandonné, de ses enfants, du scandale des juges qui octroyaient le droit de garde sans tenir compte des sentiments des pères. Elle avait compris que là était la racine de sa folie, qu'il était torturé par le sentiment d'être la victime d'une grande injustice. Il lui avait parlé de Camille Raymond, de sa petite fille dont il avait voulu remplacer le père, cette Camille qui l'avait repoussé, piétinant ses désirs les plus chers. Laura avait également compris qu'il ne lui pardonnerait pas à elle non plus de lui avoir refusé le réconfort en sa personne et en celle de Sophie. Elle avait repensé à Anne qui avait attiré son attention sur la similitude de son cas avec celui de Camille.

« Et donc Peter ne connaissait pas Camille Raymond ?

— Non.

— J'avais peur qu'il ne m'ait trompée avec elle aussi. »

Parle, parle, parle ! Si tu arrêtes de parler, tu es morte !

« J'ai essayé de contacter sa femme de ménage, mais elle ne m'a pas répondu, avait-elle précisé.

— Je sais. Sa femme de ménage est au fond de ma cave, la nuque brisée. J'ai enlevé la feuille de papier que tu avais mise près de ton téléphone. Elle a fourré son nez dans des affaires qui ne la regardaient pas. »

Laura s'était mise à claquer des dents. Si personne n'arrivait à échapper à ce fou, comment pourrait-elle s'en tirer ?

« Allez, ouvre la porte maintenant ! »

Au même moment, ils avaient compris tous deux que quelqu'un s'approchait de la maison.

17

Après la première seconde d'effroi, Nadine se défendit bec et ongles, persuadée d'avoir été attaquée dans le dos par une Laura ivre et folle de rage. Ensuite, très vite, elle sentit qu'elle avait affaire à un homme. Son adversaire était trop grand et trop fort pour une femme. Finalement, elle entendit sa voix haletante :

— Arrête, sale pute, arrête, ou tu es morte !

Il l'entraîna jusqu'à la porte d'entrée. Elle se retourna, cracha, mordit, essaya de libérer ses mains. C'était un cambrioleur. Bon sang, un cambrioleur ! Et elle était venue se jeter droit dans ses bras. Sans doute avait-il aperçu la lumière du détecteur de mouvement. Il n'avait pas eu beaucoup de mal à l'attraper. Quelle idiote !

La colère qu'elle éprouvait vis-à-vis d'elle-même lui donna un regain de vigueur. Nadine lui marcha sur le pied de toutes ses forces. Il gémit de douleur. Elle parvint à dégager l'une de ses mains, ondulant comme un serpent entre ses bras. Elle avait la clé de sa voiture dans la main. Elle tenta de la lui planter dans l'œil.

Elle manqua l'œil de peu, mais le métal égratigna la tempe de son agresseur et le sang coula. Il lâcha l'autre main et se prit la tête. L'espace d'une seconde, il fut hors d'état de nuire. La jeune femme s'élança dans le jardin.

La lumière se ralluma et éclaira la scène d'une lueur fantomatique.

Nadine osa se retourner. Il la suivait, mais tout se déroulait trop vite, elle était éblouie par la lumière et ne put voir ses traits. C'était un homme très grand, sans doute plus rapide qu'elle, mais il paraissait avoir des difficultés à courir. Il traînait une jambe et évitait de poser un pied par terre.

Elle continua sa course, glissa sur le gravier, manqua de tomber, se rattrapa de justesse. Malgré son handicap, il la rattrapait. La distance entre eux se réduisait de plus en plus.

La jeune femme parvint jusqu'à sa voiture, ouvrit la portière, se laissa tomber sur le siège. Elle entendait la pluie tambouriner sur le toit, mais son souffle haletant était encore plus fort. Elle chercha le démarreur.

Elle n'avait plus sa clé.

Sans doute lui avait-elle échappé quand elle avait attaqué son assaillant.

Déjà, il atteignait la voiture. En proie à la panique, elle verrouilla sa portière et se coucha sur le siège du passager pour fermer de l'autre côté. Mais il lui aurait fallu une demi-seconde supplémentaire. Déjà, il ouvrait une portière arrière, avançait la main à l'intérieur, l'attrapait par les cheveux, avec une telle brutalité qu'elle crut que son cou se rompait. Il déverrouilla la porte, l'ouvrit et la sortit du véhicule. Son poing s'abattit sur son visage. Nadine tomba à terre, ressentit une vive douleur au nez et au front, sentit le goût du sang sur ses lèvres éclatées. Il se pencha sur elle, l'attrapa par son pull, la souleva et lui assena un second coup de poing. Elle vit trente-six chandelles, s'affala sur le sol et se sentit à nouveau soulevée.

Il allait la battre à mort. Nadine ressentait un étonnement incrédule à l'idée que là était la fin qui lui était réservée.

Elle vit son poing s'approcher d'elle pour la troisième fois, et elle perdit connaissance.

18

Laura mit un bon bout de temps à se risquer hors de sa chambre. Elle n'entendait plus rien ; Christopher était sorti de la maison et n'était pas rentré. Elle était prise du soupçon affreux que Nadine était venue à sa rescousse, et elle n'osait imaginer ce qu'il était en train de lui faire, dehors, dans le jardin. Elle devait absolument appeler la police. Cela signifiait qu'il lui fallait descendre l'escalier pour atteindre l'annuaire.

Attentive à faire le moins de bruit possible, elle ouvrit la porte. Le sifflement du vent et le martèlement de la pluie l'empêchaient d'entendre les bruits de la maison.

Le palier et le couloir s'étendaient devant elle, vides. Dehors, dans le jardin, la lumière était allumée. Christopher ne paraissait pas se trouver à l'intérieur, mais il allait surgir d'un moment à l'autre. Elle songea brièvement à s'enfuir par la cave, puis, ignorant l'endroit du jardin où il pouvait rôder, elle rejeta cette idée. Le danger de courir se jeter directement dans ses bras était trop grand. Elle devait appeler la police, retourner se barricader dans sa chambre en priant pour que les policiers fassent irruption avant que Christopher n'ait enfoncé la porte.

La jeune femme descendit les marches en hâte, tout en gardant un œil sur la porte d'entrée. Le battant était fermé, mais un regard sur le crochet placé à côté, sur le mur, lui indiquait qu'il avait emporté la clé. Christopher n'avait pas pris le risque d'être bloqué à l'extérieur. C'était Peter qui était en possession de la seconde clé, laquelle devait se trouver parmi les objets personnels qui avaient été saisis par la police.

Les doigts tremblants, Laura feuilleta l'annuaire. Ses mains s'agitaient tellement que le gros livre lui échappa et tomba par terre. Sur la première page… le numéro d'urgence de la police devait bien se trouver sur la première page…

La lumière du jardin s'éteignit. Laura prit tellement peur qu'elle faillit jeter l'annuaire et remonter les escaliers quatre à quatre. Mais elle s'efforça de conserver son sang-froid. S'il se dirigeait vers la maison, au moins vers l'entrée, il devait repasser devant les projecteurs. Elle serait donc prévenue à temps.

Elle avait découvert les mots magiques : Samu, Police et Pompiers. Malheureusement, ils n'étaient pas suivis de chiffres, mais de petites croix en différents tons de gris destinés sans doute à indiquer que l'on trouverait les numéros correspondants sur la page selon la couleur.

Laura poussa un juron à mi-voix et découvrit enfin un cercle divisé en plusieurs zones de gris. Celle du milieu correspondait à la croix dessinée après le mot Police. À l'intérieur, un chiffre en caractères gras : 17.

Elle décrocha et attendit le signal, puis s'aperçut que la ligne était muette. Il avait arraché le câble.

Au même moment, la lumière du détecteur de mouvement se ralluma.

Comme par réflexe, le souvenir qu'elle cherchait à retrouver s'imposa : le détecteur de mouvement ! Le soir où il était apparu devant sa fenêtre, elle avait été intriguée sans savoir pourquoi.

À présent, elle savait. La lumière aurait dû s'allumer. Il ne pouvait s'être approché que par-derrière, à travers le jardin, pour pouvoir l'observer sans se faire repérer. Pourquoi n'y avait-elle pas réfléchi ?

Son portable ! Où était-il ? Sans doute dans son sac. Et son sac, mon Dieu, mon Dieu, où l'avait-elle mis ?

Ses yeux parcoururent la pièce. Comme d'habitude, elle l'avait posé n'importe où. Elle entendit Christopher s'affairer sur la porte et elle se demanda comment ils avaient pu être aussi négligents pendant toutes ces années. Pourquoi n'avaient-ils pas mis une chaîne de sécurité ? Pourquoi étaient-ils persuadés qu'il ne leur arriverait rien ?

Laura se précipita au sommet des escaliers. Elle le vit entrer, trempé de pluie, haletant à grand bruit, le visage défiguré par la douleur ; le moindre de ses mouvements devait être une torture. Il boitait très bas ; il se traînait plutôt qu'il ne marchait. Il leva la tête vers elle.

— Allez, sale pute, laisse tomber !

La jeune femme supposa qu'il avait tué Nadine, ce qui signifiait que tout était perdu pour elle. Elle courut dans la chambre, ferma la porte à clé et entreprit de déplacer la lourde commode pour la pousser contre la porte.

Elle n'avançait que millimètre par millimètre. L'épuisement la forçait à s'arrêter sans arrêt. Entre-temps, elle guettait les bruits. Par deux fois, elle entendit craquer les marches de l'escalier. Il montait, mais très lentement. Qu'est-ce qu'il avait dit à propos de son pied, sur le parking de La Madrague ? Qu'il avait marché sur des débris de verre. Sans doute la plaie s'était-elle infectée. Il devait souffrir le martyre, peut-être avait-il de la fièvre. Il n'avait plus beaucoup de forces, elle l'avait constaté. Après sa confrontation avec Nadine, quel qu'en fût le résultat, il était sûrement au bout du rouleau. Christopher mettrait trois fois plus de temps que la normale pour enfoncer la porte, mais il finirait par y arriver.

Il était maintenant sur le seuil. Malgré la tempête, Laura l'entendait respirer. Il devait aller très mal, mais cela ne calmait pas pour autant sa folie meurtrière.

Pendant que, de son côté, elle déplaçait la commode à grand-peine, il s'acharnait sur la serrure avec un objet quelconque, sans doute un couteau. Il s'interrompait à intervalles réguliers pour reprendre son souffle. Laura haletait à l'unisson. Péniblement, elle sortit les lourds tiroirs. Ainsi, elle put pousser le meuble plus facilement. Elle le cala sous la poignée de porte, mais elle constata que celle-ci était trop basse pour être bloquée. Sa seule chance était que Christopher, dans son état de faiblesse, ne fût pas capable de pousser. Vite, elle s'efforça de réintroduire les tiroirs. Son corps entier ruisselait de sueur.

Laura n'avait pas encore terminé lorsqu'elle entendit la serrure céder avec un cliquetis. La commode vacilla. Christopher poussait de l'autre côté.

Malgré son piteux état, il était encore mû par une incroyable détermination qui lui donnait la force de puiser dans ses dernières réserves. Mais Laura luttait pour sa survie. Elle ne renonçait pas non plus. Elle souleva le deuxième tiroir et parvint à le remettre à sa place, augmentant ainsi notablement le poids contre lequel l'assassin avait à lutter. Et maintenant, le troisième. Même si elle devait s'écrouler, à bout de forces, elle lui rendrait la tâche aussi difficile que possible.

Le troisième tiroir était à sa place, et pourtant le poids ne suffisait pas. Elle s'appuya contre le meuble, mais ses forces l'abandonnèrent vite. La commode bougea davantage. L'ouverture était maintenant si large qu'elle put distinguer le visage défiguré de l'assassin.

« T'inquiète pas, bientôt, c'est ta fête, siffla-t-il péniblement entre ses dents, espèce de salope, tu ne perds rien pour attendre. »

Les larmes lui montèrent aux yeux. Laura était trop fatiguée. C'était la fin. Elle allait mourir.

Elle ne reverrait jamais Sophie.

Lorsqu'elle entendit un bruit de moteur à travers le sifflement du vent, Laura était recroquevillée sur le lit, vaincue, à bout de forces. Une lueur bleue vint clignoter sur les murs de la chambre.

La police. Enfin ! La police !

Les policiers entrèrent à la dernière seconde. Plus tard, elle sut que Christopher avait laissé la clé sur la porte et qu'ils avaient pu entrer sans difficulté. L'assassin était presque dans sa chambre lorsqu'ils se ruèrent dans l'escalier. Il continua à se battre alors même qu'ils gravissaient les marches en courant.

Un fonctionnaire passa la tête dans la chambre.

— Ça va, madame ?

Gisant sur le lit, elle se contenta de laisser ruisseler les larmes sur ses joues, sans répondre.

Lorsqu'elle fut capable d'ouvrir la bouche, ce fut pour demander :

— Où est Nadine ?

— Vous voulez parler de la jeune femme que nous avons trouvée dans le jardin ? Elle est inconsciente mais en vie. Et déjà en route vers l'hôpital.

Sa tête travaillait très lentement. C'était trop compliqué. Au bout d'un moment, elle posa une nouvelle question.

— Qui vous a appelés ?

— C'est une dame... comment elle s'appelle, déjà ? Oui, Mme Michaud. Catherine Michaud. Vous la connaissez ?

Laura essaya de se rappeler qui était Catherine Michaud, mais rien ne fonctionnait dans son cerveau. Elle eût été incapable de lui répondre s'il lui avait demandé son propre nom. Des voix et des bruits résonnèrent. Quelqu'un appela, sans doute le gentil policier qui était venu dans la chambre :

— Le médecin est encore là ? Je crois qu'elle va tourner de l'œil.

Tout s'obscurcit autour d'elle.

Jeudi 18 octobre

1

— Vous pouvez parler à Mme Joly, mais pas très longtemps, indiqua l'infirmière, elle ne va pas encore très bien, et la police est déjà venue. Elle a besoin de se reposer.

— Je ne reste pas longtemps, promit Laura, mais il faut que je lui parle.

L'infirmière opina du chef et ouvrit la porte.

Nadine se reposait dans une chambre individuelle à l'hôpital de Toulon, le visage méconnaissable. Autour de son œil droit, la peau présentait toutes les nuances de violet. Sous le nez, un peu de sang coagulé collait encore. Sa lèvre supérieure était énorme. De plus, elle souffrait d'une forte commotion cérébrale.

Elle tourna prudemment la tête en réprimant une grimace de douleur.

— Ne bouge pas, dit Laura en s'approchant du lit.

— Ah, c'est toi, murmura la malade.

— Je reviens de la P.J. J'ai parlé longuement à Bertin cette nuit, mais il a encore quelques questions à éclaircir. En tout cas, je peux enfin rentrer chez moi.

— Tout à l'heure, un policier est venu me voir.

Nadine avait du mal à articuler, ses paroles étaient difficiles à comprendre. Elle sortit une main de dessous la couverture, effleura sa lèvre enflée et eut un petit sursaut.

— Tu as peut-être du mal à me comprendre, mais je n'y peux rien, ajouta-t-elle.

— Ne t'inquiète pas. Mais tu n'as pas besoin de parler. Tu as mal, sans doute.

— Oui, confirma Nadine, qui, soudain, parut épuisée. J'ai très mal à la tête.

Pourtant, elle paraissait désireuse de parler.

— Le policier m'a expliqué... Christopher... j'ai du mal à y croire. C'était le meilleur ami de...

Elle ne termina pas. Ce nom qu'elle ne prononça pas emplit soudain la pièce, chargé d'une tension et d'une émotion à peine supportables.

— De Peter, compléta Laura.

Nadine se tut. Laura regarda par la fenêtre derrière laquelle la pluie ruisselait uniformément.

Au bout d'un moment, Nadine reprit :

— Le flic m'a dit que Catherine avait appelé la police. Je n'ai pas compris comment elle était au courant.

— Je l'ai vue à la préfecture de police ce matin. D'après ce que j'ai saisi, elle a aperçu ta voiture par hasard quand tu es montée chez moi. Elle croyait que c'était Henri, à cause de ta façon de conduire. Elle tenait absolument à voir Henri, mais elle n'a pas voulu dire pourquoi, même à la police.

Nadine s'essaya à un rictus cynique qui ne fit que déformer un peu plus son visage déjà monstrueux.

— Peut-être qu'il n'y a pas de raison. Elle veut toujours voir Henri, depuis qu'elle est née.

— En tout cas, elle a garé sa voiture devant le portail pour attendre Henri. Mais c'est toi qu'elle a vue et, par bonheur, comme la lumière s'était allumée, elle a aussi vu que tu te faisais tabasser. Elle a appelé la police sur son portable.

Nadine eut un nouveau rictus horrible à voir.

— Tu paries qu'elle a hésité ? Je suis sûre qu'elle a attendu avant d'appeler. Elle aurait sûrement préféré me laisser crever. J'ai toujours été un obstacle pour elle.

— J'étais un obstacle pour toi aussi, protesta Laura, et pourtant, tu es venue m'aider.

Nadine tenta de relever la tête, mais se laissa retomber sur son oreiller avec un gémissement.

— Reste tranquille, l'admonesta Laura, tu ne fais qu'aggraver les choses en bougeant.

Voyant Nadine ouvrir la bouche, elle l'arrêta.

— Ne dis rien, s'il te plaît. Je sais tout à propos de Peter et de toi. Et je n'ai pas envie d'en parler.

Le moment viendrait sans doute où remonteraient la colère et la douleur de la trahison, de l'humiliation. Mais elle ne reverrait pas Nadine et il n'y aurait pas d'explication entre elles. Laura n'attendait pas de justification, pas d'excuses. Ainsi, elle n'aurait pas à faire preuve de compréhension. Les choses resteraient en l'état.

— Je te remercie d'être venue hier soir, reprit-elle, c'est pour ça que je suis passée te voir. Je voulais te dire merci.

Nadine ne répondit pas.

Laura fut soulagée en voyant l'infirmière apparaître sur le seuil et lui faire signe qu'il était temps de partir.

Il n'y avait rien à ajouter.

2

Catherine eut la surprise de rencontrer l'agent immobilier qu'elle avait chargé de la vente de son appartement devant sa porte, flanqué d'un jeune couple.

— C'est sûrement moi que vous attendez ? dit-elle.

L'agent lui jeta un regard offensé.

— J'ai essayé de vous joindre hier tout l'après-midi. Mais vous n'étiez pas là ! Alors j'ai tenté ma chance en venant ici avec les personnes intéressées.

Catherine ouvrit la porte.

— Entrez.

Avec la pluie et le mauvais temps, l'appartement paraissait encore plus sinistre que d'ordinaire, mais le jeune couple ne semblait pas s'en apercevoir. Les deux jeunes gens n'avaient guère plus de vingt ans. Ils paraissaient follement amoureux, excités à l'idée d'avoir un logement à eux.

— On va vivre ensemble, c'est notre premier appartement, expliqua la jeune femme à Catherine.

Catherine ne prit pas part à la visite. Elle laissa à l'agent immobilier le soin de décrire en termes enthousiastes les horreurs environnantes. Elle enleva ses chaussures, suspendit sa veste trempée au-dessus de la baignoire.

Catherine était fatiguée. Elle n'avait pas fermé l'œil de la nuit, et le matin, à la première heure, elle avait dû aller à la P.J., à Toulon, où on avait pris sa déposition. Elle y avait rencontré Laura, toujours pâle comme un linge, les yeux encore remplis de l'effroi mortel de la nuit passée.

« Merci, avait dit Laura, je vous dois la vie. »

Catherine en avait ressenti un grand choc. Jamais personne ne lui avait exprimé une reconnaissance aussi grande. Elle se demanda ce qu'Henri dirait quand il l'apprendrait. Car sa femme elle aussi aurait été tuée si elle n'était pas intervenue.

Catherine avait obéi à une impulsion en suivant la voiture de Nadine, sans doute parce que, en la voyant prendre le virage comme une folle, elle croyait qu'Henri était au volant.

Tous ses souvenirs étaient remontés, ceux de l'époque d'avant, d'avant Nadine.

Henri l'emmenait souvent dans sa voiture. C'était un vrai fou. Ils décidaient d'aller à Cassis ou à Bandol, et chaque fois elle tombait dans le panneau quand il faisait semblant de louper le carrefour où il fallait tourner.

« Eh, attends, on tourne à droite ici ! » criait-elle.

Et lui, il répondait :

« Ah, tu as raison, c'est vrai ! »

Il effectuait alors un dérapage contrôlé et prenait le virage sur les chapeaux de roue. Il riait aux éclats, elle hurlait de peur. Parfois, elle riait avec lui. Parfois aussi, elle le traitait de tous les noms en prenant la ferme résolution de ne plus jamais monter avec lui, mais elle se laissait prendre à chaque fois.

Persuadée que c'était lui, elle s'était donc arrêtée devant la maison des Allemands ; et là, elle avait aperçu sa voiture garée dans la cour.

Soudain, elle avait vu Nadine descendre la pente en courant, un homme à ses trousses. Il courait derrière elle, mais en traînant la patte. Sans comprendre ce qui se passait, Catherine avait tout de suite su que Nadine était en danger. Le jardin était éclairé comme un théâtre, ce qui lui avait permis de suivre le déroulement des événements. Nadine s'était précipitée dans sa voiture, sans démarrer, son poursuivant avait ouvert la portière arrière, s'était penché à l'intérieur, avait ouvert la portière avant et tiré Nadine au-dehors.

Et il s'était acharné sur elle comme une brute. Quand elle tombait, il la relevait et lui envoyait son poing dans la figure. Une, deux, trois, quatre fois de suite. Nadine ne se défendait plus, elle ne bougeait plus. Elle était sans doute inconsciente.

Nadine était la personne que Catherine haïssait le plus au monde. Elle la maudissait, lui souhaitait tout ce qu'il y avait de pire. Et avec le recul, à présent que tout était terminé, que dans la pièce à côté elle entendait les exclamations joyeuses du jeune couple, Catherine se demandait si elle n'avait pas été tentée, pendant la nuit, de laisser faire, tout simplement. De partir sans s'occuper de rien. Qu'il la tabasse à mort, qu'elle crève là, dehors, sous la pluie…

Catherine n'osait répondre à cette question. Il lui avait fallu un moment pour faire demi-tour et redescendre jusqu'à la nationale. Là, elle s'était encore arrêtée un moment sans rien faire. C'étaient des minutes précieuses, elle le savait, mais elle restait incapable de dire ce qui s'était passé en elle. Était-elle paralysée par le choc qu'elle avait subi dans la soirée, le fait d'avoir été démasquée par Stéphane, humiliée ? Ou avait-elle mis du temps à comprendre ce qu'elle avait vu ?

Ou, tout simplement, avait-elle rechigné à venir en aide à Nadine ?

À la police, on lui avait demandé si elle avait appelé tout de suite.

« Je ne sais plus, avait-elle répondu, ça m'a complètement paralysée. Il a bien dû s'écouler quelques minutes... je ne comprenais pas ce qui se passait. »

Personne n'avait paru s'en étonner, sa réaction semblait normale. Personne ne pouvait dire avec précision à quelle heure Nadine avait été agressée : ni Nadine, qui était blessée, ni l'Allemande, qui était sous le choc. L'assassin, lui, ne disait rien, de toute façon.

Or, Catherine savait que, entre le moment où Nadine avait été agressée et l'arrivée de la police, il s'était écoulé plus de trois quarts d'heure. Il n'aurait fallu qu'un petit quart d'heure aux policiers de Saint-Cyr. Une demi-heure avait été perdue quelque part au plus profond de la nuit.

Et au plus profond des souvenirs.

Catherine ne se rappelait plus.

Elle avait demandé aux policiers qui l'avaient ramenée de Toulon à La Ciotat de la laisser en bas, sur le quai, à l'entrée de la ville. En dépit de la pluie, elle avait voulu marcher un peu pour réfléchir.

Elle avait caché la vérité aux policiers sur le motif de sa présence à La Cadière. Elle leur avait déclaré qu'elle était sur le point de déménager et avait passé l'après-midi à rouler dans la région.

« À La Cadière, je suis restée dans ma voiture pour dire adieu à un endroit que j'aimais beaucoup.

— Il faisait nuit noire, avait objecté le commissaire, il pleuvait, il faisait froid. Et vous, vous êtes restée assise dans votre voiture, comme ça, sans rien faire ?

— Oui. »

Il ne l'avait pas crue, elle l'avait senti, mais, comme c'était sans importance pour l'affaire qui les occupait, il n'avait pas insisté.

À présent, elle pensait avoir trouvé la raison de sa longue hésitation : l'affreux événement qui s'était produit à La Cadière représentait le point d'orgue d'une longue chaîne d'humiliations qu'il lui avait fallu apprendre à supporter. Voir s'écrouler sous les coups de poing la femme qu'elle eût désiré être représentait pour elle une sorte de baume. Voir la belle Nadine, si désirable, s'effondrer par terre sous la pluie, jetée comme un sac-poubelle, lui faisait du bien.

Voir qu'enfin elle récoltait ce qu'elle méritait.

L'agent passa la tête dans le séjour.

— Ça marche, ça marche, chuchota-t-il. Il faudrait juste qu'on fasse encore un petit effort sur le prix...

— D'accord, répondit Catherine.

Tant mieux, plus vite elle en serait débarrassée, mieux ce serait.

Le jeune couple vint la rejoindre à son tour. Ils ne se lâchaient pas la main, y compris dans les recoins les plus étroits de l'appartement.

— Je crois qu'on pourrait en faire quelque chose de très sympa, déclara la jeune femme, dont le regard radieux cherchait sans cesse celui de son compagnon. On a reçu un petit héritage, vous comprenez, on aimerait l'investir dans un petit appartement.

Le bonheur de ces deux amoureux illuminait les pièces.

Peut-être que ce logement n'est pas si laid, après tout, songea Catherine. Peut-être y avait-il juste trop de solitude et trop de tristesse dans ses murs.

— Pour le prix... commença le jeune homme.

— Oh, je suis sûre que nous pourrons nous entendre, le rassura Catherine.

En tout cas, elle savait une chose : elle se sentait soulagée à l'idée que Nadine s'en sorte vivante, contente d'être intervenue, d'avoir appelé la police. Pour la première fois depuis qu'elle la connaissait, en pensant à Nadine elle ne ressentait pas de haine, mais un sentiment de satisfaction. Comme si, grâce à cela, au bout de nombreuses années, un peu de liberté lui avait été rendue.

— Et vous, vous partez où ? s'enquit la jeune femme.

Catherine sourit.

— En Normandie, dans un joli village. Le curé est un ami.

— Oh, ça va être sympa !

— Oui, je trouve aussi, approuva Catherine.

3

Laura dut se faire violence pour ouvrir la porte et pénétrer dans la maison où, douze heures auparavant, s'étaient déroulés des événements aussi épouvantables. Le policier qui l'avait accompagnée avait remarqué son angoisse et proposé d'entrer avec elle, mais elle avait refusé. Elle avait le sentiment que la présence d'un policier ne ferait qu'aggraver les choses.

Les enquêteurs étaient restés sur place jusqu'au matin, sans causer de désordre. La commode était restée au même endroit, à demi appuyée contre la porte, et Laura décida de la laisser là. Quand elle aurait réglé la vente de la maison, elle se ferait expédier ses meubles. Elle demanderait à la femme de ménage d'appeler un serrurier pour réparer la porte de la cave.

« Il ne lui a pas fallu beaucoup d'efforts pour fracturer la serrure, avait déclaré un fonctionnaire. Elle était si inefficace que vous auriez aussi bien pu laisser la porte ouverte. »

Elle se demanda si Christopher avait déjà vérifié cette possibilité de s'introduire chez elle auparavant. Il était descendu à la cave au moins une fois, pour aller chercher une bouteille de vin. Mais peut-être Peter et elle avaient-ils aussi parlé de cette serrure déficiente en sa présence. Elle repensa à l'étonnement sans bornes de Nadine : « C'était le meilleur ami de Peter ! » En tant que tel, il participait à la vie de famille. Il connaissait beaucoup de choses sur eux.

La police avait retrouvé le corps de Monique Lafond chez lui. Il n'avait pas menti : elle s'était rompu le cou en tombant dans les escaliers de la cave.

« Il l'a maintenue prisonnière dans sa cave, avait dit Bertin, mais nous ne savons pas combien de temps. C'était la femme de ménage de Camille Raymond. Je suppose qu'elle savait quelque chose et qu'elle était donc devenue dangereuse. C'est pour cette raison qu'il l'a mise hors d'état de nuire. »

Christopher n'avait encore fait aucune déclaration. Selon Bertin, il opposait un mutisme obstiné à toutes les questions. Son pied était terriblement infecté, la septicémie menaçait, et il souffrait d'une forte fièvre. Comme Nadine, il était soigné à l'hôpital de Toulon, dans un autre service et sous surveillance.

« Nous avons retrouvé des débris de verre et du sang dans la cave, lui avait rapporté Bertin, c'est là qu'il a dû se blesser. Sans doute s'est-il battu avec Mlle Lafond. »

Il avait considéré Laura d'un air grave.

« Vous avez eu une chance incroyable, avait-il ajouté. Sans cette blessure, les choses auraient très mal tourné. Sa douleur et sa fièvre ont permis à Mme Joly de lui résister dans le jardin, et c'est grâce à cela que Mlle Michaud a pu voir qu'il se passait des choses graves. Sinon, il serait certainement rentré très vite à l'intérieur pour s'introduire dans votre chambre, et nous serions arrivés trop tard. »

Laura repensa à ces mots pendant ses derniers préparatifs. Au milieu de tous ses malheurs, un ange gardien l'avait protégée. Peut-être en la personne de la pauvre Monique, car, sans son intervention, Christopher n'aurait pas été blessé. Et, naturellement, en celles de Nadine et de Catherine.

Avec horreur, elle regarda le plan de travail de la cuisine sur lequel elle avait fait l'amour avec Christopher.

Un assassin. Elle avait couché avec l'assassin de son mari.

Le souffle court, la jeune femme s'appuya contre l'évier, ouvrit le robinet et s'aspergea le visage. Sa tête s'était mise à tourner, tout à coup. Au bout de quelques minutes, elle se sentit mieux, elle voyait clair. Par la fenêtre, elle regarda la mer qui se fondait avec le ciel dans un gris uniforme. Il pleuvait toujours.

Elle avait demandé à Bertin ce qu'il adviendrait de Christopher. Le commissaire avait répondu qu'à son avis sa place était plus dans un asile psychiatrique qu'en prison.

« Et on le laissera sortir un jour ? »

Bertin avait haussé les épaules.

« Impossible à dire. Le pire est que ce genre de personnes tombent toujours sur des experts trop bienveillants qui garantissent leur guérison, et selon moi, c'est jouer avec le feu. Je ne peux donc pas vous promettre qu'il restera sous les verrous *ad vitam aeternam*. »

Laura repensa à cette conversation en regardant, dehors, la vallée couverte de vignes et de petites maisons mouillées de pluie. Elle avait adoré cette région, qui, brutalement, s'était transformée en un lieu d'horreur. Peut-être l'horreur n'était-elle pas tout à fait écartée. Bien sûr, il s'écoulerait des années avant qu'on ne libère ce fou. Mais peut-être, un jour, serait-elle à nouveau en proie à la peur.

N'y pense pas maintenant, s'ordonna-t-elle.

Il lui faudrait garder la tête froide, mettre de côté l'immense tas de gravats de son ancienne vie et reconstruire sa nouvelle vie sur ces ruines ; oublier les cauchemars. Peut-être réussirait-elle même à dire un peu de bien de son père à sa fille. Par exemple, lui parler de son bonheur quand elle avait cherché cette maison avec lui, l'avait trouvée, aménagée, y avait vécu avec lui.

Laura s'aperçut soudain qu'elle pleurait. Elle appuya son visage brûlant sur le verre rafraîchissant de la vitre et donna libre cours à ses larmes. Elle s'abandonna entièrement à son chagrin, pleura sans retenue, sans pouvoir s'arrêter.

Elle entendit une sonnerie, en se demandant d'où cela pouvait venir. Au bout d'un moment, elle comprit : son portable ! Dans son sac ! Son sac qu'elle avait cherché frénétiquement pendant la nuit. Il était donc ici, à la cuisine, sur une chaise !

Ses larmes se tarirent aussi brusquement qu'elles étaient venues. Elle fouilla dans son sac pour en extraire le portable.

— Oui ? Allô ?

— Tu en as mis, un temps ! lança Anne. Tu es où ? J'espère que tu es déjà loin sur l'autoroute ! J'ai eu ta mère au téléphone. Elle m'a dit que tu avais l'intention de rentrer aujourd'hui ?

— Je ne suis pas encore partie.

— Oh, zut, c'est pas vrai ! Tu ne t'es pas réveillée ?

— J'ai passé une nuit assez mouvementée.

— Bon, alors grouille-toi, c'est l'heure ! Dis, qu'est-ce que tu as ? Tu as pris froid ? Tu as une voix bizarre.

Laura passa la manche de son pull sur son visage humide.

— Non, non. C'est sans doute la ligne.

— Bon, alors ne traîne plus, amène-toi ! Je t'attends avec impatience, je suis tellement contente de te revoir !

— Moi aussi, je suis contente de te revoir !

Laura s'essuya les yeux une dernière fois.

— Je serai bientôt avec toi.

8727

Composition
NORD COMPO

Achevé d'imprimer en France (Malesherbes)
par MAURY IMPRIMEUR
le 26 mai 2013.
Dépôt légal : juin 2013
EAN 9782290055557
N° d'impression : 182360

ÉDITIONS J'AI LU
87, quai Panhard-et-Levassor, 75013 Paris

Diffusion France et étranger : Flammarion